U0078820

台灣現代文選

小說卷

國家圖書館出版品預行編目資料

台灣現代文選小說卷／林黛嫚編著.－－初版九刷.－
－臺北市：三民，2019
面；　公分.－－(文學流域)

ISBN 978-957-14-4273-0 (平裝)

857.61　　94006490

© 台灣現代文選小說卷

編著者	林黛嫚
發行人	劉振強
著作財產權人	三民書局股份有限公司
發行所	三民書局股份有限公司 地址　臺北市復興北路386號 電話　(02)25006600 郵撥帳號　0009998-5
門市部	(復北店) 臺北市復興北路386號 (重南店) 臺北市重慶南路一段61號
出版日期	初版一刷　2005年5月 初版九刷　2019年4月修正
編號	S 832520

行政院新聞局登記證局版臺業字第〇二〇〇號
有著作權・不准侵害
ISBN 978-957-14-4273-0 (平裝)

http://www.sanmin.com.tw 三民網路書店
※本書如有缺頁、破損或裝訂錯誤，請寄回本公司更換。

編輯凡例

一、本文選延續《台灣現代文選》的編輯宗旨，除提供大學院校作為現代文學的教材之外，也期待能提供各年齡層的普通讀者閱讀，作為補充文學養分的精神食糧。同時為收納更多篇章，接續文選的選文精神，細分為《小說卷》、《散文卷》及《新詩卷》，全套四冊，以繁花盛開的精彩文選具現台灣現代文學的風貌。

二、執編本文選的主編皆在大學院校任教，教授現代文學課程，並在文學創作方面卓有聲名，《散文卷》由散文家蕭蕭主編，《新詩卷》由詩人向陽主編，《小說卷》由小說家林黛嫚主編。

三、為呈顯現代精神，編選範圍擴大至百年來在台灣發表或出版之文學作品，以名家名作為主，兼顧藝術性及可讀性，務期呈現台灣現代文學的發展脈絡及成績。

四、本《小說卷》共收錄小說十六家，由主編撰寫導言〈我們應當如何閱讀小說〉，一方面介紹現代小說的發展，一方面分析小說文類的架構，同時以文選所收錄之作品佐證，讓讀者循此認識及體會一種品賞現代小說的樂趣。

五、體例上，每篇收錄文選中的作品皆含「作者簡介」、「作品賞析」及「延伸閱讀」，務期方便讀者欣賞、習作與研究。「作者簡介」呈現作家生平概略與整體創作風貌；「作品賞析」深入淺出導讀文本；「延伸閱讀」則條列關於選文的重要評論篇目及相關範文，提供進一步研究的參考。

台灣現代文選 小說卷

目次

【導　言】

我們應當如何閱讀小說

這一代的青年學生，在複雜的原因（全球化、台灣經濟成長、出版業入行門檻過低、影像取代文字……等不一而足）造成閱讀環境丕變之後，一個共同閱讀的時代已然遠逝，文學的邊緣化與小眾化同樣顯現在文學教育上，學子們對於現代文學的疏離與陌生，確實造成授業者的困擾。筆者曾經對同樣從事文學教育的友人反應學生對現代文學的陌生，得到的回答是：如果你是教授古典文學的人，恐怕無力感會更嚴重。因此在教授現代文學課程，筆者選擇不談艱深的理論與主義，認為文學史的闡述也可以生活化深入淺出，於是結合理論與創作，整理出幾個主要條目，一方面呈現現代文學發展的脈絡，一方面剖析小說文類的架構，誠如吳爾芙說的：「要理解一位小說家的創作過程，最便捷的方法不是閱讀而是寫作，親自品嘗一下遣辭造句的艱難與危險」。因此，我們在閱讀名家小說、理解台灣現代文學中小說文類的發展與演變時，學習一篇小說之形成，或許有助於我們去認識小說名家的風格是如何形成的。

一、小說是什麼？

簡單來說，小說是用散文寫成的虛構故事。

彭歌曾經給小說下的定義是：「小說是有人物、有結構、有情節的創作故事。」王鼎鈞說：「小說是說故事的延長。」史丹達爾把小說定義為：「沿著公路移動的一面鏡子。」米蘭昆德拉也說：「小說唯一的存在理由就是說出只有小說才能說出的一切。」綜合來說，小說有結構、有情節、有人物，是一種複雜的創作故事，而且是小說家透過他個人對人生、社會的特殊看法，以文學技巧表達的一種藝術形式。

現代文學的文類中，詩的文字精練、節奏講究，而且分行排列，在形式上一目瞭然，不致和散文、小說相混淆；戲劇有相當多的對白，有人物動作及佈景、燈光的說明，大體上也容易分明；至於散文和小說，似乎就會有見仁見智的情形出現，譬如余秋雨的〈長者〉同時入選八十七年年度散文選和年度小說選（一九九八年），又譬如張啟疆迭獲各大文學獎散文獎的作品《導盲者》出書時卻標註是小說集，類似的混淆相當程度困擾著文學研究者，基本上前述小說的定義已經賦予小說應有的特色，除非具有這些特色，否則不能視為小說，一些散文作品中融入許多小說筆法，那就要根據所佔的比例來確認它的文類身分。

二、閱讀小說的趣味

閱讀小說的方式絕對不會只有一種，可以當作文明的樂趣之泉源，也可以當作尋求自我精進的教育工具，同時也可看作是進入某種文化的門戶（即把小說看作是知識寶庫來研究）。筆者曾經讀到一篇報導，談到一位德國文學家說如果一個社會不讀小說，會有三個危險：一是沒有同情心，二是沒有想像力，三是沒有同理心。筆者對這個說法的詮釋是：我們在小說故事裡看到有人這麼生活，因此會以同理心去發揮同情心和想像力，為了不使我們的社會成為一個沒有想像力、同情心、不知道旁人為什麼要這麼做的冷漠社會，所以我們要閱讀小說以品賞閱讀小說的樂趣。

三、文學的寫實主義

文學有各種主義，也有「沒有主義」（高行健的主張），筆者獨鍾文學的寫實主義，詩人惠特曼這句話最為剴切中肯：「只要適當說出事實，則一切羅曼史立即黯然失色。」小說家巴爾札克很得當地把自己看成是「歷史的抄寫員」，而十九世紀寫實主義代表作家福樓拜則執於現實原則的追求。

所謂的寫實主義，一個嚴肅的小說家必須把自己嚴格限制在僅描寫有可信度的人物，生活在有可信度的環境中，然後參與有可信度（最好也要有趣）的事件之發生。好的寫實主義者，不僅是平凡生活的攝影者和抄寫者，更是文學的創造者。好的小說亦然。

四、現代小說的源流及發展

閱讀台灣小說，若執著於歷史立場，不可避免就會碰上文化認同與意識型態，而不管採取哪一種立場，對於文學來說，都可能會錯過一些優秀的作品，讓文學的歸文學，也許在敘述脈絡上會有點紊亂，但可能是最好的方法。文學本身會說話，小說作品中呈現的社會，已然讓閱讀者有一個歷史的觀照了。

雖然「小說」這個名詞要到班固的《漢書》才出現，而且是列在十家之末、九流之外，並且說：「致遠恐泥，是以君子弗為也」，但若從小說的敘事功能來看，在二千多年前中國古典文學中如《山海經》、《楚辭》等神話、寓言、雜錄、志怪等，已具備了小說的基本條件，因此從唐代的傳奇，宋代、元代的話本，以及一些佛經故事，都是用白話俚語寫就，為明清小說盛世的到來奠下了基礎。

小說的發展到了晚清，由於印刷術的發達、新聞傳播業的蓬勃，使得閱讀故事性作品的需求大增，梁啟超寫了〈論小說與群治的關係〉，強調小說有「不可思議的力量」，足以支配人心，改良一代社會，他說：「欲改良群治，必自小說界革命始；欲新民，必自新小說始。」進入民國之後，胡適寫〈文學改良芻議〉，開啟新文學運動的序幕，此後，以白話文寫作的風潮更是為小說文類推波助瀾。一九一八年，魯迅〈狂人日記〉發表在《新青年雜誌》，是最有新文學代表性的短篇小說。

而處在日治時期的台灣，由於日本政府實施皇民化，讓台灣文學出現嚴重的斷層，雖然有些作家堅持用中文寫作，但因缺乏傳播管道以及無人蒐羅整理而散佚，但這段期間，台灣文學一方面吸納大和文明，一方面也因為憑藉日本眾多翻譯作品而與西方文化有了鍛接的契機，這些在一九四九年國民政府轉進台灣，全面引進中華文化之後，改變了整個台灣人文生態，卻也使台灣文學有了繁花盛開的五十年。近幾年，賴和、楊逵等作家以日文寫作的作品陸續有中譯本出版，可說把這段台灣文學的空窗期給補足了。

台灣光復初期的四〇、五〇年代，報紙雜誌乃至出書的作者，大都是隨國民政府播遷來台的大陸青年，他們遭逢家國巨變，作品中充滿了傷痛與鄉愁，這個時期的作品，大多是內容質樸的念舊懷鄉之作，同時，為數不少的軍中作家筆健如劍，開啟了反共懷鄉小說的時代特色。當然在嚴峻的政治情勢下，也有作家捨家國大敘述而著墨於兒女情長，為八〇年代的閨秀文學闢下新戰場。

文學潮流一方面受到時代變遷的影響，一方面也有自身興衰的必然性，六〇年代現代主義文學興起，便顛覆並取代了反共懷鄉文學的地位。一九五六年執教台大外文系的夏濟安、吳魯芹等人創辦《文學雜誌》以鼓勵古今中外藝術交融、創作與理論並重的文學為宗旨，辦了四年後停刊，一九六〇年夏濟安的學生白先勇等繼承這個理想，創辦《現代文學》雜誌，在發刊詞中說明了他們對「想當年」的反共懷鄉文學的不滿，而要做一些破壞工作，來創造新的藝術形式和風格。雖然這份雜誌在發行五十二期之後停刊，但所發掘培養的作家如王文興、陳映真、王禎和、黃春明、陳若曦等人，在台灣文學史上都有了公認的地位，而現代主義文學的技巧與形式，即使到了九〇年代，仍然持續發揮影響力。

這些在現代主義思潮盛行台灣時從事創作的小說家，有些並不以現代主義的形式自滿，反而致力於描繪台灣社會，因此早在七〇年代鄉土文學論爭之前，就有「鄉土文學」一詞，指的是年輕的本省籍作家以鄉里題材創作的作品，一則有別於大陸來台作家的憶舊之作，再則對抗歐美現代文學日漸加重的影響。七〇年代的鄉土文學論戰，雖然沸沸揚揚，終究漸漸歇止，鍾肇政所說：「沒有所謂的鄉土文學，所有文學作品都是鄉土的，沒有一件文學作品可以離開鄉土」，可說為此論爭劃下句點，經此一役鄉土文學正式進入台灣文學的殿堂。

到了八〇年代，政治解嚴，文學的天空更見寬廣，加上副刊文學獎所帶領的副刊文學，八〇年代的小說百花齊放。如同林懷民的小說〈辭鄉〉、王禎和小說中〈小林來台北〉所描述，人們大量移往都市，許多小林辭別鄉土，來到大城市發展，都市文學的新潮流已然興起，六、七〇年代中所描述老人蹲坐在廟口榕樹下開講或下棋的景象已經消失，代之而起的是如張大春〈公寓導遊〉、黃凡〈都市生活〉等著墨於都市人疏離生活的都市小說。其次中時、聯合兩大報文學獎所引領的副刊文學風潮，不但讓許多年輕作者藉由文學獎嶄露頭角後，進一步以豐沛的創作量成為文壇主力，同時文學獎的得獎作品也使八〇年代的小說多元而繁複。進入八〇年代中期，不斷加碼的文學獎獎金，甚至讓本就是文壇舵手的副刊，更成為領導創作潮流的重要園地。舉例來說，同志文學得大獎，接連幾年就有許多同志作品來參賽；此外，八〇年代台灣社會的多元開放，也使兩性議題有了新的發展，八〇年代的女性不只是家庭女性，在職場、志業上都有很大突破，於是袁瓊瓊的〈自己的天空〉、廖輝英的〈油蔴菜籽〉、蕭颯的〈我這樣過了一生〉都為女性文學開闢新路。

八〇年代還有一個獨有的文學特色，那就是眷村文學，四〇年代末隨國民政府播遷來台的眾多軍人及其眷屬，在台灣各地安家落戶，形成一封閉而獨特的聚落，而且由於家中男主人多居住在工作單位，眷村裡婦孺相依為命，東家借米，西家捎鹽，鄰里間關係緊密，四、五〇年代在這裡出生長大的孩子，到了八〇年代正是書寫這段成長經驗的適切年紀，當他們離開眷村之後，住進公寓房子，眷村擁擠密集的人際關係，是一段溫暖的記憶，卻也是揮之不去的鄉愁，於是張大春的《四喜憂國》、蘇偉貞的《有緣千里》、蕭颯的《如夢令》、朱天文的《小畢的故事》以及朱天心的《想我眷村的兄弟們》，紛紛以個人體悟記錄下這一段獨特的群體記憶。

進入九〇年代，網路革命來報到，網路文學的興起讓傳統紙本書寫面臨挑戰，當時學界游疑於網路文學的兩種定義，到底網路文學是如女性文學、眷村文學一樣是有網路特色的文學，或是如副刊文學般是以網路為發表媒介的文學作品？這個問題當時沒有答案但到了二十一世紀，或許已可略見端倪，網路對文字書寫確實產生某種程度的影響，即便不論火星文，一般年輕學子的語文能力下降，文句繁複而立意失焦、長篇大論而題旨不明，都是網路書寫的通病，此外，網路文學仍然要藉由紙本出版來加入經濟活動，九〇年代痞子蔡如此，二十一世紀的九把刀亦是，或許可做為網路文學只是以網路為媒介的定義的佐證吧。

進入二十一世紀，文學環境處於經濟發展不振，以及資訊泛濫、電子媒體充斥的境地，文學閱讀邊緣化已日見嚴重，台灣文學何去何從，也許文學作品本身會給出答案。

五、小說的題材（主題）

作家在小說呈現的觀點就是主題，主題也是一篇小說的靈魂所在，同樣的主題如何從說故事的層次提升到文學的藝術高度，作者在作品中呈現出什麼樣的觀點，就是一個關鍵。

小說家寫作小說的動機可能是小說家的社會背景、小說家的技藝水平以及小說家的心靈狀態，此三種因素互相激盪碰撞造成小說創作最圓滿的狀態。簡單來說，就是小說家有話要說，感受到內在不得不發的衝動，而許多小說作品，更可以看成是作者為了撫平他生命中的創傷而寫。小說不會只有單一主題，通常每部小說都有數個主題，愛情小說不只呈現作者的愛情想像，也有作者的社會觀點，只是主題有主有從，作者環繞著這些主題加以經營，成就豐富的篇章。

古今中外的小說內容千變萬化，但原始材料來源不外乎下列幾種：最基本的是來自作者個人的經驗、作者的見聞感知、內心深刻的體驗，以及由閱讀或傳播得來的二手資料，這些經由作者的觀察、想像和體驗得來的素材，還需要經過藝術處理的技巧，將素材轉化為題材，進而呈現作者的觀點。讀者常常喜歡探究小說家寫的是不是真的故事，是不是自己的故事？其實即使是作者自身的故事，還是會經過加工，佛斯特的《小說面面觀》這麼解釋：「小說的基礎是事實加X或減X」，毛姆說：「一個作家的特質，是他不是一個人，而是多個人，因為他是多個人，所以能創造眾多人物。一個作家是否偉大，往往以他擁有的自我個數而定。」狄更斯寫的是小說，不是自傳，雖然是從自己的生活取材，但只是運用得合於目的。想像與虛構是小說的必要元素，但我們在閱讀時，要注意的是作者欲呈現的觀點，而不是在意小說的真實或虛構。

六、小說的結構（佈局）

巧妙佈局使小說的故事更具可讀性，小說家依據小說故事的單純或複雜，結構上可能採取順敘法、倒敘法、參差法；在鋪陳的時候又可能運用單線式、多線式、複合式、串球式、散亂式的結構型態，為吸引讀者的注意，小說的開場尤其重要，日本作家小泉八雲說過：「絕對不要在開頭的地方開頭」，有些小說可能一開始就介紹主角，《白鯨記》開始時這樣寫道：「我叫做伊斯麥爾。」普魯斯特的《追憶逝水年華》這樣開始：「許久以來，我都習慣很早上床。」狄更斯的《塊肉餘生錄》一書中這樣介紹大衛考伯菲爾的出場：「我是否將成為我自己一生的主角，或是將由其他人來主宰我的一生，本書將有交待。」白先勇〈永遠的尹雪豔〉第一句話是「尹雪豔總也不老」。

小說的結構是使作品成為小說的必要條件，通常小說結構至少要具備四大要點：開場、過場、高潮、結局。開場要能掌握要點，既具有吸引力，也有暗示性，如前段所舉例；結局則可以像一首五言絕句，要含不盡之意，見於言外，如〈掏出你的手帕〉結尾時，主角想掏手帕時卻發現「手帕留給小喬了」。高潮要由過場中自然發展形成，通過高潮（或說衝突）之後，人物的心理可能有所轉變，並且要餘波盪漾。極短篇的結局往往在高潮之後戛然而止，長篇小說則可能有許多高潮，所謂一波未平，一波又起，牽動讀者的心情起伏。

七、小說的敘述觀點

小說的敘述觀點，是指說故事的角度，讀者是跟著說故事者的角度來看故事的，用我們看電影來比喻，就是透過誰的鏡頭看事情的發展。古典小說的說故事者就像說書人，大多採用全知的觀點，也就是說故事的人對於故事中的人物的言行、情節的始末，無所不知，簡直和上帝一樣，全知全能。但此種第三人稱全知觀點，讀者的參與感比較薄弱，所以作者通常會選擇一、兩位主要人物做深入內心的刻畫，其他人物則做比較簡略的描寫，好像山水畫中遠近之分用色彩深淺來分別一樣。

有些小說用第一人稱「我」來說故事，這是第一人稱自知觀點，如果「我」只是個旁觀者，並不是主角，那就叫做第一人稱旁知觀點。另一種用第二人稱敘述觀點的寫法，比較特殊也比較少，有的敘述語調就像內心獨白，對於小說主要人物的言行、心理都瞭如指掌，其實就和第一人稱沒有兩樣，改用第二人稱可能是要拉開讀者的距離感，讓讀者可以冷靜旁觀，減少故事的衝擊力道；有的雖用第二人稱，但完全描繪人物可見的言行，其實和客觀觀點沒有兩樣。

作者衡量題材及所要呈現的觀點，選擇適當的敘述觀點，一旦選定了，就為小說家的紀律所約束，要儘可能維持到底，高行健的《一個人的聖經》採用了多種敘述觀點，文中的「他」和「你」是同一個人，但在章節的轉換上仍有一定規律，使讀者不致發生混淆，高行健得了諾貝爾文學獎之後，有讀者告訴他，看《一個人的聖經》時，是先把「他」的部分全部看完，再回頭看「你」的部分，這種奇特的閱讀法，連創作者都驚奇不已，可見敘述觀點的運用，只是作者選擇一種和讀者溝通的方式。

八、小說的人物

人物是小說主題能否合宜呈現的關鍵，沒有人物描寫，小說就會退回平鋪直述的散文故事。吳爾芙引班奈特說：「一本好小說的基礎在於人物的創造，此外別無其他，我認為所有小說都在處理人物角色的問題，也就是都在表現人物角色。」小說人物和小說一樣，都是取材於現實生活，但又是經過想像而虛擬的，作者在小說中刻畫的人物即使很個人化，但基本上還是有其現實基礎的共通點。佛斯特將小說人物分為圓形人物和扁平人物，圓形（或立體）人物複雜多面，必須費較多筆墨才能表現，而扁平人物又稱類型人物或漫畫人物，顧名思義，是按照一種典型塑造的，可以簡單描繪清楚，個性分明固定，容易辨認。一篇小說裡，若圓形人物太多，不僅作者敘寫功力可能無法照顧，也會模糊焦點，讓讀者弄不清楚主角與配角，但若都是扁平人物，則易流於表面，缺乏深度。通常視篇幅而定，一篇小說最好是一、兩個圓形人物，其餘則搭配一些扁平人物。

九、小說的情節

小說作品的故事，就是情節，我們說一篇小說好看，通常指的是故事性強。一篇小說中有許多情節，這些情節的安排，使得故事的發展有衝突、高潮、懸疑等，來吸引讀者持續看下去，所以每個情節的安排都有必要性，如此小說的佈局才緊湊而有變化，一篇小說情節的安排，通常是開場、糾葛、衝突、和解、衝突、糾葛、平復、結局，視篇幅而在這些一個又一個高潮中發展情節。也有一些散文化的小說淡化情節，也許事件本身平淡無奇，但著重人物心理層面的刻畫，或身邊事物場景的描繪，淡中有味，也是另一種情節的表現。

十、小說的場景

我們在看電影或舞台劇時，最先映入眼簾的畫面就是一個場景。精心設計的立體畫面可以不費筆墨說很多話，小說的場景若費心經營，同樣可以不著痕跡提供許多線索。諸如作品的時代背景，哪一個時代的人物穿哪一個時代的服飾，說哪一個時代的語言，想著哪一個時代的心事，都是有紀律的，黃春明的〈兒子的大玩偶〉並沒有點明是哪一年哪一地發生的故事，但讀者卻可以從主角的言行及周邊場景的描述知道那是七〇年代台灣小鎮的風景。

場景的描寫是人物之外的另一個重點，如果是小場景，可以直接用文字描寫，如果是大場面，那就要設計如何去攝取鏡頭，有時拉開來照顧遠距離的全景，有時採近距離的特寫鏡頭。小說場景除了文字描寫外，也可以用人物對話來表現。場景的選定與變換，是為了情節的推展或完成，每一個場景的轉換都應該是自然的而且是有意義的。

十一、小說的語言文字

小說既然是虛構的散文故事，大體上小說家已具備純熟的文字運用能力，這裡談小說的語言文字是在文字流暢的基礎上，也就是不止是通情達意，而更要經過提煉、創造，使之具有藝術性，同時要能展現個人風格，有的小說家的文字簡練，有的華麗，有的繁複，讓讀者一眼就能辨識出，就是建立了自己的文字風格。

小說的文字還有一個鋪陳功能，寫方塊文字，要在短短的篇幅中表達主要意旨，所以要十句話當一句話寫；寫小說要有情境，有氣氛，有前因後果，所以要一句話當十句話寫，這就是鋪陳，但鋪陳不是拖沓，小說藝術性的展現就在於冗長的描述仍然讓讀者覺得有趣。

小說既然有人物，當然會有對話與獨白，這些對話不僅是表達人物的心聲，還可以表現人物的性格，以及讓情節順利推展，人物的語言可以和作品的語言一致，也可以做調整，譬如作者在描述時使用的是自己的語言文字，但在人物對話時，卻以符合人物身分及心情的語言，這些轉換與使用，都要自然而可信。

十二、我們應當如何閱讀小說？

維吉妮亞吳爾芙在《普通讀者》最後一篇〈我們應當怎樣讀書？〉中說：「我想強調一下標題末尾的問號，即使我能夠為我自己回答這個問題，答案也只適用於我而未必適用於你，一個人能給另一個人提出的關於閱讀的唯一建議，就是不要聽取任何建議，只需依據自己的直覺，運用自己的理智，得出屬於你自己的結論。」本文亦當作如是觀。我們對於閱讀小說的唯一建議，就是不要聽取任何建議，只需依據自己的直覺，運用自己的理智，得出屬於你自己的結論。當然，這個建議的基礎是建立在閱讀完這篇序論之後。

參考書目

1. 王鼎鈞，《文學種籽》（台北：爾雅），二〇〇三年
2. 許建崑等主編，《寫作教室》（台北：麥田），二〇〇四年
3. 齊邦媛，《霧漸漸散的時候》（台北：九歌），一九九八年
4. 張素貞，《現代小說啟事》（台北：九歌），二〇〇三年
5. 維吉妮亞吳爾芙，《普通讀者》（台北：遠流），二〇〇四年
6. 葉石濤，《台灣文學史》（高雄：文學界），一九九六年

一桿「稱仔」

賴和

鎮南威麗村裏，住的人家，大都是勤儉、耐苦、平和、從順的農民。村中除了包辦官業的幾家勢豪，從事公職的幾家下級官吏，其餘都是窮苦的占多數。

村中，秦得參的一家，猶其是窮困的慘痛，當他生下的時候，他父親早就死了。他在世，雖曾贌得幾畝田地耕作，他死了後，只剩下可憐的妻兒。若能得到業主的恩恤，田地繼續贌給他們，雇用工人替她們種作，猶可得稍少利頭，以維持生計。但是富家人，誰肯讓他們的利益，給人家享。若然就不能成其富戶了。所以業主多得幾斗租穀，就轉贌給別人。他父親在世，汗血換來的錢，亦被他帶到地下去。他母子倆的生路，怕要絕望了。

鄰右看她母子倆的孤苦，多為之傷心，有些上了年紀的人，就替他們設法，因為餓死已經不是小事了。結局因鄰人的做媒，他母親就招贅一個夫婿進來。本來做後父的人，很少能體恤前夫的兒子。他後父，把他母親亦只視作一種機器，所以得參，不僅不能得到幸福，又多挨些打罵，他母親因此和後夫就不十分和睦。

幸他母親，耐勞苦、會打算，自己織草鞋、蓄雞鴨、養豚，辛辛苦苦，始能度那近於似人的生活。好容易，到得參九歲的那一年，他母就遣他，去替人家看牛，做長工。這時候，他後父已不大顧到家內，雖然他們母子倆，自己的勞力，經已可免凍餒的威脅。

得參十六歲的時候，他母親教他辭去了長工，回家裏來，想贌幾畝田耕作，可是這時候，贌田就不容易了。因為製糖會社，糖的利益大，雖農民們受過會社刻虧、剝奪，不願意種蔗，會社就加上租聲向業主爭贌，業主們若自己有利益，那管到農民的痛苦，田地就多被會社贌去了。有幾家說是有良心的業主，肯贌給農民，亦要同會社一樣的租聲，得參就贌不到田地。若做會社的勞工呢？有同牛馬一樣，他母親又不肯，只在家裏，等著做些散工。因他的氣力大，做事勤敏，就每天有人喚他工作，比較他做長工的時候，勞力輕省，得錢又多。又得他母親的刻儉，漸積下些錢來。光陰似矢，容易地又過了三年。到得參十八歲的時候，他母親唯一未了的心事，就是為得參娶妻。經他艱難勤苦積下的錢，已夠娶妻之用，就在村中，娶了一個種田的女兒。幸得過門以後，和得參還協力，到田裏工作，不讓一個男人。又值年成好，他一家的生計，暫不覺得困難。

得參的母親，在他二十一歲那年，得了一個男孫子，以後臉上已見時現著笑容，可是亦已衰老了。她心裏的欣慰，使她責任心亦漸放下，因為做母親的義務，經已克盡了。但二十年來的勞苦，使她有限的肉體，再不能支持。亦因責任觀念已弛，精神失了緊張，病魔遂乘虛侵入，病臥幾天，她面上現著十分滿足、快樂的樣子歸到天國去了。這時得參的後父，和他只存了名義上的關係，況他母已死，就各不相干了。

可憐的得參，他的幸福，已和他慈愛的母親，一併失去。

翌年，他又生下一女孩子。家裏頭因失去了母親，須他妻子自己照管，並且有了兒子的拖累，不能和他出外工作，進款就減少一半，所以得參自己不能不加倍工作，這樣辛苦著，過有四年，他的身體，就因過勞，伏下病根。在早季收穫的時候，他患著瘧疾，病了四、五天，才診過一次西醫，花去兩塊多錢，雖則輕快些，腳手尚覺乏力，在這煩忙的時候，而又是勤勉的得參，就不敢閒著在家裏，亦即耐苦到田裏去。到晚上回家，就覺得有點不好過，睡到夜半，寒熱再發起來，翌天已不能離床，這回他不敢再請西醫診治了。他心裏想，三天的工作，還不夠吃一服藥，那得那麼些錢花？但亦不能放他病著，就煎些不用錢的青草，或不多花錢的漢藥服食。雖未全都無效，總隔兩三天，發一回寒熱，經過有好幾個月，纔不再發作。但腹已很脹滿。有人說，他是吃過多的青草致來的，有人說，那就叫脾腫，是吃過西藥所致。在得參總不介意，只礙不能工作，是他最煩惱的所在。

當得參病的時候，他妻子不能不出門去工作，只有讓孩子們在家裏啼哭，和得參呻吟聲相和著。一天或兩餐或一餐，雖不至餓死，一家人多陷入營養不良，猶其是孩子們，猶幸他妻子不再生育。……

一直到年末。得參自己，纔能做些輕的工作，看看尾衙到了，尚找不到相應的工作，若一至新春，萬事停辦了，更沒有做工的機會，所以須積蓄些新春半個月的食糧，得參的心裏，因此就分外煩惱而恐惶了。

末了，聽說鎮上生菜的販路很好。他就想做這項生意，無奈缺少本錢，又因心地坦白，不敢向人家告借，沒有法子，只得教他妻到外家走一遭。

一個小農民的妻子，那有闊的外家，得不到多大幫助，本是應該情理中的事，總難得她嫂子，待她還好，把她唯一的裝飾品——一根金花——借給她，教她去當鋪裏，押幾塊錢，暫作資本。這法子，在她當得帶了幾分危險，其外又別無法子，只得從權了。

一天早上，得參買一擔生菜回來，想吃過早飯，就到鎮上去，這時候，他妻子纔覺到缺少一桿稱仔。「怎麼好？」得參想，「要買一桿，可是官廳的專利品，不是便宜的東西，那兒來得錢？」她妻子趕快到隔鄰去借一桿回來，幸鄰家的好意，把一桿尚覺新新的借來。因為巡警們，專在搜索小民的細故，來做他們的成績，犯罪的事件，發見得多，他們的高昇就快。所以無中生有的事故，含冤莫訴的人們，向來是不勝枚舉。什麼通行取締、道路規則、飲食物規則、行旅法規、度量衡規紀，舉凡日常生活中的一舉一動，通在法的干涉、取締範圍中。——她妻子為慮萬一，就把新的稱仔借來。

這一天的生意，總算不壞，到市散，亦賺到一塊多錢，他就先糴些米，預備新春的糧食。過了幾天糧食足了，他就想，「今年家運太壞，明年家裏，總要換一換氣象纔好，第一廳上奉祀的觀音畫像，要買新的，同時門聯亦要換，不可缺的金銀紙、香燭，亦要買。」再過幾天，生意屢好，他又想炊一灶年糕，就把糖米買回來。他妻子就忍不住，勸他說：「剩下的錢積積下，待贖取那金花，不是更要緊嗎？」得參回答說：「是，我亦不是把這事忘卻，不過今天纔廿五，那筆錢不怕賺不來，就賺不來，本錢亦還在。當鋪裏遲早，總要一個月的利息。」

一晚市散，要回家的時候，他又想到孩子們。新年不能有件新衣裳給他們，做父親的義務，有點不克盡的缺憾，雖不能使孩子們享到幸福，亦須給他們一點喜歡。他就剪了幾尺花布回去。把幾日來的利益，一總花掉。

這一天近午，一下級巡警，巡視到他擔前，目光注視到他擔上的生菜，他就殷勤地問：

「大人，要什麼不要？」

「汝的貨色比較新鮮。」巡警說。

得參接著又說：

「是，城市的人，總比鄉下人享用，不是上等東西，是不合脾胃。」

「花菜賣多少錢？」巡警問。

「大人要的，不用問價，肯要我的東西，就算運氣好。」參說。他就擇幾莖好的，用稻草貫著，恭敬地獻給他。

「不，稱稱看！」巡警幾番推辭著說。誠實的參，亦就掛上稱仔稱一稱，說：

「大人，真客氣啦！纔一斤十四兩。」本來，經過秤稱過，就算買賣，就是有錢的交關，不是白要，亦不能說是贈與。

「不錯罷？」巡警說。

「不錯，本有兩斤足，因是大人要的……」參說。這句話是平常買賣的口吻，不是贈送的表示。

「稱仔不好罷，兩斤就兩斤，何須打扣？」巡警變色地說。

「不，還新新呢！」參泰然地回答。

「拿過來！」巡警赫怒了。

「稱花還很明瞭。」參從容地捧過去說。巡警接在手裏，約略考察一下說：

「不堪用了，拿到警署去！」

「什麼緣故？修理不可嗎？」參說。

「不去嗎？」巡警怒叱著。「不去？畜生！」撲的一聲，巡警把稱仔打斷擲棄，隨抽出胸前的小帳子，把參的名姓、住處，記下。氣憤憤地，回警署去。

參突遭這意外的羞辱，空抱著滿腹的憤恨，在擔邊失神地站著。等巡警去遠了，纔有幾個閑人，近他身邊來。一個較有年紀的說：

「該死的東西，到市上來，只這規紀亦就不懂？要做什麼生意？汝說幾斤幾兩，難道他的錢汝敢拿嗎？」

「難道我們的東西，該白送給他的嗎？」參不平地回答。

「唉！汝不曉得他的厲害，汝還未嘗到他，青草膏的滋味。」那有年紀的嘲笑地說。

「什麼？做官的就可任意凌辱人民嗎？」參說。

「硬漢！」有人說。眾人議論一回、批評一回，亦就散去。

得參回到家裏，夜飯前吃不下，只悶悶地一句話不說。經他妻子殷勤的探問，才把白天所遭的事告訴給她。

「寬心罷！」妻子說，「這幾天的所得，買一桿新的還給人家，剩下的猶足贖取那金花回來。休息罷，明天亦不用出去，新春要的物件，大概準備下，但是，今年運氣太壞，怕運裏帶有官符，經這一回事，明年快就出運，亦不一定。」

參休息過一天，看看沒有什麼動靜，況明天就是除夕日，只剩得一天的生意，他就安坐不來，絕早挑上菜擔，到鎮上去。此時，天色還未大亮，在曉景朦朧中，市上人聲，早就沸騰，使人愈感到「年華垂盡，人生頃刻」的悵惘。

到天亮后，各擔各色貨，多要完了，有的人，已收起擔頭，要回去圍爐，過那團圓的除夕，償一償終年的勞苦，享受著家庭的快樂。當這時參又遇到那巡警。

「畜生，昨天跑那兒去？」巡警說。

「什麼？怎得隨便罵人？」參回說。

「畜生，到衙門去！」巡警說。

「去就去呢，什麼畜生？」參說。

巡警瞪他一眼便帶他上衙門去。

「汝秦得參嗎？」法官在座上問。

「是，小人，是。」參跪在地上回答說。

「汝曾犯過罪嗎？」法官。

「小人生來將三十歲了，曾未犯過一次法。」參。

「以前不管他，這回違犯著度量衡規則。」法官。

「唉！冤枉啊！」參。

「什麼？沒有這樣事嗎？」法官。

「這事是冤枉的啊！」參。

「但是，巡警的報告，總沒有錯啊！」法官。

「實在冤枉啊！」參。

「既然違犯了，總不能輕恕，只科罰汝三塊錢，就算是格外恩典。」官。

「可是，沒有錢」參。

「沒有錢，就坐監三天，有沒有？」官。

「沒有錢！」參說，在他心裏的打算：新春的閒時節，監禁三天，是不關係什麼，還是三塊錢的用處大，所以他就甘心去受監禁。

參的妻子，本想洗完了衣裳，纔到當舖裏去，贖取那根金花。還未曾出門，已聽到這凶消息，她想：在這時候，有誰可央托，有誰能為她奔走？愈想愈沒有法子，愈覺傷心，只有哭的一法，可以少舒心裏的痛苦，所以，只守在家裏哭。后經鄰右的勸慰、教導，纔帶著金花的價錢，到衙門去，想探探消息。

鄉下人，一見巡警的面，就怕到五分，況是進衙門裏去，又是不見世面的婦人，心裏的驚恐，就可想而知了。她剛跨進郡衙的門限，被一巡警的「要做什麼」的一聲呼喝，已嚇得倒退到門外去，幸有一十四來歲的小使，出來查問，她就哀求他，替伊探查，難得那孩子，童心還在，不會倚勢欺人，誠懇地，替伊設法，教她拿出三塊錢，代繳進去。

「纔監禁下，什麼就釋出來？」參心裏，正在懷疑地自問。出來到衙前，看著她妻子。

「為什麼到這兒來？」參對著妻子問。

「聽……說被拉進去！」她微咽著聲回答。

「不犯到什麼事，不至殺頭怕什麼。」參怏怏地說。

他們來到街上，市已經散了，處處聽到辭年的爆竹聲。

「金花取回未？」參問他妻子。

「還未曾出門，就聽到這消息，我趕緊到衙門去，在那兒繳去三塊，現在還不夠。」妻子回答他說。

「唔！」參恍然地發出這一聲，就拿出早上賺到的三塊錢，給他妻子說：

「我挑擔子回去，當舖怕要關閉了，快一點去，取出就回來罷。」

圍過爐，孩子們因明早要絕早起來開正，各已睡下，在作他們幸福的夢。參尚在室內踱來踱去。經他妻子幾次的催促，他總沒有聽見似的，心裏只在想，總覺有一種，不明瞭的悲哀，只不住漏出幾聲的嘆息，「人不像個人，畜生，誰願意做。這是什麼世間？活著倒不若死了快樂。」他喃喃地獨語著，忽又回憶到他母親死時，快樂的容貌。他已懷抱著最後的覺悟。

元旦，參的家裏，忽譁然發生一陣叫喊、哀鳴、啼哭。隨后，又聽著說：「什麼都沒有嗎？」

「只銀紙備辦在，別的什麼都沒有。」

同時，市上亦盛傳著，一個夜巡的警吏，被殺在道上。

這一幕悲劇，看過好久，每欲描寫出來，但一經回憶，總被悲哀填滿了腦袋，不能著筆。近日看到法朗士的克拉格比，纔覺這樣事，不一定在未開的國裏，凡強權行使的地上，總會發生，遂不顧文字的陋劣，就寫出給文家批判。

十二月四夜記

——原載於《台灣民報》九十二、九十三號，一九二六年二月十四日、二十一日

——《賴和全集‧小說卷》，前衛出版社

作者簡介

賴和，本名賴癸河，一名賴河，另有筆名懶雲、甫三、安都生、走街仙等。一八九三年（民前十八年）生，卒於一九四三年，享年五十歲。台灣彰化人，台灣醫學校（台大醫學院前身）畢業，在彰化創立賴和醫院，且曾赴廈門博愛醫院工作。除行醫外，亦積極投入抗日活動與文學創作；一九二一年十月加入台灣文化協會，被選為理事；後擔任《台灣民報》文藝欄主編，積極推展台灣新文學運動。一生著作包括了舊詩、新詩、小說、隨筆、雜文和日記等，作品雖少，但其中〈鬥熱鬧〉、〈一桿「稱仔」〉等二十篇現代小說，卻受到許多討論、肯定和推崇，有「台灣文學之父」的美稱。

作品賞析

賴和開始寫作時，日本統治台灣已三十年，日本國語教育相當普及，社會環境幾乎不可為的時代裡，他堅持用中文創作，而且在作品中大量運用台灣人的生活語言，加上一生行醫救死扶傷的賴和，只能在深夜極有限的時間從事創作，並且投入當時啟蒙大眾的文化運動、資助革命抗日，還因為反日政治事件而兩次入獄，以如此不足而且惡劣的環境中創作出來的作品，賴和小說的文學成就，已經超越他作品所呈現的藝術質地。

就以收錄在許多版本的文學教科書中的〈一桿「稱仔」〉而言，由於本文是由日文翻譯過來，一些文句並不流暢，甚至有些拗口，如「始能度那近於似人的生活」，因此閱讀賴和的作品，最主要的是他作品中所呈現的時代意義與社會面向，他的偉大人格、思想情操以及重要的歷史意義。賴和是一位知識分子，他深深觀察到台灣平民的封建愚昧是苦難生活的源頭，本文一如賴和其他作品，這個巡警索賄不成、憤而打斷棄擲秤子、主角最後覺醒以自我犧牲殺死酷吏作結的故事，凸顯作者作品中的三大主要人物：台灣平民、新舊士紳與日本統治工具，藉著他們之間的矛盾衝突，控訴日本帝國殖民統治下，台灣社會平民的痛苦遭遇，主角秦得參最後悟到母親死時快樂的笑容，以及自己「總覺有一種，不明瞭的悲哀」的感受，正是當時平民的心情寫照。

◇延伸閱讀

1. 賴和，《賴和全集》，前衛出版社，一九九四年七月十五日
2. 施淑，〈稱子與稱錘——論賴和小說的思想性〉，《賴和全集》，前衛出版社，一九九一年二月一日，頁二

七五—二七六

3.呂興忠，〈賴和小說的技巧與思想〉，《賴和研究資料彙編（下）》，彰化縣立文化中心，一九九四年六月，頁四九二—五〇一

4.葉石濤，〈賴和的寫實主義〉，《台灣新聞報》第十九版，一九九五年十月十四日

5.林瑞明，《台灣文學與時代精神——賴和研究論集》，允晨文化，一九九三年八月

6.陳昭瑛，〈一根金花：論賴和的〈一桿「稱仔」〉〉，《中國現代文學理論》第九期，一九九八年三月，頁二二三—二三六

7.應鳳凰，〈賴和的短篇小說〈一桿「秤仔」〉〉，《國語日報》第五版，二〇〇二年四月十三日

送報伕

楊逵 著
胡風 譯

「呵！這可好了！……」

我想。我感到了像背著很重很重的東西，快要被壓扁了的時候，終於卸了下來似的那種輕快。因為，我來到東京以後，一混就快一個月了，在這將近一個月的中間，我每天由絕早到深夜，到東京市底一個一個職業介紹所去，還把市內和郊外劃成幾個區域，走遍各處找尋職業，但直到現在還沒有找到一個讓我做工的地方。而且，帶來的二十圓只剩有六圓二十錢了，留給帶著三個弟妹的母親的十圓，已經過了一個月，也是快要用完了的時候。

在這樣惴惴不安的時候，而且是從報紙上看到了全國失業者三百萬的消息而吃驚的時候，偶然在××派報所底玻璃窗上看到「募集送報伕」的紙條子，我高興得差不多要跳起來了。

「這可找著了立志底機會了。」

我胸口突突地跳，跑到××派報所底門口，推開門，恭恭敬敬地打了個鞠躬。

「請問……」

是下午三點鐘。好像晚報剛剛到，滿房子裏都是「咻！咻！」的聲音，在忙亂地疊著報紙。

在短的勞動服中間，只有一個像是老闆的男子，頭髮整齊地分開，穿著上等的西裝，坐在椅子上對著桌子。他把烟捲從嘴上拿到手裏，大模大樣地和烟一起吐出了一句：

「什麼事？……」

「呃……送報伕……」

我說著就指一指玻璃窗上的紙條子。

老闆底聲音是嚴厲的。我像要被壓住似地，發不出聲音來。

「你……想試一試麼？……」

「是……的是。想請您收留我……」

「那麼……讀一讀這個規定，同意就馬上來。」

他指著貼在裏面壁上的用大紙寫的分條的規定。

第一條第二條第三條地讀下去的時候，我陡然瞠目地驚住了。

第三條寫著要保證金十圓。我再讀不下去了，眼睛發暈……。

過了一會回轉頭來的老闆，看我到那種啞然的樣子，問

「怎樣？……同意麼？……」

「是……是的。同意是都同意，只是保證金還差四圓不夠……」

聽了我底話，老闆從頭到腳地仔細地望了我一會。

「看到你這付樣子，覺得可憐，不好說不行。那麼，你得要比別人加倍地認真做事！懂麼？」

「是！懂了！真是感謝得很。」

我重新把頭低到他底腳尖那裏，說了謝意。於是把另外鄭重地裝在襯衫口袋裏面，用別針別著的一張五圓票子和錢包裏面的一圓二十錢拿出來，恭恭敬敬地送到老闆底面前，再說一遍：

「真是感謝得很。」

老闆隨便地把錢塞進抽屜裏面說：

「進來等著。叫做田中的照應你，要好好地聽話！」

「是，是。」我低著頭坐下了。從心底裏歡喜著，一面想：

——不曉得叫做田中的是怎樣一個人？……要是那個穿學生裝的人才好呢！……

電燈開了，外面是漆黑的。

老闆把抽屜都上好了鎖，走了。店子裏面空空洞洞的，一個人也沒有。似乎老闆另外有房子。不久，穿勞動服的回來了一個，回來了兩個，暫時冷清清的房子裏面又騷擾起來了。我要找那個叫做田中的，馬上找住一個人打聽了。

「田中君！」那個男子並不回答我，卻向著樓上替我喊了田中。

「什麼？……哪個喊？」

一面回答，從樓上衝下了一個男子，看來似乎不怎樣壞。也穿著學生裝。

「啊……是田中先生麼？……我是剛剛進店的，主人吩咐我要承您照應……拜託拜託。」

我恭敬地鞠一個躬，衷心地說了我底來意，那男子臉紅了，轉向一邊說：

「呵呵，彼此一樣。」

大概是沒有受過這樣恭敬的鞠躬，有點承不住罷。

「那麼……上樓去。」說著就登登地上去了。

我也跟著他上了樓。說是樓，但並不是普通的樓，站起來就要碰著屋頂。

到現在為止，我住在本所（東京區名，工人區域）底××木賃宿（大多為失業工人和流浪者的下等宿舍）裏面。有一天晚上，什麼地方底大學生來參觀，穿過了我們住的地方，一面走過一面都說，「好壞的地方！這樣窄的地方睡著這麼多的人！」

然而這個××派報所底樓上，比那還要壞十倍。

蓆子底面皮都脫光了，只有草。要睡在草上面，而且是髒得漆黑的。

也有兩三個人擠在一堆講著話，但大半都鑽在被頭裏面睡著了。看一看，是三個人蓋一牀，被從那邊牆根起，一順地擠著。

我茫然地望著房子裏面的時候，忽然聽到了哭聲，吃驚了。

一看，有一個十四五歲的少年男子在我背後的角落裏哭著，嗚嗚地響著鼻子。他旁邊的一個男子似乎在低聲地用什麼話安慰他，然而聽不見。我是剛剛來的，沒有管這樣的事的勇氣，但不安總是不安的。

——我有了職業正在高興，那個少年為什麼這時候在嗚嗚地哭呢？……

結果我自己確定了，那個少年是因為年紀小，想家想得哭了的罷。這樣我自己就安了心了。

昏昏之間，八點鐘一敲，電鈴就「令！令！令！」地響了。我又吃了一驚。

「要睡了，喂。早上要早呢……兩點到三點之間報就到的，那時候大家都得起來……」

田中這樣告訴了我。

一看，先前從那邊牆根排起的人頭，一列一列地多了起來，房子已經擠得滿滿的。田中拿出了被頭，我和他還有一個叫做佐藤的男子一起睡了。擠得緊緊的，動都不能動。

和把瓷器裝在箱子裏面一樣，一點空隙也沒有。不，說是像沙丁魚罐頭還要恰當些。

在鄉間，我是在寬地方睡慣了的。鄉間底家雖然壞，但我底癖氣總是要掃得乾乾淨淨的。因為我怕跳虱。

可是，這個派報所卻是跳虱窠，從腳上、腰上、大腿上、肚子上、胸口上一齊攻擊來了，癢得忍耐不住。本所底木賃宿也同樣是跳虱窠，但那裏不像這樣擠得緊緊的，我還能夠常常起來捉一捉。至於這個屋頂裏面，是這樣一動都不能動的沙丁魚罐頭，我除了咬緊牙根忍耐以外，沒有別的法子。

但一想到好容易才找到了職業，這一點點……就滿不在乎了。

「比別人加倍地勞動，加倍地用功罷。」想著我就興奮起來了。因為這興奮和跳虱底襲擊，九點敲了，十點敲了，都不能夠睡著。

到再沒有什麼可想的時候，我就數人底腦袋。連我在內二十九個。第二天白天數一數看，這間房子一共舖十二張蓆子。平均每張蓆子要睡兩個半人。

這樣混呀混的，小便漲起來了。碰巧我是夾在田中和佐藤之間睡著的，要起來實在難極了。想，大家都睡得爛熟的，不好掀起被頭把人家弄醒了。想輕輕地從頭那一面抽出來，但離開頭一寸遠的地方就排著對面那一排的頭。

我斜起身子，用手撐住，很謹愼地（大概花了五分鐘罷）想把身子抽出來，但依然碰到了佐藤君一下，他翻了一個身，幸而沒有把他弄醒……

這樣地，起來算是起來了，但要走到樓梯口去又是一件苦事。頭那方面，頭與頭之間相隔不過一寸，沒有插足的地方。腳比身體佔面積小，算是有一些空隙。可是，腳都在被頭裏面，哪是腳哪是空隙，卻不容易弄清楚。我仔仔細細地找，找到可以插足的地方，就走一步，好容易才這樣地走到了樓梯口。中間還踩著了一個人底腳，吃驚地跳了起來。

小便回來的時候，我又經驗了一個大的困難。要走到自己的舖位，那困難和出來的時候固然沒有兩樣，但走到自己底舖位一看，被我剛才起來的時候碰了一下翻了一個身的佐藤君，把我底地方完全佔去了。

今天才碰在一起，不知道他底性子，不好叫醒他；只好暫時坐在那裏，一點辦法也沒有。過一會，在不弄醒他的程度之內我略略地推開他底身子，花了半點鐘好容易才擠開了一個可以放下腰的空處。我趕快在他們放頭的地方斜躺下來。把兩隻腳塞進被頭裏面，在冷的十二月夜裏累出了汗才弄回了睡覺的地方。

敲十二點鐘的時候我還睜著眼睛睡不著。

被人狠狠地搖著肩頭，張開眼睛一看，房子裏面騷亂得好像戰場一樣。昨晚八點鐘報告睡覺的電鈴又在喧鬧地響著。響聲一止，下面的鐘就敲了兩下。我似乎沒有睡到兩個鐘頭。腦袋昏昏的，沉重。

大家都收拾好被頭登登地跑下樓去了。擦著重的眼皮，我也跟著下去了。樓下有的人已經在開始疊報紙，有的人用溼手巾擦著臉，有的人用手指洗牙齒。沒有洗臉盆，也沒有牙粉。不用說，不會有這樣文明的東西。我並且連手巾都沒有。我用水管子的冷水沖一沖臉，再用袖子擦乾了。接著急忙地跑到疊著報紙的田中君底旁邊，從他分得了一些報紙，開始學習怎樣疊了。起初的十份有些不順手，那以後就不比別人遲好多，能夠合著大家的調子疊了。

「咻！咻！咻！咻！」自己的心情也和著這個調子，非常地明朗，睡眠不夠的重的腦袋也輕快起來了。

早疊完了的人，一個走了，兩個走了出去分送去了。我和田中是第三。

外面，因為兩三天以來積到齊膝蓋那麼深的雪還沒有完全消完，所以雖然是早上三點以前，但並不怎樣暗。

冷風颯颯地刺著臉。雖然穿了一件夾衣，三件單衣，一件衛生衣（這是我全部的衣服）出來，但我卻冷得牙齒閣閣地作響。尤其苦的是，雪正在融化，雪下面都是冰水，因為一個月以來不停地繼續走路，我底足袋〔相當於襪子，但勞動者多穿上有橡皮底的足袋，就可以走路或工作了〕底子差不多滿是窟窿，這比赤腳走在冰上還要苦。還沒有走幾步我底腳就凍僵了。

然而，想到一個月中間為了找職業，走了多少冤枉路，想到帶著三個弟妹走途無路的母親，想到全國的失業者有三百萬人……這就滿不在乎了。我自己鞭策我自己，打起精神來走，腳特別用力地踏。

田中在我底前面，也特別用力地踏，用一種奇怪的步伐走著。每次從雨板塞進報紙的時候，就告訴了我那家底名字。

這樣地，我們從這一條路轉到那一條路，穿過小路和橫巷，把二百五十份左右的報紙完全分送了的時候，天空已經明亮了。

我們急急地往回家的路上走。肚子空空地隱隱作痛。昨晚上，六圓二十錢完全被老闆拿去作了保證金，晚飯都沒有吃；昨天底早上，中午——不……這幾天以來，望著漸漸少下去的錢，覺得惴惴不安，終於沒有吃過一次飽肚子。

現在一回去都有香的豆汁湯（日本人早飯時喝的一種湯）和飯在等著，馬上可以吃一個飽——想著，就好像那已經擺在眼前一樣，不禁流起口涎來了。

「這次一定能夠安心地吃個飽。——這樣一想，腳上底冷，身上底顫抖，肚子底痛，似乎都忘記了一樣，爽快極了。」

可是，田中並不把我帶回店子去，卻走進稍稍前面一點的橫巷子，站在那個角角上的飯店前面。昏昏地，我一切都莫名其妙了。我是自己確定了店子方面會供給伙食的。但現在田中君卻把我帶到了飯店前面。而且，我一文都沒有。……

「田中君……」我喊住了正要拿手開門的田中君，說，「田中君……我沒有錢……昨天所有的六圓二十錢，都交給主人作保證金了。……」

田中停住了手，呆呆地望了我一會兒，於是像下了決心一樣。

「那麼……進去罷。我墊給你……」拿手把門推開，催我進去。

我底勇氣不曉得消失到什麼地方去了。……

好容易以為能夠安心地吃飽肚子，卻又是這樣的結果。我悲哀了。

「但是，這樣地勞動著，請他墊了一定能夠還他的。」這樣一想才勉強打起了精神。吃了一個半飽。

「喂……夠麼？……不要緊的，吃飽呵……」

田中是比我想像的還要溫和的懂事的男子，看見我這樣大的身體，還沒有吃他底一半多就放下了筷子，這樣地鼓勵我。

但我覺得對不起他，再也吃不下去了，雖然肚子還是餓的。

「已經夠了。謝謝你。」說著我把眼睛望著旁邊。

因為，望著他就覺得抱歉，害羞得很。

似乎同事們都到這裏來吃飯。現在有幾個人在吃，也有吃完了走出去的，也有接著進來的。——許多的面孔似乎見過。

田中君付了賬以後，我跟他走出來了。他吃了十二錢，我吃了八錢。

出來以後，我想再謝謝他，走近他底身邊，但他底那種態度（一點都不傲慢，但不喜歡被別人道謝，所以顯得很不安）我就不作聲了。他也不作聲地走著。

回到店子裏走上樓一看，早的人已經回來了七八個。有的到學校去，有的在看書，有的在談話，還有兩三個人攤出被頭來鑽進去睡了。

看到別人上學校去，我恨不得很快地也能夠那樣。但一想到發工錢為止的飯錢，我就悶氣起來了。不能總是請田中君代墊的。聽說田中君也在上學，一定沒有多餘的錢，能為我墊出多少是疑問。

我這樣地煩悶地想著，靠在壁上坐著，從窗子望著大路，預備好了到學校去的田中君，把一隻五十錢的角子夾在兩個指頭中間，對我說：

「這借給你，拿著吃午飯罷，明後日再想法子。」

我不能推辭，但也沒有馬上拿出手來的勇氣。我凝視著那角子說：

「不……要緊？」

「不要緊。拿著罷。」他把那銀角子擺在我膝頭上，登登地跑下樓去了。

我趕快把那拿起來，捏得緊緊地，又把眼睛朝向了窗外。

對於田中底親切，我幾乎感激得流出淚來了。

「生活有了辦法，得好好地謝一謝他。」

我這樣地想了。忽然又聽到了「嗚嗚！」的哭聲，吃驚地回過了頭來，還是昨晚上哭的那個十四五歲的少年。

他戀戀不捨似地打著包袱，依然「嗚嗚！」地縮著鼻子，走下樓梯去了。

「大概是想家罷。」我和昨晚上一樣地這樣決定了，再把臉朝向了窗外。過不一會，我看見了向大路底那一頭走去，漸漸地小了，時時回轉頭來的他底後影。

不知怎地，我悲哀起來了。

那天送晚報的時候，我又跟著田中君走。從第二天早上起，我抱著報紙分送，田中跟在我後面，錯了的時候就提醒我。

這一天非常冷。路上的水都凍了，滑得很，穿著沒有底的足袋的我，更加吃不消。手不能和昨天一樣總是放在懷裏面，凍僵了。從雨板送進報紙去都很困難。

雖然如此，我半點鐘都沒有遲地把報送完了。

「你底腦筋真好！僅僅跟著走兩趟，二百五十個地方差不多沒有錯。……」

在回家的路上，田中君這樣地誇獎了我，我自己也覺得做得很得手。被提醒的只有兩三次在交叉路口上稍稍弄不清的時候。

那一天恰好是星期日，田中沒有課。吃了早飯，他約我去推銷定戶，我們一起出去了。我們兩個成了好朋友，一面走一面說著種種的事情。我高興得到了田中君這樣的朋友。

我向他打聽了種種學校底情形以後，說：

「我也趕快進個什麼學校。……」

他說：

「好的！我們兩個互相幫助，拼命地幹下去罷。」

這樣地，每天田中君甚至節省他底飯錢，借給我開飯賬，買足袋。

「送報的地方完全記好了麼？」

第三天的早報送來了的時候，老闆這樣地問我。

「呃，完全記好了。」

這樣地回答的我，心裏非常爽快，起了一種似乎有點自傲的飄飄然心情。

「那麼，從今天起，你去推銷定戶罷。報可以暫時由田中送。但有什麼事故的時候，你還得去送的，不要忘記了！」老闆這樣地發了命令。不能和田中一起走，並不是不有些覺得寂寞，但曉得不會能夠隨自己底意思，就用了什麼都幹的決心，爽爽快快地答應了「是！」田中君早上晚上還能夠在一起的。就是送報罷，也不能夠總是兩個人一起走，所以無論叫我做什麼都好。有飯吃，能夠多少寄一點錢給媽媽，就行了。而且我想，推銷定戶，晚上是空的，並不是不能夠上學（日本有為白天做事的人辦的夜學）。

於是從那一天起，我不去送報，專門出街去推銷定戶了。早上八點鐘出門，中午在路上的飯店吃飯，晚上六點左右才回店，僅僅只推銷了六份。

第二天八份，第三天十份，那以後總是十份到七份之間。

每次推銷回來的時候，老闆總是怒目地望著我，說成績壞。進店的第十天，他比往日更猛烈地對我說：

「成績總是壞！要推銷十五份，不能推銷十五份不行的！」

十五份！想一想，比現在要多一倍。就是現在，我是沒有休息地拼命地幹。到底從什麼地方能夠多推銷一倍呢？

我著急起來了。

第二天，天還沒有亮，我就出了門，但推銷和送報不同，非會到人不可，起得這樣早卻沒有用處。和強賣一樣地，到夜深為止，順手推進一家一家的門，哀求，但依然沒有什麼好效果。而且，這樣冷的晚上，到九點左右，大概都把門上了閂，一點辦法都沒有。

這一天好容易推銷了十一份。離十五份還差四份。雖然想再多推銷一些，但無論如何做不到。累得不堪地回到店子的時候，十點只差十分了。八點鐘睡覺的同事們，已經睡了一覺，老闆也睡了。第二天早上向老闆報告了以後，他兇兇地說：

「十一份？……不夠不夠……還要大大地努力。這不行！」

事實上，我以為這一次一定會被誇獎的，然而卻是這付兇兇的樣子，我膽怯起來了。

雖然如此，我沒有說一個「不」字。到底有什麼地方比奴隸好些呢？

「是……是……」我除了屈服沒有別的法子。不用說，我又出去推銷去了。這一天慘得很。我傷心得要哭了。依然是晚上十點左右才回來，但僅僅只推銷了六份。十一份都連說「不行不行，」六份怎樣報告呢？……（後來聽到講，在這種場合同事們常常揑造出烏有讀者來暫時渡過難關。可是，揑造的烏有讀者底報錢，非自己剮荷包不可。甚至有的人把收入底一半替這種烏有讀者付了報錢。當然，老闆是沒有理由反對這種烏有讀者的。）

第二天，我惶惶恐恐地走到主人底前面，他一聽說六份就馬上臉色一變，勃然大怒了。臉漲得通紅，用右手拍著桌子。

「六份？……你到底到什麼地方玩了來的？不是連保證金都不夠很同情地把你收留下來的麼？忘記了那時候你答應比別人加倍地出力麼？走你底！你這種東西是沒有用的！馬上滾出去！」他以保證金不足為口實，咆哮起來了。

和從前一樣，想到帶著三個弟妹的母親，想到三百萬的失業者，想到走了一個月的冤枉路都沒有找到職業的情形，咬著牙根地忍住了。

「可是……從這條街到那條街，一家都沒有漏地問了五百家，不要的地方不要，定了的地方定了，在指定的區域內，差不多和捉虱一樣地找遍了。……」

我想這樣回答，這樣回答也是當然的，但我卻沒有這樣說的勇氣。而且，事實上這樣回答了就要馬上失業。所以我只好說：

「從明天起要更加出力，這次請原諒……」除了這樣哀求沒有別的法子。但是，老實說，這以上，我不曉得應該怎樣出力。第二天底成績馬上證明了。

那以後，每天推銷的數目是，三份或四份，頂多不能超過六份。這並不是我故意偷懶，實在是因為在指定的區域內，似乎可以定的都定了，每天找到的三四個人大抵是新搬家的。

「因為同情你，把你底工錢算好了，馬上拿著到別的地方去罷。本店辦事嚴格，規定是，無論什麼時候，不到一個月的不給工錢。這是特別的，對無論什麼人不要講，拿去罷，到你高興的地方去。可憐固然可憐，但像你這樣沒有用的男子，沒有辦法！」

是第二十天，老闆把我叫到他面前去，這樣教訓了以後，就把下面算好了的賬和四圓二十五錢推給我，馬上和忘記了我底存在一樣，對著桌子做起事來了。

我失神地看了一看賬：

每推銷報紙一份　五錢
推銷報紙總數　八十五份
合計　四圓二十五錢

我吃驚了，現在被趕出去，怎麼辦，……尤其是，看到四圓二十五錢的時候，我暫時啞然地不能開口。接連二十天，從早上六點鐘轉到晚上九點左右，僅僅只有四圓二十五錢！

「既是錢都拿出來了，無論怎樣說都是白費。沒法。但是，只有四圓二十五錢，錯了罷。」這樣想就問他：

「錢數沒有錯麼？……」

老闆突然現出兇猛的面孔，逼到我鼻子跟前：

「錯了？什麼地方錯了？」

「一連二十天……」

「二十天怎樣？一年，十年，都是一樣的！不勞動的東西，會從哪裏掉下錢來！」

「我沒有休息一下。……」

「什麼？沒有休息？反對罷？應該說沒有勞動！」

「……」我不曉得應該怎樣說了。灰了心，想：

「加上保證金六圓二十錢，就有十四圓四十五錢，把這二十天從田中君借的八圓還了以後，還有二圓二十五錢。吵也沒有用處。不要說什麼了，把保證金拿了走罷。」

「沒有法子！請把保證金還給我。」我這樣一說，老闆好像把我看成了一個大糊塗蛋，嘲笑地說：

「保證金？記不記得，你讀了規定以後，說一切都同意，只是保證金不夠？忘記了麼？還是把規定忘記了？如果忘記了，再把規定讀一遍看！」

我又吃驚了：那時候只是耽心保證金不夠，後面沒有讀下去，不曉得到底是怎樣寫的……我胸口「東！東！」地跳著，讀起規定來。跳過前面三條，把第四條讀了：

那裏明明白白地寫著：

第四條、只有繼續服務四個月以上者才交還保證金。

我覺得心臟破裂了，血液和怒濤一樣地漲滿了全身。

睨視著我的老闆底臉依然帶著滑稽的微笑。

「怎麼樣？還想交回保證金麼？乖乖地走！還在這裏纏，一錢都不給！剛才看過了大概曉得，第七條還寫著服務未滿一月者不給工錢呢！」

我因為被第四條嚇住了，沒有讀下去，轉臉一看，果然，和他所說的一樣，一字不錯地寫在那裏。

我眼裏含著淚，歪歪倒倒地離開了那裏。玻璃窗上面，惹起我底痛恨的「募集送報伕」的紙條子，鮮明得可惡地又貼在那裏。

我離開了那裏就乘電車跑到田中底學校前面，把經過告訴他，要求他：

「借的錢先還你三圓，其餘的再想法子。請把這一圓二十五錢留給我暫時的用費。……」

田中向我聲明他連想我還他一錢的意思都沒有。

「沒有想到你都這樣地出去。你進店的那一天不曉得看到一個十四五歲的小孩子沒有，他也是和你一樣地上了鉤的。他推銷定戶完全失敗了，六天之間被騙去十圓保證金，一錢也沒有得到走了的。」

「以後，我們非想個什麼對抗的法子不可！」他下了大決心似地說。

原來，我們餓苦了的失業者被那個比釣魚餌底牽引力還強的紙條子釣上了。算是混蛋的東西。

我對於田中底人格非常地感激，和他分手了。給毫無遮蓋地看到了這兩個極端的人，現在更加吃驚了。

一面是田中，甚至節儉自己底伙食，借給我付飯錢，買足袋，聽到我被趕出來了，連連說「不要緊！不要緊！」把要還他的錢，推還給我；一面是人面獸心的派報所老闆，從原來就因為失業困苦得沒有辦法的我這裏把錢搶去了以後，就把我趕了出來，為了肥他自己，把別人殺掉都可以。

我想到這個惡鬼一樣的派報所老闆就膽怯了起來，甚至想逃回鄉間去。然而，要花三十五圓的輪船火車費，這一大筆款子就是把腦殼賣掉了也籌不出來的，我避開人多的大街走，當在上野公園底椅子上坐下的時候，暫時癱軟了下來，心裏面是怎樣哭了的呀！

過了一會，因為想到了田中，才覺得精神硬朗了一些。想著就起了捨不得和他離開的心境。昏昏地這樣想來想去，終於想起了留在故鄉的，帶著三個弟妹的，大概已經正在被饑餓圍攻的母親，又感到了心臟和被絞一樣地難過。

同時，我好像第一次發見了故鄉也沒有什麼不同，顫抖了。那同樣的是和派報所老闆似地逼到面前，吸我們底血，剮我們底肉，想擠乾我們底骨髓，把我們打進了這樣的地獄裏面。

否則，我現在不會在這裏這樣狼狽不堪，應該是和母親弟妹一起在享受著平靜的農民生活。到父親一代為止的我們家裏，是自耕農，有五平方「反」〔日本田地計數，為一平方町的十分之一〕的田和五平方「反」的地。所以生活沒有感到過困難。

然而，數年前，我們村裏的××製糖公司說是要開辦農場，為了收買土地大大地活動起來了。不用說，開始誰也不肯，因為是看得和自己底性命一樣貴重的耕地。

但他們決定了要幹的事情，公司方面不會無結果地收場的。過了兩三天，警察方面發下了舉行家長會議的通知，由保甲經手，村子裏一家不漏地都送到了。後面還寫著「隨身攜帶圖章。」

我那時候十五歲，是公立學校底五年生，雖然是五六年以前的事，但因為印象太深了，當時的樣子還能夠明瞭地記得。全村子捲入了大恐慌裏面。

那時候父親當著保正，保內的老頭子老婆子在這個通知發下來之前就緊張起來了的空氣裏面，戰戰兢兢地帶著哭臉接續不斷地跑到我家裏來，用了打顫的聲音問：

「怎麼辦？……」

「怎麼得了？……」

「什麼一回事？……」

同是這個時候，我有三次發見了父親躲著流淚。

在這樣的空氣裏面，會議在發下通知的第二天下午一點開了。會場是村子中央的媽祖廟。因為有不到者從嚴處罰的預告，各家底家長都來了，有四五百人罷。相當大的廟擠得滿滿的。學校下午沒有課，我躲在角落裏看情形。因為我幾次發見了父親底哭臉甚為耽心。

鈴一響，一個大肚子光頭殼的人站在桌子上面，裝腔作勢地這樣地說：

「為了這個村子底利益，本公司現在決定了在這個村子北方一帶開設農場。說好了要收買你們底土地，前幾天連地圖都貼出來了，叫在那區域內有土地的人攜帶圖章到公司來會面，但直到現在，沒有一個人照辦。特別煩請原料委員一家一家地去訪問所有者，可是，好像都有陰謀一樣，沒有一個人肯答應。這個事實應該看作是共謀，但公司方面不願這樣解釋，所以今天把大家叫到這裏來。回頭大人〔日據時期臺胞對警察的稱呼〕和村長先生要講話，使大家都能夠了解，講過了以後請都在這紙上蓋一個印。公司預備出比普通更高的價錢……呃哼！」這一番話是由當時我們五年生底主任教員陳訓導翻譯的，他把「陰謀」、「共謀」說得特別重，大家都吃了一驚，你望望我我望望你。

其次是警部補老爺，本村底警察分所主任。他一站到桌子上，就用了凜然的眼光望了一圈。於是大聲地吼：

「剛才山村先生也說過，公司這次的計劃，徹頭徹尾是為了本村利益。對於公司底計劃，我們要誠懇地感謝才是道理！想一想看！現在你們把土地賣給公司……而且賣得到高的價錢，於是公司在這村子裏建設模範的農場。這樣，村子就一天一天地發展下去。公司選了這個村子，我們應該當作光榮的事情……然而，聽說一部分人有『陰謀』，對於這種『非國民』，我是決不寬恕的。……」

他底翻譯是林巡查，和陳訓導一樣，把「陰謀」、「非國民」、「決不寬恕」說得特別重，大家又面面相覷了。

因為，對於懷過陰謀的余清風、林少貓等的征伐，那血腥的情形還鮮明地留在大家底記憶裏面。

最後站起來的村長，用了老年底溫和，只是柔聲地說：

「總之，我以為大家最好是依照大人底希望，高興地接受公司底好意。」說了他就喊大家底名字。都動搖起來了。

最初被喊的人們，以為自己是被看作陰謀底首領，臉上現著狼狽的樣子，打著抖走向前去。當上面叫「你可以回去！」的時候，也還是呆著不動，等再吼一聲「走！」才醒了過來，逃到外面去！

在跑回家去的路上，還是不安地想：沒有聽錯麼？會不會再被喊回去？無頭無腦地著急。像王振玉，聽說走到家為止，回頭看了一百五十次。

這樣地，有八十名左右被喊過名字，回家去了。

以後，輪到剩下的人要吃驚了。我底父親也是剩下的一個。因為不安，人中間騰起了嗡嗡的聲音。伸著頸，側著耳朵，會再喊麼？會喊我底名字麼？……這樣地期待著，大多數的人都惴惴不安了。

這時候，村長說明了「請大家拿出圖章來，這次被喊的人，拿圖章來蓋了就可以回去」以後，喊出來的名字是我底父親。

「楊明……」一聽到父親底名字，我就著急得不知所措，屏著氣息，不自覺地捏緊拳頭站了起來。——會發生什麼事呢？……

父親鎮靜地走上前去。一走到村長面前就用了破鑼一樣的聲音，斬釘截鐵地說：

「我不願意賣，所以沒有帶圖章來！」

「什麼？你不是保正麼！應該做大家底模範的保正，卻成了陰謀底首領，這才怪！」

站在旁邊的警部補，咆哮地發怒了，逼住了父親。

父親默默地站著。

「拖去！這個支那豬！」

警部補狠狠地打了父親一掌，就這樣發了命令，不曉得是什麼時候來的，從後面跳出了五六個巡查。最先兩個把父親捉著拖走了以後，其餘的就依然躲到後面去了。

看著這的村民，更加膽怯起來，大多數是，照著村長底命令把圖章一蓋就望都不向後面望一望地跑回去了。

到大家走完為止，用了和父親同樣的決心拒絕了的一共有五個，一個一個都和父親一樣被拖到警察分所去了。後來聽到說，我一看到父親被拖去了，就馬上跑回家去把情形告訴了母親。

母親聽了我底話，即刻急得人事不知了。

幸而隔壁的叔父趕來幫忙，性命算是救住了，但是，到父親回來為止的六天中間，差不多沒有止過眼淚，昏倒了三次，瘦得連人都不認得了。

第六天父親回來了，他又是另一付情形，均衡整齊的父親底臉歪起來了，一邊臉頰腫得高高的，眼睛突了出來，額上滿是疱子。衣服弄得一團糟，換衣服的時候，我看到父親底身體，大吃一驚，大聲叫起了出來：

「哦哦！爸爸身上和鹿一樣了！……」

事實是父親底身上全是鹿一樣的斑點。

那以後，父親完全變了，一句口都不開。

從前吃三碗飯，現在卻一碗都吃不下，倒牀了以後的第五十天，終於永逝了。

同時，母親也病倒了，我帶著一個一歲、一個三歲、一個四歲的三個弟妹，是怎樣地窘迫呀！

叔父叔母一有空就跑來照應，否則，恐怕我們一家都完全沒有了罷。

這樣地，父親從警察分所回來的時候被丟到桌子上的六百圓（據說時價是二千圓左右，但公司卻說六百圓是高價錢）因為父親底病、母親底病以及父親底葬式等，差不多用光了，到母親稍稍好了的時候，就只好出賣耕牛和農具餬口。

我立志到東京來的時候，耕牛、農具、家裏的庭園都賣掉了，剩下的只有七十多圓。

「好好地用功……」母親站在門口送我，哭聲地說了鼓勵的話。那情形好像就在眼前。

這慘狀不只是我一家。

和父親同樣地被拖到警察分所去了的五個人，都遇到了同樣的命運。就是不做聲地蓋了圖章的人們，失去了耕田，每月三五天到製糖公司農場去賣力，一天做十二個鐘頭，頂多不過得到四十錢，大家都非靠賣田的錢過活不可。錢完了的時候，村子裏的當局者們所說的「村子底發展」相反，現在成了「村子底離散」了。

沉在這樣回憶裏的時候，不知不覺地太陽落山了，上野底森林隱到了黑闇裏，山下面電車燦爛地亮起來了，我身上感到了寒冷，忍耐不住。我沒有吃午飯，覺得肚子空了。

我打了一個大的呵欠，伸一伸腰，就走下坡子，走進一個小巷底小飯店，吃了飯。想在乏透了的身體裏面恢復一點元氣，就決心吃了一個飽，還喝了兩杯燒酒。

以後就走向到現在為止常常住在那裏的本所底××木賃宿。

我剛剛踏進一隻腳，老闆即刻看到了我，問：

「哎呀！……不是臺灣先生麼！好久不見。這些時到哪裏去了。……」

我不好說是做了送報伕，被騙去了保證金，辛苦了一場以後被趕出來了。

「在朋友那裏過……過了些時……」

「朋友那……唔，老了一些呢！」他似乎不相信，接著笑了：

「莫非幹了無線電[1]討擾了上面一些時麼？……哈哈哈……」

「無線電？……無線電是什麼一回事？」我不懂，反問了。

「無線電不曉得麼？……到底是鄉下人，鈍感……」

雖然老頭子這樣地開著玩笑，但看見我似乎很難為情，就改了口：

「請進罷。似乎疲乏得很，進來好好地休息休息。」

我一上去，老闆說：

「那麼，楊君幹了這一手麼？」

說著做一個把手輕輕伸進懷裏的樣子。很明顯地，似乎以為我是到警察署底拘留所裏討擾了來的。當時不懂得無線電是什麼一回事，但看這次的手勢，明明白白地以為我做了扒手。我沒有發怒的精神，但依然紅了臉，不尷不尬地否認了：

「哪裏話！哪個幹這種事！」老頭子似乎還不相信，疑疑惑惑地，但好像不願意勉強地打聽，馬上嘻嘻地轉成了笑臉。

事實上，看來我這付樣子恰像剛剛從警察署底豬籠裏跑出來的罷。

我脫下足袋，剛要上去。

1. 無線（Musen）和無錢（Musen）同音，所以因為無錢飲食（吃了東西不給錢）的罪名被警察捉進去的，叫做無線電。

「哦，忘記了。你有一封掛號信！因為弄不清你到哪裏去了，收下放在這裏……等一等……」說著就跑進裏間去了。

我覺得奇怪，什麼地方寄掛號信給我呢？

過一會，老頭子拿著一封掛號信出來了。望到那我就吃了一驚。

母親寄來的。

「到底為了什麼事寄掛號信來呢？……」

我覺得奇怪得很。

我手抖抖地開了封。什麼，裏面現出來的不是一百二十圓的匯票麼！我更加吃驚了。我疑心我底腦筋錯亂了。我胸口突突地跳，一個字一個字地讀著很難看清的母親底筆跡。我受了大的衝動，好像要發狂一樣。不知不覺地在老頭子面前落了淚。

「發生了什麼事麼？……」

老頭子現著莫名其妙的臉色望著我，這樣地問了，但我卻什麼也不能回答。收到錢哭了起來，老頭子沒有看到過罷。

我走到睡覺的地方就鑽進被頭裏面，狠狠地哭了一場。……

信底大意如下：

——說東京不景氣，不能馬上找到事情的信收到了。想著你帶去的錢也許已經完了，耽心得很。

沒有一個熟人，在那麼遠的地方，一個單人，又找不到事情，想著這樣窘的你，我胸口就和絞著一樣。但故鄉也是同樣的。有了農場以後，弄到了這步田地，沒有一點法子。所以，絕對不可軟弱下來，想到回家。房子賣掉了，得到一百五十圓，寄一百二十圓給你。設法趕快找到事情，好好地用功，成功了以後才回來罷。我底身體不能長久，在這樣的場合不好討擾人家，留下了三十圓。阿蘭和阿鐵終於死掉了。本不想告訴你的，但想到總會曉得，才決心說了。媽媽僅僅只有祈禱你底成功，在成功之前，無論有什麼事情也不要回來。……這是媽媽底唯一的願望，好好地記著罷。如果成功以後回來了，把寄在叔父那裏的你唯一的弟弟引去照看照看罷。要好好地保重身體。再會。……——

好像是遺囑一樣的寫著。我著急得很。

「也許，已經死掉了罷……」這想頭鑽在我底腦袋裏面，去不掉。

「胡說！哪來這種事情。」我翻一翻身，搖著頭出聲地這樣說，想把這不吉的想頭打消，但毫無效果。

這樣地，我通晚沒有睡覺一會，跳虱底襲擊也全然沒有感到。

我腦筋裏滿是母親底事情。

母親自己寫了這樣的信來，不用說是病得很厲害。看發信的日子，這信是我去做送報伕以前發的，已經過了二十天以上。想到這中間沒有收到一封信，……我更加不安起來了。

我決心要回去。回去以後，能不能再出來我沒有自信，但是，看了母親底信，我安靜不下來了。

「回去之前，把從田中君那裏借來的錢都還清罷。順便謝謝他底照顧，向他辭一辭行。」這樣想著，我眼巴巴地等著第二天早上的頭趟電車，終於通夜沒有合眼。

從電車底窗口伸出頭去，讓早晨底冷風吹著，被睡眠不足和興奮弄得昏昏沉沉的腦袋，陡然輕鬆起來了。

「這或許是最後一次看見東京。」這樣一想，連××派報所底老闆都忘記了，覺得捨不得離開。昨晚上想著故鄉，安不下心來，但現在是，想會見的母親和弟弟底面影，被窮乏和離散的村子底慘狀遮掩了，陡然覺得不敢回去。

這樣的感情底變化，從現在要去找的不忍別離的田中君底魅力裏面受到了某一程度的影響，是確實的。

那種非常親切的，理智的，討厭客氣的素樸……這是我當作理想的人物底模型。

我下了××電車站，穿過兩個巷子，走到那個常常去的飯店子的時候，他正送完了報回來。

我在那裏會到了他。

原來他是一個沒有喜色的人，今天早上現得尤其陰鬱。

但是，他底陰鬱絲毫不會使人感到不快，反而是易於親近的東西。

他低著頭，似乎在深深地想著什麼，不做聲地靜靜地走來了。

「田中君！」

「哦！早呀！昨天住在什麼地方？……」

「住在從前住過的木賃宿裏。……」

「是麼！昨天終於忘記了打聽你去的地方……早呀！」

這個「早呀！」我覺得好像是問我，「有什麼急事麼？……」

所以我馬上開始說了。但是，說到分別就覺得寂寞，孤獨感壓迫得我難堪：

「實在是，昨天回到木賃宿去，不意家裏寄了錢來了。……」

我這樣一說出口，他就說：

「錢。……那急什麼！你什麼時候找得到職業，不是毫無把握麼？拿著好啦！」

「不然……寄來了不少。回頭一路到郵局去。而且，順便來道謝。……」

覺得說不下去，臉紅了起來。

「道謝？如果又是那一套客氣，我可不聽呢……」他迷惑似地苦笑了。

「不！和錢一起，母親還寄了信來，似乎她病得很厲害，想回去一次。……」

他馬上望著我底臉，寂寞似地問：

「叫你回去麼？」

「不……叫不要回去！……好好地用功，成功了以後再回去。……」

「那麼，也許不怎樣厲害——」

「不……似乎很厲害。而且，那以後沒有一點消息不安得很……」

「呀！有信。昨天你走了以後，來了一封。似乎是從故鄉來的。我去拿來，你在飯店子裏等一等！」說著就向派報所那邊走去了。

我馬上走進飯店子裏等著，聽說是由家裏來的信，似乎有點安心了。

但是，信裏說些什麼呢？這樣一想，巴不得田中君馬上來。

飯館底老闆娘子討厭地問：

「要吃什麼？……」

不久，田中氣喘喘地跑來了。

我底全神經都集中在他拿來的信上面。他打開門的時候我就馬上看到了那不是母親底筆蹟，感到了不安。心亂了。

不等他進來，我站起來趕快伸手把信接了過來。

署名也不是母親，是叔父底。

我底臉色陰暗了。胸口跳，手打顫。明顯地是和我想像的一樣，母親死了。半個月以前……而且是用自己底手送終的。

我所期望的唯一的兒子……

我再活下去非常痛苦，而且對你不好。因為我底身體死了一半……。

我唯一的願望是希望你成功，能夠替像我們一樣苦的村子底人們出力。

村子裏的人們底悲慘，說不盡。你去東京以後，跳到村子旁邊的池子裏淹死的有八個。像阿添叔，是帶了阿添嬸和三個小兒一道跳下去淹死的。

所以，覺得能夠拯救村子底人們的時候才回來罷。沒有自信以前，絕不要回來！要做什麼才好我不知道，努力做到能夠替村子底人們出力罷。

我怕你因為我底死馬上回來，用掉冤枉錢，所以寫信給叔父，叫暫時不要告訴你……諸事保重。

媽媽

這是母親底遺書。母親是決斷力很強的女子。她並不是遇事嗶啦嗶啦的人，但對於自己相信的，下了決心的，卻總是斷然要做到。

哥哥當了巡查，蹧蹋村子底人們，被大家厭恨的時候，母親就斷然主張脫離親屬關係，把哥哥趕了出去，那就是一個例子。我來東京以後，她底勞苦很容易想像得到，但她卻不肯受做了巡查的她底長男我底哥哥底照顧，終於失掉了一男一女，把剩下的一個託付給叔叔自殺了。是這樣的女子。

從這一點看，可以說母親並沒有一般所說的女人底心，但我卻很懂得母親底心境。同時，我還喜歡母親底志氣，而且尊敬。

現在想起來，如果有給母親讀……的機會，也許能夠做柴特金女史那樣的工作罷，當父親因為拒絕賣田而被捉起來了的時候，她不會昏倒而採取了什麼行動的罷。

然而，剛剛看了母親底遺囑的時候，我非常地悲哀了。暫時間甚至勃勃地起了想回家的念頭。

你的母親在×月×日黎明的時候吊死了。想馬上打電報告訴你，但在母親手裏發現了遺囑，懂得了母親底心境，就依照母親底希望，等到現在才通知你。母親在留給我的遺囑裏面說她只有期望你，你是唯一的有用的兒子。你底哥哥成了這個樣子，弟弟還小，不曉得怎樣……她說，所以，如果馬上把她底死訊告訴你，你跑回家來，使你底前途無著，那她底死就沒有意思。

弟弟我在鄭重地養育，用不著耽心。不要違反母親底希望，好好地用功罷。絕對不要起回家的念頭。因為母親已經不是這個世界底人了……

叔父

「看不到母親了。她已經不是這個世界底人了。」這樣一想，我決定了應該斷然依照母親底希望去努力。下了決心：不能夠設法為悲慘的村子出力就不回去。

當我讀著信，非常地興奮〔激動〕，心很亂的時候，田中在目不轉睛地望著我，看見我收起信放進口袋去，就耽心地問：

「怎樣講？」

「母親死了？」

「死了麼？」似乎感慨無量的樣子。

「你什麼時候回去？」

「打算不回去。」

「……？」

「母親死了已經半個月了……而且母親叫不要回去。」

「半個月……臺灣來的信要這麼久麼？」

「不是，母親託付叔父，叫不要馬上告訴我。」

「唔，了不起的母親！」田中感歎了。

我們這樣地一面講話一面吃飯，但是，太興奮了，飯不能下咽。我等田中吃完以後，付了賬，一路到郵局去把匯票兌來了，蠻蠻地把借的錢還了田中。把我底住所寫給他就一個人回到了本所底木賃宿。

一走進木賃宿就睡了。我實在疲乏得支持不住。在昏昏沉沉之中也想到要怎樣才能夠為村子底悲慘的人們出力，但想不出什麼妙計。

……存起錢來，分給村子底人們罷……，也這樣想了一想然而做過送報伕的現在，走了一個月的冤枉路依然是失業的現在，不用說存錢，能不能賺到自己底衣食住，我都沒有自信。

我陡然地感到了倦怠，好像兩個月以來的疲勞一齊來了，不曉得在什麼時候，我沉沉地睡著了。因為周圍底吵鬧，好像從深海被推到淺的海邊的時候一樣，意識朦朧地醒來的時候也常常有，但張不開眼睛，馬上又沉進深睡裏面去。

「楊君！楊君！」

聽見了這樣的喊聲，我依然是在像被推到淺的海邊的時候一樣的意識狀態裏面；雖然稍稍地感到了，但馬上又要沉進深睡裏面去。

「楊君！」

這時候又喊了一聲，而且搖了我底腳，我吃了一驚，好容易才張開了眼睛。但還沒有醒。從朦朧的意識狀態回到普通的意識狀態，那情形好像是站在濃霧裏面望著它漸漸淡下去一樣。一回到意識狀態，我看到了田中坐在我底旁邊。我馬上踢開了被頭，坐起來。我茫茫然把房子望了一圈。站在門邊的笑嘻嘻的老闆，望著我底狼狽樣，說：

「你恰像中了催眠術一樣呀……你想睡了幾個鐘頭？……」

我不好意思地問：

「傍晚了麼？……」

「哪裏……剛剛過正午呢……哈哈哈……但是換了一個日子呀！」說著就笑起來了。

原來，我昨天十二點過睡下以後，現在已到下午一點左右了……。整整睡了二十五個鐘頭。我自己也吃驚了。

老頭子走了以後，我向著田中。

他似乎很緊張。

「真對不起。等了很久罷……」

對於我底抱歉，他答了「哪裏」以後，興奮地繼續說：

「有一件要緊的事情來的……昨天又有一個人和你一樣被那張紙條子釣上了。你被趕走了以後，我時時在煩惱地想，未必沒有對抗的手段麼？一點辦法沒有的時候又進來了一個，我放心不下，昨天夜裏偷偷地把他叫出來，提醒了他。但是，他聽了以後僅僅說：

『唔，那樣麼！混蛋的東西……。』

隨和著我底話，一點也不吃驚。

我焦燥起來了，對他說：

『所以……我以為你最好去找別的事情……不然，也要吃一次大苦頭。……保證金被沒收，一個錢沒有地被趕出去……。』

但他依然毫不驚慌，伸手握住了我底手以後，問：

『謝謝！但是，看見同事的吃這樣的苦頭，你們能默不作聲麼？』

我稍稍有點不快地回答：

『不是因為不能夠默不作聲，所以現在才告訴了你麼？這以外，要怎樣幹才好，我不懂。近來我每天煩惱地想著這件事，怎樣才好我一點也不曉得。』

於是他非常高興地說：

『怎樣才好……我曉得呢。只不曉得你們肯不肯幫忙？』

於是我發誓和他協力，對他說：

『我們二十八個同事的，關於這件事大概都是贊成的。大家都把老闆恨得和蛇蝎一樣。……』

接著他告訴了我種種新鮮的話。歸結起來是這樣的：

『為了對抗那樣惡的老闆，我們最好的法子是團結。大家成為一個，同盟罷×……（忘記了是怎樣講的）』同盟罷×……說是總有辦法呢。『勞動者一個一個散開，就要受人蹧蹋，如果結成一氣，大家成為一條心來對付老闆，不答應的時候就採取一致行動……這樣幹，無論是怎樣壞的傢伙，也要被弄得不敢說一個不字……』這樣說呢。而且那個人想會一會你。我把你底事告訴了他以後，他說：

『唔……臺灣人也有吃了這個苦頭的麼？……無論如何想會一會。請馬上介紹！』」田中把那個人底希望也告訴了我。

說要收拾那個咬住我們，吸盡了我們底血以後就把我們趕出來的惡鬼，對於他們底這個計劃，我是多麼高興呀！而且，聽說那個男子想會我，由於特別的好奇心，我希望馬上能夠會到。向被人蹧蹋的送報伕失業者們教給了法子去對抗那個惡鬼一樣的老闆，我想，這樣的人對於因為製糖公司、兇惡的警部補、村長等陷進了悲慘境遇的故鄉底人們，也會貢獻一些意見罷。

聽田中說那個人（說是叫做佐藤）特別想會我，我非常高興了。

在故鄉的時候，我以為一切日本人都是壞人，恨著他們。但到這裏以後，覺得好像並不是一切的日本人都是壞人。木賃宿底老闆很親切，至於田中，比親兄弟還……不，想到我現在的哥哥（巡查），什麼親兄弟，不成問題。拿他來比較都覺得對田中不起。

而且，和臺灣人裏面有好人也有壞人似地，日本人也一樣。

我馬上和田中一起走出了木賃宿去會佐藤。

我們走進淺草公園，筆直地向後面走。坐在那裏底樹蔭下面的一個男子，毫不畏縮地向我們走來。

「楊君！你好……」緊緊地握住了我底手。

「你好……」我也照樣說了一句，好像被狐狸迷住了一樣。是沒有見過面的人。但回轉頭過來看一看田中底表情，我即刻曉得這就是所說的佐藤君。我馬上就和他親密無間了。

「我也在臺灣住過一些時。你喜歡日本人麼？」他單刀直入地問我。

「……」我不曉得怎樣回答才好。在臺灣會到的日本人，覺得可以喜歡的少得很。但現在，木賃宿底老闆，田中等，我都喜歡。這樣問我的佐藤君本人，由第一次印象就覺得我會喜歡他的。

我想了一想，說：

「在臺灣的時候，總以為日本人都是壞人，但田中君是非常親切的！」

「不錯，日本底勞動者大都是和田中君一樣的好人呢。日本底勞動者反對壓迫臺灣人，蹧蹋臺灣人。使臺灣人吃苦的是那些像把你底保證金搶去了以後再把你趕出來的那個老闆一樣的畜生。到臺灣去的大多是這種根性的人和這種畜生們底走狗！但是，這種畜生們，不僅是對於臺灣人，對於我們本國底窮人們也是一樣的，日本底勞動者們也一樣地吃他們底苦頭呢。……總之，在現在的世界上，有錢的人要掠奪窮人們底勞力，為了要掠奪得順手，所以壓住他們……。」

他底話一個字一個字在我腦子裏面響，我真正懂了。故鄉底村長雖然是臺灣人，但顯然地和他們勾在一起，使村子底大眾吃苦……

我把村子底種種情形告訴了他。他用了非常深刻的注意聽了以後，漲紅了臉頰，興奮地說：

「好！我們攜手罷！使你們吃苦也使我們吃苦的是同一種類的人！……」

這個會見的三天後，我因為佐藤君底介紹能夠到淺草家一家玩具工廠去做工。我很規則地利用閒空的時間……〔原文刪去〕

幾個月以後，把我趕出來了的那個派報所裏勃發了罷工。看到面孔紅潤的擺架子的××派報所老闆在送報伕地團結前面低下了蒼白的臉，那時候我底心跳起來了。

對那胖臉一拳，使他流出鼻涕眼淚來——這種欲望推著我，但我忍住了。使他承認了送報伕底那些要求，要比我發洩積憤更有意義。

想一想看！

鉤引失業者的「募集送報伕」的紙條子拉掉了！

寢室每個人要佔兩張蓆子，決定了每個人一牀被頭，租下了隔壁的房子做大家底宿舍，蓆子底表皮也換了！

任意製定的規則取消了！

消除跳虱的方法實行了！

推銷一份報紙工錢加到十錢了！

怎樣？還說勞動者……！

「這幾個月的用功才是對於母親底遺囑的最忠實的辦法。」

我滿懷著確信，從巨船蓬萊丸底甲板上凝視著臺灣底春天，那兒表面上雖然美麗肥滿，但只要插進一針，就會看到惡臭逼人的血膿底迸出。

——本篇原作日文，刊載於東京《文學評論》，一九三四年十月出版，中譯文刊載於《山靈——朝鮮臺灣短篇集》，一九三六年四月上海文化生活出版社出版

——《台灣作家全集．楊逵集》，前衛出版社

◆作者簡介

楊逵，本名楊貴，另有筆名楊建文、林泗文、盧泰平、賴健兒、伊東亮、陳永性、狂人等。一九〇五年（民國前六年）生，卒於一九八五年，享年八十歲。台灣台南人，台灣省立台南一中畢業，日本大學文學藝術科肄業。一九二四年赴日本大學半工半讀研究文學、哲學。一九二七年返台參加抗日農民運動、文化運動，並加入台胞自組的「臺灣文藝聯盟」。一九三五年創辦《臺灣新文學》月刊，二年後該刊遭禁。楊逵早期以日文寫作，主要為散文、短篇小說，其中〈送報伕〉一作曾獲日本《文學評論》雜誌徵文比賽第二獎。楊逵的創作類型多元而豐富，小說除了〈送報伕〉，尚有〈無醫村〉、〈泥娃娃〉、〈模範村〉、〈萌芽〉、〈鵝媽媽出嫁〉等，過去曾以《鵝媽出嫁》、《羊頭集》及前衛的《楊逵集》等文集出版，完整的《楊逵全集》，包括部分日文作品的發現翻譯及散文、書信、評論、詩等，由中研院文哲所號召學者整理成十三冊的《楊逵全集》。

作品賞析

「楊逵」這個筆名，是賴和幫他取的，而楊逵學習以中文寫作時，賴和也總是幫忙閱讀、刪減、並給予評語。楊逵的作品充滿抗日精神，以誠實的風格、平實的筆觸，發揚日治時代被壓迫的台胞不屈不撓之民族精神。〈送報伕〉在台灣新文學史中有其特殊的地位，葉石濤給予這篇小說甚高的評價：「這篇小說的出現，使台灣新文學運動發展達到尖峰。這篇小說不但表示台灣作家的日文小說，無論從其文字技巧和內容而言都達到日本文壇的水準，同時也是所有反帝反封建為主題的台灣小說的集大成。」

在日治時代，楊逵參與社會運動，有十次被捕的經驗，因為有這些運動經驗和思想為骨幹，他的作品有一種結實感，是別人所不及的。〈送報伕〉是根據他的留學生打工經驗寫成的，描寫派報社老闆剝削送報伕，暴露資本家猙獰、殘忍的面目，剝削壓榨勞動人民至不恤人生死的地步，令人髮指，最終是送報伕聯合起來，團結對抗老闆，終於逼使資本家妥協讓步。這篇小說凸顯了尖銳的階級對立意識，鼓舞勞工團結站起來對抗資本家剝削的意識也很明確，但本文讓人動容的還有小說家細膩的筆觸，寫出小人物在和艱難生活對抗中猶堅持向善的情操，譬如為兒子著想的母親、譬如處處照應主角同是苦命人的田中。

延伸閱讀

1. 楊逵，《楊逵集》，前衛出版社，一九九四年七月十五日
2. 葉石濤，〈《台灣新文學》與楊逵〉，《走向台灣文藝》，自立晚報社，一九九〇年三月，頁八七－九一

3.宋冬陽，〈放膽文章拚命酒——論楊逵作品中的反殖民精神〉，《台灣文藝》，一九八五年五月，頁一四五—一六四
4.陳芳明，〈楊逵的文學生涯〉，前衛出版社，一九八八年九月
5.彭小妍，〈楊逵作品的版本、歷史與「國家」〉，《歷史有很多漏洞——從張我軍到李昂》，台北：中國文哲所籌備處，二〇〇〇年十二月，頁二七—五〇
6.呂正惠，〈論楊逵的小說藝術〉，新地出版社，一九九〇年八月，頁一七—三一

最後的紳士

鄭清文

阿壽伯決定去參加金德伯的喪禮。雖然他走路還有些不方便，金德伯卻是他六十多年的朋友。

他找出那一件白色的西裝。那是四十多年前訂製的，是上等的麻布料，現在雖然有些泛黃，熨過之後，還算平坦筆挺。

他記得，當年金德也做了一套。金德也好久沒穿了，就是還在，他的兒女也不會拿出來給他做壽衣的吧。

他也找出那一頂白盔帽，把上面的塵灰拍掉。雖然不十分新，也還可以戴，只是裏面的套子有些鬆爛了。

最奇怪的是，一直找不到那雙白皮鞋。可能是大掃除的時候，家人拿去丟掉了吧。就是要丟掉，也應該告訴他一聲。也許有人說過，他已忘了。也許沒有丟掉，還在床底下，或者在二樓的什麼地方。

本來，他可以再買一雙，應該再買一雙，既然能找出那套白西裝，就應該配上白皮鞋才對。實在沒有想到金德會死得那麼突然。

陽光從窗口照射進來。冬天的太陽並不熱，卻也可以增加一點暖和。他穿好白色西裝，站到鏡前，前後看看摸摸，再從口袋裏掏出黑色的蝴蝶結。在冬天，穿白色西裝似乎不很合適，而且又是舊款式的。但是，金德一定會喜歡它。

四十多年前，他穿著白色西裝、白皮鞋、白帽子，從街上走過，或坐在人力車上，全街上的人，尤其是女人，都會停下來看他。尤其是他，腿部比一般人長，穿起西裝特別好看。他曾聽人說過，腿長上身短的人比較短命，現在卻活得比金德更久了。也許，他的名字也有關係的吧。

衣服是大了一點。這明明是訂製的。也許熨得太平，反而伸長了。不，是人縮小了。他聽說人老了會縮小，像一般的衣服都會縮水那樣。只是，現在縮水的，不是衣服，而是人，而且年紀越大，縮得越快，好像有一天，會縮成零。

他拄了一根拐杖走到街上。那是英國製的。以前拄拐杖，說得正確一點，把拐杖鉤在臂彎裏，是英國紳士的豪情，現在卻是支撐著身體的工具。

他還是盡量伸直身體。他的腳很長，常常引以自豪。為了這，就是會縮短生命，他也是願意的。但是現在，褲管太長了，好像有意跟他的腳作對一般。他也想到把褲管捲起來。不，那是種田人的辦法。他一直踩著褲管。

喪禮是傳統式的。舊鎮已升格為舊市了，卻還沒有殯儀館，是臨時用帳篷搭成的。大家都說金德伯死得太突然了。他卻不做同樣的想法。金德死得太遲了。像金德那麼體面的人，喪禮是應該在公會堂之類的地方舉行的。只是現在，公會堂已改成戲院了。

他在後面坐下。立即有人來請他，扶他到前面。他是應該到前面去的。他怎麼沒有想到？也許，他不喜歡人家扶他，也許前面鼓鑼聲太噪了。他望著金德的遺像，金德會受得了嗎？

以前，他和金德一起參加過樂隊。在當時，懂得去參加樂隊的人，全舊鎮二萬的居民中，也只不過五、六人而已。那時，金德就表示不喜歡吹打樂器。不要說口琴，就是洋簫也只是職業樂手的工具。金德說，只有弦樂器，才是紳士的樂器。那時，金德和他都是拉小提琴的。

上香之後，辦事的人過來請他回去。不，他要送金德一程。辦事的人，一再請他留步，他卻堅持要送金德。依照舊鎮的習慣，他要送到海山頭，出街的地方。他很少送人送到那裏，在舊鎮已沒有人要他送到那裏了。

到了海山頭，他才知道那邊已蓋了不少樓房，比舊街道蓋得更高。他已好久沒有到過那裏了。雖然街道是伸長了，送葬的人，還是由那裏折回來。

先是樂隊，到了海山頭，指揮隨便做了個手勢，樂手就放下樂器，其他的人，也都像出來散步一般，手一晃，身子一轉，都折回來了。在阿壽伯看來，他們都像雞拉屎一般，既隨便又草率。

他可不一樣。他走路雖然有點不方便，走得比較慢，卻不願意隨便折回。他想挺挺地站立，肩膀卻因腳的關係，一高一低，傾斜一邊。他望著遠去的靈柩，緩緩地，肅穆地行了一鞠躬。那才是禮。以前，他曾經看過一個高等官的朋友這樣做，就恍然大悟。今天，他這樣做，會不會有人學他呢？現在的人都很粗心。

遠遠看過去，棺材很低，也很小，馬路上，人車熙熙攘攘，很快把棺材遮住。金德就這樣走了。

只聽到鑼鼓和鼓吹的聲音，時高時低，逐漸遠去，金德會滿意的嗎？

金德實在走得太匆忙了，什麼都沒有交代。他的兒女們，會知道他的想法嗎？阿壽伯知道，今天走的是他自己的話，自己的兒女恐怕也一樣的吧。

他久久望著遠去的靈柩，想折回去，才發現送殯的人，都走掉了。他拄著拐杖，一蹭一蹭沿著原路回去。

他已好久沒有走到這邊了。要不是送金德，今天恐怕也不會走到這個方向的吧。這不是很遠的地方，就是沒有機會，也未曾想到要走到這種地方。也許，下一次，要再走到這裏，就像金德那樣，是抬著過來的吧。

一路，人很多，路邊擺著不少攤販，也停了不少汽車。現在有汽車的人，恐怕比以前有腳踏車的人還要多吧。他看著街道的兩旁，已有許多房子改建樓房了。以前，在舊鎮有一種傳說，說舊鎮的風水是竹筏穴，洪水一來，河水高漲，四周變成一片澤國。舊鎮像一隻大竹筏，在風雨中擺盪，不可以蓋樓房。而實際上，也有人偏不相信，在街上蓋起樓房，不是家道中落，便是凶事接連。

現在，似乎已沒有人相信了。他自己就不相信，而且一直不相信。他的家屋和街道上的不同，蓋的也是樓房。不過，在他看來，街道那麼窄，蓋了樓房，總覺得要倒塌壓下來。再加上那許多五花十色的招牌，更使他感到不安。

他走過關帝廟前。

「俗，沒有比這更俗的了。」

他知道那是三先生的孫女。三先生是舊鎮最後的秀才，他孫女也讀過大學，正在那裏叫賣衣服。

「一件五十塊，連布錢都沒有！」

她一手抓著麥克風，一手把衣服提得高高的，不停地搖著，前面圍著一大堆人，忙碌地挑著。她就這樣，把她父親賣出去的房子買了回來。全鎮的人都在稱讚她。她父親把房子賣出去，賣了三十多萬，在十年後，她卻以三百萬買回來同一幢房子。物價漲得太快，賣主又故意為難她。從這一點而言，她是無可厚非的，但他就是看不慣女人聲嘶力竭的模樣。

她不但會叫喊，有時還需要咒罵，甚至於打架。她個子矮小，卻相當強壯，尤其是碰到一些外來的攤販遮住門口的時候，還會拿掃把趕人打人。有人說，這是母雞保護小雞的精神，為了小雞必須拚著命鬥老鷹。現代人的小雞，就是錢吧。

以前，他就看過她被那些攤販打得眼眶黑腫，還打斷一顆門牙。結果，她還是贏了，現在，只有她家面前，沒有攤販敢去擺攤子。這是必須的嗎？以前，不要說是女子，就是男人，全舊鎮讀過大學的人也沒有幾個。以前的大學生，就是走路也不彎膝蓋的。

阿壽伯走在馬路中央。以前，走路的時候，常常引起他的困擾。英國人走左邊，法國人走右邊。日本是學英國，光復以後，又改右邊。後來，他才知道走路和開車不同，只要靠路邊走就行了，尤其是帶女人的時候，還要注意路邊讓給女人。這時候，他才想起，一輩子之間，沒有和太太在街上並肩走過。就是有時一起出門，也是一前一後，是日本式的。據說，日本的禮節都是學中國的，那時候車子少，他經常走路中央。今天他倒不是這種想法。亭仔腳都是人，馬路上也有不少車，大部分是摩托車。他看到迎面來了一輛摩托車，還點著前燈。在白天，為什麼還開燈呢？以前，他坐人力車，不是把車子擦得又光又亮，他是不坐的。那個人，開得很快，一直向他衝過來，也許看到他無法讓開，只好不情願地繞過他，還轉過頭來瞪了他一下。「送死！」這絕對不是文明人的話。

以前，他在街上走，全舊鎮的人，不向他行禮，也要讓他的路。那個人，大概是外地來的吧。

他走得不快，卻還一直踩著褲管。他想挺胸，也想把腳伸直，但只能走一、兩步，又恢復原來的樣子。有時，也有人回頭看他，但大部分的人，都好像不關心。街上的店舖，有些已由下一代的人在經營，有些已換了主人，都已不認得他了吧。他走過半截的街道，沒有碰到幾個熟人。

看著他的人，眼神都有點怪異，就好像小孩子看著七爺八爺那樣，帶著陌生、敬畏和好奇，或好像看著脖子上繫著鐵鍊的猴子那樣？這是因為他的衣服，還是因為他的步伐？

剛才，他在送葬的行列裏，還有其他的人擋住路人的視線。現在卻是一個人，就好像光著身體的女人吧。這叫做丟人現眼的吧？但他不在乎。不，不是不在乎，是不應該在乎，是無法在乎的。

四十多年前，他穿了這一套衣服走過街上的時候，每個人都要停下來看他，尤其是婦女。有些還低聲告訴她們的兒子說：「看那紳士？」不知有多少婦女，希望她們的情人、丈夫或兒子能像他那樣體面。她們那些兒子，現在多大了？又到哪裏去了？他們已忘記母親的話，或者根本就沒有聽懂母親的意思？

不要說這些兒子，就是母親她們，也當然不知道什麼是叫做紳士。她們更無法知道紳士有英國紳士、法國紳士，還有美國紳士。不要說一般婦女不懂，就是高女畢業的，也不一定能分辨出來吧。

他走到一家電動玩具店前面，他不喜歡那種燈光，更不喜歡那種聲音。聽了那種聲音，牙齒會發酸，心臟也會停止鼓動。他聽說這是一種賭博。他也賭博過，但方式完全不一樣。賭博就應該找幾個人，身分一樣，坐車一起到北投的旅館，靜靜地賭著，輸了不叫，贏了不笑，就是笑也應該笑在心裏。

誰像這些人，在大白天，在馬路邊，像麕集在糖罐裏的螞蟻那樣，賭得多隨便，多卑賤。他往裏面掃視一眼，有年輕人，也有中年人。從年齡上而言，這些中年人，會有當時當他穿著白色西裝從街上經過時，母親指著告訴他們的那些小孩子嗎？

他感覺到腳底下有什麼動靜。是一條淡黃色的土狗，在聞著他的腳邊。他動了一下拐杖，狗很機警走開。他覺得，現在連狗都變了。以前的狗，膽子很小，只要看到有人拿著拐杖，就遠遠地吠著，哪敢靠近？聽說，現在，連貓都不咬老鼠了。那隻黃狗，若無其事地走到電線桿旁邊，翹起一隻後腳，小便起來。小便不多，也許嚇著了。

他感到臉紅。他看看四周，看看有沒有小孩。小孩是有，卻好像沒有注意到他和狗。現在的小孩，似乎不好奇，也不調皮。以前的小孩看到他的腳，以及狗翹起後腳的樣子，一定會把他們連在一起，學著他們的樣子的。這可能是因為現在的小孩所關心的對象不同，並非比以前更斯文的吧。

他走到媽祖宮前面的廣場邊。

「九粒一百！」

上一次，他女兒回來，曾經向那個水果販買了九個蘋果，有三個爛掉，其他六個，也都有爛斑。

回到家裏打開一看，才知道被掉包了。聽說，在台北火車站前面，經常有掉包的事。他女兒以為這個小鎮，大家都是熟人，不敢這樣。想不到這個風氣，也傳到鎮上來了。大概是跟舊鎮一起升格了。

女兒說要去換回，他說不必。她堅持要去，就是不換，也要講給他知道。起先，水果販不但不承認，還惡言相對。他說，要不是看他年紀那麼大了，她又是女人，一定要給他們好看。

女兒很生氣，說要去找警察。

「去找好了，反正我們講好了的，每個月只開三張罰單。」他說，還掏出幾張紙單出來揚著。

「你是阿添的兒子吧。」阿壽伯問他。

起先，他楞了一下。

「是呀！阿添的兒子又怎樣？又沒有欠你的錢。時代不同了，人也不同了！」

阿添是一個很老實的人，以前在公所做過工友。有一天，公所的同事請吃喜酒，阿添也在場，有人騙他說，洗湯匙的水是一種湯，阿添真的舀起來喝了。真想不到阿添的兒子卻是這樣。也許，真的像他所說，時代不同了，人也不同了。

他勸女兒回去，她只是不甘心。

「不換可以，我們就站在這裏看你怎麼做生意。」

女兒的方法果然有效，只要有人來買蘋果，她就一直盯著小販的手看，看他怎麼掉包。

「你們走開好嗎？」小販半央求半恐嚇。

「你去叫警察來給我開罰單好了。」

「我給你換好了。」

「你不是說你的水果沒有壞的嗎?」

「妳到底要不要換?」

「不要換。」

女兒一點也不肯讓步,最後小販只好央求她,並多送了她兩個蘋果。

他不贊成女兒的做法。以前,他就教過她怎麼做女人,對她的舉動和言詞都有嚴格的規定。也許正如誰說過,生存要緊,生活其次。但什麼叫做生存,什麼叫做生活?現在的人,有誰吃過番薯籤,在戰時,他在社會上算相當有地位的人,幾乎每天都要吃些番薯籤呢。

阿壽伯又看到那小販,有人在挑蘋果。小販看到他,對他眨了眼,伸伸舌頭。又要騙人了?他真想用拐杖敲他一下。不,這不是他的脾氣,也不是他的教養。拐杖,以前是用來提高身分,現在是用來撐身體的,不應該有拿它打人的念頭。

他把臉轉開。他覺得今天看到他,心裏只有不舒服。但就在他把臉轉開的時候,似乎感覺到對方的臉上有點異樣。也許是眼睛的關係。年紀大了,常常有幻視的現象。他又把頭轉過去。他又看到對方的臉。對方還是那副嬉皮笑臉。他一轉頭過去,才又懊悔起來。

今天,他已看到那小販臉上,在鼻孔下,多了兩撇鬍子。才幾天沒有看到他,他居然留了鬍子,而且除了顏色有黑白之分,兩人的鬍子是一模一樣的。

什麼意思？他在心裏叫著。學他？還是想占女兒的便宜？他好像可以聽到那小販在對女兒說：「我這鬍子，像不像妳父親？」

「小丑！」他在心裏猛叫著。「沐猴而冠！」他差一點叫出聲來。這種程度的話，聖人也可以說的吧。

他的鬍子是有淵源的。是詩人，是音樂家的鬍子。是紳士的鬍子。「你是什麼東西？」對方雙手拉開塑膠袋口，讓顧客放蘋果，自己的身體隨著腳不停抖動著。滿臉掛著調弄的神情。「小丑！」

然而，小丑是誰？是自己？還是對方？對方的樣子，明明是在影射自己。自己真的是那個樣子嗎？六、七十年來塑造起來的形象，就這樣被砸破了？他越想越不甘心。

回去把鬍子剃掉！阿壽伯在心裏嘶喊著。他想，他的臉色一定很難看的。不，不能剃，不能剃，剃了更是笑話。

阿壽伯回到家裏。現在他唯一能感到安慰的，就是看到媳婦的臉。他還沒有跨進門檻，就有喪家派人請他去吃飯。這是本地的習慣。他不想去，也吃不下。如果必須吃點什麼，他寧願吃媳婦煮的。媳婦也正在廚房裏，鐵鏟碰到鍋底的聲音，輕輕的，聽來相當悅耳。

娶了這門媳婦，也已有二十多年了吧。他一直喜歡吃她做的菜。這不是吃慣吃不慣的問題。

他不但喜歡吃她做的菜，而且還喜歡看她。她剛入門，他就有這種感覺。她的存在，能使他感到心緒平靜，尤其是老妻去世以後。

他雖然感到她存在，可以使他安謐，卻不直接看她。以前如此，現在還是如此的。當他兒子第一次帶她到家裏來的時候，他就有一種感覺，她將是一個好媳婦，對他兒子和對他這個家而言，都是如此。

她出身不錯，但是出身不錯的女孩子很多。她不喜歡濃妝豔抹，也不會刻意打扮。她喜歡梳得乾乾淨淨，清清爽爽。她走起路來，腳步大，身體挺直。她講話輕輕的，卻很清楚，拿東西給人家，總是用雙手，併著腳跟。

不但他，他的老伴也很疼她。她生病的時候，尤其是病重的那一段時期，更是日夜細心服侍她。她人是清瘦了，整個身子還是打扮得整整齊齊，臉上沒有一點愁苦的表情。老伴說，她比自己的女兒還要孝順。也許有了這個媳婦，老伴才能走得那麼乾脆吧。

這幾天，他有點不敢見她。但是，沒有見到她，就會感到這個日子不真實。

媳婦曾經告訴他，他兒子選議員失敗，負了不少債，是不是可以把這幢房子賣掉。他知道這是兒子的意思。這幾天，他一直在考慮要不要把房子賣掉。實際上，他心裏很明白，如不是媳婦提出來，他是不會去考慮的。

這一次選舉，他兒子輸得很慘，只輸給最後一名當選人一百多票，主要的原因是買票買壞了。他兒子把錢交給鄰長，有些鄰長照付，有些鄰長卻私吞部分票款。選民不知，反而錯怪他兒子厚此薄彼。

他兒子，自競選落選以後，就不知躲到哪裏去了，已有好幾天沒有見到他了。這幾天，經常有人來找他兒子，都是來討債的。有人更是直接找他。

他不高興討債討得這麼急。他以前借錢給人家，都是慢慢地等，哪裏還敢向人家開口。就是等，也不能露出憂慮和焦急的表情。

他們說，如果他兒子不出面，他就必須代為清償，否則對他兒子不利。不利？是用武力，或訴諸法律？他本來想問他們，當初為什麼肯借錢給他，但他沒有開口。他知道，這些債權人當中，就有不少人慫恿他兒子出馬競選的。

他曾經勸他兒子不要競選。需要競選的官，有什麼好做的。要做官，還要嘶喊，還要向人討票，這和叫化子討飯吃有什麼不同？從前，他做官，是人家來請他的。他做過區長，一共管了六個鄉鎮。其中，有兩個鄉鎮，現在已升格為縣轄市了。

他媳婦也勸他，但是他不聽。好像鬼魂附身，一句話也聽不進去。他不但不聽，反而叫她去助選。起初，阿壽伯很不贊成媳婦助選，到處拜託人家，整天嘶喊，連喉嚨都喊破。

她並沒有喊破喉嚨。她向人家講道理，說故事。有人對阿壽伯說，她講得很動人，如果出來競選的是她，很可能高票當選。

但是他兒子卻怪她，說她沒有盡力。這實在冤枉。她不但替他求神，還求阿壽伯替他求神。

阿壽伯並不求神的。有人說他不信神，其實，這是和信仰無關。他不求神，是因為他也不求人。以前，他做區長時，曾為區民祈求過。尤其鬧旱災時，還穿著棕簑衣出去求雨呢。那是例外，因為那不是為自己，也不是為自己一家。求，不是紳士應有的行為。

他不但沒有責備媳婦的意思，還聽了她的話。因為，他看她祈求時的神情，完全沒有私念。他覺得，他替區民祈求時，也是這種心情。

他只是祈求，卻沒有目標。他知道，選舉就是打仗。選舉和打仗一樣的野蠻。打仗就必須分出輸贏，輸的一定很慘，贏的卻未必得意。這是他的想法。他的兒子輸了，使整個家庭起了很大的變化，這變化給他的打擊，可說比他老伴去世時更強烈。

選舉後，在表面上，大家都靜下來了。大家都很累，他是看得出來的。他也很累。

實際上，在選舉前，家人就一直怕騷擾到他，怕他身體吃不消，以至於舊病復發，也把選舉事務所設在街上。但，緊張的氣氛，還是一直圍繞著他。

落選確定之後，他兒子的臉色青白，整個人癱在那裏，一句話也說不出來。媳婦也哭起來了。女人喜歡哭，他卻很少看到她哭。老伴去世的時候，她哭過，這一次，她又哭了。

他不喜歡看女人哭。他曾經對老伴說過，她了解他。她一輩子沒有哭過，就是生病到最痛苦的時候，她流過眼淚，但那不是為了痛苦，而是要離開人世的時候。那不是哭，是流淚。其實，媳婦也不是哭，應該也屬於流淚。英雄有淚不輕彈。他老伴過世時，他也流過淚，但那是偷偷躲在房間裏流的。他讓眼淚儘管的流，而後把眼淚擦乾，照過鏡子，看看是否留下什麼痕跡。

有些人不知道，還以為他太冷酷。其實，別人是不知道他，不了解他的。他知道他的老伴了解他。所以他也不在乎別人有什麼樣的想法。

媳婦和老伴是不同的，因為有好多話，他是不能像對老伴那樣，直接說出來的。媳婦能夠做到這個地步，是相當不錯的。他的女兒，恐怕也難以做到這種程度。

媳婦端著菜出來，嘴角漾著一點點的笑意。菜卻是按照醫生的指示做的。要不是她陪著他去做復健，他也不可能恢復得那麼快吧。

他瞟了媳婦一眼，媳婦低著頭，嘴角又漾了一下。他實在不敢相信，她這個人還會去做助選員。他也不敢相信她會告訴他，他兒子說要賣房子。她說，如果不賣房子，他兒子會自殺。

這是一種威脅嗎？他知道，這是他兒子要她說的。他覺得，這個媳婦就只有一個缺點，就是太聽他兒子的話。這一點，也是和他老伴不同的。

其實，不同的，不是在女人，而是在男人。他就不會逼著自己的女人去做她不願意做的事。所以說這是女人的問題，倒不如說是男人的問題。不管怎樣，現在，賣房子的問題是由媳婦提出來，他就必須認真去考慮。

金德那邊，又派人來請他。有的拉他，有的扶他，好像沒有去就要失禮了。他們都比他年輕，也應該比他開明才對，怎麼不知道硬請人家，才是不合禮節。他想把他們趕走，卻勉強忍住了。他們不知道他和金德的交情。吃飯還需要拉，算什麼朋友呢？他客客氣氣地告訴來請的人，他已經吃飽，必須休息一下。

他想睡午覺，卻睡不著。自從兒子參加競選以來，他的睡眠就受到影響，到了最近，也更為明顯。是因為兒子落選？還是因為媳婦說要賣房子？除了這以外，他實在想不出別的原因。

他一直想，卻在不知不覺之間睡著了。想睡睡不著，不想睡卻睡著了。雖然是年齡的關係，在他的感覺上，卻很不是味道。

他睜開眼睛，覺得窗外天色已轉暗。睡午覺，也不應該睡到這個時候的。他又擔心晚上睡不著。本來，他的房間是在樓上，生病以後，才搬到樓下來。在樓上，可以眺望那一片田野，但現在，已全部蓋成公寓式的樓房了。

到了天色轉暗的時候，後邊夜市就有攤販開始營業，各種聲音，都傳了進來。本來，那擺設攤位的地方，有一條七、八米寬的圳溝，在四年前加蓋，白天變成菜市場，晚上就成為擺路攤的夜市。隔壁的人很歡迎圳溝加蓋，因為他們出入只靠後門外的一條舊木橋，現在加蓋以後，面臨圳溝的後街變成店面，他們立即把一棵大榕樹砍掉，弄成幾個攤子，妯娌們也做起生意來了。

阿壽伯認為砍掉大榕樹，是一種野蠻的行為。在砍那棵大榕樹之前，有許多人反對，說那是樹精。他反對砍樹，卻是由於另外的理由。

最大的理由，就是他不喜歡那些攤販，自清晨到深夜，吵擾不休。圳溝加蓋，是現代的魔術，大部分的人表示歡迎，他卻自認為是受害者。

這時，他聽到另外的一種聲音，那是電視的聲音，他的孫女回來了。這女孩，今年考取了台北最好的高中。或許是利用時間的關係，她總是一邊吃東西，一邊看電視。由於外邊嘈雜，她把電視的聲音開得特別大，尤其是廣告的時候，更是如雷灌耳。有人說，年紀大了，耳朵也不靈了。但是，他還是覺得那聲音實在太大了。她如何能忍受呢？

這小孫女，人長得很清秀，尤其是那修長的腿最像他。但是她端著碗，站在電視前吃東西的模樣，卻不像家裏的任何人。他知道媳婦曾經說過她，他自己也對她說過幾次，她是學不會，還是不想學呢？

其實，她是懂得道理的。有一次，他夾菜夾掉了，再去夾，手發抖，夾到另外一塊，她立即指責他說，挑菜是不衛生的。

他還有一個大孫子，是學醫的。他很高興，那倒不是因為醫生會賺錢，而是因為，所有的生意裏面，只有醫生賺錢，還要人家向他道謝。

但時代變了。上一次，鎮上就有一個醫生因漏稅，還被警察叫去，另外還有一個醫生，因說話太不客氣，被病人打了嘴巴。聽說，在外地，還有醫生被人殺死的。他是不敢相信事情會糟到這個地步。

但不管怎樣，醫生還是最理想的行業。問題倒不在這裏。有一次，大孫子在深夜裏回來，一邊吹著口哨。以前，他覺得連吹口琴，都不登大雅之堂。這還沒有什麼關係，最令他難受的是，他每次上廁所，都不關門。哪有這樣的醫生呢？媳婦說他，他還說在家裏有什麼關係。

他還記得，這孩子讀高中的時候，替學校寫信封寄成績單回家，在他父親的名字下面不填先生兩字。他問他，他說是老師說的。

他不敢完全相信孫子的話，但是他還是不禁自問：這就是現代的教育嗎？

晚飯之後，又有人來，也是來討債的。以前，他把錢借出去，連借據都不敢要。現在，寫借據還不夠，還要開支票，支票還要請人背書。是現代人的人品降低了？實際上，現代人倒債的情況，是以前的人所無法想像的。

他知道他兒子如能順利當選，也不會發生這種事的。當選和不當選，差別那麼大？看樣子，房子不賣是不行的了。

其實，這種房子也不怎麼值錢。值錢的，倒是這一塊土地，將近六百坪的土地。但對他而言，更有意義的，應該是這幢房子。在舊鎮這樣一個地方，這幢房子算是很特別的。在街上，幾乎所有的房子，都是並排在一起的。每一幢房子依照長度，分成兩進或三進。只有這個房子，是單幢的，四四方方，又寬又大，四周圍著空地，在興建當時，著實轟動全鎮。大家都沒有見過這種房子。他沒有對任何人說過，卻是仿照法國式的建築物。那上面的紅磚，都是他親自到磚窰挑選回來的。剛蓋到二樓，他在監工的時候，就喜歡站在上面眺望。他挑選遠眺最好的地方，做為自己的房間，經常在窗邊放著一些蘭花。一邊喝茶，一邊看著田野，或在田野裏做工的農人。有時，尤其是清晨或黃昏時分，他也到附近的田園去散步，走幾步，就回頭過來看望自己的房子。

現在，那些田地，都蓋了公寓，要散步，也沒有地方去了。那些樓房，大部分都比自己的房子高，他已無法站在窗邊看落日了。而且自從他發病之後，為了大家的方便，已把他的房間移到樓下，他的視界也更加狹窄了。

自從他生病之後，他就常常夢見那一塊田地，和站在窗邊眺望的情景。有時，夢裏很清楚，有時卻模模糊糊，和其他的事連在一起。他也會夢見老伴。老伴剛死的時候，他也常常夢見她。後來，隔了一段時間，夢也疏了，最近又開始夢見她。

她依然那麼文雅。她笑的樣子，好像是年輕時候的笑容。他清醒的時候，他對她的容貌已有點模糊，在做夢的時候，卻反而清晰多了。

他也夢見走到田野裏望著這幢房子的情景。那是全舊鎮最特殊、最美麗的房子，像歐洲貴族的城堡。他兒子要求賣掉這幢房子。兒子還是在這個房子裏出生的，為什麼一點依戀都沒有呢？

到了這種情況，房子是無法保住了。從二樓望過去的那一片田地，何止百甲，在不到一、二十年之間，全部變了樣，並換了主人，何況這只有六百坪，兩分地的土地。

他也想到不賣房子的情況。那頂多也只能保持到他活命的期間。他一死，它也一定會一起走的。現在，地皮太貴，這種房子已是不經濟了。它一賣出去，就必然要拆掉舊屋重蓋的。這只是時間的問題了。他雖然說不出來，卻還是感覺到媳婦在改變。但是，既然是她提出來，就乾脆答應她吧。

他媳婦拿開水進來給他，是吃藥的時間。她的眼眶繞著一層黑。這並沒有增加她的魅力，卻也沒有減少她的氣質。欠了那麼多的債不說，兒子又不知躲到哪裏去了。聽說他有個情婦。法國式的紳士是應該有情婦的。兒子除了這一點之外，一點也不像紳士。聽說，這個情婦，在競選期間，還替他出了不少力，也拉了不少票。兒子，一定是躲到她那裏去了吧。他是打電話回來和媳婦聯絡的，卻不肯告訴她他的住所和電話號碼。

這種荒唐事，他也做過，卻完全依照法國人的方式。

以前，他就讀過拜倫的詩。拜倫的人和詩，都是風流倜儻的。拜倫雖然是英國人，卻是英國的叛徒。他自己認為，他認識拜倫，學拜倫，都是偏重於法國人的特質。至少，這是他的想法。這件事，他也自認為做得很漂亮，他的老伴也做得很漂亮。

從結果而言，他認為這是男人的問題。他的老伴能做得比他媳婦漂亮，是因為他做得比兒子漂亮。

他又想起了老伴。老伴已走了好幾年了。有時候，他記得很清楚，有時候，他卻感覺到頭腦裏一片空白。

通常，女人都比男人長壽，而且大部分的夫妻，都是男的年長。照理是應該由女人留下來的。現在，留下來的，卻是他。到底是哪一種才算正常，才算幸福呢？

人總是要走的，早走慢走，總是要走的。只是一邊有人送，一邊要送人。他不應該計較那一些。有人送和沒人送，是應該一樣的。送的人要送得漂亮，走的人也要走得漂亮。這是最重要的。

老伴是走得很漂亮的。她在最痛苦的時候，都沒有叫過，甚至於呻吟過。護士小姐曾經說過，她太感動了，她沒有看過這麼堅強的女人。他能不能像她那樣呢？這正是他擔心的。

他們兩人的病是完全不同的。老伴死於癌症。她一直到臨終的時候，頭腦都還很清醒。這一點，她是幸運的。他的病是中風。他知道自己卻沒有那麼幸運。痛苦，他也許可以忍住，但神志不清，任人擺布，已不再是他的能力範圍，也不再是他的責任了。但如果可以避免，為什麼不避免呢？

要活得漂亮，更要走得漂亮。最漂亮的走法，就是藥。他可以把那件白色的西裝穿好。金德走得太匆促，來不及決定自己的壽衣。也許樣式舊了一點，色澤也不理想，而且太寬鬆，但這卻是他最喜歡的衣服。他可以直直地躺著，也不怕弄縐它。從這一點而言，他應該是勝過金德的。

他把收藏好的藥物拿了出來，好像沒有人動過它。

他看著藥物，又想起房子。他的孩子雖然只有一個，卻還有三個女兒。他這樣一死，把房子留給子女們去處理，會不會發生糾紛呢？萬一發生糾紛，他們就會責怪他了。這樣子，也不能算走得漂亮。

實際上，目前困難最多的，是他的兒子，他應該多留一點給他。他多留給他，就必須寫遺囑。他要在遺囑上寫得清清楚楚，他多留給兒子，是因為他最需要錢。但，這樣，也難稱公道。

怎樣才能公道呢？他沒有想到這是那麼麻煩。他不知道英國人或法國人是怎麼做的。可惜，他只學習過他們的生，卻沒有研究過他們的死。他實在沒有想到，死雖然只是片刻的事，卻和生同樣的不單純。

他想來想去，真是想不出一個好辦法。沒有辦法，就是最好的辦法。他很不滿意這個辦法，卻實在沒有另外的辦法。

他把藥丸全部吞下，把媳婦給他的開水，一併喝掉。這杯開水，是他活在世間裏，有人給他最後的恩惠。他很感激，也很感動，因為這是媳婦親自端給他的。媳婦用雙手端端正正的放在桌上。她在最困難的時候，還是不會忘掉舉動的細節。

他靜靜地躺在床上，等著。他聽到某種聲音。開始，他不懂。好像是一種狗嗥的聲音。

狗嗥，本地人叫吹狗螺，據說這是有人將死的朕兆。他不相信，也不願意世間用這種不吉利的聲音來送他。

不，那不是狗嗥。那是白天，在街上看到的，賭博機器的聲音。他知道自己有幻聽。難道他還沒有走？

他也聽到蟲鳴的聲音。這是他喜歡聽的。那些聲音，是從田野裏傳過來的。以前，在夜靜的時候，總會聽到蟲聲和水聲。現在，圳溝已加蓋了，再也聽不到水聲了，田園也蓋了許多樓房。不，那是從房屋四周的空地裏傳過來的。自從圳溝加蓋以後，就沒有水澆花，庭院裏的花草都枯死。只長著一些雜草。在屋角，還長了比人還高的菅芒。他不喜歡那些蕪雜，卻又沒有能力除掉它。從那些草叢裏，常常可以聽到蟲聲。

不，那是不可能的。自從有了夜市以後，人聲掩蓋了蟲聲。又是幻聽吧。不，他不但可以聽到蟲鳴，還可以看到鳴叫的蟲。那是一種叫做土猴的蟋蟀。他也看到他自己。

他看到他自己躺在床上。穿著一件白色的西裝。太陽正照在他身上。他的衣服那麼乾淨，他的表情那麼斯文。他還穿著白皮鞋。這正是他的死。有人在哭，不知是誰，也許是媳婦，也許是老妻。他自己卻在嘴角露出微笑。他很安詳，也很滿意。多漂亮的死！

他感覺到自己的身體，不能動彈。不要動，他命令自己。但他還是想動，想掙扎起來。他醒過來了，他發現身體壓住自己的手。他用力掙脫了手。人已完全醒過來了，他感到尿意。

原來，那是一場夢。他一直不想醒過來，卻醒過來了。那的確是一場夢。他並沒有死。

他沒有死，的確沒有死，只感到下腹部脹得厲害。他想起在就寢前，忘記上廁，他想起床，一隻腳卻沒有力。是他在睡覺的時候壓到了，還是舊病復發了？如果舊病復發，而又死不了，他將變成行屍走肉，甚至變成一具植物人，將多麼丟人現眼！他感到膀胱無法控制，尿水洩了出來。雖然，那只是一點點，已夠他丟臉了。

他摸摸褲子，只有內褲濕了一點。他注意到外褲釦子沒有扣上。如果他死了，有誰會注意到他的褲釦子沒有扣好呢？他兒子或媳婦？如果是媳婦，會替他再扣上嗎？

他再用力，勉強撐起身子，走出去小解。這時候，他又想起白天在街上看到翹起一腳小便的狗。他回到床上，正想躺下去，卻又聽到水聲。他想沖洗馬桶，卻誤扭水龍頭。怎麼會有這種錯誤？已不是一次了。新式的馬桶，是西洋的文明，他怎麼會用不慣？他再出去把水龍頭關住，把馬桶沖掉。

他的腳有點發麻，卻不像發病。他感覺得到，他的病終將復發的。既然他無法用藥解決，就只好用其他的辦法，趁自己還有能力決定自己的命運的時候。

但是，他想了幾種辦法，都不是好辦法。都無法死得很漂亮。最漂亮的方法，還是藥。但是，這個方法是行不通的。他不知道是藥房的人拿了假藥給他，還是媳婦把藥換走了。既然有人有意讓他活下去，他就應該活下去吧。

活，他是沒有自信的，死也是一樣。

他又躺在床上，閉上眼睛。小解之後，他感到滿身清爽。他又看到自己，穿著白色的西裝，直直地躺著。太陽從窗口照射進來，多恬靜。

——一九八二年

——《最後的紳士》，麥田出版社

作者簡介

鄭清文，另有筆名莊園、谷嵐，一九三二年生，台灣桃園人，卒於二〇一七年，享壽八十五歲。鄭清文光復後才開始學習中文，畢業於台大商學系，後任職於銀行，利用閒暇從事寫作，數十年來從未中輟。曾獲國家文藝獎、台灣文學獎、吳三連文藝獎、時報文學獎小說推薦獎、金鼎獎，一九九九年更以《三腳馬》英譯本一書，獲得享譽美國的「桐山環太平洋書卷獎」小說獎，此為台灣作家首次得到這項重要的國際文學獎，二〇〇三年獲世界華文文學終身成就獎。鄭清文寫作文類以小說為主，間有童話之作。著有《簸箕谷》、《峽地》、《最後的紳士》、《報馬仔》、《春雨》、《相思子花》、《燕心果》等。

作品賞析

談到鄭清文的小說作品，學者常用海明威所謂的「冰山理論」來形容，意思是十分之九是水面下，然而僅僅讓我們看得見的十分之一又是令人看不透的半透明體，因此讀他的小說常會讓人有問「為什麼」的衝動，鄭清文自己也說他喜歡寫的「沉」一點、含蓄一點，從而形成含蓄深沉、恬淡清雅的獨特小說。

鄭清文受過學院訓練，廣讀西方文學經典，但也喜歡閱讀通俗小說如《樊梨花》等，人性問題的探討一直是鄭清文小說的重點，他的小說經常以社會上不幸或弱勢者所特有殘缺的人生經驗，及其造成的無奈、悲劇來反映人性的本質，過程面臨悲劇，但是悲劇的小說人物鄭清文往往讓他在結局時有較好的歸宿，譬如本文企圖尋死的阿壽伯，鄭清文自己對這種寫法的解釋是，「我認為人生是一場悲劇，人會衰老，無法避免死亡，解決的辦法就是以今天比昨天強，明天比今天強，只有超越自己的強者才能避免悲劇」。本文正是鄭清文小說理念的展現，用樸實的筆調寫一種淡淡的懷舊情調，如同主角阿壽伯努力維持優雅的紳士體面，讀來餘味無窮。鄭清文對女性堅毅角色的獨特視角，在本文中也可看出，如阿壽伯的媳婦，如在夜市叫賣衣服秀才的孫女，以及堅持要水果販退換爛蘋果的女兒。

◆延伸閱讀

1. 鄭清文，《最後的紳士》，麥田出版社，一九九八年七月一日
2. 許素蘭，〈在孤冷的冰山燃燒——釋放鄭清文小說中女性的特質〉，《台灣時報》第二二版，一九九四年七月二十二日
3. 李喬，〈鄭清文作品專題〉，《小說入門》，大安出版社，一九九六年，頁二五七—二六八
4. 彭瑞金，〈大王椰子——二十年來的鄭清文〉，《鄭清文和他的文學》，麥田出版社，一九九八年六月三十日，頁二七—四二
5. 楊照，〈台灣鄉下人的本色——閱讀鄭清文的小說〉，《中國時報》第三七版，一九九九年七月十六日
6. 葉石濤，〈論鄭清文小說裏的「社會意識」〉，《作家的條件》，遠景出版社，一九八一年六月，頁九九—

蘋果的滋味

黃春明

車禍

很厚的雲層開始滴雨的一個清晨，從東郊入城的叉路口，發生了一起車禍：一輛墨綠的賓字號轎車，像一頭猛獸撲向小動物，把一部破舊的腳踏車，壓在雙道黃色警戒超車線的另一邊。露出外面來的腳踏車後架，上面還牢牢地綁著一把十字鎬，原來結在把手上的飯包，被拋在前頭撒了一地飯粒，唯一當飯包菜的一顆鹹蛋，撞碎在和平島的沿下。

雨越下越大，轎車前的一大攤凝固的血，被沖洗得幾將滅跡。幾個外國和本地的憲警，在那裡忙著鑑定車禍的現場。

電話

『……他上午不會來……嗯、嗯，沒關係，這件事情我二等祕書就可以決定。……嗯、唔……不、不，聽我說，你要知道，這裡是亞洲啊！對方又是工人，啊？——是不是工人？……是工人！所以說嘛，我們惹不起。嗯？……聽我說完這個。這裡是亞洲唯一和我們最合作，對我們最友善，也是最安全的地方，啊？……聽我說完嘛！美國不想雙腳都陷入泥淖裡！我們的總統先生，我們的人民都這樣想。……唉！不要再說別的，送去！……嗯！好的，一切由我負責，……好，我馬上就掛電話，……對！……對，就這樣辦。再見！』

迷魂陣

一個年輕的外事警官，帶著一個高大的洋人，來到以木箱板和鐵皮搭建起來的違章矮房的地區。這裡沒有脈絡分明的通路，一切都那麼即興而顯得零亂。他們兩人在這裡面繞了一陣子，像走入迷魂陣裡打轉。『嗨！在這個地方小孩子玩捉迷藏最有意思啦！』跟在外事警官後頭的洋人笑著說。

『是的，我也有同感。』不管怎麼，他總覺洋人雖然笑著說，但是語意是曖昧的。洋人會不會笑我找不到江阿發的住家，有虧警察的職責？他想這實在太冤枉了，洋人大概不會知道外事警察只是協助管區派出所，處理與外國人有關的案件吧。他後悔沒先去找管區，直接把洋人帶到這兒來。現在連自己也陷在摸索中。

他稍低著頭，一個門戶挨一個門戶，尋找門牌號。跟在後頭的洋人，整個頭超出這地方的所有房子，所以他看到的盡是鐵皮和塑膠布覆蓋的屋頂，還看到拿來壓屋頂的破輪胎和磚，有些屋頂上還擱著木箱和雞籠之類的東西。他回頭看到洋人對這裡屋頂的景色，臉上顯露出疑惑的神情時說：『他們的新房子快蓋好了，河邊那裡的公寓就是。等他們搬過去，這裡馬上又要蓋大廈。』說完了之後，他為反應的機警而自傲，也為撒謊本身感到窘迫。他想要不是洋人堅持要來拜訪江阿發的家，他才不會帶外國人來這種地方。他一直注意對方的回話，但是他只聽到那種意義極有彈性和曖昧的美國式對話間，聽者不時表示聽著的『哼哼』聲，而使他專心尋找門牌號的注意力，叫一時想知道洋人此時的種種想法分心了。

他們沉默地走了幾步，在巷間遇到一個揹著嬰兒的小女孩。但經他們問她的時候，她才一開口，他一下子楞住了。洋人卻在旁輕輕地叫『噢！上帝。』原來她是一個啞巴。

他們走遠了，那個啞巴女孩望著他們的背影，還『咿咿啞啞』地喊叫連著手勢比個沒完。

一陣驟雨

停歇過一陣子的雨，又開始滴落下來。每一滴滴落下來的雨點都很大，而在這以各種不同質地當材料的屋頂上，擊出一片清脆的聲響。年輕的外事警察內心的焦慮，經雨點催打，一下子就升到頂點。他正想是否告訴洋人先回管區派出所，恰在難堪的猶豫間，突然發現前面的門牌號就是二十一號之七。

『在這裡！』

『真的？』洋人也跟著他高興的叫了起來。

雨勢也一下子落得緊密，他們顧不得文明人造訪應有的禮貌，當阿桂母女兩人，從醃菜桶猛抬頭時，已經和這未經請進的外人駭然照個正面。儘管那位洋人滿臉堆著親善和尷尬的笑容，由警察和洋人突然闖進，母女兩人瞬間的想像中，意識到大事臨頭而教恐怖的陰影懾住了。

密密的雨點打在鐵皮上，造成屋裡很大的噪音，警察不得不叫嚷似的翻譯洋人的話。阿桂聽不懂國語，只看見警察那麼使勁張嘴閉嘴，再加上手勢，使她更加懼怕的望著阿珠，希望阿珠能告訴她什麼。但是她看女兒驚駭而悲痛的用力抿著嘴的臉孔，驚慌的問：『阿珠，什麼事？』

『媽——』緊緊抿閉的嘴，一開口禁不住就哭起來。

『什麼事？快說！』

『爸、爸爸，被汽車壓了——』

『啊！爸爸——？在那裡？在那裡？……』阿桂的臉一下被扭曲得變形，『在那裡？……』接著就喃喃唸個不停。

警察用很蹩腳的本地話安慰著說：『莫緊啦，免驚啦。』他又改用國語向小女孩說，『叫你媽媽不要難過，你也不要哭，他們已經把你爸爸送到醫院急救去了。』洋人在旁很歉疚的說了些話，並且要求警察替他轉告她們。

『這位美國人說他們會負責的，叫妳媽媽不要哭。』當他說的時候，洋人走過去把手放在阿珠的頭上，自己頻頻點頭示意，希望她能明白。

這個時候，那個揹著嬰兒的啞巴女孩，淋了一身雨從外面闖進來。她不知裡面發生了什麼事，一進門看到剛才遇見的警察和洋人，驚奇的睜大眼睛大聲的連著手勢，咿咿啞啞地叫嚷起來。阿桂仍然恍惚而痛苦的呻吟著，『這怎麼辦？這怎麼辦？……』當啞巴意識到屋裡充滿著悲傷的氣氛時，咿咿啞啞的聲音一下子降低，而悄悄的走過去靠在阿珠的身邊。

『她是妳妹妹？』警察驚訝的問阿珠。

阿珠點了點頭。警察難過而焦急的，『快把圍巾解下來，嬰兒都濕了。』然後轉向疑惑著的洋人說：『是她的妹妹。』

『噢！上帝。』洋人又一次輕輕地呼叫起來。

雨中

阿珠在頭上蓋一塊透明的塑膠布，急急忙忙走出矮房地區，向弟弟的學校走去。

雨仍然下得很大，她的背後有一邊全濕透了，衣服緊緊貼在身上。其實只要她一出門，好好把塑膠布披好，就不至於會淋濕。她一路想著。她想沒有爸爸工作，家裡就沒有錢了。這一次媽媽一定會把我賣給別人做養女。這一次不會和平時一樣，只是那麼恐嚇她：『阿珠，妳再不乖我就把你賣掉！』

但是，這一次阿珠一點都不害怕。她一味地想著當養女以後，要做一個很乖很聽話的養女，什麼苦都要忍受。這樣養家就不會虐待她，甚至於會答應她回家來看看弟弟妹妹。那時候她可能會有一點錢給弟弟買一枝槍，給妹妹買球和小娃娃。

她想著想著，一點也不害怕，只是愈想眼淚流得愈多。不知不覺，弟弟的學校已經在眼前了。

公訓時間

早晨公訓的時間，學校裡沒有半聲小孩子的聲音溢出教室外。幾個嗓門較大，聲音較尖的老師的聲音，倒是遠遠就可以聽見。老校長手背後，像影子沿著教室走廊悄悄走著。

三年級白馬班的女級任老師，右手握教鞭站在講臺上，指著被罰站在她左邊牆角的江阿吉對大家說：

『這個學期都快結束，江阿吉的代辦費還沒繳。』她回頭看阿吉，『江阿吉！』低著頭的阿吉趕快抬頭望她。接著說，『你每天的公訓時間都站在那裡，你不害羞嗎？』阿吉趕快又把頭低下去。『林秀男今天繳了，只剩下你一個人站，你有什麼感想？』座席間的小孩子，都轉頭望著林秀男，林秀男先得意的仰頭笑笑，而後又害羞似的低下頭。『嗨——江阿吉，你什麼時候可以繳？』老師走到講臺的盡頭，靠近阿吉，用教鞭輕輕觸了一下小孩的肩頭：『啊？』江阿吉抬頭想回答什麼，望到老師的眼睛，小孩又垂下頭。老師又用教鞭觸一下問：『阿吉！什麼時候繳？』

『明，明天。』江阿吉小聲的說。

『啊？——』老師把聲音揚得很高。『你的明天到底是什麼時候？』全班的小孩子都笑了。『我已經不相信你說話了。老師不要你明天繳，下個禮拜一好了。你不要以為一站，站到學期結束就可以不繳了。反正你不繳老師還有別的辦法。記住！下個禮拜一一定要繳，知道了吧！』阿吉點點頭。『好！知道最好。』

阿吉深深地點了一個頭，頭都沒抬，就往座位跑。

『喲——喲！』老師叫起來了。阿吉被喊住，他在同學們的席間回頭望老師。同時同學都笑了。『你幹什麼？你這樣幹什麼？回來，回來，你還沒有繳，還是要站啊！你要是明天能夠繳，明天開始就不要站，不然老師對林秀男太不公平啦！』同學又轉向林秀男看看，林秀男又得意、又害羞，一時不知叫他怎麼好地低下頭。

對江阿吉的事好像告了一段落，老師回到講臺的中間向臺下的學生問：『小朋友，這一週的公訓德目是什麼？』她目光往下一掃，沒有一個不舉手的。『好，大家把手放下，一起說。』

『合——作——』全班齊聲的叫。

『對了，合作，像江阿吉，大家的代辦費都繳了，只有他一個人不繳，這叫不叫合作？』

『不叫——』全班的學生又叫起來。

才鬆了一口氣的阿吉，一下子又聽到老師提他，他又緊張起來。他想他是一個不合作的人。但是想到代辦費就想到爸爸的一雙眼睛直瞪著他。這時他懷念起南部鄉下的小學來了。他想不通為什麼在南部爸爸一直告訴媽媽說北部好？要是在南部，代辦費晚繳，楊金枝老師也不會叫人罰站。

阿珠一走到三年白馬班的教室，一眼就看到阿吉站在那裡。她一下子靠近窗口，禁不住地帶著懼怕的聲音叫：『阿吉！』阿吉一看是姊姊，心裡『啊』地叫了一聲，隨即把頭低低的下垂。有點受到驚擾的老師，急忙的走出教室。所有的小孩子往教室外面望，裡邊的都站了起來。

『江阿吉是你的弟弟嗎？』

阿珠點點頭，然後說：

『我爸爸被美國車撞倒了。』

『有沒有怎麼樣？』

教室裡跟著一陣騷動。

『不知道。』阿珠哭著。

『好。你不要難過。』老師回頭走進教室，學生很快的坐好。『江阿吉，你快跟你姊姊回去看你爸爸。』阿吉反而沒顯得比罰站難過。他向老師深深鞠個躬，慢慢的回到座位收拾書包。這時全教室的眼光都被阿吉的一舉一動牽動著，一直到他走出教室和阿珠走開。

『阿松的教室在那裡？』阿珠問。

『那邊。』阿吉用手指向教室盡頭的那一邊。

上天橋

雨勢並沒有減弱，阿珠蹲下來替阿松把塑膠布包好，『自己都不會穿！』她又一時想到自己將被賣做養女的事，她縮回一隻手，分別把兩邊的眼淚揮掉。『不要難過，姊姊會回來看你們的。』其實阿吉和阿松並沒顯出絲毫的難過，只是茫然，而又被阿珠的話弄得更糊塗罷了。『走！快一點，媽媽在等我們。』阿珠牽著阿松，阿吉隨在身邊，他們三個一道走出學校的大門。

當他們在學校附近的馬路口，望著兩邊往來的車子想穿越的時候，一聲尖銳的哨子聲，從對面的候車亭傳過來。

『阿吉，不行！警察在這裡。我們上天橋吧。』

阿吉走在前面，輕快的蹬著臺階，阿松有點焦急的叫，『阿兄——，等我一下。』

『你自己不快，還叫人等你。』阿珠抬頭望著以天為背景站在那兒回過身子來的阿吉叫，『阿吉——等一等阿松。』她又低頭催著說，『快！阿吉等你。』

阿吉一邊等著姊姊趕上來，一邊俯覽底下往來的車輛。最後看著還差五六級就上來的姊姊和阿松。

『姊姊，我不想上學了，』阿吉開始帶著悲意的話，使在下面的阿珠停下來抬頭望他。阿松不停的往上爬。

『阿吉，』她低頭一邊沉思，一邊跟在阿松的後頭上來，『阿吉，你這話教爸爸媽媽聽見了怎麼辦？』她拉著發楞的阿吉一把，他們在天橋上走著。

『我們繳不起代辦費！』

『等爸爸有錢就會繳啊。』

『人家學期都快結束了，……』

『沒關係！』阿珠安慰著說：『等我去做人家的養女，我會給你錢的。』

『你要去做人家的養女？』阿吉驚訝的問。

『嗯！』儘管她回答的怎麼堅決，一時淚水湧上來，隨她怎麼揮也揮不盡。

『媽媽要你去做人家的養女？』

『這一次會是真的啦，爸爸被美國車撞到了……』

阿吉還是不能了解，同時也想像不到爸爸被美國車撞到的時候，和他們以後的關係。相反的這時的注意力，卻叫他注意到阿松不在他們身邊。『噫！阿松呢？』他們猛一回頭，看到阿松蹲在天橋當中的一邊欄杆，望著底下過往的汽車出神。

『阿松——』阿珠叫著。

『阿松最討厭了，每天帶他上學，他總是這樣，他還帶小石子丟車子哪！』

『阿松——』阿珠見阿松沒理，氣憤的跑過去。

阿吉在這一頭，看著阿珠拉阿松過來的樣子，禁不住笑了一下。

『我回家一定告訴媽媽。阿吉說你每天都這樣！』

『阿吉也是，是他先做的！』阿松瞪著阿吉說。

『我那裡有？』阿吉又禁不住地笑起來了。

『走！走！媽媽一定急死了。上天橋就上了半天！』

『姊姊，揹我下去，』阿松站在往下的階梯口不動。

阿珠一句都沒說，蹲下來讓阿松走過來撲在她的背上。

坐轎車

阿桂聽說丈夫流了很多血，現在正在急救中，想到這裡只有無助地哭著，口裡還喃喃地咒詛說：

『我說做工那裡都一樣，他偏不聽，說到北部來碰碰運氣。現在！我們碰到什麼呀！天哪！我們碰到什麼來著？……』

當他們走到大馬路的時候，阿桂還哭著，她顧不得路在那裡，任憑阿珠帶她走。

原先的那一位警察和洋人，站在一部黑色的大轎車外面，向他們揮手。

『媽媽，美國仔在那裡，阿吉，帶他們往這邊走。』

那洋人看到他們走過來，隨即鑽到車子裡面，開動引擎等著，警察也鑽了進去，坐在洋人的旁邊。到了車旁，阿桂的哭聲有意無意變大聲了，至少她是有一種心理，想要美國人知道他們正遭遇到絕境哪。

警察探出頭說：『進來啊！』

阿桂只顧傷心哭泣，阿珠望著緊閉的車門，也不知如何下手好。在猶豫間，阿吉伸手拉住把手，拉不動。索性左腳踏在車身，雙手握緊把手，使勁用力往後拉，還是不動。這時洋人才發現他們還沒把門打開，他『呃』地叫了一聲，就在前座半轉身，探身過來從裡邊打開門，阿吉差些就往後翻過去。

要不是警察替他們安排座位，阿桂母子，他們真不知怎麼入座哪。還好，因為帶著幾分不慣與懼怕鑽進車子，所以阿桂的頭撞上門沿並不很重，只是受到一點驚嚇，同時沒料到車子裡的那分豪華的氣氛加在一起，使阿桂一時變得木訥不哭了。

車子才開動不久，阿桂意識到自己坐進車子裡突然不哭的情形，反而使剛才慟哭的樣子，顯得有點假詐。於是乎她又喃喃的低吟，逐漸放聲縱情地大聲號哭起來。

警察心裡不忍聽見阿桂傷心的哭聲，他回過頭說：

『江太太，好了好了，不要哭得太傷心，說不定江先生只是一點撞傷。但是你哭得太傷心了，會使他變嚴重，說不定會死掉哪！快不要哭了！』本來他也很難過的，但是差一點就為自己所說的話，逗得笑起來。他趕快回頭朝前，緊緊咬住下唇。

阿桂不但真正很傷心的哭著，雖沒聽清楚警察對她說什麼，總覺得他們關心著她的哭聲，因此她更大聲的哭，並且模模糊糊的說：

『……叫我們母子六個人怎麼活下去？怎麼活下去？……』

警察又想好了另一句話想勸阿桂，回過頭來看她哭得渾身抽動的樣子，已經湧到喉頭的話又給吞進去了。他想到她這樣哭泣，是不容易勸阻的。換個角度來看，一位窮婦能這樣發洩，未嘗不是一件很合乎個人的心理衛生的事。想到這裡，他覺得自己是自私的。

阿珠抱著小嬰兒緊靠著媽媽，沉入做一個養女可能遇到的事情的想像裡。阿吉、阿松還有啞巴跪在後座，面對車後窗望著遠去的街景嘻笑。爸爸撞車的事，早就隨遠去了的街景，拐個彎而不見了。

車子沿著一條平穩的山路跑，後座上的三個小孩，都擠到靠風景的邊窗，看山腳下一直變小的房子，阿吉和阿松還能夠互相指著什麼，興奮的說看那邊看這邊地小聲叫，然而那個啞巴女孩，她也興奮極了，但說出來卻變成大聲叫嚷：『咿呀——！巴巴巴……』

白宮

一座中型的潔白醫院矗立在風景區的山崗上，旁邊的停車場雖然停了不少的車子，但是沒看到人走動。其中幾輛白色的轎車和救護車，還有圍欄著朝鮮草的白色短籬笆，尤其是在雨後顯得更醒眼。

車子到達停車場，阿桂仍然傷心的哭著。

『好了，好了，到了不要再哭了。』警察說。

但是，這時候的阿桂，看到白色冷冷的醫院，看不到有人走動所產生的幻覺，想到丈夫就在這裡面，她已經快接觸到問題的答案，死了？殘廢或是怎麼的？本來可以抑制的情緒，變得更禁不住。她蒙著臉由阿珠牽她走，因為過於抑制悲痛的哭聲，聲音悶在喉嚨裡聽起來有點像動物殘喘的哀鳴。

當阿桂他們跟著那一位洋人踏進醫院，阿桂內心裡那一股湧溢不住的悲傷，給醫院裡嚴肅的氣氛鎮住了。她清醒的來回看看有一點受新環境驚嚇的孩子們，把他們拉在一塊，然後蹲在啞巴女孩的面前，用手語比比自己的嘴，同樣的又在啞巴的嘴邊比一比，要啞巴安靜。啞巴點了點頭，隨著咿啞地叫了一聲，自己馬上意識到犯錯，同時看到阿桂怒眼瞪她，她本能的往後退一步，阿桂把她拉近，用手勢在嘴邊比著用針線縫嘴的樣子，啞巴嚇得猛搖頭。

警察從詢問檯那邊走過來，告訴阿桂說：

『江先生的生命沒什麼危險，只是腿斷了，現在正在手術。等一等就出來。』

阿桂從警察的表情，和聽他的語氣，再猜上幾句，也概略知道意思。她望著詢問檯那邊，那位洋人帶著安慰的微笑和一位洋護士走過來，洋人很努力地一邊說，一邊彎下腰在左腿上比一比，在右腿上比一比，然後點點頭，這時很出乎大家的意外，啞巴女孩似乎聽懂了什麼，走到洋人面前，拍拍洋人的腿，咿啞地比手劃腳起來。洋人微笑著向她點頭。

洋護士帶他們到一間空病房等江阿發。一聽阿發沒有生命的危險，阿桂的心安多了，她和孩子們一樣，開始注意醫院裡能看到的每一件東西，每一個走動的人，她心裡想在這種地方生病未嘗不是一件享受。當洋人和警察走離開病房的時候，阿珠問阿桂說：

『媽媽，爸爸要住在這裡是不是？』

『我不知道。』

『要住好久？』阿珠有點興奮的說。

『死ㄚ頭咧！妳在高興什麼？』她自己差些要笑出來。

阿珠也看出媽媽不是真正在生氣，所以她放膽的說：

『我要小便。』

阿珠沒料到，阿桂竟然笑著說：

『我也是，從早禁到現在。糟糕！這裡要到那裡去便尿呢？』

『不知道。』

『糟糕！』正在叫屈的時候，看到阿吉和阿松跑進來。『你們兩個死到那裡去了？』

『我們去小便。』阿松說。

『你們到那裡去小便？』阿桂急切的追問。

『那裡！』阿吉隨便一指，『這裡出去彎過去再彎過去就到了。』

『死孩子，你們真不怕死，這裡是什麼地方，你們竟敢亂跑！』阿桂說：『在什麼地方？帶我去。』

『那裡！』阿吉高興得奪門就要出去。

『等一等！慢慢走，不要叫。』

阿吉和阿松帶著阿桂他們到廁所，兄弟兩個就跑回到空病房來。

『阿兄，這裡什麼都是白的。』阿松驚奇的說。

『這裡是美國醫院啊。』

『他們穿的衣服是白的，帽子鞋子也是白的。』

『房子也是白的。』阿吉一邊看一邊說：『床單被子，還有床也是白的，窗戶也是白的，……』

阿松心裡有一點急，看得見的，能說的都給阿吉說光了。他翻著白眼想了想，衝口說：『小便的地方也是白的！』

『還有……』阿吉想說什麼的時候，阿桂和阿珠她們已經回到病房來了。一進門阿桂就責備著說：

『妳這個死ㄚ頭，放一泡尿好像生一個小孩，等你老半天才出來。一個男的美國仔一直對我說：「諾！諾！……」誰知道諾諾是說什麼死人，真把我急死了。』然後她轉了口氣問，『那麼你怎麼小便？』

『是不是坐在那上面？』

『你坐了？』她看到阿珠點了點頭，才安心的說：『我也是。』這時，她無意中看到阿珠的胸前突然鼓出來，她伸手去抓它，『這是什麼？』

阿珠退也來不及，只好隨阿桂探手把它拿了出來。

『這衛生紙，好好哪！』阿珠不好意思的說。

『呀！妳這丫頭。』她從阿珠的胸前掏出一團潔白的衛生紙，稍做整理說：『真是！你被人看到了怎麼辦？』她轉過身背著孩子，把疊好的衛生紙，塞在自己也在廁所裡藏好的部份。她看到肚子鼓得太厲害了，向阿珠抱過小孩放低一點來掩飾。她又說：『這孩子今天怎麼搞的？睡死了。』她打量著自己拉拉那裡。

這時候，警察突然走進來，阿珠和阿桂嚇得連警察都看得出來。警察馬上安慰著說：

『不要怕，不要怕，沒有危險了。馬上就可以看到他了。放心——』才說完，那一位原先一起來的洋人和一位護士，匆忙的走進來，看看裡面，和警察交談了一下，警察就對阿桂他們說：『大家都出來一下。』

阿桂帶著小孩子們走出走廊，然後兩個男護士走進去，把原來的空床抬出來。不一會兒，帶輪子的病床，平放著江阿發默默的被推了過來，推進病房裡面。

看到這情形的阿桂他們，她和阿珠又哭起來，但是聲音不大，阿吉阿松和啞巴，站在門口楞楞的望著裡面，看護士在那裡忙碌。小孩子簡直就不敢相信那就是爸爸，除了閉著的眼睛，和鼻子嘴巴，其他地方也都裹著繃布。

阿松心裡懷疑，禁不住悄悄地拉阿吉的袖子，小聲問：

『阿兄，那白白的也是爸爸嗎？』問後他的眼睛和嘴巴張得特別大。

帶翅膀的天使

現在整個病房都是江阿發一家人。因為全身麻醉藥效還沒退淨的關係，阿發還在昏迷狀態。阿桂又悲傷起來了。這和開始時想像所引起的害怕不同，現在的悲傷是著實面對著一個全家大小依靠他生存的主宰。他已經兩腿都斷折，頭和胳臂都有撞傷，極可能變成殘廢者。這怎麼辦？這怎麼辦？她喃喃飲泣，眼望阿發的眉目，期待他趕快醒過來。阿珠抱著嬰兒，流著淚又開始編織她做養女的遭遇。這次重新想起來，沒有早上去帶阿吉的路上想得那麼勇敢了，她害怕得有幾次差些就哭出聲來。其他三個小孩，看到媽媽和姊姊都那麼悲傷，自己也就不敢亂動亂吵。他們靜靜的這裡看看，那裡看看，有時心裡想到什麼，想一想，看一看，也就不敢說出來。

過了一陣子，有一位修女護士走了進來，看看病人，又看看阿桂他們，然後說：

『有沒有醒過來？』

除了那位啞巴女孩，可把阿桂他們嚇了一大跳，他們簡直不敢相信他們聽到什麼。修女看到他們的表情，知道他們為什麼驚嚇，所以她笑著說：

『我會說你們的話，我是修女，我在聖母醫院工作，現在我奉天主的名字，由美國醫院借調到這裡來，為江先生服務。』她看看阿桂他們大小，『你一家大小都在這裡了？』

阿桂除了向她點點頭，不知怎麼才好。要不是自己正悲傷著，看一個完全和自己不相同的外國女人，說本地話說得那麼流利，實在滑稽得想笑。孩子們都瞪著驚奇的眼睛露出笑容來，使他們想到卡片上帶翅膀的天使來。這位修女的出現頓時使他們一家人，感到世界開闊了一點。不管怎麼，就因為這樣，阿桂更覺得應該讓外人明白她的困境。怎麼辦？她想了想，還是老方法，剛才一直就這麼悲傷過來的，她馬上恢復到修女未來之前的樣子，望著江阿發的臉，手沒什麼意義的摸摸，開始喃喃的哭泣著說：這怎麼辦？這怎麼辦好呢？一家大小七口人啊，不要吃不要穿啦？啊！這怎麼辦？為什麼不撞我，偏偏撞上你？阿桂真的越想越難過，隨修女怎麼勸也沒什麼用，反而越勸越使她激動。修女也知道，這種情形對阿桂這樣的女人，讓她再面對殘酷的事實，很快就會叫她堅強起來。修女趁阿桂還在哭的時候悄悄的走避一下。

阿桂仍然哭她的……悽慘哪！這怎麼辦好呢？這怎麼辦好呢？

『媽媽、媽媽，修女走了。』阿珠抬著淚眼說。

阿桂馬上抬頭回過來，看了一看，然後用哭紅了的眼睛瞪著阿珠，有點惱怒的說：

『她走了關我們什麼事！你叫我幹什麼？』看阿珠低頭，接著又說：『妳爸爸撞成殘廢你們都看到了，以後你們每個人都要覺悟，眼睛都給我睜大一點。』

阿珠一下子又聯想到養女的事。她沒想到告訴媽媽說修女走了，媽媽會生那麼大的氣。她完全是好意，以為媽媽是在訴苦給修女知道哪！冤枉哪！這麼一想，阿珠不知道那裡還有淚水，一下子又簌簌地落個不停。

『阿吉和阿松！』阿桂看到阿珠的樣子，覺得有點委屈了她，於是她轉了目標，『你們兩個也一樣！爸爸不能打工了，你們就要替爸爸打工。』

不知怎麼搞的，阿吉心裡有忍不住的好笑，咬緊下唇低頭避開媽媽看見。站在旁邊的阿松，聽媽媽威嚇著說要替爸爸打工，他竟認真的，乖乖而順從的說：『好。』

這一下阿吉可忍不住了，嘴一咧開竟格格地笑起來了，儘管阿桂咬牙罵：『呀！好好！死孩子，你瘋了！快死啦……！』這一下沒讓他格格地笑聲傾個光是不能罷休的了。

信主的有福了

一方面麻醉藥效的退盡，一方面是阿吉格格地鏗鏘笑聲，同時使江阿發甦醒過來。他微微的呻吟了一聲，全室的氣氛馬上又變了另一種。阿桂一手按著他的胸：『不要動！你的腿更不能動。』阿發躺著用力勾頭，想看清楚自己的腿：『我的腿怎麼了？』

『兩腳都斷了。』

阿發聽說兩腳都斷了，勾起來的頭，一下子乏力似的跌回枕頭嘆了一聲。『我以為這一下子死了，』望著天花板沉默了一下，眼睛還發楞說：『小孩呢？』

『都來了。都在你的旁邊。』

『爸爸。』阿珠小聲的叫。阿吉阿松也叫了。啞巴雖然沒叫，她悄悄地和大家排成一排，靠著床沿和媽媽相對。阿桂看阿發默默地一個一個看著自己的孩子的時候，忍禁不住在另一邊哭起來了。

這時大家好像都變很笨，木訥得不知說什麼好。越是這樣，每個人的心裡越是難過，每個人都期待有誰先開口說話。這時阿珠手裡抱的嬰兒『哇』地哭了。

『孩子給我。』阿桂說，阿珠繞過去把嬰兒給了媽媽。『這傢伙好像知道你出事了，早上到現在沒哭半聲。現在一定餓了。』阿桂一邊說一邊把乳房掏出來給小孩餵奶。整個房子，除了小孩吸吮奶的聲音之外，又沉默下來了。

阿發的心裡實在難過，想到自己的傷殘和眼前的這一群，他在懷疑自己是不是死了？為什麼不死？要嘛就死掉，不然讓我這樣活下來怎麼辦？……

『這裡是什麼地方？』阿發驚訝地問，好像現在才意識到似的。

『美國醫院。』

『啊！美國醫院？我們那來的錢？』

『我也不知道，是美國仔和一個警察把我們帶來這裡來看你的。』阿桂說。

『他們呢？』

『他們說等一會兒就來。』

阿發再也不說一句話了，好像有很多心事地躺著，臉上的表情，一會緊，一會鬆，讓阿桂猜測到他多少是在自責。於是阿桂說話了。

『你想一想，我們以後的日子還那麼長，怎麼過？』說到此，鼻子一酸淚也下，聲音也怨，『我告訴過你，當初你就不聽。我說要是打工的話，到那裡都一樣，你偏不信，說什麼我們女人不懂，到大都市可以碰運氣。打工又不是做生意，有什麼運氣可碰？有啦！現在我們可碰到了吧。……』

『媽媽——好了。』阿珠急得叫起來了。她看到爸爸沒說話氣得臉發青，她知道媽媽要是不停的嘀咕下去，爸爸一定會大發脾氣，一發不可收拾。這種情形阿珠看多了，他們每次都是這樣吵起來的。阿桂也知道，只是一到了這種情況，自己也不知道該怎麼辦才好。總算阿桂及時不再講下去。沉默中只聽到阿發激動的大口的呼吸聲。阿桂記起護士的交代，有必要時，按床頭邊的電鈕。她按了電鈕，沒有一下子，那位和藹的修女就跑進來了。

『醒過來了。』修女一進門看到阿發就說，然後一直走到阿發的身邊，手放在他的額頭：『有沒有感覺到怎麼樣？』

阿發和阿桂他們剛才一樣，頭一次聽外國人說本地話給嚇住了。

『很好，沒發燒。』她從袋子裡取出體溫計，拿在手裡甩一甩，看一看，『嘴張開。含著就好了。』她把體溫計放在阿發的口裡。然後眼睛忙著看每一個人笑著說：『你們現在還怕不怕？嗯？』

『怕也是這樣，不怕也是這樣。煩惱就是啦。』阿桂說。

『你們信不信天主？』她看到阿桂啞口無言，接著說：『信主的必定有福！』

這時候，原先那一位洋人和警察一道進來了。他們抱著好幾個裝滿東西的袋子。修女和他們打個招呼，天主的事情也暫且作罷。

他們把一樣一樣的東西放在桌子上：『這是三明治，這是牛奶，這是汽水，這，這是水果罐頭，還有這是蘋果。』警察一樣一樣唸著。『中午你們就吃這些。』

小孩子們都望著紙袋出神。修女把阿發的體溫計抽出來看，『很好，沒有發燒。』隨即她在床尾拿起紀錄表填寫紀錄。洋人和警察靠近阿發，對他笑笑，阿發也莫名的跟著笑笑。

『這位是格雷上校，是他的車子撞到你的。』警察對阿發說。

格雷上校連忙伸手去握住阿發的手，嘴裡巴拉巴拉地說個沒完。阿發從他的表情也可以猜到幾分對方的歉意。

警察翻譯說：『他說非常非常的對不起，請你原諒。他說他願意負一切責任，並且希望和你的家庭做朋友。』

阿發和阿桂不會聽國語，但是他卻猜到是格雷撞到他，所以他抱怨而帶著呻吟的聲音說：

『呃！——是你呀！你應該多小心一點，我遠遠看到你的車就先閃讓開了，想不到你卻對準我衝來，嗳唷！現在你撞上我，連我的整個家也撞得亂七八糟了。……』格雷上校很想知道阿發說了什麼，他望著警察，警察望著他搖搖頭。後來還是在後頭的修女，把阿發的意思說給格雷先生聽。

從此修女就替格雷上校充當翻譯。

『……除了保險公司會賠償你以外，這一次在道義上格雷上校自己，還有因為公事的關係，他的服務機關也願意負擔責任，不會讓你們因為江先生的殘廢，生活發生問題。並且格雷先生想徵求你們的同意，想把你們的啞巴女兒送到美國去讀書。』一下子大家目光都集中到啞巴身上，害啞巴嚇得發楞，要不是格雷先生把手放在啞巴的頭上撫摸她，啞巴可能想像得很可怕。阿桂和阿發互相看了一看。修女又說：『沒有關係，這等以後再商量好了。那麼這裡有兩萬塊錢。』她從格雷手上接過紙包，放在阿發的胸上，『你們先用它生活，以後還要給的。』

兩萬！這可把阿發和阿桂弄昏頭了，錢已送到面前，不說幾句話是不行的，說呢，說什麼好？在不知所措的當兒，他們兩個只覺得做錯了什麼事對不起人家似的不安。

一直站在旁邊的警察突然開口說：

『這次你運氣好，被美國車撞到，要是給別的撞到了，現在你恐怕躺在路旁，用草蓆蓋著哪！』阿珠湊近爸爸的耳邊把警察的意思說給他聽。阿發一下子感動涕零的說：『謝謝！謝謝！對不起，對不起，……』

蘋果的滋味

他們一邊吃三明治，一邊喝汽水，還有說有笑，江阿發他們一家，一向就沒有像此刻這般地融洽過。

『阿桂，回去可不要隨便告訴別人，說我們得到多少錢啊。』

『我怎麼會！』阿桂向小孩說：『你們這些小孩聽到沒有！誰出去亂講，我就把誰的嘴巴用針縫起來。』

『我不敢。』

『我也不敢。』

「爸爸，這些汽水罐我要。」阿吉說。

「我也要。」阿松說。

「這些汽水罐很漂亮，你們可不能給我弄丟了！」阿桂認真的警告著：「弄丟了，我可要剝你們的皮。」

「我知道——」孩子們高興的叫起來。

阿發有一種很奇怪的感覺，一種無憂無慮，心裡一絲牽掛都沒有的感覺，使它流露到他的臉上，竟然讓阿桂看起來，顯得有點陌生，做夢也沒想到，和他生了五個小孩的江阿發，也有這麼美的一面。她趁阿發沒注意她的時候，把自己的頭再往後移，然後痴痴的看他。看！什麼時候像今天這樣清秀過？今天總算像個人樣了。

阿發喝著牛奶，偷偷看了阿桂一眼，他心裡想，她怎麼不再開始嘮叨？並且希望阿桂又說：「你說來北部碰運氣，現在你碰個什麼鬼？」這一句話。我想等她那麼說的時候，我馬上就可以頂上一句：「現在這不叫做運氣？叫什麼？」呵呵，準可以頂得叫她啞口無言。阿發又看了阿桂一眼，正好和阿桂的目光相觸，兩人同時漾起會心的微笑來。

他們一家和樂的氣氛，受到並不討厭的打擾，那就是格雷帶工頭和工人代表陳火土來探病。

工頭和火土一進房裡，一句慰問的話也沒有，只是和平常一樣嘻嘻哈哈地，開口就說：

「哇！阿發你這一輩子躺著吃躺著拉就行了。我們兄弟還是老樣，還得做牛做馬啦。誰能比得上！呵呵呵。」

「嘿嘿嘿，兄弟此後看你啦！」工頭說。

阿發和阿桂一時給弄得莫名其妙。

「喂！火土，你們到底說什麼？我給搞糊塗了。」

「別裝蒜，你以為我們不知道？美國仔都告訴我們了。而且你家的啞巴女兒也要送到美國讀書，還有……」

「誰說的？」阿桂問。

「我們工地一百多個兄弟都知道了。」

「應該嘛！不然我們怎麼會知道兄弟沒有受欺負，是不是？」

「對，有啦。這位格雷先生做人很好。」阿發說。

火土叫了一聲，然後狡猾的說：「喂，阿發，你是不是故意的？哈哈……哈……」

「他媽的，火土仔，虧你說得出，真他媽的……」阿發拿他們沒辦法，啼笑皆非地笑著罵火土。

但是大家都笑起來。

「火土，你要的話就讓你好了。」阿桂玩笑的說。

「我？我那有你們的福氣。你看嘛，我下巴尖尖的那裡像？」大家又哈哈大笑起來。

為了工作的關係，工頭和火土算是慰問就走了。

「他媽的，碰到他們這一群，裝瘋裝癲的真拿他沒辦法。」阿發突然覺得腳痛。「呀，腳痛起來了。」

『叫護士來。』

『等一等。她剛剛才來過，不要太麻煩人家啦。』他看到小孩子望著蘋果就說：『要吃蘋果就拿吧，一個人一個。』小孩子很快的都拿到手。『也給你媽媽一個呀！』

『我，我不，我不。』但是阿吉已經把蘋果塞在阿桂的手裡了。『你也吃一個。』

『我現在腳痛不想吃！』

『叫護士來？』

『說過不用了，你沒聽到？』阿發有點煩躁的說。

大家拿著蘋果放在手上把玩著，一方面也不知怎麼吃好。『吃啊！』阿發說。

『怎麼吃？』阿珠害羞地問。

『像電視上那樣嘛！』阿吉說完就咬一口做示範。

當大家還在看阿吉咬的時候，阿發又說：『一個蘋果的錢抵四斤米，你們還不懂得吃！』

經阿發這麼一說，小孩、阿桂都開始咬起蘋果來了。房子裡一點聲音都沒有，只聽到咬蘋果的清脆聲，帶著怯怕的一下一下此起彼落。咬到蘋果的人，一時也說不出什麼，總覺得沒有想像那麼甜美，酸酸澀澀，嚼起來泡泡的有點假假的感覺。但是一想到爸爸的話，說一只蘋果可以買四斤米，突然味道又變好了似的，大家咬第二口的時候，就變得起勁而又大口的嚼起來，噗喳噗喳的聲音馬上充塞了整個病房。原來不想吃的阿發，也禁不起誘惑說：

『阿珠，也給我一個。』

——《兒子的大玩偶》，皇冠出版社

◆作者簡介

黃春明，另有筆名郘文祺，一九三五年生，台灣宜蘭人，屏東師範畢業。曾任小學教師、電器行學徒、通信兵、電台編輯、拍紀錄片、電視節目策劃、公司經理、電影拍攝。早期作品發表於林海音主編之《聯合副刊》上，後則出現於《文學》季刊上。他的小說故事，尤以描寫鄉土人物的卑苦生活見稱，因具強烈的草根性和泥土味，被稱為鄉土作家。常運用電影手法表現在小說中，其小說如〈兒子的大玩偶〉、〈莎喲娜拉再見〉、〈我愛瑪莉〉等被拍成電影，深獲好評。近年致力於有關兒童方面之創作，協助宜蘭縣設立蘭陽兒童劇團及本土語言之復健工作。著有小說《兒子的大玩偶》、《鑼》、《莎喲娜拉再見》、《我愛瑪莉》、《放生》，散文《等待一朵花的名字》及童話《我是貓也》等多種。

◆作品賞析

在現代主義盛行的六〇年代崛起的黃春明，其寫作風格很難避免不被現代主義影響，然而黃春明正是能意識到現代主義在台灣之不足，而能取長補短，發展出既有寫實風格，又有現代主義技巧的作品，〈蘋果的滋味〉也和〈兒子的大玩偶〉一樣是這種風格的代表作。

在黃春明筆下，大都是卑微、委屈、愚昧的小人物，這種獨特的鄉土風格在本文也不例外。不同於〈兒子的大玩偶〉有一位著力描寫的小人物坤樹，聚焦於坤樹的一天而多種面向地呈現坤樹這位小人物的悲歡與愁苦，本文沒有一位特意著墨的人物，反而是以事件取勝，從南部舉家北遷打工的工人阿發，因一場車禍的肇事者是美國的上校而有出人意表的遭遇，原本擔心一家七口在家長車禍後不知如何維生的阿桂；擔心會被賣去當養女的阿珠；學期快結束還繳不出學費打算休學的阿吉以及啞女，他們的煩惱都因為「這次你運氣好，被美國車撞到，要是給別的撞到了，現在你恐怕躺在路旁，用草蓆蓋著哪」而改變了，阿桂有了二萬元，阿珠不必去當養女，阿吉有錢繳代辦費，不必再罰站，而且啞巴女孩要到美國去讀書了，這一切的歡樂，都像蘋果的滋味一樣「沒有想像那麼甜美，酸酸澀澀，嚼起來泡泡的有點假假的感覺」。

有評論者將本文和〈我愛瑪莉〉同樣歸為反諷崇洋媚外之作，認為是在嘲諷中刻畫出對民族意識矛盾的悲涼，以及對自我認知薄弱的痛切批判，筆者以為上述論點固然允當，但把一個平凡、想當然爾的題材寫得笑中帶淚，在即興而零亂的佈局中彰顯出小人物在困苦中的卑微願望，正是黃春明寫作功力之所在。

◇延伸閱讀

1. 黃春明，《兒子的大玩偶》，皇冠出版社，二〇〇〇年二月十六日
2. 林懷民，〈傾聽那呼喚——讀黃春明小說的隨想〉，《書評書目》第十五期，一九七四年七月，頁一一八—一二一
3. 彭瑞金，〈我不愛瑪莉——試論黃春明的變調〉，《前衛叢刊》，一九七八年十月，頁一一四—一二三
4. 李瑞騰，〈我看黃春明的小說筆尖所及正在社會的脈動上〉，《中國時報》第三九版，一九九四年一月六日

金大班的最後一夜

白先勇

當臺北市的鬧區西門町一帶華燈四起的時分，夜巴黎舞廳的樓梯上便響起了一陣雜沓的高跟鞋聲，由金大班領隊，身後跟著十來個打扮得衣著入時的舞孃，綽綽約約的登上了舞廳的二樓來，才到樓門口，金大班便看見夜巴黎的經理童得懷從裏面竄了出來，一臉急得焦黃，搓手搓腳的朝她嚷道：

「金大班，你們一餐飯下來，天都快亮嘍。客人們等不住，有幾位早走掉啦。」

「喲，急什麼？這不是都來了嗎？」金大班笑盈盈的答道：「小姐們孝敬我，個個爭著和我喝雙杯，我敢不生受她們的嗎？」金大班穿了一件黑紗金絲相間的緊身旗袍，一個大道士髻梳得烏光水滑的高聳在頭頂上；耳墜、項鍊、手串、髮針，金碧輝煌的掛滿了一身，她臉上早已酒意盎然，連眼皮蓋都泛了紅。

「你們鬧酒我還管得著嗎？夜巴黎的生意總還得做呀！」童經理猶自不停的埋怨著。

金大班聽見了這句話，且在舞廳門口煞住了腳，讓那群咭咭呱呱的舞孃魚貫而入走進了舞廳後，她才一隻手撐在門柱上，把她那隻鱷魚皮皮包往肩上一搭，一眼便睨住了童經理，臉上似笑非笑的開言道：

「童大經理，你這一籮筐話是頂真說的呢，還是鬧著玩，若是鬧著玩的，便罷了。若是認起真來，今天夜晚我倒要和你把這筆帳給算算。你們夜巴黎要做生意嗎？」金大班打鼻子眼裏冷笑了一聲。「莫怪我講句居功的話：這五、六年來，夜巴黎不靠了我玉觀音金兆麗這塊老牌子，就撐得起今天這個場面了？華都的臺柱小如意蕭紅美是誰給挖來的？華僑那對姊妹花綠牡丹粉牡丹難道又是你童大經理搬來的嗎？天天來報到的這起大頭裏，少說也有一半是我的老相識，人家來夜巴黎花鈔票，倒是捧你童某人的場來的呢！再說，我的薪水，你們只算到昨天。今天最後一夜，我來，是人情，不來，是本分。我說句你不愛聽的話：我金兆麗在上海百樂門下海的時候，只怕你童某人連舞廳門檻還沒跨過呢。舞場裏的規矩，那裏就用得著你這位夜巴黎的大經理來教導了？」

金大班連珠炮似的把這番話抖了出來，也不等童經理答腔，逕自把舞廳那扇玻璃門一甩開，一雙三寸高的高跟鞋跺得通天價響，搖搖擺擺便走了進去。才一進門，便有幾處客人朝她搖著手，一疊聲的「金大班」叫了起來。金大班也沒看清誰是誰，先把嘴一咧，一隻鱷魚皮皮包在空中亂揮了兩下，便向化妝室裏溜了進去。

娘個冬采！金大班走進化妝室把手皮包豁啷一聲摔到了化妝檯上，一屁股便坐在一面大化妝鏡前，狠狠的啐了一口。好個沒見過世面的赤佬！左一個夜巴黎，右一個夜巴黎。說起來不好聽，百樂門裏那間廁所只怕比夜巴黎的舞池還寬敞些呢，童得懷那副臉嘴在百樂門掏糞坑未必有他的份。金大班打開了一瓶巴黎之夜，往頭上身上亂灑了一陣，然後對著那面鏡子一面端詳著發起怔來。真正霉頭觸足，眼看明天就要做老闆娘了，還要受這種爛汙癟三一頓烏氣。金大班禁不住的搖著頭頗帶感慨的吁了一口氣。在風月場中打了二十年的滾，才找到個戶頭，也就算她金兆麗少了點能耐了。當年百樂門的丁香美人任黛黛下嫁棉紗大王潘老頭兒潘金榮的時候，她還刻薄過人家：我們細丁香好本事，釣到一頭千年大金龜。其實潘老頭兒在她金兆麗身上不知下過多少功夫，花的錢恐怕金山都打得起一座了。那時嫌人家老，又嫌人家有狐臭，才一腳踢給了任黛黛。她曾經對那些姊妹淘誇下海口：我才沒有你們那樣餓嫁，個個去捧塊棺材板。可是那天在臺北碰到任黛黛，坐在她男人開的那個富春樓綢緞莊裏，風風光光，赫然是老闆娘的模樣，一個細丁香發福得兩隻膀子上的肥肉吊到了櫃檯上，搖著柄檀香扇，對她說道：玉觀音，你這位觀音大士還在苦海裏普渡眾生嗎？她還能說什麼？只得牙癢癢的讓那個刁婦把便宜撈了回去。多走了二十年的遠路，如此下場，也就算不得什麼轟轟烈烈了。只有像蕭紅美她們那種眼淺的小婊子才會捧著杯酒來對她說：到底我們大姊是領班，先中頭彩。陳老闆，少說些，也有兩巴掌吧？剛才在狀元樓，夜巴黎裏那一起小娼婦，個個眼紅得要掉下口水來了似的，把個陳發榮不知說成了什麼稀罕物兒了。也難怪，那起小娼婦那裏見過從前那種日子？那種架勢？當年在上海，拜倒她玉觀音裙下，像陳發榮那點根基的人，扳起腳趾頭來還數不完呢！兩個巴掌是沒有的事，她老早託人在新加坡打聽得清清楚楚了：一個小橡膠廠，兩棟老房子，前房老婆的兒女也早分了家。她私自估了一下，三、四百萬的家當總還少不了。這且不說，試了他這個把月，除了年紀大些，頂上無毛，出手有點摳扒，卻也還是個實心人。那種臺山鄉下出來的，在南洋苦了一輩子，怎能怪他把錢看得天那麼大？可是陽明山莊那幢八十萬的別墅，一買下來，就過到了她金兆麗的名下。這麼個土佬兒，竟也肯為她一擲千金，也就十分難為了他了。至於年紀哩，金大班湊近了那面大化妝鏡，把嘴巴使勁一咧，她那張塗得濃脂豔粉的臉蛋兒，眼角上突然便現出了幾把魚尾巴來。四十歲的女人，還由得你理論別人的年紀嗎？饒著像陳發榮那麼個六十大幾的老頭兒，她還不知在他身上做了多少手腳呢。這個把月來，在宜香美容院就不知花了多少冤枉錢。拉面皮、扯眉毛——臉上就沒剩下一塊肉沒受過罪。每次和陳老頭兒出去的時候，竟像是披枷戴鎖，上法場似的，勒肚子束腰，假屁股假奶，大七月裏，綁得那一身的家私——金大班在小肚子上猛抓了兩下——發得她一肚皮成餅成餅的熱痱子，奇癢難耐。這還在其次，當陳老頭兒沒頭沒臉問起她貴庚幾何的當兒，她還不得不裝出一副小娘姨的腔調，矯情的捏起鼻子反問他：你猜？三十歲？娘個冬采！只有男人才瞎了眼睛。金大班不由得噗嗤的笑出了聲音來。哄他三十五，他竟嚇得嘴巴張起茶杯口那麼大，好像撞見了鬼似的。瞧他那副模樣，大概除了他那個種田的黃臉婆，一輩子也沒近過別的女人。來到臺北一見到她，七魂先走了三魂，迷得無可無不可的。可是憑他怎樣，到底年紀一大把了。金大班把腰一挺，一雙奶子便高高的聳了起來。收拾起這麼個老頭兒來，只怕連手指頭兒也不必翹一下哩。

金大班打開了她的皮包，掏出了一盒美國駱駝牌香菸點上一支，狠狠的抽了兩口，才對著鏡子若有所悟的點了一下頭，難怪她從前那些姊妹淘個個都去捧塊棺材板，原來卻也有這等好處，省卻了多少麻煩。年紀輕的男人，那裏肯這麼安分？那次秦雄下船回來，不鬧得她周身發疼的？她老老實實告訴他：她是四十靠邊的人了，比他大六、七歲呢，那裏還有精神來和他窮糾纏？偏他娘的，秦雄說他就喜歡比他年紀大的女人，解事體，懂溫存。他到底要什麼？要個媽嗎？秦雄倒是對她說過：他從小便死了娘，在海上漂泊了一輩子也沒給人疼過。說實話，他待她那份真也比對親娘還要孝敬。那怕他跑到世界那個角落頭，總要寄些玩意兒回來給她：香港的開什米毛衣，日本的和服繡花睡袍，泰國的絲綢，囉囉嗦嗦，從來沒有斷過；而且一個禮拜一封信，密密匝匝十幾張信紙，也不知是從什麼尺牘抄下來的：「兆麗吾愛」——沒的肉麻！他本人倒是個癡心漢子，只是不大會表情罷了。有一次，他回來，喝了點酒，一把抱住她，痛哭流涕。一個彪形大漢，竟倒在她懷中哭得像個小兒似的。為了什麼呢？原來他在日本，一時寂寞，去睡了一個日本婆，他覺得對不起她，心裏難過。這真正從何說起？他把她當成什麼了？還是個十來歲的女學生，頭一次談戀愛嗎？他興沖沖的掏出他的銀行存摺給她看，他已經攢了七萬塊錢了，再等五年——五年，我的娘——等他在船上再做五年大副，他就回臺北來，買房子討她做老婆。她對他苦笑了一下，沒有告訴他，她在百樂門走紅的時候，一夜轉出來的檯子錢恐怕還不止那點。五年——再過五年她都好做他的祖奶奶了。要是十年前——金大班又猛吸了一口菸，頗帶惆悵的思量道——要是十年前她碰見秦雄那麼個癡心漢子，也許她真的就嫁了。十年前她金銀財寶還一大堆，那時她也存心在找一個對她真心真意的人。上一次秦雄出海，她一時興起，到基隆去送他上船，碼頭上站滿了那些船員的女人，船走了，一個個淚眼汪汪，望著海水都掉了魂似的。她心中不由得倒抽了一口冷氣，這次她下嫁陳發榮，秦雄那裏她連信也沒去一封。秦雄不能怨她絕情，她還能像那些女人那樣等掉了魂去嗎？四十歲的女人不能等。四十歲的女人沒有功夫談戀愛。四十歲的女人——連真正的男人都可以不要了。那麼，四十歲的女人到底要什麼呢？金大班把一截香菸屁股按熄在菸缽裏，思索了片刻，突然她抬起頭來，對著鏡子歹惡的笑了起來。她要一個像任黛黛那樣的綢緞莊，當然要比她那個大一倍，就開在她富春樓的正對面，先把價錢殺成八成，讓那個貧嘴薄舌的刁婦也嘗嘗厲害，知道我玉觀音金兆麗不是隨便招惹得的。

「大姊——」

化妝室的門打開了，一個年輕的舞孃走了進來向金大班叫道。金大班正在用粉撲撲著面，她並沒回過頭去，從鏡子裏，她看見那是朱鳳。半年前朱鳳才從苗栗到臺北，她原是個採茶娘，老子是酒鬼，後娘又不容，逼了出來。剛來夜巴黎，朱鳳穿上高跟鞋，竟像踩高蹺似的。不到一個禮拜，便把客人得罪了。童得懷劈頭一陣臭罵，當場就要趕出去。金大班看見朱鳳嚇得抖索索，縮在一角，像隻小兔兒似的，話都說不出來。她實在憎惡童得懷那副窮凶極惡的模樣，一賭氣，便把朱鳳截了下來。她對童得懷拍起胸口說道：一個月內，朱鳳紅不起來，薪水由她金兆麗來賠。她在朱鳳身上確實費了一番心思，舞場裏的十八般武藝她都一一傳授給她，而且還百般替她拉攏客人。朱鳳也還爭氣，半年下來，雖然輪不上頭牌，一晚上卻也有十來張轉檯票子了。

「怎麼了，紅舞女？今晚轉了幾張檯子了？」金大班看見朱鳳進來，黯然坐在她身邊，沒有作聲，便逗她問道。剛才在狀元樓的酒席上，朱鳳一句話也沒說，眼皮蓋一直紅紅的，金大班知道，朱鳳平日依賴她慣了，這一走，自然有些慌張。

「大姊——」

朱鳳隔了半晌又顫聲叫道。金大班這才察覺朱鳳的神色有異。她趕緊轉過身，朝著朱鳳身上，狠狠的打量了一下，剎那間，她恍然大悟起來。

「遭了毒手了吧？」金大班冷冷問道。

近兩三個月，有一個在臺灣大學唸書的香港僑生，夜夜來捧朱鳳的場，那個小廣仔長得也頗風流，金大班冷眼看去，朱鳳竟是十分動心的樣子。她三番四次警告過她：闊大少跑舞場，是玩票，認起真來，吃虧的總還是舞女。朱鳳一直笑著，沒肯承認，原來卻瞞著她幹下了風流的勾當，金大班朝著朱鳳的肚子盯了一眼，難怪這個小娼婦勒了肚兜也要現原形了。

「人呢？」

「回香港去了。」朱鳳低下了頭，吞吞吐吐的答道。

「留下了東西沒有？」金大班又追逼了一句，朱鳳使勁的搖了幾下頭，沒有作聲。金大班突然覺得一腔怒火給勾了起來，這種沒耳性的小婊子，自然是讓人家吃的了。她倒不是為著朱鳳可惜，她是為著自己花在朱鳳身上那番心血白白糟蹋了，實在氣不忿。好不容易，把這麼個鄉下土豆兒脫胎換骨，調理得水蔥兒似的，眼看著就要大紅大紫起來了，連萬國的陳胖婆兒陳大班都跑來向她打聽過朱鳳的身價。她拉起朱鳳的耳朵，咬著牙齒對她說：再忍一下，你出頭的日子就到了。玩是玩，耍是耍，貨腰孃第一大忌是讓人家睡大肚皮。舞客裏那個不是狼心狗肺？那怕你紅遍了半邊天，一知道你給人睡壞了，一個個都捏起鼻子鬼一樣的跑了，就好像你身上沾了雞屎似的。

「哦——」金大班冷笑了一下，把個粉撲往檯上猛一砸，說道：「你倒大方！人家把你睡大了肚子，拍拍屁股溜了，你連他鳥毛也沒抓住半根！」

「他說他回香港一找到事，就匯錢來。」朱鳳低著頭，兩手搓弄著手絹子，開始嚶嚶的抽泣起來。

「你還在作你娘的春秋大夢呢！」金大班霍然立了起來，走到朱鳳身邊，狠狠啐了一口，「你明明把條大魚放走了，還抓得回來？既沒有那種捉男人的屄本事，褲腰帶就該紮緊些呀。現在讓人家種下了禍根子，跑來這裏一把鼻涕，一把眼淚——那一點教我瞧得上？平時我教你的話都聽到那裏去了。那個小王八想開溜嗎？廁所裏的來沙水你不會捧起來當著他灌下去？」金大班搯近了朱鳳的耳根子喝問道。

「那種東西——」朱鳳往後閃了一下，嘴唇哆嗦起來，「怕痛啊——」

「哦——怕痛呢！」金大班這下再也耐不住了，她一手扳起了朱鳳的下巴，一手便戳到了她眉心上，「怕痛？怕痛為什麼不滾回你苗栗家裏當小姐去？要來這種地方讓人家摟腰摸屁股？怕痛？到街上去賣傢伙的日子都有你的份呢！」

朱鳳雙手掩起面，失聲痛哭起來。金大班也不去理睬她，逕自點了根香菸猛抽起來，她在室內踱了兩轉，然後突然走到朱鳳面前，對她說道：

「你明天到我那裏來，我帶你去把你肚子裏那塊東西打掉。」

「啊——」朱鳳抬頭驚叫了一聲。

金大班看見她死命的用雙手把她那微微隆起的肚子護住，一臉抽搐著，白得像張紙一樣。金大班不由得怔住了，她站在朱鳳面前，默默的端詳著她，她看見朱鳳那雙眼睛凶光閃閃，竟充滿了怨毒，好像一隻剛賴抱的小母雞準備和偷牠雞蛋的人拚命了似的。她愛上了他了，金大班暗暗嘆息道，要是這個小婊子真的愛上了那個小王八，那就沒法了。這起還沒嘗過人生三昧的小娼婦們，憑你說爛了舌頭，她們未必聽得入耳。連她自己那一次呢，她替月如懷了孕，姆媽和阿哥一個人揪住她一隻膀子，要把她扛出去打胎。她捧住肚子滿地打滾，對他們搶天呼地的哭道：要除掉她肚子裏那塊肉嗎？除非先拿條繩子來把她勒死。姆媽好狠心，到底在麵裏暗下了一把藥，把個已經成了形的男胎給打了下來。一輩子，只有那一次，她真的萌了短見：吞金、上吊、吃老鼠藥、跳蘇州河——偏他娘的，總也死不去。姆媽天天勸她：阿囡，你是聰明人。人家官家大少，獨兒獨子，那裏肯讓你毀了前程去？你們這種賣腰的，日後拖著個無父無姓的野種，誰要你？姆媽的話也不能說沒有道理。自從月如那個大官老子，派了幾個衛士來，把月如從他們徐家匯那間小窩巢裏綁走了以後，她就知道，今生今世，休想再見她那個小愛人的面了。不過那時她還年輕，一樣也有許多傻念頭。她要替她那個學生愛人生一個兒子，一輩子守住那個小孽障，那怕街頭討飯也是心甘情願的。難道賣腰的就不是人嗎？那顆心一樣也是肉做的呢。何況又是很標緻的大學生。像朱鳳這種剛下海的雛兒，有幾個守得住的？

「拿去吧，」金大班把右手無名指上一隻一克拉半的火油大鑽戒卸了下來，擲到了朱鳳懷裏，「值得五百美金，夠你和你肚子裏那個小孽種過個一年半載的了。生了下來，你也不必回到這個地方來。這口飯，不是你吃得下的。」

金大班說著便把化妝室的門一甩開，朱鳳追在後面叫了幾聲她也沒有答理，逕自踩著高跟鞋便搖了出去。外面舞池裏老早擠滿了人，霧一般的冷氣中，閃著紅紅綠綠的燈光，樂隊正在敲打得十分熱鬧，舞池中一對對都像扭股糖兒似的黏在了一起搖來晃去。金大班走過一個檯子，一把便讓一個舞客撈住了，她回頭看時，原來是大華紡織廠的董事長周富瑞，專來捧小如意蕭紅美的。

「金大班，求求你做件好事。紅美今夜的脾氣不大好，恐怕要勞動你去請請才肯轉過來。」周富瑞捏住金大班的膀子，一臉焦灼的說道。

「那也要看你周董事長怎麼請我呢。」金大班笑道。

「你和陳老闆的喜事——十桌酒席，怎樣？」

「閒話一句！」金大班伸出手來和周富瑞重重握了一下，便搖到了蕭紅美那邊，在她身旁坐下，對她悄悄說道：

「轉完這一桌，過去吧。人家已經等掉魂了。」

「管他呢，」蕭紅美正在和桌子上幾個人調笑，她頭也不回就駁回道：「他的鈔票又比別人的多值幾文嗎？你去跟他說：新加坡的蒙娜正在等他去吃消夜呢！」

「哦！原來是打翻了醋罐子。」金大班笑道。

「呸，他也配？」蕭紅美尖起鼻子冷笑了一聲。

金大班湊近蕭紅美耳朵對她說道：

「看在大姊臉上，人家要送我十檯酒席呢。」

「原來你和他暗地裏勾上了，」蕭紅美轉過頭來笑道：「幹嘛你不去陪他？」

金大班且不答腔，乜斜了眼睛瞅著蕭紅美，一把兩隻手便抓到了蕭紅美的奶子上，唬得蕭紅美雞貓子鬼叫亂躲起來，惹得桌上的客人都笑了。蕭紅美忙討了饒，和金大班咬耳說道：

「那麼你要對那個姓周的講明白，他今夜完全沾了你的光，我可是沒有放饒他。你金大姊是過來人，『打鐵趁熱』這句話不會不懂，等到涼了，那塊鐵還扳得動嗎？」

金大班倚在舞池邊的一根柱子上，一面用牙籤剔著牙齒，一面看著小如意蕭紅美妖妖嬈嬈的便走到了周富瑞那邊桌子去。蕭紅美穿了一件石榴紅的透空紗旗袍，兩筒雪白滾圓的膀子連肩帶臂肉顫顫的便露在了外面，那一身的風情，別說男人見了要起火，就是女人見了也得動三分心呢。何況她又是個頭一等難纏的刁婦，心黑手辣，耍了這些年，就沒見她栽過一次筋斗。那個姓周的，在她身上少說些也貼了十把二十萬了，還不知道連她的騷蹄著了沒有？這才是做頭牌舞女的材料，金大班心中暗暗讚嘆道，朱鳳那塊軟皮糖只有替她拾鞋子的份。雖然說蕭紅美比起她玉觀音金兆麗在上海百樂門時代的那種風頭，還差了一大截，可是臺北這一些舞廳裏論起來，她小如意也是個拔尖貨了。當年數遍了上海十里洋場，大概只有米高梅五虎將中的老大吳喜奎還能和她唱個對臺。人家都說她們兩人是九天孅女白虎星轉世，來到黃浦灘頭擾亂人間的；可是她偏偏卻和吳喜奎那隻母大蟲結成了小姊妹，兩個人晚上轉完檯子便到惠而康去吃炸子雞，對扳著指頭來較量，那個的大頭耍得多，耍得狠，耍得漂亮。傷風敗德的事，那幾年真幹了不少，不曉得害了多少人，為著她玉觀音妻離子散，家破人亡。後來吳喜奎抽身得早，不聲不響便嫁了個生意人。她那時還直納悶，覺得冷清了許多。來到臺北，她到中和鄉去看吳喜奎。沒料到當年那隻張牙舞爪的母大蟲，竟改頭換面，成了個大佛婆。吳喜奎家中設了個佛堂，裏面供了兩尊翡翠羅漢。她家裏人說她終年吃素唸經，連半步佛堂都不肯出。吳喜奎見了她，眼睛也不抬一下，搖著個頭，嘆道：嘖，嘖，阿麗，儂還在那種地方惹是非吓。聽得她不由心中一寒。到底還是她們乖覺，一個個鬼趕似的都嫁了人，成了正果。只剩下她玉觀音孤鬼一個，在那孽海裏東飄西盪，一蹉跎便是二十年。偏他娘的，她又沒有吳喜奎那種慧根。西天是別想上了，難道她也去學吳喜奎起個佛堂，裏面真的去供尊玉觀音不成？作了一輩子的孽，沒的玷辱了那些菩薩老爺！她是橫了心了，等到兩足一伸，便到那十八層地獄去嘗嘗那上刀山下油鍋的滋味去。

「金大班——」

金大班轉過頭去，她看見原來靠近樂隊那邊有一檯桌子上，來了一群小夥子，正在向她招手亂嚷，金大班認得那是一群在洋機關做事的浮滑少年，身上有兩文，一個個骨子裏都在透著騷氣。金大班照樣也一咧嘴，風風標標的便搖了過去。

「金大班，」一個叫小蔡的一把便將金大班的手捏住笑嘻嘻的對她說道：「你明天要做老闆娘了，我們小馬說他還沒吃著你燉的雞呢。」說著桌子上那群小夥子都怪笑了起來。

「是嗎？」金大班笑盈盈的答道，一屁股便坐到了小蔡兩隻大腿中間，使勁的磨了兩下，一隻手勾到小蔡脖子上，說道：「我還沒宰你這隻小童子雞，那裏來的雞燉給他吃？」說著她另一隻手暗伸下去在小蔡的大腿上狠命一捏，捏得小蔡尖叫了起來。正當小蔡兩隻手要不規矩的時候，金大班霍然跳起身來，推開他笑道：「別跟我鬧，你們的老相好來了，沒的教她們笑我『老牛吃嫩草』。」說著，幾個轉檯子的舞女已經過來了，一個照面便讓那群小夥子摟到了舞池子中，貼起面婆娑起來。

「喂，小白臉，你的老相好呢？」

金大班正要走開的時候，卻發現座上還有一個年輕男人沒有招人伴舞。

「我不大會跳，我是來看他們的。」那個年輕男人囁嚅的答道。

金大班不由得煞住了腳，朝他上下打量了一下，也不過是個二十上下的小夥子，恐怕還是個在大學裏唸書的學生，穿戴得倒十分整齊，一套沙市井的淺灰西裝，配著根紅條子領帶，清清爽爽的，周身都露著怯態，一望便知是頭一次到舞場來打野的嫩角色。金大班向他伸出了手，笑盈盈的說道：

「我們這裏不許白看的呢，今晚我來倒貼你吧。」

說著金大班便把那個忸怩的年輕男人拉到了舞池裏去。樂隊正在奏著〈小親親〉，一支慢四步。臺上綠牡丹粉牡丹兩姊妹穿得一紅一綠，互相摟著腰，妖妖嬈嬈的在唱著：

你呀你是我的小親親，

為什麼你總對我冷冰冰？

金大班藉著舞池邊的柱燈，微仰著頭，端詳起那個年輕的男人來。她發覺原來他竟長得眉清目秀，趣青的鬚毛都還沒有長老，頭上的長髮梳得十分妥貼，透著一陣陣貝林的甜香。他並不敢貼近她的身體，只稍稍摟著她的腰肢，生硬的走著。走了幾步，便踢到了她的高跟鞋，他惶恐的抬起頭，靦腆的對她笑著，一直含糊的對她說著對不起，雪白的臉上一下子通紅了起來。金大班對他笑了一下，很感興味的瞅著他，大概只有第一次到舞場來的嫩角色才會臉紅，到舞場來尋歡竟也會紅臉——大概她就是愛上了會紅臉的男人。那晚月如第一次到百樂門去，和她跳舞的時候，羞得連頭都不抬起來，臉上一陣又一陣的泛著紅暈。當晚她便把他帶回了家裏去，當她發覺他還是一個童男子的時候，她把他的頭緊緊的摟進她懷裏，貼在她赤裸的胸房上，兩行熱淚，突的湧了下來。那時她心中充滿了感激和疼憐，得到了那樣一個羞赧的男人的童貞。一剎那，她覺得她在別的男人身上所受的玷辱和褻瀆，都隨著她的淚水流走了一般。她一向都覺得男人的身體又髒又醜又臭，她和許多男人同過床，每次她都是偏過頭去，把眼睛緊緊閉上的。可是那晚當月如睡熟了以後，她爬了起來，跪在床邊，藉著月光，癡癡的看著床上那個赤裸的男人。月光照到了他青白的胸膛和纖秀的腰肢上，她好像頭一次真正看到了一個赤裸的男體一般，那一刻她才了悟原來一個女人對一個男人的肉體，竟也會那樣發狂般的癡戀起來的。當她把滾熱的面腮輕輕的偎貼到月如冰涼的腳背上時，她又禁不住默默的哭泣起來了。

「這個舞我不會跳了。」那個年輕的男人說道。他停了下來，尷尬的望著金大班，樂隊剛換了一支曲子。

金大班凝望了他片刻，終於溫柔的笑了起來，說道：

「不要緊，這是三步，最容易，你跟著我，我來替你數拍子。」

說完她便把那個年輕的男人摟進了懷裏，面腮貼近了他的耳朵，輕輕的，柔柔的數著：

一二三——

一二三——

——《臺北人》，爾雅出版社

◆作者簡介

白先勇，另有筆名鬱金、白黎、蕭雷，一九三七年生，廣西桂林人，台灣大學外文系畢業，美國愛荷華大學「國際作家工作坊」碩士。大學時代曾和王文興、歐陽子、陳若曦等創辦《現代文學》雙月刊，旋又創辦「晨鐘出版社」。曾任美國加州大學聖塔巴巴拉分校教授，講授中國語言文學，現已退休。著有散文集《驀然回首》、《樹猶如此》等，小說集《寂寞的十七歲》、《臺北人》、《孽子》、《紐約客》等多種，劇本《金大班的最後一夜》、《玉卿嫂》、《孤戀花》等多種。

◆作品賞析

白先勇前期的作品，個人色彩和受西方文學影響較重；後期作品的現實性較強，藝術上日臻成熟。白先勇的代表作《臺北人》，名為台北人，實則敘寫的都是隨政府播遷來台而身在台北的大陸人，內容主要有三方面，一是舊日官宦世家的興衰；二是大陸來台人士和海外華人的懷鄉之情；三是台灣尋常百姓的生活寫照。歐陽子評析白先勇的《臺北人》，以今昔之比、靈肉之爭與生死之謎來解剖《臺北人》的命題寓意，其中今昔之比實為《臺北人》最重要的意涵，以本文來說，本文的主角表面上是金大班，但事實上「過去」和「現在」才是主體，過去上海百樂門的紅牌舞女、現在台北夜巴黎的過氣大班；過去為官少爺月如懷胎打胎的純情女、現在溫柔招呼會紅臉的年輕舞客；過去上海（中國大陸）大把可堪揮霍的繁華、現在台北追之不及的遲暮……在這些今昔之比的背後，是作者「對人類生命之『有限』，對人類無法永保青春，停止時間激流的萬古悵恨」（歐陽子語）。

◆延伸閱讀

1. 白先勇，《臺北人》，爾雅出版社，二〇〇二年二月一日
2. 歐陽子，〈〈金大班的最後一夜〉之喜劇成分〉，《書評書目》第二十七期，一九七五年七月一日，頁一二—二二
3. 林幸謙，〈生命情結的反思：白先勇小說主題思想之研究〉，林幸謙出版，一九九二年十二月，頁三六一
（備註：政治大學中文研究所碩士論文）
4. 柯慶明，〈情慾與流離——論白先勇小說的戲劇張力〉，《中外文學》第三五〇期，二〇〇一年七月
5. 郝譽翔，〈不老的時間花園——閱讀白先勇〉，《幼獅文藝》第五五一期，一九九九年十一月

晶晶的生日

陳若曦

九月初，外子從蘇北來信，說他們勞動快結束了，大概九月中旬可以回南京；正好九月十五晶晶將滿四周歲，他計劃帶孩子去逛中山陵。「來南京也有三年了，」他在信中說，「還沒有瞻仰過明孝陵、中山陵，心裏總覺得對不起金陵的山水。」

不是外子提醒，我真還想不起晶兒的生日。這幾年在中國，我們連自己的生日也忘了。除了每年歲末，同事們奔走相告，要我拿購物證到糧店買一斤「富強粉」麵條——「毛主席」的壽麵——外，對於我，生日已成了歷史名詞。

接信的那天，我下班後去學校附設的幼兒園接晶晶回家。路上，忍不住把他爸爸的打算告訴了他。孩子聽到久違的父親要帶他出去玩，立刻喜形於色，圓乎乎的小臉綻開了笑容，就在路上跳躍起來。

忽然，他仰起小臉問我：「媽媽，生日是什麼呀？」

「生日就是生下來的日子。」我信口回答。

瞧他一臉似懂非懂的神色，我才悟起這個名詞的抽象性。那時，我正懷著老二，已經八個月了，肚子挺得山一般高。拉著晶晶的小手擱在我肚子上，我告訴他：「再過一個多月，娃娃就要出來了。他出來那一天就是他的生日。」

「生日！」

也不知懂了還是不懂，他只管高興地喊叫，蹦呀跳地往前衝。我在他後面跟得很吃力，趕到宿舍區的大門口時，望著節節上升的臺階，只剩下喘氣的份兒。我們住的虎踞關宿舍，一排排的平房沿著清涼山建築，一個大圍牆之內住了兩百多戶教職員工。我們的宿舍單元，正好在半山腰裏，這大熱天裏，一上一下，我都要出一身汗。那天，晶晶顧不上同大院子裏的小朋友打招呼，一路雀躍而上。

「奶奶！」他興沖沖地喊起來，原來是我僱請的老太太出來接他了。

因為離預產期近了，外子又不在家，對鄰的王阿姨替我做主，僱了這位老太太，好幫著照料晶晶，將來我生產時，替我熬月子。老太太姓安，蘇北人，性子倒也頗爽直，才住進來兩天，已經同我們母子混得很熟了，一家三口過得頗為融洽。

「奶奶，我生日啦！」晶晶迫不及待地嚷開來，「爸爸要帶我……三三陵！」

「什麼，三三里？」安奶奶已六十開外，有些耳聾，聽成了城南一條家喻戶曉的老街名。

「是中山陵。」

我上氣不接下氣地趕上來糾正，心裏突然懊悔起來。這孩子口無遮攔，如果到處去喊他要過生日，人家豈不以為我們做父母的滿腦子資產階級腐朽思想？這樣一想，我趕緊拉了他回家來。一跨進門立刻叮嚀他：再不許提生日的事，否則有一天他會變成「老反革命」了！孩子當然弄不清生日提不得的道理，不過，「老反」的意義他是曉得的，馬上繃緊了小臉，不住地點著小腦袋瓜。看那嚴肅的模樣，我放心了，就讓奶奶帶他去洗手吃飯。

但孩子究竟憋不住好消息，等他吃過飯去對門王家玩時，便告訴了王阿姨的獨子冬冬。冬冬七歲了，剛從幼兒園升上了小學一年級，因為是緊鄰，又同過幼兒園，與晶晶一向很要好，時常玩在一起。

那天晚上，王阿姨過來坐談時，劈口便問。

「文老師，聽說晶晶的生日快到了，是嗎？」

「噯！」我怪難為情地承認。

王阿姨是幼兒園的保育員，正好看顧晶晶這個小小班——三歲到四歲的孩子。她有耐心，又會唱歌，孩子們很服她。許是廣東人的天性，王阿姨非常活潑健談，加上出身是「城市小貧民」——我從來弄不清這是甚麼行業，有人說是無業遊民，我可從不敢求證於王阿姨——屬於「紅五類」分子，就顯得理直氣壯，說話時嗓門特別響。承她看得起，與我常有來往，晚上料理完家務後，不時過門來與我聊幾句。她丈夫與我同一個教學組，目前也同外子一樣在蘇北的「五七」幹校裏種田。因為我倆都是獨自帶個孩子過日子，上班外又兼家務，不免就互相幫起忙來。早上買小菜時，我替她捎帶一把；在家務料理上，她常替我出主意。譬如僱褓姆的事，不是她替我張羅，我自己準一籌莫展。

「我家冬冬是八月二十九生日，才過去沒幾天，我也沒給他慶賀，」王阿姨帶著遺憾的口氣說。「等他爸爸回家來，也叫他帶孩子去逛一趟玄武湖吧。」

「那可好，」我說，「秋高氣爽的，你們全家去玄武湖划船，照張相多好！」

「可惜沒有照相機呀！」她說。

我想借她我們那個卡隆照相機，但怕她一口拒絕，自己反而難堪，因此話到舌邊，又強咽了下去。還記得是去年的事，我熱心得很，把照相機借給我們的黨員組長。誰知道他一看是日本貨，當場搖頭便拒絕。這以後，我連這個來自「軍國主義」國家的照相機都怕亮相了。

王阿姨坐下來以後，便不停地張嘴打哈欠。瞧她一臉倦容，我不禁關懷地問：「你昨晚上夜班，今天休息過來沒有？」

她搖搖頭，不好意思地趕緊把手捂上嘴。

「我上午、下午都躺著，就是睡不著。」

說完，她立刻伸長了頸子左右張望。見廚房門關著，猜是安奶奶在裏面洗澡，又看晶晶在另一間房裏已經上了床，這才湊過頭來，低低地問我：「你曉得施老師的女兒小紅吧？」

「當然，」我說，「她不是同晶晶一道在你的小小班裏嗎？」

小紅的父親與我恰巧同系，由於出身好，很早就入黨。文化革命中他以造反出名，成了紅人，目前正被江蘇省委借去辦一個學習班，審查省裏的一個中級幹部。小紅媽媽也是教員，正在蘇北勞動。因為夫婦都不在南京，小紅一向是全托，日夜住在幼兒園裏的。這小女孩長得眉清目秀，小臉頰噴紅的，很討人喜歡。夏天裏的一個星期日下午，我還曾接她來家玩過一次。

「我告訴你一件事，你可千萬別對人說才行！」王阿姨的嘴湊上了我耳朵。

「一定！一定！」我滿口答應著，爽性走去把我的房門悄聲帶上，然後回來拉了王阿姨在書桌旁坐了下來，自己靠著她坐在床沿。

「昨夜，」她仍然壓低著聲調說，同時傾著上身，俯著頭，唯恐說的話被第三者聽去似的，「十點多鐘，孩子們全睡了。政工組的老王領了廣播室的老邵，摃了部錄音機來，我們幼兒園的主任親自陪著。他們一來便叫我把施紅叫醒。孩子睡得像死去一般，怎麼弄也不醒。我只好把她抱去餐室，用冷水洗了一把臉，這才半睡半醒地睜開了眼。王組長親自把餐室的門關緊了，接著就和我們主任盤問起小紅來，老邵打開錄音機在一旁錄音。先問她：爸爸叫什麼名字？媽媽叫甚麼名字？接著就問她：有人教你喊反動口號沒有？小紅閉上眼睛只管搖頭。問了一陣，主任急了，說：有小朋友聽到你喊反動口號……」——說到這裏，王阿姨的整張嘴幾乎塞住了我的一只耳朵——「『毛主席』壞蛋，喊了沒有？這下小紅似乎知道厲害了，使勁的睜大了眼睛——你知道小紅那雙水汪汪的眼睛，像荔枝核般亮晶晶的——她就這麼乾瞪著眼，瞧瞧王組長，又瞧瞧主任，一邊只管搖腦袋。他們輪流勸她，哄她，交代政策，叫她老實，做『毛主席』的好孩子，只要承認就算了……最後，主任只好把彙報她的小朋友名字講出來。這下，孩子才記起來似的，承認是說了，但立刻哇哇大哭起來。大家哄了好一陣，她才止住了哭聲。我以為事情就完了，誰知他們接下去又追問她：為甚麼喊這反動口號？小紅又是搖腦袋。老王說，這口號那裏聽來的？爸爸說過？搖頭。媽媽說過？搖頭。老師講過？搖頭。哎呀，文老師，你不知道，我真嚇得冒冷汗！」

說到這裏，王阿姨直起腰來，兩只小眼睛朝上翻，做出暈厥模樣，一只手輕輕拍著胸脯，似乎猶有餘悸。

「我那時偷看了一下手錶，不得了，十二點了！孩子已經熬不下去，瞌睡連連，眼睛閉呀閉地。最後一次問她：聽見媽媽喊過沒有？她就閉著眼點頭了。等問她什麼時候聽到，她怎麼也說不上來。折騰了一番，實在沒有結果，他們才讓我抱她回去。一上手，小紅便呼呼睡去了。倒是我，下了夜班回家，整天想著這件事，竟合不上眼。」

難怪她合不上眼，我一路聽下來，大氣都不敢出。

「你說，這些全錄了音？」我不能相信。

「那當然，」王阿姨說，「而且進了檔案！」

「檔案！」我伸手抱住我的肚子，感到一陣寒心。「天，這孩子才多大呀！」

「可不是！」王阿姨也跟著嘆息。「四歲不到，比你們晶晶還小些。」

我說不出話來，只是搖著頭，同被逼供的小紅一般，還以為在做夢似的。我想著：施老師總算出身好，但他妻子可聽說是地主家庭出身的，為了表示「劃清界線」，幹甚麼都特別賣力，現在女兒闖了這個大禍，可憐夫婦還蒙在鼓裏呢！可憐的小紅，四歲不到就留下了錄音口供，存進了檔案，長大後沒事就好，萬一出點紕漏，肯定舊事重提，那時可就是「自小一貫反動」了。

難怪王阿姨睡不好，我這間接聽聞的人也深為震動，夜裏竟輾轉反側，難以入眠，腦海裏老浮上小紅那張眼睛滴溜溜轉的紅臉蛋。

這以後，我每天都向王阿姨打聽事情的進展。先是王阿姨本人做書面檢討，以後是主任向校方做檢討，接著校方派人到小紅媽媽的老家天長縣調查。這下子，我又轉而為那做媽媽的擔憂了。可嘆施老師，長年在外省奔波，調查別人，可曾想到自己的妻子也在被人調查？

一個星期天晚上，安奶奶正在廚房裏刷鍋洗碗，晶晶纏著我給他講一本小人書《智擒大特務》。正講到一半，王阿姨敲門進來了。她一進來便東張西望，兩只細小的眼睛閃閃發光，那神情是緊張、興奮，又透著神祕。我心想：小紅媽媽要倒楣了！找出了兩粒軟糖，我把晶晶哄到他和奶奶的房間裏，叫他自己看小人書，回來就順手把自己的房門輕輕帶上。

「小紅媽媽怎麼啦？」

我急著打聽，也來不及給王阿姨讓座，只給她指了指書桌前的椅子，自己先捧著肚子坐在床沿，拉長了耳朵，準備聽新聞。

「小紅媽媽？」

王阿姨倒瞪了我一眼，接著就是搖頭又擺手。

「不是小紅媽媽，是晶晶呀！」

「晶晶？」我莫名其妙地反問一句。

「哎呀，怎麼告訴你才好……」

她一屁股坐下來，然後連人帶椅子向我挪過來。

「是這樣，」她壓低了聲音，上身俯向我，下巴幾乎壓在我肚子上，「冬冬說，他下午同晶晶在一起，聽到晶晶喊……喊反動口號！」

「反動口號？」我還是摸不著頭腦。「什麼反動口號？」

「哎呀！」她急得坐不住了，彈起來，把前額頂著我的太陽穴，一個字一個字地蹦出來：「就是：『毛主席』壞蛋呀！」

「甚麼！」我大叫一聲，也跟著彈了起來。

「噓！小聲點！小聲點！」

王阿姨一把抱住了我，又把我按落在床沿。我好像全身癱瘓了，身不由己地隨她擺佈，腦子裏一片空白，嘴裏不知所以地念著：反動口號……反動口號……。

「孩子還小呀，」王阿姨向我勸解，就在我身邊坐了下來。「可以教育過來的，好好同他講，不要打他吧。」

好半天，我才在紛亂中理出一個問題來：「除了冬冬，還有誰聽見？」

「不知道。」說著，王阿姨皺起了眉，歪傾著腦袋思索。「好像就是他兩人在玩。」

為了弄清底細，我決定找冬冬。安奶奶步出廚房，正拉著圍裙擦手。看我挺著肚子，搖幌著步子，手裏還拽著王阿姨，她連忙問：「什麼事？」

「就回來！」

說著，我急急把王阿姨拖回家。冬冬看到我這樣，嚇壞了，小眼睛掄得滾圓，手也搖頭也搖地直說：「我沒說！我沒說！晶晶說的！」

問了一陣，我才知道是下午兩人在院子裏玩，嘴裏亂喊這個壞蛋，那個壞蛋，而晶晶在喊完爸爸壞蛋，媽媽壞蛋之後，就溜出這句最最喊不得的話來。

「這孩子，非得重重揍他一頓不可！」

在驚嚇之後，我的憤怒開始抬頭。捧著肚子，我恨恨地在水泥地上頓起腳來。

「光打不解決問題呀，文老師，」王阿姨又勸說起來，「要從根本上著手，常教育他愛戴『毛主席』，引導孩子熱愛領袖。」

「怎麼沒有……」

才一張口，我覺得一陣委屈，喉頭頃刻被封住似的，眼淚便湧出來。

不愛戴「毛主席」？真是從何說起呀！孩子爸爸為了怕他生在異國，特地專程趕回中國；還沒有出娘胎，便取了「衛東」的學名在等待；才幾個月大，便舉在頭上認「毛主席」的像；媽媽還不會喊，便先會「毛」呀「毛」地叫了。能說孩子不愛「毛主席」？在襁褓中，一見到「主席」像，便條件反射地眉開眼笑，手舞足蹈了。我們大人也一向不落後，六九年，全國瘋狂地推行「忠字化」運動，我白天上班，夜裏還抽出四小時去輪流繡巨幅的「毛主席」肖像；響應造反派的號召，除了廚房和廁所，家裏所有的走道和每一面牆都貼上了「毛主席」的畫像、詩詞、字畫等，一直到江青發覺有「庸俗化」的傾向後，下令取締，才奉令取下來。

「不要哭了，文老師，」王阿姨仍在勸說，「肚子這麼大了，不能動氣的。孩子還小，還可以教肓過來。」

聽王阿姨那口氣，好像晶晶已經是病入膏肓，無可救藥了。我更傷心，真想放聲大哭一場，但又怕哭聲引起左鄰右舍的注意，反而擴大了事情，只好張大了嘴呼氣，無聲地擦著成串掛下來的眼淚。肚子裏的胎兒這時突然動起來，那本來會給我一種神祕和幸福的感覺，現在卻轉為一次意外的、痛楚的刺激。我忘了擦淚，雙手趕緊捧住了肚子。

「冬冬，」王阿姨已經轉身去叮嚀她兒子了，「你可不許出去同人家講晶晶的事！說了，我可要揍你，晶晶也不同你玩了！」

冬冬瞪著同他媽媽一模一樣的眼睛，一上一下地點著小腦袋，那模樣嚴肅得像個老頭子。

我憋了一肚子氣回家。安奶奶剛給晶晶洗完澡，正在房裏給他穿衣服。看見我氣呼呼地撞進來，她嚇了一跳。

「文老師，怎麼啦？」

我來不及回答她，便問起晶晶來。孩子仰起胖胖的臉，張大了嘴，眨巴著眼睛，好像什麼事都記不住，一雙小手揪弄著潮濕的頭髮。

「冬冬說，你喊了……毛主席」——說到這裏，我壓低了聲音，習慣地環視了四周一下——「壞蛋！喊了沒有？」

「要死啦！」老太太一聽，狠狠地蹬了一腳。

這下，孩子似乎記起來了，整個臉立刻僵住了，眼光怯生生地盯著我。

「喊了沒有?」我再逼問。

「喊了……」聲音低得像蚊子叫。

「為什麼喊?」我一氣，忍不住提高了聲音。

他一臉的呆相，不吭一聲，只傻傻地張著嘴，眼珠像死魚一般暗淡無光彩。我雖在盛怒中，卻也可憐起他來，但憐憫的念頭剛一滋生，心底便敲起了警鐘。多少家長都說過了:一個小孩可以偷，可以搶，但萬萬不能犯政治錯誤!想到這裏，我狠了狠心，吃力地彎下了腰，打了他兩個巴掌。晶晶吃驚地捧住了臉，「哇」地一聲大哭起來。

「要死!」老太太又是嚇了一跳，一把拉開了孩子。晶晶更加號啕大哭起來，雙手捂住了臉頰，哭得一臉都是淚。

「可不許說了!」安奶奶也板起臉數落他。「反革命才說這種話……再說，準打爛你嘴!瞧把你媽弄成這樣子!快說你以後不再說了!」

晶晶抽搭搭地吐出來:「不……說……」

「走，再去洗臉去!」說著，奶奶也不等我說什麼，立刻把他拉到廚房去了。

怎麼辦?我心裏不斷地問著自己。

失神落魄地踱回自己房裏，我關了門，往牆上一靠，馬上閉了眼——但願什麼都看不見，什麼都不必憂慮。其時，腦子裏是紛亂一片，好像波濤洶湧，載浮載沉，不知何處是岸;弄不清是為晶兒著急，還是為自己掛慮;想立刻寫信告訴外子，又怕萬一信被檢查，倒留下了鐵證，還是等他回來再說吧，也可以減少他幾日的焦躁。焦躁也還是暫時的，我最擔心的是他對孩子的失望，而后者會令他多麼傷心！他迢迢千里而來，如今鬱鬱不得志，只把希望寄托在下一代，看他生在「紅旗」下，長在「紅旗」下，盼望著將來能成為八億眾生中的普通一份子，不揹任何思想包袱，平安無事地生活下去。這麼謙卑的願望，眼看在孩子四歲時，便遭破滅的威脅，能不令他傷心嗎？

我想著，想著，越發覺得不能告訴孩子的爸爸。就是他回來了，也不能告訴他。但是，怎麼叫別人也不提起呢？我想：我可以明告安奶奶，相信她也會合作；而對門的王阿姨，則可以暗示她。她和外子是同鄉，他們廣東人很講義氣的，相信還不至於去向學校反映或彙報這件事吧。至於她丈夫，我倒比較躊躇了。老王是我同事，出名的積極份子，一向緊靠黨員和上司的。雖然他太太與我處得很好，然而，因為我中過「美帝國主義」教育之毒，他一向對我敬而遠之。今后——我下了決心——可要對王老師特別小心，得罪不得的。王阿姨也不能得罪——連冬冬都得罪不起！

想到堂堂一個大人，卻要防範起一個七歲大的毛孩子，自己都感到臉紅。都是晶晶闖的禍！我恨恨地想著，離開了牆，踱向書桌，充耳不聞從隔壁房裏傳來的抽泣聲。肚子裏的胎兒又動了起來，一股電流般的感覺立即傳遍了全身。我抱緊了肚子，趕緊坐下來。

書桌上，靠牆站著一堆毛澤東的著作，語錄、詩詞、選集和全集都有。有精裝本，有簡裝本，有橫排版，直排版，還有袖珍本，甲種本，乙種本……真是名目繁多，應有盡有。我嘆了口氣，仰頭望著貼在牆上的毛澤東半身像。牆上的人似笑非笑的表情好像對適才發生的事全無動於衷，沉靜、冷漠得令人望而生畏。

這時，冷不防，肚子又被胎兒踢了一腳。我驚得渾身發麻，接著便感到一陣隱隱的鈍痛。我抱緊了肚子，默默地說：你不要著急吧，等你出世，我一定要找個藉口把這張像拿走……。

就這樣，我在屋裏盤算，思索，焦急，嘆氣，直到深夜了才熄燈上床。

天亮時，安奶奶起來燒早飯。我一看手錶，六點多了，得趕去菜場買小菜，只得快快起身。因為一夜不曾合眼，眼皮像鉛般重。一舉步便感到頭沉腳輕，身子像失去了重心的陀螺，搖搖幌幌的。一手扶著牆，我才能彎身拎起菜籃。老太太瞧我這模樣，不放心得很。

「你沒睡好，」她說，「再去躺躺，我去買小菜。」

我搖搖頭，不知所云地說：「他爸爸就回來了。」

「你就別告訴他了。」她看出我的心事，倒頗果決地替我出主意。「我瞧你也別這麼擔心事，這點大小的孩子說一句話，能把他宰了不成？在我們淮安縣，農民賭咒發誓都要抬出『毛主席』來的，罵起來才厲害呢！罵的人都是三代老貧農，也沒有人把他們怎麼樣！」

安奶奶的爽直憨厚給了我些安慰，但是我無法使她明白，知識份子和農民的政治待遇是多麼不同。

晶晶起來了。除了眼角有些微腫，他仍是眉開眼笑的，早把自己闖的禍抛到九霄雲外了。

「媽媽，我今天生日？」他捧著碗，稀飯也來不及喝，便又提起。

我板著臉，不理睬他，心裏真是好氣又好笑。孩子到底是孩子。瞧他白白胖胖的臉滿是新奇和稚氣，我立刻又想起他同班的小朋友小紅來，而那深夜逼供的一幕立即浮上腦海，只是這次換了晶晶而已。這一想，對著白花花稀飯，我竟一點胃口也沒有。安奶奶為了給我開胃，特地把別人送她的一瓶杭州臭豆腐乳打開來，請我嚐了一塊。感謝她的一番好意，我總算把稀飯胡亂吞下了肚，只是食不知味，辜負了這名聞遐邇的臭腐乳。

差一刻八點，我領著晶晶開門出來。一如既往，隔壁的卓家也同時開了門，卓先生中山裝畢挺的，昂著頭，邁著四平八穩的步子出來，卓太太隨后跟上。瘦削矮小的卓太太一見了我，立刻堆上了一臉笑容。

「文老師，早！」

「早！早！」

我忙不迭地招呼，一邊留神他們夫婦的臉色。卓先生似笑非笑地對我點點頭，立刻又昂起頭，邁著四平八穩的步子走了。卓太太停下來，摸一下晶晶的腦后杓后，也急急跟上她丈夫走了。我故意放慢了步伐，磨蹭了一陣。不久，卓家的兩個兒子也跑出來了。他倆都是初中生，肩膀上掛著紅衛兵的袖章，一副雄赳赳氣昂昂的神氣。看到我們母子，兄弟倆一個咧嘴笑笑，一個喊聲「晶晶」，也匆匆去了。我揣摩著這兩個紅衛兵的神情，似乎沒有什麼異常，估計並不知道晶晶的事，心中才略為鬆了口氣。

這卓家也是我要提防的對象。當初學校把我們分到這個宿舍，顯然是經過精心安排的。一個大門進來，一共三戶人家，我們和王家門戶相對，卓家居中。王先生來自南京一個書香世家，父親是個教授，但因為祖父在國民政府做過官，為了表示能劃清界線，他一向很積極，一切唯黨的馬首是瞻。聽說紅衛兵運動初起時，公佈不許雇請褓姆，他立刻把冬冬的褓姆連夜解雇。可憐冬冬生下時才兩斤八兩，從醫院的暖氣箱出來后，便一直是這個老太太捧在掌心裏帶大的。四年了，感情很深，臨走時，一把鼻涕一把眼淚的，和冬冬哭成一團，惹得王阿姨在旁也陪了不少眼淚。只有王先生鎖緊了眉，一聲不吭。他家是我們這個大院子裏第一戶響應紅衛兵解放褓姆的號召，為了表揚，紅衛兵敲鑼打鼓地來把貼在門上的「喝令解放褓姆」書撕下。這以后，失業的褓姆太多，生活成了問題，迫得向周恩來請願，於是中央又悄悄傳下來，准許「酌情雇請」。正好王先生到蘇北勞動，王阿姨有時要上夜班，就有把老太太叫回來的意思，但王先生硬是不同意。可憐王阿姨，在零下氣溫的冬夜，把冬冬用大棉襖裹成橄欖球似的，背著上夜班。有時大雪紛飛，我可憐孩子，硬是把他留下來同晶晶一道睡。就憑這件事，我對王先生又敬又畏。

卓家是黨員夫婦，一向受重用，不是派出去開會，便是審查有問題的同事，從來不得閒空到農村去勞動。正因為勞動少，他倆對勞動特別熱心，逢人便宣揚「毛主席」的五七道路如何偉大正確，要一輩子走到底云云。尤其是卓先生，精於政治詞令，又口若懸河，總擺出一貫正確的面貌。大家背后不服氣，喊他「左出奇」，當面可是沒有勇氣問他：你什麼時候去走一趟五七道路？卓家的孩子更是青出於藍。文革初期，他們還是小學生，卻曉得組織了一些小朋友，在我們宿舍裏「抄家」、「查封」，幾條皮帶掄得呼天價響，個個殺氣騰騰的。提起卓家兄弟，宿舍裏的男女老幼，那個不怕個三分？

「記著，晶晶，」我告誡自己的孩子，「以後再不許到卓阿姨家玩！」

雖然這麼叮嚀過，我想最保險的方法無如把孩子儘量關在家裏。九月十三日，一早醒來，我心便卜卜跳。外子中午便回來了。盼望了很久的事，一旦來臨，喜悅中偏摻雜了一份疑懼，一顆心既提不起，又放不下，乾愣愣地壓在肚子上。

剛梳洗完畢，安奶奶喜色洋洋地開門進來了。原來她悄悄地清早四點鐘便爬起來，趕到龍蟠里的自由市場，買了一些新鮮的瓜果蔬菜，又到公家市場去排隊，買到了兩條黃花魚。看著一大籃豐盛的小菜和她那皺成一團的笑臉，我是又高興又慚愧。在中國住了幾年，我卻一直沒有養成為口腹之欲而犧牲睡眠的習慣。

上班時，我照常帶晶晶出門。安奶奶說：「他爸爸就回來了，今天還送幼兒園呀！」

「媽媽，我不去！」晶晶乘機撒嬌了。

「還是去吧，」我想了想說，「奶奶好做事。」

孩子很失望，正好這時王家的門開了，小冬冬挎了書包跟媽媽出來。兩個孩子一見面，說起話來，晶晶什麼都忘了。剛好卓家的門也「呀」地一聲開了，一家四口蜂湧而出。

「早！早！」

「早！早！……」

就這麼互相道早，紛亂了一陣之後，大家才各走各的路。

這是一個大好的豔陽天，朝陽照得一切明晃晃的。通往幼兒園的小路上，兩旁是成蔭的法國梧桐，陽光濾過梧桐葉，在小石子路上投下了斑斑剝剝的影子，隨風搖拽，多采多姿的。我腳踩著樹影，腦子裏卻忙著捕捉適才鄰居們的神情：那「左出奇」仍是昂頭挺胸，高不可攀的神氣；他太太摸了晶晶的頭沒有？兩兄弟喊聲「文阿姨」，便匆匆跑了，是趕著上課去，還是避免同我們多接觸？王阿姨呢，更不好了！她只同我道聲「早」，便急忙扯著卓太太聊起天氣來——她同黨員這麼熱烈，不會把晶晶的事說出來吧？

走著，想著，頭就疼起來了。晶晶卻是蹦呀跳地往前衝，我跟著他，額頭立即滲出了汗，肚子立刻感到一陣陣發緊。一手揮著汗，一手按著肚子，氣喘吁吁的，我好不容易把他送進了幼兒園。他班上的小朋友都來了，我瞧見小紅蹲在地板上搭積木，粉紅的罩衫隱約露出她母親用大紅絨線繡的「愛勞動」三個字。她突然抬頭，等認出了我，便嫣然一笑，喊聲「晶晶媽媽」。我勉強向她微笑了一下，立即轉身走開，很快眼眶就濕了。

中午回家時，意外地發現晶晶坐在他爸爸膝上，樂得臉上開花似的。

「你怎麼啦？臉色這麼壞！」

看到我，外子似乎吃了一驚，立即放下了晶晶，走過來，一把拉住我，扶到床沿坐下來。

「沒有什麼，」我說：「走急了。」

晶晶爬上了椅子，開始翻看書桌上的一堆小人書。「媽媽，你看爸爸給我的書！」

我睨了一眼，都是千篇一律的逮特務的連環畫。我嘴上不說，心裏實在不喜歡這些小人書，它們使得孩子們滿腦子的特務概念——晶晶便以為世界上除了好人，其他全是特務——好像「人民中國」成了特務充斥的國家。

與外子久別重逢，本來有多少瑣事要傾訴，誰知道四目相望了，竟無從說起。瞧他曬得紅裏泛黑的臉，倒顯得健康硬朗，頭髮鉸得短短的，身上還穿著洗成灰白色、補釘上又加補釘的藍布衣褲，這模樣跟南京郊區的公社社員真相差無幾。

安奶奶在廚房裏燒黃魚，黃酒和魚香瀰漫了整個房子。外子望著我一起一伏的肚子，嘴角泛起了笑意，卻說：「好香！」

「吃飯了！」安奶奶喊道，「晶晶洗手去！」

晶晶戀戀不捨地離開那堆書，爬下椅子到廚房去。

「你買小人書要注意，」我趕緊對他爸爸說，「書裏頭『毛主席』像多的就別買了。」

「你放心，」他會意地微笑說，「同事們早告訴我，像雷峰，王傑這種連環圖畫，隔一兩頁便有『毛主席』像出現，最好不買。不少孩子因為用臘筆著色，無意中塗壞了『毛主席』像，惹了不少禍了。」

說到這裏，他俯身向我，放低了聲音說：「買書的同事都悄悄地把『毛主席』像撕掉了，我也如法泡製，彼此心照不宣就是。我們一定要管晶晶，這個年紀最討厭，說懂又不懂。不許他在地上瞎畫著玩，也別給孩子任何粉筆、鉛筆之類的東西。他要萬一闖了禍，像我們這種背景，真是跳到海裏也洗不清！現在家裏多住了個褓姆，說話更要小心些。這年頭，真不可不防。」

「是……是……」我連著答應，趕緊避開了外子的眼光，肚子卻又隱隱的痛起來。

在飯桌上，安奶奶和外子都忙著夾魚夾菜給晶晶，把個小飯碗堆得高高的。

「晶晶，在家聽話吧？」他爸爸問他，「幹了什麼壞事沒有？」

「沒有！」他大言不慚地回答，忙著用湯匙把魚肉塞進嘴裏。

奶奶盯了他一眼，就不作聲地扒飯吃。

外子頻頻勸我吃魚：「懷孕的人最要吃魚，燐和鈣最豐富。」

看他容光煥發，黑紅發亮的臉滿是久別還家的喜悅，聽他津津樂道自己如何學會理髮、補衣，我壓下了憂慮，打起精神把午飯吃了。

下午出門上班時，碰見了冬冬的爸爸。他正扶著一部自行車進來，一只手上拎了個大號飯盒，一望而知是上新街口有名的大三元飯店買燒鴨回來了。我招呼他，客氣地點了頭，黝黑的臉上難得地露出了一線白牙。

晚上，吃過了晚飯，外子等著熱水洗澡，我和晶晶照例端了只板凳到院子裏閒坐。南京的天氣，一到九月，早晚就涼快了，晚飯後到室外坐一下便暑氣全消。整個夏天，好些人家都是把晚飯搬到院子裏來吃的。黃昏的時候，一眼望去，大院子裏層層落落的佈滿了小桌小椅。教職員工，男女老幼，都汗衫短褲，一手扇子，一手筷子，笑語喧嘩，熱鬧得很。

這晚，我們照例坐在王家的廚房窗外。王阿姨下班晚，這時才在燒晚飯，一陣陣菜香和蠔油味溢出窗外來。好不容易把王先生盼回家來，王阿姨現在是聚精會神地在烹調拿手好菜。她在廚房裏來回走動，嘴裏還哼著不知名的小曲兒——這真是新鮮事兒，一向還以為王阿姨只會唱革命歌曲。我只看得見她上半身，竟是穿了一件畢挺的鮮紅色的確涼短袖襯衫，新理了髮，臉上管自笑眯眯的。

她是典型的南方女子，一向穿著時新，但這麼鮮豔的顏色可還是第一次見到呢。看她忙得這麼高興，我反而不好意思招呼她。這時，院子裏好些剛回來的教員，乘吃飯的時候，互相招呼問好，那氣氛簡直比大節日還熱鬧。

約莫九點半，晶晶和安奶奶已上了床。外子和我正收拾著要就寢，忽然傳來孩子的哭聲。我聽那聲音是冬冬的，不勝訝異，把剛脫下的襯衫又套上了身。

「你少管閒事吧。」外子勸我。

「瞧一下就來。」

說完，我趕去輕輕開了門，發現卓家的門早開了條縫，卓太太探出頭在傾聽。

「怎麼回事？」我問她，「冬冬哭得這麼傷心！」

「不知道呀。」說著，她把門縫開大了些。

冬冬爸爸本來提高了聲音在說什麼，這時像拔掉了插頭的收音機，突然了無聲響，連冬冬的哭聲也壓下來了，只剩下隱隱的抽泣。我和卓太太聽了一陣，也聽不出個所以然來，便彼此關上了門。

「什麼事？」外子躺在床上問我。

「沒什麼，」我說，「冬冬哭了一陣。」

嘴上這麼說，心裏可是很納悶。對門而居也幾年了，難得聽見冬冬的哭聲；王氏夫婦一向寶貝兒子，平常連大聲呵斥也捨不得的。想著，我竟莫名其妙地心虛起來，隱隱覺得是晶晶帶累了他。

那天夜裏我又睡不安寧，動不動就睜開眼，感到心驚肉跳的；肚子像千斤重擔，壓得我氣都喘不過來似的。

第二天是星期日，我故意讓門開著，希望冬冬會過來玩，但他們一家三口竟沒有一絲影踪。我慫恿外子帶晶晶去逛明孝陵和中山陵，他說星期日車太擠，還是明天——正好是晶晶生日——去，可以避掉人群。他倒是好久沒有去逛新街口，便提早吃中飯，然後興沖沖地帶著兒子上街去。

下午，煤炭店的工人送來了我們家的配給煤基，一共一百個，一古腦兒堆在門口。安奶奶不許我動手，自己四個一疊地來回搬，往廚房裏的水槽下堆放。我既幫不上忙，便拿了一把掃帚，把四散的碎煤屑掃攏來。無意中一抬頭，對面的門不知何時裂了一條縫，冬冬的小眼睛在夾縫兒裏閃爍。

「冬冬，」我一邊掃，一邊招呼他，「媽媽呢？」

「睡午覺。」他細聲細調地回答，同時把門縫張大了些，露出一張小臉來。

「你昨晚為什麼哭呀？」我也學著細聲細調地說話。

他瞧著我，小眼睛眨一眨，可是不作聲。

「爸爸罵了你？」

他愣了一陣，才慢吞吞地說：「他打我。」說完小眼睛又巴眨巴眨地，似乎還感到委屈。

「真的呀！」我一驚訝，掃帚失了手，把一個煤基撞了下來，登時跌得四分五裂的。

「瞧！」老太太趕回來看見了，心疼得很，連忙奪了掃把，自己掃起來。

「爸爸為什麼打你呀？」我乘機趕過去，肚子貼著門縫，悄聲問他。「你幹了壞事嗎？」

「我說反動話。」

「什麼！」我嚇了一跳，一時也糊塗起來。「你說的？到底是誰說？」

他點點頭，接著又搖起頭來。

「我以後不說了，爸爸叫我不要跟人家說……」

「冬冬！」

突然傳來王先生的叫喊，冬冬嚇得縮回了腦袋，「嘭」地一聲把門合上。

「這是怎麼回事？」老太太也聽得一知半解地，煤屑不管了，直起腰來，瞪著眼問我：「到底是誰說啦？」

「也許晶晶根本就沒有……」

心裏好不容易燃起一線希望，肚子卻被那記閉門羹一振，又一陣發緊作痛，話也說不下去。

「你怎麼啦？」老太太看我雙手抱著肚子，大大關切起來。

「沒什麼，」我說。但手一摸下腹，整個縮成個硬球一般，心裏也有些慌張。

「我去躺一下。」

可那裏躺得下去呢？只是焦躁地抱著肚子，在自己房裏來回轉圈子，等他父子倆回來。

也不知過了多久，才傳來晶晶在窗外的喊聲：「媽媽！」安奶奶連忙去開門。孩子興高采烈地跑進來，手裏抱了個盒子。

「媽媽，鞋子！爸爸要帶我去山山陵，我生日！」

我奔出來，一把扯住了他。

「給我來！」

我吃力地，連拖帶拉把他弄進自己房裏。他爸爸剛進門，一看這情景，立刻跟過來，嘴裏一疊聲地問：「什麼事？什麼事呀？」

我把晶晶拉到書桌前，指著「毛主席」像，壓低了聲調，板起臉問他：「不許說謊，晶晶。冬冬說他講反動話，他講了沒講？」

孩子一聽「反動話」三個字，又望著「毛主席」像，一張臉先凍住了。

「反動話？什麼反動話？」外子馬上緊張起來，兩隻手牢牢地抓緊了晶晶的肩膀。

「晶晶沒說！」孩子大聲否認，來回搖幌著腦袋瓜，膽怯地盯牢他爸爸。「我不說，是冬冬說的！」

「啊——」

我大大舒了一口氣，相信上回是王阿姨弄錯了。長久壓在心上的一塊鐵板突然被抽掉，一剎那間我整個心都往上飄起來。

「他說什麼？快說呀！」他爸爸急得團團轉了，連著催他，使勁地搖著孩子的肩膀。「他說什麼？在那裏說？」

「院子裏……」晶晶期期艾艾地說，一隻手指著窗口，「冬冬要我說……『毛主席』……壞蛋……我不說，冬冬說了！」

「什麼時候的事？」他爸爸追問。

「我看，準是昨天下午的事。」安奶奶突然插口，她不知何時已跟進房裏來。「昨天下午，他們倆又在院子裏玩了好一陣。」

「昨天？」

我愣住了，似乎一頭又從雲端栽了下來，原來竟是一場失望。

「還得了！講這種反動話！」外子已經嚇得臉色鐵黑，雖然兒子這次沒講，他卻恨恨地搖著孩子的肩膀。晶晶嚇得哭起來。

「還哭！」外子大聲斥責，「你自己講了沒有？快說！」

孩子哭得更響了。我自己忽然覺得頭暈眼花，卻被安奶奶搶過來，一把抱住。

「不好，瞧她臉色！」

就這樣，我當天便被送進了醫院。掙扎了一夜後，我終於早產了，生下了老二。

同事們常好奇又羡慕地說：「文老師，你兩個孩子同一天生日呀！」

我總是笑笑說：「感謝『毛主席』呀。」

真是感謝「毛主席」，這以後，王阿姨竟成了我的莫逆之交。連她丈夫見到我，也是含笑又點頭。

——《尹縣長》，九歌出版社

◆作者簡介

陳若曦，本名陳秀美，一九三八年生，台北市人，就讀台大外文系期間，便以寫稿維生，為《現代文學》創辦人和編輯之一。台大畢業後赴美留學，進馬里蘭州約翰霍普金斯大學寫作系，獲碩士學位。曾獲中山文藝獎、聯合報小說特別獎、吳三連文藝獎、美國圖書館學會書卷獎、吳濁流文學獎等。她早年曾在《現代文學》發表小說作品，自七〇年代離開大陸後，便寫了一系列反映「文化大革命」的長短篇小說，其中以《尹縣長》最為著名。她一向堅持寫實主義風格，主張「言之有物」，始終保持一貫的「絕不無病呻吟」的寫作理念，至今仍寫作不輟，重要作品有小說《尹縣長》、《歸》、《城裡城外》、《突圍》、《女兒的家》、《素心蓮》等，散文集《文革雜憶》、《慈濟人間味》等。

◇作品賞析

陳若曦在一九六六年時，受中國大陸「回歸」的召喚，隨夫前往中國大陸，當時中國正掀起「文化大革命」的政治運動，直到一九七四年，運動尚未結束時，她才離開中國。在大陸七年，這段時間的所見所聞，對她日後的創作影響甚鉅，她雖然仍堅持寫實風格，但在社會主義的思維方式及政治運動對人性的影響雙重作用下，《尹縣長》裡她幾乎是以報導文學的風格，不涉入個人意見，只如實任由事件在讀者眼前發生，讓讀者不由自主去感受其中令人不寒而慄的情境。

相較於〈尹縣長〉從一個海外回歸的知識分子的角度看文革，〈晶晶的生日〉則添加了母親的角度來敘寫風聲鶴唳的政治氛圍，在現代開放社會，為孩子過生日是尋常的事，但在文革時強制分化和以猜忌隔離人性的中國，卻連四歲孩子的玩笑話都可能成為鬥爭的政治語言，對共產制度、對政治鬥爭最嚴厲的控訴，莫過於這個組織把人類最基本的尊嚴都剝奪了。關於文革的文學作品，在中國大陸改革開放後，有許多大陸作家以自身經驗不斷敘寫，如莫言、王安憶等都有震撼人心的作品，但陳若曦這部《尹縣長》難得的是以「外人」的視角切入，在有點近又不太近的距離中，創造了另一種藝術高度。

◆延伸閱讀

1. 陳若曦，《尹縣長》，九歌出版社，二〇〇五年四月十日
2. 吳達芸，〈自主與成全——論陳若曦小說中的女性意識〉，《文星》第一六六期，一九八八年二月一日，頁一〇〇—一〇八（備註：全文亦刊載於陳幸蕙編《七十七年文學批評選》，爾雅出版社）
3. 夏志清，〈陳若曦的小說〉，《新文學的傳統》，一九七九年十月，頁一—三二
4. 陳芳明，〈陳若曦的回歸與再回歸〉，《中國時報》第三七版，一九九九年五月十八日（備註：全文亦刊於《深山夜讀》，聯合文學出版社，二〇〇一年三月，頁二一〇—二一七）
5. 白先勇，〈烏托邦的追尋與幻滅〉，《中國時報》，一九七七年十一月一日
6. 葉維廉，〈陳若曦的旅程〉，《聯合報》第十二版，一九八〇年一月三十一日

嫁粧一牛車

王禎和

There are moments in our
Life when even Schubert has
Nothing to say to us...
Henry James "The Portrait of Lady"

……生命裏總也有甚至修伯特
都會無聲以對底時候……

村上底人都在背後譏笑著萬發；當他底面也是一樣，就不畏他惱忿，也或許就因他底耳朵的失聰吧！

萬發並沒有聾得完全：刃銳的、有腐蝕性的一語半言仍還能夠穿進他堅防固禦的耳膜裏去。這實在是件遺憾得非常底事。

定到料理店呷頓嶄底[1]，每次萬發拉了牛車回來。今日他總算是個有牛有車底啦！用自己底牛車趕運趟別人底貨件，三十塊錢的樣子。生意算過得去。同以前比量起，他現在過著舒鬆得相當的日子哩！盡賺來，盡花去，家裏再不需要他供米給油，一點也沒有這個必須。詎料出獄後他反倒閒適起來，想都想不到底。有錢便當歸鴨去，一生莫曾口福得這等！村上無人不笑底，譏他入骨了。實實在在沒有辦法一個字都不聽進去。雙耳果然慷慨給全聵了，萬發也或許會比較的心安理得，尤其現在手裏拎著那姓簡底敬慰他底酒。

坐定下來，料理店的頭家[2]火忙趨近他，禮多招呼著，一句話都貼不到他底耳膜上，看無聲電影的樣子，只覩頭家焦乾的兩片唇反覆著開闔底活動，一會促急得同餓狗啃咬剛搶來的骨頭，一會又慢徐得似在打睡欠，不識呱啦個什麼?!看來頂滑稽。萬發幾微地哂樂起來，算找到了一個可以讓他眱笑底人。這是難得非常。嘴巴近上萬發底耳，要密告著什麼什麼的樣子，店主人將適才底話複了一遍，使用力壯得至極的嗓音，聽著頗不類他這骸瘦底人底。

「炒盤露螺肉！一碗意麵。」萬發看著頭家亮禿底頭。

「來酒吧？有貯了十年的紅露。」

將姓簡底贈賄他底啤酒墩在桌上，萬發底頭上了發條的樣子窮搖不已著，極像個聾子在拒絕什麼的時候底形容了。

兩張桌子隔遠的地方，有四、五個村人在那裏打桌圍[3]，吆天喝地地猜著拳。其中一個人斜視萬發。不知他張口說了什麼，其餘底人立時不叫拳了，軍訓動作那樣子齊一地掉頭注目禮著萬發，臉

1. 呷頓嶄底：吃頓好的。 2. 頭家：老闆。 3. 打桌圍：聚餐。

上神采都鄙夷得很過底，便沒有那一味軍訓嚴穆。又有一個開口說話，講畢大笑得整個人要折成兩段。染患了怪異底傳染病一般，其他底人跟著也哄笑得脫了人形。一位看起來很像頭比他鼓飽了氣底胸還大底，霍然手一伸警示大家聲小點，眼睛緊張地瞟到萬發這邊來。首先睫眼萬發底直腰上來，一隻手撾自己底耳，誇張地歪嘴巴，歪得邪而狠。

「是這臭耳郎[4]咧！不怕他。他要能聽見，也許就不會有這種事啦！」

一個字一響銅鑼，轟進萬發森森門禁底耳裏去，餘音裊長得何等哪！剛出獄那幾天裏，他會爾然紅通整臉，遇著有人指笑他。現在他底臉赭都不赭一會底，對這些人的狎笑，很受之無愧的模樣。

這些是非他底，將頭各就各位了後，仍復窮凶惡極地飲喝起來。

桌上這瓶姓簡底敬送他底酒給撬開了蓋，滿斟一杯，剛要啜飲的當口，萬發胸口突然緊迫得要嘔。幾乎都有這種感覺，每一次他飲啜姓簡底酒。

事情落到這個樣子，都是姓簡底一手作祟成底。

也或許前世倒人家太多底賬，懂事以來，萬發就一直地給錢困住；娶阿好後，日子過得尤其沒見到好處來。阿爹死後，分了三四分園地，什麼菜什麼草他們都種過了，什麼菜什麼草都不肯長出土來。一年栽植肺炎草，很順風底，一日莖高一日，瞧著要挖一筆了。那年爆發了一次狂瀾得非常的雨水，園地給沖走。肺炎草水葬到那裏去，也不知識底。不久便忙著逃空襲。就在此時他患上耳病。洗身底時候耳朵進了汙水，據他自己說。空襲中覓尋不到大夫，他也不以為有關緊要。後來痛

4. 臭耳郎：聾子。

得實在不堪，方去找一位醫生幫忙，那大夫學婦科底，便運用醫婦女那地方底方法大醫特醫起他的耳，算技術有一點底，只把他治得八分聾而已。每回找到職位，不久就讓人辭退去。大家嫌他重聽得太厲害，同他講話得要吵架似地吼。後來便來到這村莊鄰公墓的所在落戶居下，白天裏替人拉牛車，和牛車主平分一點稀粥的酬金，生活可以勉強過得去。只是這個老婆阿好好賭，輸負多底時候就變賣女兒。三個女孩早已全部傾銷盡了；只兩個男底沒發售，也或許準備留他們做種蕃息吧！他們的生活越過越回到原始，也是難怪底。

往墳場的小路的右手邊立著底這間他們底草寮，彷彿站在寒極了的空氣裏的老人家，縮矮得多麼！也並非獨門戶，隔遠一丈些的地方還有一間茅房歪在那裏。那茅房住著的一家人，心擔不起晚間墳場特有底異駭，一年前就遷地為良到村裏人氣滃榮的地帶去。就這樣那房子寂空得異樣極了，彷彿是鬼們歇腳底處所。

現在僅就剩下萬發他們在這四荒裏與鬼們為伍了。怪不得注意到有人東西搬進那空騰著底寮，阿好竟興狂得那麼地搶著報給萬發這重要性得一等底新聞。

「有人住進去了！有伴了！莫再怕三更半暝[5]鬼來鬧啦！」

這訊息不能心動萬發底。一分毫都辦不到底。半生來在無聲底天地間慣習了——少一個人，多一位伴，都無所謂。

拖下張披在竿上風乾了底汗衫，罩起裸赤底上身。也只這麼一件汗衫。晚間脫下洗，隔天中午

5. 半暝：半夜。

就水乾得差不多可以穿出門。本有兩件替換。新近老大上城裏打工去，多帶了他底一件，家貧不是貧，路貧貧死人，做爹底只得委屈了！也不去探訪乍到底鄰居，他便戴了斗笠趕牛車去。阿好追到門口，叉在腰上底雙手，算術裏底小括弧，括在弧內底只是竿瘦底I字，就沒有加快心跳底曲折數字。

「做人厝邊[6]不去看看人家去。也許人家正缺個手腳佈置呢！」阿好底嘴咧到耳根邊來啦！裝著聽不見，萬發大步伐走遠去。

比及黃昏的時候，萬發便回來。坐在門首的地上吸著很粗辣底煙，他仍復沒有過去訪看新街坊的意思，雖只有這麼兩步腳底路程。阿好底口氣忽然變得很抱怨起來，談起剛來的厝邊隔壁時。「幹——沒家沒眷，羅漢腳[7]一個。鹿港仔，說話咿咿哦哦，簡直在講俄羅！伊娘的，我還以為會有個女人伴來！」

他不語地吞吐著煙。認定他沒聽到適才精確底報告，身體磕近他，阿好準備再做一番呈報底工作。

「莫再嚕嗦啦！我又不是聾子，聽不見。」

「呵！還不是聾子呢？」阿好又把嘴咧到耳朵邊，彷彿一口就可以把萬發囫吞下肚底樣子。「烏鴉笑豬黑，哼！」

以後的幾星期裏，萬發仍復靡有訪問那鹿港人底意念。實在怕自己的耳病醜了生分人對自己底

6. 厝邊：鄰居。 7. 羅漢腳：單身漢。

印象。不知識什麼原因，也不見這生分人過來混熟一下，例如到這邊借支鎚子，剛近移遷來，少不了釘釘鎚鎚底。晚間看他早早把門闔密死，是不是悚懼女鬼來黏纏他？雖然一面也莫識見過，萬發對這鹿港仔倒有達至入門階段那一類底稔熟。差不多天天阿好都有著關於這鹿港仔底情報供他研判。那新鄰居，三十五、六年歲——比他輕少十稔的樣子，單姓簡，成衣販子，行商到村裏租用這墓埔邊空寮，不知究看透出了什麼善益來？漸漸地，萬發竟自分和姓簡底已朋友得非常了，雖然仍舊一面都未謀面過地。

「他吃飯呢？」他問的聲口滲有不少分量底關切。

「沒注意到這事，」阿好偏頭向姓簡底住著的草房眺過去。「也許自己煮。伊娘，又要做生意，又要煮吃，單身人一雙手，本領哪！」

終於他和姓簡晤面了，頗一見如故地。

他看到姓簡底趨前來，嘴巴一張一蓋地，像在嚼著東西，也或許是在說話著。姓簡底鶴躍到跟前，腳不必落地的樣子。嗯——狐臭得異常，掩鼻怕失禮，手又不住摳進肢窩深處，彷彿有癬租居他那裏，長年不付租，下手攆趕吧！實也忍無可忍。只聽他咿咿哦哦聲發著，大饅頭給塞住口裏，一個字也叫人耳猜不出。萬發把朴重底笑意很費力地在口角最當眼的地方高掛上，一久兩唇僵麻，合不攏的樣子啦！有時也回兩句話底，瞥見姓簡瘦臉上楞楞底形容，又所答非所問啦！幹——這耳朵，這耳朵！突然萬發對這位他耳熟能詳得多麼底鹿港人有了幾微底憎厭。

阿好走出來，向那衣販子招招手。衣販子移近她，接去她手中的針線。阿好轉近著萬發：

「這就是簡先生！他借針線來的。他說早應該過來和你話一番，只是生意忙不開，大黑早就得出門。」聲音高揚，向千百人講演一般。

旋過去向簡底道了一些話，很聲輕地，她手指到自己底耳朵，頻頻搖著頭，很誇張地。說明他底耳底失聽吧！必然是這般底！姓簡底臉上彰亮著像發現了什麼轟天驚地的情事時底神色；眼光又瞟過來審視，有如萬發臉上少了樣器官。要在過去，這一時刻——身分給釐定底當口，最是甚恨得牙齦骨慄，現在倒又很習常。

「你生意好吧！」找出了一句話來。

「算可以過啦！」阿好將姓簡底話轉誦給萬發，依字不依聲。「簡先生問你做什麼事？」

「哦！」捧上手，萬發投給衣販子一味笑，自嘲底那類。「替人拉牛車。」

「好吧?!」觸到電的樣子，姓簡底身子猛驚一抽，手捷迅地探入肢窩裏，毛髮給刮爪得響沙沙，癢入骨裏去吧！嘴牽成斜線一槓。這簡單底兩個字，萬發到底聽審出來，頭一遭不用阿好這部擴音器。

「掙三頓稀飯喝喝罷了。自己要有一臺牛車，倒可以賺得實在一點。」阿好說姓簡底在問一部牛車多少錢？「頂臺舊的，大概三、四千元的樣子。什麼？去頂一臺？呵！那裏找錢款去？再說我快上五十了，怎麼也掙不來這樣多的錢。你沒聽過四十不積財，終生窮磨死。」

以後差不多天天晚上都有著這樣底團契，阿好坐在兩位男子底中間，擔當起萬發的助聽器來。姓簡底依舊腋味濃辣；手老伸入腋下扒癢，有癮一般。有時姓簡底單祇與阿好談閒天；她總問詢城中底華盛，聲氣低低地，近於呢喃。在這情形下，萬發便陪著老五先睡去，未審他們倆談到什麼時更才散？

三不五時[8]地，阿好也造訪姓簡底寮，同他短談長說，也幫他縫補洗滌底。姓簡底自己說自小就爹娘見背了，半生都在外頭流，向沒人像阿好關心他到這等。常時地，他很堅執地要阿好攜家了去那些沾染油漬，賣出頗有問題的衣服。萬發再不必憂忡晚上脫下洗底汗衫第二日可否乾一個完全了！

後來萬發也常過去坐坐，為了答謝底吧？對姓簡底異味，萬發也已功夫練到嗅而無聞的化境。這實在很難得底。

姓簡底生意似乎欣發得很，老感到缺個手腳。後來他就把心中盤劃底說與阿好明白。聆了這樣動她心底打算，她喜不勝地轉家來報告：

「報給你一個好消息！」瞧到萬發躺睡在蓆上，她就手搭在他底肩上。「一個好訊息告知你！簡底生意忙不過來，要我們阿五幫他，兩百塊底月給[9]，還管吃呢！伊娘！這模樣快意事，那裏去找？幹——你一個月掙的也不比這個多多少。你看怎麼樣？阿五，十一歲了，也該出去混混！」

一個月多上貳百元底進項，生活自會寬鬆一些底，有什麼不當的呢？「就央煩簡先生提攜我們這阿五吧！」地說了，萬發復又躺下來，一種悄悄底懽悰閃在嘴角邊。

阿好屈腿坐到蓆上。「領到阿五底月給，我打算抓幾隻小豬養。幹——自己種有蕃薯菜，可省儉多少飼料。伊娘，豬肉行情一直看好，不怕不賺。」

8.三不五時：時常。　9.月給：一個月的工資或薪水。

次日阿五便上工了，幫忙姓簡底鹿港人推運一車底衣貨到村裏擺地攤賣。平常時阿好到村裏走動得很稀，現在倒是常跟著他們去，也照料一點生意底。有時她還採一大束底姑婆葉帶著，兜售給宰豬鴨底。泰半是這樣，她一賣獲了錢，就和人君仕相輸贏著，不過很保密防諜底，萬發就不知曉。姓簡底倒瞭如指掌她底行藏。阿好不避諱他。即使他向萬發舉發，亦是徒然。萬發怎麼樣也永遠不清楚他在咿哦著什麼！何況他自己也有一點喜歡這道藝能著。後來便常有人看見姓簡底和阿好一起去車馬炮，玩十副。

彷彿不過很久底以後，村上底人開始交口傳流這則笑話啦！說王哥柳哥映畫裏便看不到這般好笑透頂底。姓簡底衣販子和阿好凹凸上了啦！就有人遠視著他們倆在塋地附近，在人家養豬底地方底後邊，很不大好看起來。下雨時，滿天底水，滿地底泥濘，據說他們倆照舊泥裏倒，泥裏起得很精湛哩！有句俗話，鬥氣的不顧命，貪愛的不顧病。

「不講假的，阿好至少比那衣販仔多上十根指頭的歲數，都可以做他的娘啦！要有個人模樣倒也罷了。偏——哼！阿好豬八嫂一位，瘦得沒四兩重，嘴巴有屎哈坑大[10]，呵！胸坎一塊洗衣板的，壓著不會嫌辛苦嗎？就不知那個鹿港憨中意她那一地處？」村裏頭底人都這等樣地狎論得紛紛。

等到萬發聽清楚了，一個多半月底工夫早溜了去。他雙耳底防禦工事做得也不簡單。消息攻進耳城來底當初，他惑慌得了不得，也難怪，以前就沒有機緣碰上這樣——這樣——底事！之後，心中有一種奇異的驚喜氾濫著，總嘎嗟阿好醜得不便再醜底醜，垮陋了他一生底命；居然現在還有人

10. 屎哈坑：茅坑。

與她暗暗偷偷地交好——而且是比她年少底，到底阿好還是醜得不簡單咧！復之後，微妙地恨憎著姓簡底來了，且也同時醒記上那股他得天獨厚底腋狐味：姓簡底太挫傷了他業已無力了底雄心啊！再之後，臉上騰閃殺氣來，拿賊見贓，捉姦成雙，簡底你等著吧！復再之後，錯聽了吧！也或許根本沒有這樣底一宗情事！也許真是錯聽了；阿好和姓簡底一些忌嫌都不避，談笑自若，在他跟前。也或許他們作假著確不知道有流言如是，驟然間兩地隔斷，停有關係，更會引人心疑到必定首尾莫有乾淨底。心內山起山落得此等，萬發對簡姓鹿港人並無什麼火爆的抗議，乃至革命發起。僅是再不臻往簡底宿寮內雜鬧天、雅天著。

鹿港人下半午近六點就收起生意，同老五在麵攤點叫吃底。轉家來，老五就在鹿港人底住所睡夜。晚間鹿港人習慣移蹲到萬發他們這兒舌卷入喉地呀呀哦哦開講，洋鬼子說話一般。藉著耳聵的便當，萬發不與鹿港人談開，記怨著什麼底模樣，讓簡底也醒眼醒眼他不至於傻到什麼都不知道……身上這汗衣，這粗布工人褲，又憶記他好處著自己底種種。有時還問短著他，畏懼他道句「過河拆橋」那類底斥責話。再未曾讓阿好和簡底單獨一處，強熬到簡底打道回寮，才入室睡去，手很壓重地橫在阿好胸上，不是要愛，設防著呢！亡羊補牢，還來得及底吧！下午他都早早地歸來，總少拉一趟牛車底。也或許他聽過潘金蓮底故事，學效武大少作買賣，多看住老婆！

每天夜裏他都這般戒嚴著，除去那一晚——月很亮圓底那一晚。

身邊袋著老五底兩百元月給，阿好一直沒去抓小豬仔養飼，忘記提過這件事樣地。深明她底忘性是很有意底，萬發也不去強迫她努力憶回有這麼樣這麼樣底事一宗。除扣午飯和香煙底掛欠，萬發往家裏帶底每月不過貳佰肆拾餘幾個零角子罷了。一個月三十天，早晚要吃頓可以底，不能說容易。水通通稀飯佐配蘿蔔乾——一年吃到頭。因此阿好拿著老五底薪資擺下幾餐嶄底，他便怡顏悅色了好些晝夜，也不忙稽查錢給怎樣地支用。那一晚阿好準備下米飯，鯽魚湯，炒白筍。萬發一連虎食五大碗飯菜。瞧他狼吞得這般，阿好愣嚇得「哦——哦——哦」喉裏響怪聲，彷彿在打飽嗝。

「哦！」把小鍋內最後一匙底鯽魚湯倒入將空底湯碗裏，阿好肩一聳落。「現世哪！沒有吃過飯一樣啊你！哦！還要裝飯哇？哦——」

萬發吃得兩頰烘燒，像酒後底情形。真地飯飽能醉人底，不到七點半底時辰，他就暈醉欲睡得厲害。不能睡呀！簡底又過來啦！不能睡呵！簡底兩腿齊蹲著，彷彿在排洩底樣子。無聲地在一旁抽煙，萬發瞌眈屢屢起來，有幾次香煙脫掉下去，也無覺感出。

「睡去吧！怎麼乏成這形樣來！」阿好差不多要吮乳著他底耳，話講上兩遍。

驚睜開眼，姓簡底還沒有走！查審不出他有倦歸底意思，「你們聊吧！不必管我！」地講著，一面俯身下去拾起煙，早火熄了。點上煙，他徐徐噴著，煙霧裏有簡姓底衣販子和阿好語來言去，很投合得多麼底。

月很圓亮，像初一、十五底晚夕。沒有椅子，他們不是蹲著，便坐在石塊上，似在賞著中秋月。煙裏霧裏，阿好和簡姓底鹿港人比手兼畫腳，嘴開復嘴合，不知情道什麼說什麼來？彷若瞌聽著一對鬼男女心毗鄰著心交談，用著另一天地底語法和詞彙，一個字也不懂，萬發走不進他們底世界！

一定又一次盹著了。

阿好站起來。「睡去吧！」仍復講兩次，沿著慣例吧！阿好套了一件龐寬得異常底洋裝，奶黃色底，亮在月影裏，變鼠灰底顏色。外國質料底，這是她去年上一次教堂聽高鼻子藍海色眼睛底講道理底斬獲；為什麼會去，她也不記得。毫無更改過，只將衣服下襬太長的地方翻捲一道縫線過去。胸口有似鎖底裝飾品當中懸起，串在一條白鐵鍊上；小腹底部位也有這樣底裝飾，彷彿是要把祕密得何等底那些要地封鎖起來！

「睡去吧！」阿好坐回石塊上，仍復和姓簡底話新話舊著，在門口底月亮地裏。哈呵著睡欠，萬發回房睡歇去。他底寬容若是也或許與阿好洋裝上鎖鍊式底裝飾有著深不能臆測的關係吧！

他醒來底時候，外面底月更圓胖些，有若月在開顏地暢笑。伸手搜到草蓆底一方，盪空空，給百步蛇嚙到底情形，萬發駭驚得冷汗忘記出地跳高起來，火急中踢翻一隻木箱子，響聲抖震心，在這死寂底壙野裏。拍打著頭顱，萬發恨責自己做事不敏慧，一定他們聞著聲音了，還有什麼能做底？

果然他們聽見他掀翻東西。近靠門口處，一張蓆頭都脫落了底草蓆展鋪在地裏。沒有上拴，門大敞開著讓進月光來。坐在蓆上，阿好浮亮在月色裏底臉，水中淹泡久了底樣子，蒼白得可懼。也坐直上來，簡姓底鹿港人面著聲音來底方向，頭額上有很細粒底汗光在那兒閃灼。

萬發一句很刃利底「你們在做什麼？」地走近上來，手作打拳狀地。新兵聽到口令底樣子。阿好和姓簡底在二分之一秒內同時挺站起來，搶著應話，誰都不謙讓一點點底，小學生比賽背書，看誰默唸先完，哇啦哇啦，聽不真切一個字。鹿港人汗出得盛，背心濕貼著身肉，乳頭明顯出來，結成顆粒狀了。見到他全身這麼樣地總動員著，也或許於心忍不下吧，阿好搡他到屋角落去，不要他再多一嘴。高聲地，咬文嚼字地，阿好自己一個人單獨講，眼睛不時瞟向姓簡底，似乎說著：「我們只是這樣這樣……而已，是不是？是不是？是不是？」「是不是？」

不能信賴她！二、三十年夫婦不底細她底脾性？一口大嘴裏容有兩根長舌頭，一根講乏了，另外還有一根替班。不知識什麼時間洋裝上底兩把鎖給撬掉了去，阿好滔聲地說著辯著，手牢抓著衣服當胸底所在，彷彿防它脫落的樣子。充耳不聞她！繼續唱唸得口咧到耳邊，阿好底字句開始不斯文了，很穢底，心必然急慌著。

「伊娘，你到底聽著了沒有?!講這半天。伊娘，你說話，怎一句不講？幹——難不成又患啞巴?!」

姓簡底插身過來，狐味激刺鼻，臉上有至極喜悅底容形，尋著生路一般。拍著阿好底肩，他指手到月亮瞧不到底屋內角落。有人蜷睏在那裏的樣子。眼珠霍然光亮起來，阿好向簡底不知吩咐了什麼，就一步兩步向那暗角落踅去，兩手搖醒著眠在那裏底人，推搖得很力。

「阿五起來！起來！給你簡阿叔做個證！起來呀！伊娘，睡死到第十殿啦！」

「你這個人這樣禮數不知。簡底一番好心，莫謝他，還要跳人[11]！阿五晚夕起床放尿，見著壙地有黑影，嚇哭起來，」萬發再睡臥底時候，阿好便不已絮聒著，嘴不情願離開他底耳地，愛著他底耳很深的樣子。「簡底抱他過來。事情就這麼樣簡單，幹——你往那裏去想啦！阿五你可是問他清楚

11. 跳人：責人不是。

了，還凶臉著，不肯相信……」幾句話翻來覆去，語勢一回堅硬一回，彷彿火大地。

實在厭聽極了——真希望能夠聾得無一點瑕疵。「誰說不相信？」

「那你怎麼一句話都不說？對簡底就不會不好意思？你這無囊的，也會吃醋，哼！」

一陣子黯寂。外面傳來一聲兩聲底怪響。有人半夜哭墳來了嗎？鬼打架著吧？也或許。

突然，「你衣服上的鍊子怎麼一回事？」聲音裝著很自然。

她無言以對了吧?!也或許自己聽不見回覆？一頭底倦昏，不問也罷！

「什麼啊！」阿好嚼細了聲音。「簡底講莫好看，拔了去。」

「啊？」這耳朵——這耳朵——這耳朵——應該聽進去，避不聽聞，臨陣脫逃底兵。

「丟掉啦。」她張放嗓子。「伊娘，臭耳孔得這等樣！」

身子貼挨過來，阿好逗耍著他，向無近他若是，自他雄兕再不起底後來。

從窗口外睨去，月亮仍復哈嘻得一臉胖圓。他霍然憶記有人唸過「月娘笑我憨大呆」底曲歌。

他就是這樣一個憨大呆吧！

剛要眠下，適才姓簡底比常刺鼻底腋味又浮飄到鼻前來，眼兒裏是給解了禁底阿好衣上底地方；阿好和簡底在蓆上做一處坐底情狀，也或許他們誆欺了他，也或許他猜疑過量。這樣思想著，他通一夜不曾睡入熟深裏。

再無閒工夫推論這個是非了。幾日後底樣子，牛車主諭告他準備牛租出去犁田，要他歇一段時日。有意要給難處似地，在這緊要關裏，姓簡底突然宣布回趟鹿港，順著方便到臺北採辦衣色來，前後耽遲要一整閱月的樣子。也許姓簡底從此遠走高飛——趁現在走吧！免去將來泥陷深。當然老五得往回吃自家。

起初挖賣地瓜勉力三分之二弱地飽了個時期。到地瓜掘空一了，翻山穿野尋採姑婆葉底時刻，二分一飽而已了。還給平日專採姑婆葉存私房底村姑村婆娘們作踐得人都成扁底，葉子都給萬聾子採光啦！今年她們要少縫一套新裝。什麼都採擷不著，咽喉深似海——俗話說是填不完的無底洞，該怎麼辦？怎麼辦呢？沒法可處，萬發便幫忙掘墓坑去，掙點零底。並非天天有工作，有時熬等三兩天就不見得有人仙逝。唉！這年頭人們死得沒有從前慷慨呀！人身不古呢！即或等著了，早有耳靈底人將工作搶去吃。等不是方法，日夜他都在村裏刺探那家有人重病著，便去應一個掘墳抑或是抬棺底職位，雖然病人尚未死得很圓滿完全。後來有病人底人家瞥見他底瘦弱底影子現出，趕緊闔戶閉門起，他是拘人的鬼判一般。現在他們拖挨著長如年底日子，十分之一飽地。

記起在城裏打工底兒子，阿好餓顫顫走四個鐘頭底沙石路往城裏去；來家底時候，只帶著一斤肥豬肉，一尾草魚，再也沒有什麼！城裏掙生也一樣不易呵！

有人薦介她給一家林姓底醫院做燒飯清潔底工作，一月一百圓，管吃兼住宿。面試那日適巧家裏莫有米粒一顆剩著；往別人菜園偷挖了蕃薯，她用火灰烘熱便午飯下去了。這——這——這作祟作惡底蕃薯！林醫師口試她到有子女幾位底當時，五聲很大響底屁竟事前不通報她地搶在她話底先頭作答啦！

「有五位嗎？」林醫師掬著嘴笑，想給這空氣一點幽默的樣子。

差上來，阿好肚內底二氧化碳越是平平仄仄，仄平平得不可收拾，詩興大發相似。工作自然也給屁丟了！

在外頭摧眉折腰怨氣受太多了些吧！萬發和阿好在家裏經常常吵鬧著，嘴頂嘴地。給乞縮得這等形狀底生活壓得這麼地氣息奄奄，吵罵也是好底，至少日子過得還有一點生氣！打架倒莫曾發生。大家都瘦骸骸，拳過去，碰著盡是鐵硬硬骨頭，反疼了手，犯不著哪！

兩月另十日底後來，姓簡底鹿港人終究來歸了。

「簡底回來啦！」自自然然底模樣沒有裝妥底樣子，阿好底語勢打四結起來，口吃得非常一樣。「採辦了許——許——多多的貨色。人也——也——胖實多了——」不究詳為什麼話及此地，她要歇口一頓。

「他要阿五明早幫他擺攤去，看你意思怎麼樣？」她眼睛忽然一亮。「天！我還以為他不回來啦！」到底掩不住心中底激喜。

一個月多二百元進入，也或許不至於讓肚皮餓叫得這麼慌人，簡直無時無準，有了故障底鬧鐘。不能底——不能讓她知悉也在欣跳簡底家來，萬萬不能夠給簡底有上與了人家好處底以為！萬發自己也奇怪著，怎麼忽然之間會計斤較兩得這般。人窮志不窮吧？看他緘耳無聞的樣子，阿好又將話再語一道，聲音起尖得怪異。

他指頭爪入髮心裏癢起癢落一片片底頭垢皮。「你要他去就叫他去吧！」很叵耐底聲口，縮緊人底心。

「你不懽喜他去？」或許拖在句後底問號勾得太過長了，變成了驚歎號的形狀，不知不答好，還是答才好？

「去就去啦！我懽不懽喜什麼！」疏冷多麼底回口，自己都意想不到！

阿好什麼都不說，臨出門時轉頭謅他一句似是很辣烈底，便人影遠跑了。聽不出她謬謾著什麼！晚夕她準備嗄飯等萬發給人抬棺回來用。

「簡底拿米過來？」盯住飯食，萬發登時很不堪殍餓起來。

提到姓簡底，阿好就必須「嗯」——「嗯」——地打通喉嚨，彷彿剛吃下多量底甜底。「嗯——嗯——先向簡底撥點應急。也好久沒吃著米飯。嗯——嗯——」

口水趁張嘴要言語，趕著嘰咕嘰咕吞落下去，萬發狠眼著阿好，不可讓她看料出他底餓。「你怎麼啦！以後少去嚕嗦人。莫老纏他麻煩，該有個分寸！」

果然阿好又緘口不語啦！很為之氣結底樣子。

以後在萬發底耳根前，阿好一話點到簡姓底鹿港人，像說起神明底名一般，突然口氣萬萬分謹慎起來。鹿港人回轉後上萬發這邊問訪得鮮稀，想還醒記著那一夕底尷尬；也或許生意忙，排不出空檔。

自老五去幫扶簡底衣販子，每月薪金往家帶，萬發他們日子始過得有人樣一些。蕃薯也擠著生長。姑婆葉又肥綠起來。不必天天到村上尋金求寶樣地找死人去；萬發自能多時間地守在家裏，罕牢看住阿好和簡底，不予他一點好合的方便。

後來情況移變了，急轉直下地。人家準備收回鹿港人現租居著底寮厝。

「簡先生這個打算不知你意思怎麼樣？」坐在兩男子中間，阿好傳簡底話到萬發耳裏，每個字都用心秤稱過，一兩不少，一錢不多，外交官發表公報時相仿。「你若不依，他就在村裏看間單門住戶底，日暝起落都要便當一些。你的意思到底怎麼樣？」

不瞑萬發地，姓簡底煙不離脣地抽噴著。天候有著涼轉底意思。空氣裏嗅不到那股鼻熟得多麼底狐味來，萬發忽然感到陳在前面底眼生得應付不過來，彷彿人家第一天上班底情形，尤其是洋機關。

「我考慮考慮看。」

「還考慮？伊娘！什麼張致嗎?!你這個人，幹，就是三刁九怪要一輩子窮！」阿好瞪眼他，齘齒地。

莫駁斥她好，火裏火發氣著，什麼齷齪底都會命拚著往外吐；萬發一大聲地「啊」起，示意聽不清楚，多少遮蓋過去了。能夠恰當地運用聾耳，也是殘而不廢底。

「他準備貼多少錢？」姓簡底剛起身走，萬發就近嘴到阿好底頰邊。

阿好站起來。「你想要多少啊？每月房錢米錢貼你肆百捌，少嗎？這地帶住慣了，才看上你這破草厝。伊娘，村上找房磚的，左不過一月兩斗米。錢少哇?!你一個月掙過肆百元沒有。伊娘，生雞蛋無，放雞屎有！什麼事都叫你碰砸稀粹！幹！臭耳郎一個！」聲音吭奮，晨早雞喔，四野裏都聽分明了。

到底姓簡底還是擇吉搬進萬發底寮裏住。萬發和阿好睡在後面；姓簡底和老五在門口底地方鋪草薦宿夜；衣貨堆放在後面底間房。

村裏村外，又滿天飛揚起：「阿娘喂！萬發和姓簡底和阿好同鋪歇臥了啦！阿娘喂……」

萬非得已，萬發極不願意到村上去底。村人底狎笑，尷尬他難過！家有姓簡底四百八，很有可吃底。老五底工錢由萬發袋著——這也是讓鹿港人入室來底一項先決條件。萬發再不必到外面苦作去。白日在蕃薯園裏做活，阿好幫著他，晚間就精力集中地防著姓簡底入侵他底妻。彷如她底影子，阿好行方到那裏，萬發就尾到那裏。阿好到屋外方便，他也遠遠落在——算懂一點規矩——後頭看望。有這麼一回，阿好給影隨得火惱上來：

「跟什麼的！伊娘，沒見這麼不三不四，看人家放尿。再跟看，你爸[12]就撒一泡燒尿到你臉上。」

餐聚底時候，冷戰得最熱。萬發一面食物著，一面冷厲地瞠瞪阿好和姓簡底，愔愔不語地，連菜飯都不嚼的樣子。不論風雨，他一定是最後一個用完膳底，貫徹始終著他底督察底大責大任。有幾次阿好和姓簡底攀談開來，聲音比常較低，兩張臉有興奮底笑施展在那裏，萬發耳力拚盡了，還是聽不詳。他乾咳了幾咳很嚴重性底警告，他們依舊笑春風地輕談著，聵耳了一模樣，簡直目無本夫。斯能忍，孰不能忍？萬發豁瑯丟下碗筷，氣盛氣勃地走出來——捉金伐鼓，要廝鬥一場。二十四小時不到，兩漢子就不戰而和啦！幾乎都如此地，每當萬發氣忿走出來，在人瞧不到底地方，便解下緊纏在腰際上底長布袋，翻出紙票正倒著數，才——，啊！離頂臺牛車還距遠一大截，多少容

12. 你爸：生氣語如「老子我」。

縱姓簡底一點！這樣底財神，何處找去！以後底幾天萬發就稍微眼糊一些。

原先鹿港人賃居底寮屋一家賣醬菜底住進來。像是這寮底主人底親友。成天夜看他們曬曝蘿蔔，高麗菜，引著蒼蠅移民到這地帶。賣醬菜底有閒也常詣往萬發這邊聊天時。他來時，總領隊過來一群紅頭蠅，嚐嚐趕驅不開。蹲在地下說談時，他一縫細底眼，老向寮內瞇瞭著，想鼠探點什麼可以傳笑出去。一臉刃鑽刻薄底形樣，身上老有散不完地醬缸味，很酸人耳目底。來者不善，善者不來，萬發倚重著弱聽不甚打理他。他倒和姓簡底有說談，或許同氣相投吧！

一夕他統帥著一旅髒蠅來底時候，很巧姓簡底趨至附近小溪裏淨身臭去了。聽出是賣醬菜底聲音——他鼻音重得這等樣，彷彿嘴巴探入醬缸底口，一字一個嗡——萬發便不出來招呼他。阿好在後面洗著碗。只老五在門外的地裏手心捧著石子耍。萬發聆不出賣醬菜底和老五嗡語著什麼，漸漸地，賣醬菜底聲音提得很高，高得不必要，頗有用意的樣子。

「奸[13.]你母底上那裏去？」

「……」不詳細老五怎麼對口。

「簡底，簡底，那個奸你母底上那裏去……？」

「騙肖[14.]。」萬發衝刺出來，一身上下氣抖著，揪上賣醬菜底胸就掄拳踢腿下去，像敲著空醬缸的樣子，賣醬菜底膺膛嗡嗡痛叫著。髒蠅飛散了，或許也驚嚇吃到了幾分。

姓簡底淨身回來，門口四處有他食底，衣底，行底，賣底，亂擲在那裏，彷彿有過火警，東西

13. 奸姦簡三字臺語同音。 14. 騙肖：混帳。

給搶著移出來。簡姓底鹿港人有著給洗空一盡的感覺。

萬發擋在門前，一眺目到姓簡底捧著臉盆走近前，就揎拳擄袖得要趕盡殺絕他底形狀。

「幹伊娘，給你爸滾出去，幹伊祖公，我飼老鼠咬布袋，幹！還欺我聾耳不知情裏！幹伊祖啊！向天公伯借膽了啦！欺我聾耳，呵！我奸你母——奸你母！眼睛沒有瞎，我觀看不出？幹——以為我不知情裏？幹——飼老鼠，咬布袋……」每句底句首差不多都押了雄渾渾底頭韻，聽起來頗能提神醒腦，像萬金油塗進眼睛裏一樣。

當晚姓簡底借了輛牛車便星夜趕搬到村上去，莫敢話別阿好，連瞅她一眼底膽量也給萬發一聲聲「幹」掉了。

村婦村夫們又有話啦。道什麼萬發向姓簡底討索銀錢使用，給姓簡底回拒了，就把姓簡底爛打出去。有人帶著有目的底善意去看萬發，想挖點新聞來，都給萬發裝著聾耳得至極地打發走了。

日子又乞縮起來啦！蕃薯園地給他人向村公所租下準備種瓊蔴。未長熟底地瓜全給翻出土來，萬發僅祇拿了壹百元底賠償。也真不識趣地，老五在這時候患起嚴重的腹瀉底症候；拴緊在腰際的錢袋內準備頂牛車底錢便傾袋一空了，在須臾之間。錢給大夫底當時，萬發突然淚眼起，不知究為著什麼？心疼著錢？抑或是歎悲他自家底命運？

終於以前底牛車主又來找他拉車去。一週不滿就有那事故發生了。他拉底牛車，因為牛底發野性，撞碎了一個三歲底男孩底小頭。牛是怎麼撒野起來底？他概不知識。但他仍復給判了很有一段時間底獄刑。牛車主雖然不用賠命，但也賠錢得連叫著「天——天——天！」

在獄中每惦記著阿好和老五底日子如何打發，到很晚夕他還沒有入眠。不詳知為什麼有一次突然反悔起自己攻訐驅攆姓簡那樁事，以後他總要花一點時間指責自己在這事件上底太鹵粗了一點的表現。有時又想像著簡底趁著機會又回來和阿好一寮同居。聽獄友說起做妻底可以休掉丈夫底，如若丈夫犯了監。男女平等得很真正底。也許阿好和簡底早聯合一氣將他離緣掉了！這該怎辦？照獄友們提供底，應該可以向他們索要些錢底。妻讓手出去，應該是要點錢。當初娶她，也花不少聘禮。要點錢，不為過份底。可笑！養不起老婆，還怕丟了老婆，哼！

阿好愈來愈少去探他底這事實，使他堅信著阿好和姓簡又凹在一起。有一次阿好來了，他問起她生活狀況。起始阿好用別底話支去。最後經不起他堅執地追問，她才俯下首：

「簡底回來了。」她抬上臉，眼望到很遠的角落去。「多虧了簡底照應著一家。」

萬發沒有說什麼，實在是無話以對，只記得阿好講這話，臉很酡紅底。有人照應著家，總該是好底。

出獄那日阿好和老五來接。老五還穿上新衣。到家來他也見不到姓簡底。晚上姓簡底回來，帶著兩瓶啤酒要給他壓驚。姓簡向他說著話，咿咿哦哦，實在聽不分明。

阿好插身過來。「簡先生給你頂了一臺牛車。明天起你可以賺實在的啦！」

「頂給我。」萬發有些錯愕了，一生盼望著擁有底牛車竟在眼前實現！興高了很有一會，就很生氣起自己來——可卑的啊！真正可卑的啊！竟是用妻換來的！

不過他還是接下了牛車，盛情難卻地。

幾乎是一定地，每禮拜姓簡底都給他一瓶啤酒著他晚間到料理店去享用一頓。頗能知趣地，他總盤桓到很夜才家來。有時回得太早了些，在門外張探，挨延到姓簡底行事完畢出來到門口鋪蓆底地方和睡熟了底老五一同歇臥，萬發方才進家去，臉上漠冷，似乎沒有看到姓簡底，也沒有嗅聞到那濃烈得非常底腋臭一般。

總是七天裏送一次酒，從不多一回，姓簡底保健知識也相當有一些底哩！

村裏有一句話流行著：「在室女[15]一盒餅，二嫁底老娘一牛車！」流行了很廣很久底一句話。打桌圍底那起爭著起來付鈔。他們離去底時候，那個頭比鼓飽了氣底胸還大底，朝萬發底方向唾一口痰，差點嘁在他臉上。

萬發咕嚕咕嚕喝盡了酒，估量時間尚早，就拍著桌。「頭家，來一碗當歸鴨！」不知悉為什麼剛才打桌圍底那些人又繞到料理店門口幾雙眼睛朝他瞪望，有說有笑，彷佛在講他底臀倒長在他底頭上。

五十六・三（原登《文學季刊》第三期）

——《嫁粧一牛車》，洪範出版社

◆作者簡介

王禎和，一九四〇年生，卒於一九九〇年，台灣花蓮人，台灣大學外文系畢業，曾任花蓮中學

15.在室女：處女。

英語教師，後任職於台灣電視公司影片組。第一篇短篇小說〈鬼、北風、人〉發表於《現代文學》。一九七二年曾前往美國愛荷華大學參加國際作家工作室，曾獲得時報文學推薦獎。王禎和於一九八二年罹患鼻咽癌後仍創作不輟，在有限的人生中寫下豐富的創作，著有小說《嫁粧一牛車》、《寂寞紅》、《香格里拉》、《美人圖》、《玫瑰玫瑰我愛你》、《人生歌王》、《兩地相思》等及劇本《大車拼》。

◆作品賞析

王禎和的小說與他成長的花蓮有密切關係，作品的內容掌握了台灣的鄉村背景與人物，並為台灣轉型期「留下歷史見證」。身為現代文學一員大將，王禎和卻能吸取西方現代主義的技巧，展現台灣小說的特色，反而成為台灣鄉土文學的代表作家，呂正惠評道：「王禎和所受到的現代主義的影響可能是比白先勇要多一些，但本質上，他是一個頗有自然主義傾向的現實主義者，他的作品最後呈現出來的是，現代主義與自然主義的奇異結合」。

對小人物的關注、地方色彩的經營和語言的鮮活運用，都是王禎和小說的一貫特色，雖然和黃春明一樣著力敘寫社會底層的小人物，王禎和的小說卻有不一樣的風貌，同樣是鄉土語言的轉化，王禎和看得出多了幾分力氣，如「這訊息不能心動萬發底。一分毫都辦不到底。半生來在無聲底天地間慣習了──少一個人，多一位伴，都無所謂。」短短數筆，既交代情節，也呈現人物順天認命的性格，在這篇以農村為背景的小說作品中，作者把台灣俚語「賣某做大舅」的說法以黑色喜劇形式呈現，主要是要表達「生命裏總也有甚至修伯特都會無聲以對底時候」那種台灣社會小人物的宿命觀。命運似乎高高在上的俯視市井小民的殘疾、悲情、挫敗與無奈，同時最後命運又不得不給予一個弔詭的答案，例如在本篇故事的最後，萬發以賣某換來的牛車繼續維生，每週一次提著一瓶啤酒到料理店去自斟自酌，成就阿好和簡仔的燕好，以可信的情節印證一句流行話「在室女一盒餅，二嫁底老娘一牛車」。

◆延伸閱讀

1. 王禎和，《嫁粧一牛車》，洪範出版社，二〇〇四年九月一日
2. 洪醒夫，〈王禎和〈嫁粧一牛車〉賞析〉，《洪醒夫全集九——評論卷》，彰化縣文化局，二〇〇一年六月，頁一六四—一六六
3. 張素貞，〈刻劃卑微小人物的歡喜哀愁——〈嫁妝一牛車〉〉，《續讀現代小說》，東大圖書，一九九三年三月，頁二五五—二五六
4. 陳芳明，〈王禎和小說中的個人與國家〉，《國家認同學術研討會論文集》，現代學術研究基金會，一九九三年五月，頁一五八—一八二
5. 楊照，〈「現代化」的多重邊緣經驗——論王禎和的小說〉，《夢與灰燼》，聯合文學，一九九八年，頁一一五—一三二
6. 呂正惠，〈現代主義作家，還是鄉土小說作家？——王禎和〉，《中國時報》第二七版，一九九七年十月十一日

傾城之戀

張系國

一

熊熊烈焰由一座屋脊跳上另一座屋脊，染紅了京城半邊天。軍士們驚呼逃散。他狠命斫殺爬上城垛的蛇人，蛇人後半段身軀連同肥碩的長尾蜷曲成一團，前半段猶在掙扎，三顆黃綠色的怪眼朝他投來恨恨的目光。他舉劍刺入蛇人三眼中央的柔軟部分，蛇人慘號一聲，不再動彈。另一名蛇人竄上城牆，他一咬牙，再度揮劍上前。

「城陷了，走吧。」柔和的聲音在他耳邊輕輕說。

「還沒有完！」他吼道，探身出城垛，舞動長劍砍斷蛇人的長尾。蛇人失去攀附城牆的憑藉，尖叫著跌下去，在半空中居然向他投出最後一根短矛，還未觸及他即已力盡，復跌向地面。

「可以走了。」柔和的聲音又說：「你看背後是甚麼？」

他悚然回首，京城內的房屋均在燃燒，無數蛇人彎曲醜陋的身形在火光中蠕動，人們哭叫著自動投身火窟。城牆附近的軍士紛紛退向廣場，但不等到他們集中，四周包圍的蛇人已向他們投出無數根短矛。城樓上只賸下他一個人，他怒極而嘯，持劍撲向最接近的兩名蛇人。兩名蛇人向左右閃開，突然有七八根短矛射向他胸膛。他舉劍欲格，眼前猛然一黑，殺伐哭號聲同時消失不見。

「好了吧？我們都在等你。」柔和的聲音說。

他頹然扔下長劍，走向時間甬道。

二

餐廳建築在濱海的山崖上，從落地玻璃窗望出去，便是粼光閃爍的海洋。這時正有一頭巨大的海獸緩緩從海中浮現，光滑的背脊沾滿綠油油的燐光，背上一排呼吸孔開闔著噴出灰霧。海獸呼吸了一陣，又緩緩沉入海底，餐廳裡並沒有多少人留意海獸出沒，只有端菜來的侍者不經意提了一句。

「有沒有人想參加捕海蝤？半小時後有一艘風舟要出海。」

王辛搖頭，同桌的幾個人仍在繼續談話，對侍者完全不予理會。侍者聳聳肩走開了。王辛打開銀盤的蓋子，小心翼翼挑出一塊肉放入嘴中。

「冬天他們不供應蟲類，你儘管放心喫吧。」柔和的聲音說：「你今天怎麼了？火氣真大，喚你多少次都不理。」

「我沒聽見，城陷時我甚麼都聽不見，只想到繼續殺！」

「喝，小王真有幹勁。」正在發表議論的宋培士聽到王辛的話，說：「小王又到安留紀去了？你的論文範圍不是玄業紀經濟史嗎？老是去安留紀幹甚麼？」

「小王殺心太重。」洪昇對王辛眏眏眼。「小心被時間警察抓到，說你破壞他們歷史完整，吊銷你的執照。」

「笑話，索倫城被蛇人攻陷，誰也挽回不了。我多去幾次又有甚麼關係？」

「那可講不定。」一說到蛇人，洪昇精神就來了，這原是他的研究專題。「攻打索倫城的蛇人總共不過三千多名。你每次去殺掉幾個，積少成多，也相當可觀。我前天去找尋資料時順便查了一下，居然已經給你殺掉八十七名蛇人，天曉得這兩天你又殺掉多少。再殺下去，蛇人就攻陷不了索倫城。安留紀的歷史也得改寫了。」

宋培士伸出一個指頭，指著王辛說：

「嘖！嘖！小王得小心啊。執照被吊銷，你就回不來了。和蛇人住在一起幾十年，即使不死也會發瘋。我上次在負兩萬年時點附近超速，被時間警察抓到，判我就地拘留十年，可把我整慘了。幸好我超速的地方是冰河間歇期，天氣還蠻暖和，當地草原上的土著已經進入漁牧時代，對我還算不錯，否則我就死在那裡了。」

「我猜這是時間警察有意安排的陷阱。」洪昇說：「負兩萬時點附近的時間甬道最寬敞，不注意的話很容易超速，一超速就會被他們捉到。如果你不想在那個鬼地方住十年，只有一個辦法——塞紅包。」

「怎麼塞紅包呢？」宋培士說：「上次我何嘗不想給錢，可是又想不出個好辦法。如果直接給他錢，碰上清廉的時間警察，反而被他抓到賄賂的罪證，那就慘了。」

「很簡單，他跟你要執照，你就在裡面夾一張萬國通用債券，至少十萬信用點的面額。他收了自然沒有事情。他不收，你可以說是不小心夾進去的，也不算犯法。」

宋培士大嚷：「我怎麼就想不出這一招來？害得我上次被罰，白幹了十年牧羊人。幸虧碰到了一個美貌的呼回族牧羊女，否則我真會寂寞死了。古時候呼回人的性慾可比現代的呼回人強，我差點就應付不了那個牧羊女。但丁的地獄裡面，最可怕的懲罰，是讓一男一女永遠抱在一起。以前我一直不明白這有甚麼痛苦，經過這次的慘痛教訓，我總算明白了。可怕！真是可怕！」

宋培士一旦吹起他的豔遇就沒完沒了。幸好這時餐廳響起一陣掌聲，從餐聽中央舞臺的簾幕後面走出一位披銀紗的觸靈娘，抱著一具電子感應琴，她隨手撥弄琴弦，眾人彷彿聽到極美妙的音樂，又恍若無聞。洪昇撫掌笑道：

「轉軸撥弦兩三聲，未成曲調先有情。妙，妙！」

王辛問。

「她也是從地球來的？」

「當然，呼回人哪裡懂得彈感應琴？」

「看來她年紀不小了。」

「是不小，少說也有三千歲。一千多年前，我在地球聽過她唱歌，那時她正走紅，還主持過夢幻天視的觸靈節目。現在人老珠黃，只好到外太空跑碼頭。不過她扮相不錯，歌唱得也比一般呼回觸靈娘好多了。」

那名地球來的觸靈娘隨即唱了一首情歌，大意講太空船的水手遠航歸來，發現家園景物全非，夢中情人早已去世；水手傷心欲絕，再度登船航向太空。餐廳裡的呼回人都受到感應，不由自主掉下眼淚。觸靈娘又唱了一首輕快的歌曲，呼回人又都手舞足蹈，有的甚至在餐桌上表演倒立。王辛這一桌都是地球人，雖不至於像呼回人那般失態，卻也百感交集。王辛突然感覺到一隻柔軟的手輕輕握住他的手。他心中陡然一震，也輕輕捏了一下她的手。偷眼看她的表情，她專心注視著舞臺，臉上微微現出紅暈。唱完，大家熱烈鼓掌，她乘機將手抽回去。王辛坐在那兒，忘了鼓掌，也忘了說話。她仍然沒有看他，微笑著同洪昇的女友低聲講悄悄話。洪昇和宋培士一個勁兒起鬨，要觸靈娘過來坐一會兒。觸靈娘果真過來了，卻不肯坐下，說不能壞了規矩。洪昇宋培士和觸靈娘有說有笑，王辛在一旁落寞的坐著，不禁又想起燃燒中的索倫城，蜂擁而上的蛇人，驟雨般降落的短矛。他的手不由自主伸向腰際，卻摸不著佩劍。他才想起佩劍早已連同盔甲一起存放在時間大樓的寄物室裡。

「還在想索倫城？」柔和的聲音說：「你就不能想點別的東西？」

王辛注視著她藍得近乎透明的眼瞳，裡面似乎容納了整個地球溫暖的海洋。那水藍色的星球啊！王辛幾乎目不轉瞬的望著她，她臉頰又浮現出令他醉心的紅暈。他想說些甚麼，卻又覺得無話可說。

一陣笑聲驚醒了癡想中的他。觸靈娘格格笑著，宋培士和洪昇也對他不懷好意的微笑。他以為祕密被人發覺，大為窘迫。洪昇對他映映眼。

「宋小姐要我問你，閣下青春幾許？」

「一千五百七十五，不，過了年就一千五百七十六了。」

「好年輕。」觸靈娘嬌笑說：「這麼年輕就出來唸書，不想家嗎？」

「還好，初來的時候有點想家，現在也習慣了。」

「想家的話，多來這裡坐坐，我唱幾首家鄉的民謠給你聽。」

觸靈娘說著走回舞臺，玉指纖纖一攏感應琴，又唱了一首〈葡萄仙子〉。臺下的呼回人聽得如醉似癡，怪聲叫好。洪昇一拍王辛的大腿說：

「小子！人家可是對你有意，切莫辜負啊。」

王辛偷眼看她，她微笑對他點點頭，半身已消失在空中。王辛驚咦道：

「時間還早，這麼快就要走了？」

「不早了，還要回去趕寫一份報告，下個月再見。」再見甫說出口，她已完全消失不見。原來她坐的座位四周，空氣似乎流動得特別迅速，彷彿有一層透明的網逐漸收緊。但這也僅僅是一剎那間的異狀，一切迅速恢復正常。王辛悵然望著空了的座位。洪昇又拍了一下他的腿。

「曲終人不見，江上數峰青。梅心最是解人，來也瀟灑，去也瀟灑，只有你這個傻小子還在胡思亂想。不要再想了，她是未來的人，你這些精神都是白費。」

王辛喃喃說：

「未來的人，為甚麼她偏偏是未來的人？我呢？我在哪裡？」

「算了罷，坐下來聽聽歌曲。」

王辛不理會洪昇，走到窗前。呼回世界的夜晚剛剛降臨，海上的粼光反而顯得更明亮，彷彿閃動著千萬盞小燈。一艘風舟掠過海洋，船舵的紅色火柱在海面燒出一道赤金色的痕迹。船帆漲滿了罡風，風舟以極快的速度劃過洋面，尾部的赤金軌跡歷久不消。遠處的海平線浮現一群蝿的暗影，那將是今晚風舟狩獵的目標。

「下個月你會在這裡等我嗎？」柔和的聲音在他耳邊問。

「我不會在這裡，我要回玄業紀去。」

「你騙我，你還在想索倫城。」

王辛嘆了口氣，爭執是沒有意義的。他摸摸腰際，自忖何時能再掛上佩劍。

三

蛇人，相傳是神和人雜交而生的異種。三眼，六足，肉食，卵生，性狡獪，喜獨居。安留紀時繁衍於呼河流域，一度曾嘯聚攻陷索倫城。城陷後不久，蛇人突然絕種，相傳為神降天火所滅。蛇人是謎般的種族，比有翼的羽人和穴居的豹人更加詭祕。儘管人類專家想盡方法考察，蛇人的身世仍然是個謎。

四

「你為甚麼要去索倫城？」

「我不曉得，我明知不該去安留紀，可是總忍不住想回到索倫城去。也許是鬼迷了心竅吧。」

「為了躲避我？」

「為甚麼我要躲避妳？是妳在躲避我。」

「我也是沒辦法。」幽幽的口氣：「我屬於未來，你屬於現在，我們本來就不該見面。你的時代裡不該有我，我的時代裡也不再有你。」

「說得真漂亮。」他忍不住譏諷她。「既然如此，妳為甚麼還要繼續和我來往？」

她很久沒有說話，他幾乎以為她已經截斷了通話線路。等到他忙於披掛的時候，她的聲音又出現了。

「我不願意看到你毀了你自己。」

王辛穿上鎖子甲，沉重的甲冑壓得他幾乎透不過氣來。

「你這樣做，又有甚麼益處呢？」

「沒有甚麼益處，我告訴過妳，我是鬼迷了心竅。」

「你會後悔的。」

王辛從寄物櫃裡拿出頭盔和長劍，一切便算準備妥當。他走到時間甬道入口，值班的時間警察是一個矮小猥瑣的呼回老頭，睜著一雙似睡非睡的黃眼，上下打量了他半天，才接過他手裡的入道申請表。

「安留紀，安留紀不能去了。那段時間甬道在施工，現在只賸單行道開放。你去沒有問題，回來卻走不通。」

「甚麼時候才可以修好？」

呼回老頭嘴裡咕噥著，拿出一大疊文件，翻來翻去，也找不出答案。老頭搖搖頭。

「明年，也許後年……誰知道呢？時間甬道最近破壞得太厲害了……所有修護組都在搶修玄業紀附近的甬道，別處都沒有人管。好在現在是觀光淡季，想去古代的遊客並不多。先生，你去不得安留紀，換一個時代吧。去金閣紀如何？距離最近，只有五千年，可看的東西很多。那時代物價也便宜，你一定會喜歡金閣紀。」

「為甚麼我不能去安留紀？你不是說去沒有問題嗎？」

老頭迷惑不解的看他。

「有去無回，怎麼可以讓你去呢？甬道又不知道甚麼時候才能修復，你另選一個時代吧。」

「玄業紀還能不能去？」

「沒有問題，那一段的時間甬道早上剛剛修復。請你再填這張表格。萬一你捲入玄業紀的戰火，有生命危險的時候，只要一按胸前的緊急救生環，控制室就會把你時空移轉回時間甬道裡。請你在這裡簽字，表示同意支付救生保險費。」

王辛簽了字，老頭把兩張表格都收到抽屜裡，蹣跚走向甬道鐵門，搖動門旁的轉軸，門上的站牌便一格格跳動著：安留紀、志申紀、音豐紀、都平紀……站牌在玄業紀停住。老頭推開鐵門，示意王辛進去。甬道內空無一人，只有一輛四人小型時車停在站口。王辛跨進去，綁上安全帶。駕駛座前的黃燈亮了，一閃閃出現「玄業紀」的字樣。王辛將信用卡插入駕駛座旁的洞口，時車便緩緩移動，朝玄業紀駛去。

五

玄業紀是呼回文明的巔峰時代，距離現在已有一萬多年。橫貫古今的時間甬道，呼回文明的完整歷史，都在玄業紀完成。呼回人的史學研究獨步宇宙，乃是玄業紀呼回文明的最大成就。宇宙億萬星球裡，只有呼回人早在一萬年前就編纂成功包括過去未來的完整呼回文明史。在這以前各星球的歷史都是不完整的歷史，只記載過去，不記載未來。自從呼回人開闢時間甬道後，史學研究步入新的領域。歷史不但包括過去，也包括未來。呼回的歷史學家、人類學家、社會學家……穿梭往來各個世紀，野心勃勃的蒐集第一手資料，編輯宇宙第一部全史。全史學從此成為史學一個重要的部門。呼回人首先發展成功時間甬道，因此全史學的研究進行得最徹底。一直到現在，呼回星仍然是宇宙全史學的研究重鎮。

自玄業紀以降，呼回文明盛極而衰，逐漸淪落到不堪聞問的地步，除了全史學，竟再沒有值得稱述的文化活動。呼回文明衰落最主要的原因，也許正是因為玄業紀全史學的編纂工作做得太成功。呼回人既然完全了解歷史未來的發展，又洞悉呼回文明必然盛極而衰。從此喪失了繼續努力的鬥志，聽任呼回帝國崩潰。連呼回人最引以自傲的時間甬道，也逐漸因年久失修，一段段廢棄了。王辛來到呼回星時，通往未來的時間甬道已經完全阻塞，只有少數冒險家膽敢進入一探，生還的人很少。通往過去的時間甬道，本來一直延伸到負五千萬年時點以前，現在只賸下到負卅萬年時點的一小段還勉強保持通車，而呼回人竟連這一小段時間甬道也無力維持。根據呼回文明全史記載，再過兩千年，整個時間甬道將完全不能使用，自玄業紀進入極盛期的呼回文明到那時就完全崩潰，呼回人也將回復到過去的愚昧生活，所能保存的只賸下呼回學者所編的呼回文明全史而已。

有了呼回文明崩潰的殷鑑，宇宙各星球對全史的研究工作以及修建時間甬道的計畫，都不敢進行得太徹底。只有十七個星球完成全史的編纂工作，十七個星球也都和呼回星一樣，陷於整個文明崩潰的邊緣。有一位著名的歷史學家金博士提出金氏理論來解釋這個現象。根據金氏理論，文明發展的原動力是好奇心。一旦喪失了對未來的希望，任何文明都只有衰亡一途。全史和原子彈一樣，只能帶來毀滅，所以必須限制其發展。金博士的理論被廣泛接受後，再沒有星球企圖編纂全史。但全史學仍舊是史學研究一個重要部門。已經編成的十八部全史，是宇宙文明活動十八份完整的紀錄，可供史學家從事無窮盡的研究、比較、分析。十八部全史裡，尤以呼回文明全史最為完整。因此到呼回星留學，成為宇宙多少史學家夢寐以求的目標。

王辛自己也經歷過大大小小多少次考試，才申請到獎學金來呼回星研究比較經濟史。從地球來的留學生，約有兩三百人，幾乎清一色是歷史學者，但是彼此很少見面。因為研究的範圍不同，大家分散在呼回歷史的每個角落，只有在每學期註冊時，大家才從各個遙遠的時代回到呼回大學全史研究所來。王辛就是在註冊處認識梅心、洪昇和宋培士的。梅心來自一千年後的地球，她研究的是王辛這個時代的歷史。洪昇每次開玩笑就說，在梅心眼中，他們都是古人了。王辛很不喜歡洪昇這種玩笑，因為他不久就發覺自己非常喜歡這來自未來的地球女郎。洪昇專攻安留紀蛇人史。宋培士跑得最遠，他立志研究呼回古代史，和卅萬年前的穴居呼回人生活在一起已有五十年之久，因此得了風濕病，走起路來一瘸一拐。據宋培士說，如果不是時間甬道不通，他還要跑得更遠。宋培士對呼回人的生活習慣很能適應，他喜歡穴居生活，聲稱將來回地球也要依樣掘個土洞來住，他又愛吃呼回人的醃製蟲食。呼回人喜歡蟲食，據說是受蛇人的影響，這或許是蛇人在呼回史上遺留下來唯一的痕跡。王辛始終吃不慣呼回人吃來津津有味的各種怪蟲，他甚至連海蛐肉也不敢吃。剛和洪昇、宋培士認識時，王辛就被他們捉弄過一次。他們騙他去呼回菜館，點了一桌百足蟲類，王辛當場就大吐，回來不舒服了許久。洪昇捉弄過王辛，事後倒很過意不去，向他道歉，又提議帶他去安留紀參觀，也就是那一次參觀，整個改變了王辛對安留紀的看法。

王辛讀史的印象，總以為安留紀是呼回文明的黑暗時期，並無值得大書特書的事情。洪昇帶他去參觀，他才驚異的發現，那時候的呼回人就已經發展出高度進化的文明，懂得使用鐵器，尤其喜歡金製飾物。呼回文明中心的索倫城簡直像黃金砌成的天上宮殿，華美壯麗無與倫比。洪昇帶他在安留紀四處瀏覽，從索倫城初興，到索倫城全盛時期，最後是索倫城為蛇人攻陷的悲壯場面。索倫城陷落的一幕尤其深深感動了王辛。他和洪昇站在城上，眼看黃金燦爛的古城逐漸為火海包圍。六足長尾的蛇人持著短矛蜿蜒爬上城牆，在牆壁上留下一條條帶黏液的痕跡。護城的勇士一個個倒下。城內烈焰騰空，號哭的聲音震動天地。一面城牆倒塌了，蛇人從城牆的缺口蜂擁爬進內城。古城的守軍和老弱婦孺自動往火窟跳。火焰竄得更高，全城的呼回人無一倖免，全為蛇人所屠殺或者葬身火窟，這是呼回文明的大劫，索倫古城的末日。

王辛從來沒有看到過這樣驚心動魄的景象。古城陷落的一幕從此如夢魘般緊隨著王辛。他無法專心工作，一閉上眼睛，金光閃閃燃燒著的索倫城就出現在腦海裡。他一次又一次溜到安留紀去觀看古城的陷落。起初他僅是旁觀者。但他對古城的感情越來越濃，竟無法制止不參加索倫城的防禦戰。他開始勤習擊劍術，每次到安留紀去，他都要登上城樓，汗流浹背的和蛇人做殊死戰。他知道這是非常瘋狂的行動。如果被極端重視歷史完整的呼回人發現，他就會受到嚴厲的處罰。但他仍忍不住一次次偷偷回到索倫城。如果不是梅心，他早已葬身索倫城下。如果不是梅心……。

六

「梅心，妳在哪裡？」

梅心的倩影逐漸出現在他眼前，水藍的眼瞳裡一片柔和的笑意。她穿著紫色的衣裳，外罩一襲碎玉串成的長袍，盈盈微笑著。

「我不就在這兒嗎？」

王辛指給她看山谷下的沃野。這裡是呼河流域最豐饒的地區，滿谷青翠，田野整齊分割成多彩的小方塊，呼回農民的村落點綴在小方塊間。玄業紀的呼回文明便從這裡興起。山谷另一邊群山糾紛，山後的草原上是一片廢墟。

「梅心，妳看這景色有多美！」

梅心在他身邊坐下來，輕輕嘆口氣。

「你叫我來不是為了欣賞風景吧？」

「不是。」他老實回答。「我只等再看妳一面，就要離開玄業紀了。」

「去哪裡？去索倫城？你知道你們時代的呼回人已經準備完全封閉那一段時間甬道嗎？」

「我知道。所以我必須趁他們還沒關閉剩下的單行線前趕到索倫城。」

「那麼你不準備回來了？」

「我不回來了。」

「為甚麼呢？你這樣犧牲又有甚麼價值？索倫城注定要為蛇人攻陷，你救不了索倫城。誰也救不了索倫城。」

「我知道。但這不是問題關鍵的所在。」他握住梅心的手。「我知道我改變不了索倫城的命運。但是在城陷時，我必須在那裡。我這樣做的確沒有任何意義，我承認。但是如果我不去，事情會弄得更糟。」

「又能糟到哪裡呢？你看那片廢墟。那就是索倫古城。醒醒吧！索倫古城早就不存在了。那場戰爭發生很久以前，跟你，跟我，都毫無關係，只是一場幻夢。你就當它是一場幻夢吧。」

「不是幻夢。」他握住她的手。「時間就跟這片原野一樣，永遠結結實實的存在著。妳是屬於未來的人，但是妳不會認為我們相識也是一場幻夢吧？我知道未來有妳，妳知道過去有我，一千年的時光也不能把我們分開，對不對？問題是你要選擇哪一刻而活。妳必須選擇，最後妳一定要選擇。」

「為甚麼不選擇我的時代？」她說完，自己也搖搖頭。「我知道你不能來，我真不懂為甚麼他們禁止人到未來去旅行。無論如何，我要請求他們破例一次。我要你到我的時代來，然後我們就永遠不必分離了。」

「他們不會批准的，他們有他們的理由。」王辛想起金氏理論。「但我們並沒有分離，我仍然存在，妳永遠可以在這山坡上找到我。」

她還想再說甚麼，王辛感覺她的手在融化，他捏得更緊，她回報一個無奈的微笑。

「我必須走了，時間不多，現在他們管制得越來越嚴。不要去索倫城，我求求你，不要去索倫城……」

梅心走了以後，王辛在山坡又坐了許久。天色漸漸晏了，谷底移動著群山的暗影，原野的小方塊一塊塊變成深藍的顏色，彷彿有人拿彩筆有系統的塗抹著這片原野。索倫古城的廢墟在落日餘暉照耀下突然鍍上一層金色的外衣，有如黃金鑄成的浮雕。王辛站起來伸個懶腰，大踏步走向索倫古城。

七

他走過一個世紀又一個世紀，一個時代又一個時代。城市倒塌了又興起，田園荒蕪了又開墾。滄海變為桑田，桑田變為滄海。他放棄了時車。在時間甬道裡彳亍步行，為的是最後一次好好瀏覽一下時間甬道外面流過的歲月。多少歡欣的歲月，多少苦難的歲月，多少默默等待中度過的歲月。但是人還一樣活著，死了，又再出生。他再度戰慄的體驗到時間堅實的存在。滅亡？絕不！沒有永遠的滅亡。一切存在的東西都永遠存在著。從渾沌初開遙遠的歲月，一直到地老天荒的歲月，一切存在的東西都永遠存在著……。

「你看到的都是幻影。」柔和的聲音在他耳邊說：「都是早已死滅的東西。回來吧！」

他知道梅心仍然關心著他的一舉一動，心中感覺一股暖意，腳下卻並不停留。

「我的護守天神，我可愛的護守天神。沒有死滅而不能復生的東西。我們都永遠存在。」

「這都是幻影。回來吧！」

「不。」

「假如我告訴你，索倫古城曾像巴比倫城一樣尊榮，也像巴比倫城一樣的衰頹，你會忘卻它嗎？」

「不。」

「假如我告訴你，索倫古城曾是所多瑪城一樣的罪惡之都，也像所多瑪城一樣的為天神所滅，你會忘卻它嗎？」

「不。」

「但這都是事實，你所愛的並不是真實的索倫古城，只是索倫古城的幻影啊。」

「不！我愛的是妳。億萬年無垠的歲月裡，我只遇見了一個人，就是妳，我只愛妳。」

「但是你卻離開我走向虛幻而早已死滅的東西。回來吧！」

他回答了最後一個「不」字，這時他已經走到目的地。

八

熊熊烈焰由一座屋脊跳上另一座屋脊，染紅了京城半邊天。軍士們驚呼逃散。他狠命斫殺爬上城垛的蛇人，蛇人後半段身軀連同肥碩的長尾蜷曲成一團，前半段猶在掙扎，三顆黃綠色的怪眼朝他投來恨恨的目光。他舉劍刺入蛇人三眼中央的柔軟部分，蛇人慘號一聲，不再動彈。另一名蛇人竄上城牆，他一咬牙，再度揮劍上前。

「城陷了，走吧。」柔和的聲音在他耳邊輕輕說。他猛回首，她正站在他身後。

「妳來這裡幹甚麼？」

她緩緩脫下碎玉串成的長袍，他明白這意味著甚麼。他不能再回去，她為了他也不回去了。在浩瀚宇宙無數星球之中，在億萬光年無邊的歲月裡，他們偏偏選擇了這一刻活著，沒有過去。也不再有未來，僅只有這一刻。

他把長劍交到左手，緊握住她的手。他們共同面對燃燒中的索倫城，京城內的房屋均在燃燒，烈焰騰空，金黃色的火海彷彿將直燃燒到永恆。

——《星雲組曲》，洪範出版社

◆作者簡介

張系國，另有筆名醒石、域外人、白丁，一九四四年生，江西南昌人，台大電機系畢業，美國柏克萊加州大學電腦科學博士。曾任華生研究中心研究員、中央研究院數學、資訊研究所研究員、康奈爾大學副教授、伊利諾理工學院電機系教授兼系主任、交通大學、匹茲堡大學電腦系，並創辦知識系統學院、推動資訊科學、系統科學及社會科學的聯合研究。張系國自十七歲開始寫作，未嘗間斷，也是小說家、雜文作家，尤以科幻小說見長，著作除科學論述外，並有小說作品《皮牧師正傳》、《棋王》、《香蕉船》、《昨日之怒》、《黃河之水》、《星雲組曲》、《五玉碟》、《捕諜人》、《傾城之戀》、《V托邦》等多種。

◆作品賞析

七〇年代以保釣小說《昨日之怒》成名的張系國，其後卻以科幻小說為發展主力，尤其近年更發展出自己的創作語言，他認為科幻小說「是在更深的層次反省人類的處境」。作為台灣科幻小說的教父，張系國曾以其熱情在國內大力推動科幻小說寫作，也因此匯聚了一群寫作者，如葉言都、黃海、平路、葉李華等人，更獨資創辦了《幻象》雜誌，當時連沈君山、李敖都成為《幻象》的寫手，在一九八九年前後，著實帶動了一波科幻寫作風潮，張系國以科幻小說預言人類的命運，更透過悲憫的諷諭，批判今日人類的自滿和愚妄，《星雲組曲》雖是短篇小說集，卻以十篇短篇小說串連起來，勾劃二十世紀到二百世紀的未來世界，探索人類生命在星雲宇宙的衝突和交會中所扮演的角色。

科幻小說如何讀、如何寫是一個還在發展中的論題，不過在張系國的努力推廣下，至少他已經建立了一個索倫城，科幻小說迷人之處在於超越人類現實經驗的科幻部分，但張系國的科幻小說科幻之外，濃厚的文學質素更不容忽視，如本文梅心脫下代表未來人身分的長袍，為愛勇於放棄永生，「在億萬光年無邊的歲月裡，他們偏偏選擇了這一刻活著，沒有過去。也不再有未來，僅只有這一刻」，隱隱和張愛玲的《傾城之戀》相呼應。

◆延伸閱讀

1. 張系國，《星雲組曲》，洪範出版社，二〇〇二年十月十一日，頁二〇〇
2. 楊牧，〈張系國的關心和藝術〉，《香蕉船》，洪範出版社，一九七六年八月，頁一－一一（備註：全文亦見《張系國集》，前衛出版社，一九九三年十二月一日，頁二三九－二四九）
3. 李歐梵，〈奇幻之旅：《星雲組曲》簡論〉，《星雲組曲》，洪範出版社，一九八〇年十月，頁一－一三

4.林雙不，〈星雲組曲〉，《書評書目》第九三期，一九八一年一月，頁五七－五八

5.王美霞，〈科幻小說的新天地〉，《書評書目》第九八期，一九八一年，頁一二九－一四二

6.向鴻全，〈科幻文學在台灣〉，《文訊》第一九六期，二〇〇二年二月，頁三四－三七

油蔴菜籽

廖輝英

大哥出生的時候，父親只有二十三歲，而從日本唸了新娘學校，嫁妝用『黑頭仔』轎車和卡車載滿十二塊金條、十二大箱絲綢、毛料和上好木器的母親，還不滿二十一歲。

當時，一切美滿得令旁人看得目眶發赤，曾經以豔色和家世，讓鄰近鄉鎮的媒婆踏穿戶限，許多年輕醫生鎩羽而歸的醫生伯的么女兒——『黑貓仔』，終於下嫁了。令人側目的是，新郎既非醫生出身，也談不上門當戶對，僅只是鄰鎮一個教書先生工專畢業的兒子而已。據說，醫生伯看上的是新郎的憨厚，年輕人那頭不曾精心梳理的少年白，使他比那些梳著法國式西裝頭的時髦醫生更顯得老實可靠。

婚後一年，一舉得男，使連娶六妾而苦無一子的外祖父，笑得合不攏嘴；也使許多因希望落空而幸災樂禍，準備瞧『黑貓仔』好看的懸著的心霎時摜了下來。

那樣的日子不知持續了幾年，只知道懂事的時候，經常和哥哥躲在牆角，目睹父親橫眉豎目、摔東摜西，母親披頭散髮、呼天搶地。有好多次，母親在劇戰之後離家，已經學會察顏觀色，不隨便號哭的哥哥和我，被草草寄放在村前的傳嬸仔家。三五天後，白髮蒼蒼的外祖父，帶著滿臉怨惱的母親回來，不多話的父親，在沒有說話的外祖父跟前，更是沒有半句言語。翁婿兩個，無言對坐在斜陽照射的玄關上，那財大勢大『嚇水可以堅凍』的老人，臉上重重疊疊的紋路，在夕陽斜暉中，再也不是威嚴，而是老邁的告白了。老人的沉默對女婿而言，與其說是責備，毋寧是說在哀求他善待自己那嬌生慣養的么女吧，然而，那緊抿著嘴的年輕人，那裏還是當年相親對看時，老實而張惶得一屁股坐在臉盆上的那一個呢？

我拉著母親的裙角，迤迤邐邐伴送外祖父走到村口停著的黑色轎車前，老祖父回頭望著身旁的女兒，喟嘆著說：

『貓仔，查某囡仔是油蔴菜籽命，做老爸的當時那樣給你挑選，卻沒想到，揀呀揀的，揀到賣龍眼的。老爸愛子變作害子，也是你的命啊，老爸也是七十外的人了，還有幾年也當看顧你，你自己只有忍耐，尫不似父，是沒辦法挺寵你的。』

我們回到家時，爸爸已經出去了。媽媽摟著我，對著哥哥斷腸的泣著：

『憨兒啊！媽媽敢是無所在可去？媽媽是一腳門外，一腳門內，為了你們，跨不開腳步啊！』

那樣母子哭成一團的場面，在幼時是經常有的，只是，當時或僅是看著媽媽哭，心裏又慌又懼的跟著號哭吧？卻那裏知道，一個女人在黃昏的長廊上，抱著兩個稚兒哀泣的心腸呢？

大弟出生的第二年，久病的外祖父終於撒手西歸。媽媽是從下車的公路局站，一路匍匐跪爬回去的。開弔日，爸爸帶著我們三兄妹，楞楞的混在親屬中，望著哭得死去活來的母親。我是看慣了她哭的，然而那次卻不像往日和爸爸打架後的哭，那種傷心，無疑是失去了天底下唯一的憑仗那樣，竟要那些已是未亡人的姨娘婆們來勸解。

爸爸是戴孝的女婿，然而和匍匐在地的媽媽比起來，他竟有些心神不屬。對於我們，他也缺乏耐性，哭個不停的大弟，居然被他罵了好幾句不入耳的三字經。一整日，我怯怯的跟著他，有時他走得快，我也不敢伸手去拉他的西褲。我後來常想，那時的爸爸是不屬於我們的，他只屬於他自己，一心一意只在經營著他婚前沒有過夠的單身好日子，然而，他竟是三個孩子的爸呢。或許，很多時候，他也忘了自己是三個孩子的爸吧。

可是，有時是否他也曾想起我們呢？在他那樣忙來忙去，很少在家的日子，有一天，居然給我帶了一個會翻眼睛的大洋娃娃。當他揚著那金頭髮的娃娃，招呼著我過去時，我遠遠的站著，望住那陌生的大男人，疑懼參半。那時，他臉上，定然流露著一種寬容的憐惜，否則，許多年後，我怎還記得那個在鄉下瓦屋中，一個父親如何耐心的勸誘著他受驚的小女兒，接受他慷慨的餽贈？

六歲時，我一邊上廠裏免費為員工子女辦的幼稚園大班，一邊帶著大弟去上小班；而在家不是幫媽媽淘米、擦拭滿屋的榻榻米，就是陪討人嫌的大弟玩。媽媽偶然會看著我說：

『阿惠真乖，苦人家的孩子比較懂事。也只有你能幫歹命的媽的忙，你哥哥是男孩子，成天只知道玩，一點也不知媽的苦。』

其實我心裏是很羨慕大哥的。我想哥哥的童年一定比我快樂，最起碼他能成天在外呼朋引伴，玩遍各種遊戲；他對愛哭的大弟沒耐性，大弟哭，他就打他，所以媽也不叫他看大弟；更幸運的是，爸媽吵架的時候，他不是在外面野，就是睡沉了吵不醒。而我總是膽子小，不乾脆，既不能丟下媽媽和大弟，又不能和村裏那許多孩子一樣，果園稻田那樣肆無忌憚的鬼混。

哥哥好像也不怕爸爸，說真的，有時我覺得他是爸爸那一國的，爸爸回來時，經常給他帶《東方少年》和《學友》，因為可以出借這些書，他在村裏變成人人巴結的孩子王。有一回，媽媽打他，他哭著說：『好！你打我，我叫爸爸揍你。』媽聽了，更發狠的揍他，邊氣喘吁吁的罵個不停：『你這不孝的夭壽子！我十個月懷胎生你，你居然要叫你那沒見笑的老爸來打我，我先打死你！我先打死你！』打著打著，媽媽竟大聲哭了起來。

七歲時，我赤著腳去上村裏唯一的小學。班上沒穿鞋的孩子不只我一個，所以我也不覺得怎樣。可是一年下學期時，我被選為班長，站在隊伍的前頭，光著兩隻腳丫子，自己覺得很靦腆。而且班上沒穿鞋的，都是家裏種田的。我回家告訴媽媽：『老師說，爸爸是機械工程師，家裏又不是沒錢，應該給我買雙鞋穿。她又說，每天赤腳穿過田埂，很危險，田裏有很多水蛇，又有亂草會扎傷人。』

媽媽沒說話。那天晚飯後，她把才一歲大的妹妹哄睡，拿著一支鉛筆，叫我把腳放在紙板上畫了一個樣，然後拿起小小的紫色包袱對我說：

『阿惠，媽媽到臺中去，你先睡，回來媽會給你買一雙布鞋。』

我指著包袱問：

『那是什麼？』

『阿公給媽媽的東西，媽去賣掉，給你買鞋。』

那個晚上，我一直半信半疑的期待著，拚命睜著要闔下來的眼皮，在枕上傾聽著村裏唯一的公路上是否有公路局車駛過。結果，就在企盼中迷迷糊糊的睡著了。

第二天醒來時，枕邊有一雙絳紅色的布面鞋，我把它套在腳上，得意揚揚的在榻榻米上踩來踩去。更高興的是，早餐時，不是往常的稀飯，而是一塊一福堂的紅豆麵包，我把它剝成一小片一小片的，從周圍開始剝，剝到只剩下紅豆餡的一小塊，才很捨不得的把它吃掉。

那以後，媽媽就經常開箱子拿東西，在晚上去臺中，第二天，我們就可以吃到一塊紅豆麵包。而且，接下來的好幾天，飯桌上便會有好吃的菜，媽媽總要在這時機會教育一番：

『阿惠，你是女孩子，將來要理家，媽媽教你，要午時到市場，人家快要收市，可以買到便宜東西，將來你如果命好便罷，如果歹命，就要自己會算計。』

漸漸的，爸爸回來的日子多了，不過他還是經常在下班後穿戴整齊的去臺中；也還是粗聲粗氣的在那只有兩個房間大的宿舍裏，高扯著喉嚨對著媽媽吼。他們兩人對彼此都沒耐性，那幾年，好像連平平和和的和對方說話都是奢侈的事。長久處在他們那『厝蓋也會掀起』的吵嚷裏，吵架與否，實在也很難分辨出來。然而，父親橫眉豎目，母親尖聲叫罵，然後，他將她揪在地上拳打腳踢的場面，卻一再的在我們眼前不避諱的演出著。

日子就這樣低緩的盪著。有一回，看了爸爸拿回的薪水袋，媽媽當場就把它摜在榻榻米上，高聲的罵著：

『你這沒見笑的四腳的禽獸！你除了養臭女人之外，還會做什麼?!這四個孩子如果靠你，早就餓死了！一千多塊的薪水，花得只剩兩百，怎麼養這四個？在你和臭賤女人鬼混時，你有沒有想到自己的孩子快要餓死了？現世啊！去養別人的某！那些雜種囝仔是你的子嗎？難道這四個卻不是？』

他們互相對罵，我和弟妹縮在一角，突然，爸爸拿著切肉刀，向媽媽丟過去！刀鋒正好插在媽媽的腳踝上，有一刻，一切似乎都靜止了！直到那鮮紅的血噴湧而出，像無數條歹毒的赤蛇，爬上媽媽白皙的腳背，我才害怕的大哭起來。接著，弟妹們也跟著號哭；爸爸望著哭成一團的我們三個，悻悻然趿著木屐摔門出去。媽媽沒有流淚，只是去找了許多根煙屁股，把捲菸紙剝開，用菸絲敷在傷口上止血。

那一晚，我覺得很冷，不斷夢見全身是血的媽媽。我哭著喊著，答應要為她報仇。

升上二年級時我仍然是班上的第一名，並且當選為模範生。住在同村又同班的阿川對班上同學說：

『李仁惠的爸爸是壞男人，他和我們村裏一個女人相好，她怎麼能當模範生呢？』

我把模範生的圓形勳章拿下來，藏在書包裏，整整一學期都不戴它，而且從那時開始，也不再和阿川講話。每天，我仍然穿著那雙已經開了口的紅布鞋，甩著稻稈，穿過稻田去學校。但是，我真希望離開這裏，離開這個有壞女人和背後說我壞話的同學啊。一定有一個地方，那裏沒有人知道爸爸的事，我要帶媽媽去。

有一晚，我在睡夢中被一種奇怪的聲音吵醒。睜開眼，聽著狂風暴雨打在屋瓦和竹籬外枝枝葉葉的可怖聲音，身旁的哥哥和弟妹都沉沉睡著。黑暗中我聽到媽媽細細的聲音喚我，我爬過大哥和弟妹，伏在媽媽的身邊，媽媽吃力的說：

『阿惠，媽媽肚子裏的囡仔壞了，一直流血。你去叫陳家嬸仔和傳家嬸仔來幫忙，你敢不敢去？本來要叫你阿兄的，可是他睡死了，叫不醒。』

媽媽的臉好冰，她要我再拿一疊草紙給她。我一骨碌爬起來，突然覺得媽媽會死去，我大聲說：

『媽媽，你不要死！我去找伊們來，你一定要等我！』

我披上雨衣，赤著腳跨出大門。村前村後搖晃的尤加利樹，像煞了狂笑得前俯後仰的巫婆。跑過曬穀場時，我也顧不得從前阿川說的這裏鬧鬼的事，硬著頭皮衝了過去。我跌了跤，覺得有鬼在追，趕快爬起來又跑。雨打在瞳裏，痛得張不開眼來。一腳高一腳低的跑到傅家，拚死命敲開門，傅家嬸嬸叫我快去叫陳家的門，讓陳嬸仔先去幫忙，她替我去請醫生。

於是，我又跑過半個村子，衝進陳家的竹籬笆，他家那隻大狗，在狗籠裏對我狂吠著。陳嬸仔聽完我的話，拿了支手電筒，裹上雨衣，跟著我出門。

『可憐哦。你老爸不在家嗎？』

我搖搖頭，她望著我也搖搖頭。走在她旁邊，我突然覺得全身的力量都使完了，差一點就走不回去。

醫生走了以後，媽媽終於沉沉睡去，陳嬸仔說：

『歹命啊，嫁這種尪討歹命，今天若無這個八歲囡仔，伊的命就沒啦。』

『伊那個沒天良的，也未知在那裏匪類呢？』

我跪在媽媽旁邊，用手摸她的臉，想確定她是不是只是睡去。傅嬸仔拉開我的手，說：

『阿惠，你媽好好的，你去睡吧。阿嬸在這裏看伊，你放心。』

媽媽的臉看來好白好白，我不肯去裏間睡，固執的趴在媽旁邊望住她，不知怎的，竟也睡去了。

那一年的年三十，年糕已經蒸好，媽一邊懊惱發糕發得不夠膨鬆，表示明年財運又無法起色；一邊嘀咕著磨亮菜刀，準備要去把那頭養了年餘的公雞抓來宰掉。就在這時，家裏來了四、五個大漢，爸爸青著臉被叫了出來。他們也不上屋裏，就坐在玄關上，既不喝媽媽泡的茶，也不理媽媽的客套，只逼著爸爸質問：

『也是讀冊人，敢也賽做這款歹事？』

『旁人的某，敢也賽睏？這世間，敢無天理？』

『像這款，就該斬後腳筋！』

那幾個人怒氣填膺的罵了一陣，爸爸在一旁低垂著頭，媽媽紅著眼，跌坐一旁，低聲不斷的說著話。吵嚷了一個上午，我無聊的坐在後院中看著那隻養在那兒的大公雞，牠兀自伸直那兩隻強健的腿子，抖著脖子在啄那隻矮腳雞。唉，今天大概不殺牠了，否則媽媽最少也會給我一支大翅膀。我傷心的轉頭去看那一群明年七月十五才宰得了的臭頭火雞，唉，過年喲，別說新衣新鞋了，連最起碼的白切肉和炒米粉也吃不到！那些粗裏粗氣的人，究竟什麼時候才走！

那像番仔的大弟開始嗚嗚哭了起來，我肚子餓得沒力氣理他，何況我自己也很想哭，所以我仍舊坐在後院子裏，動也沒動。他開始大聲的哭，大哥用手捂他的嘴，他就哭得更大聲，大哥啪的一下就給他一巴掌，於是他嘩的一下子，喧天價響的哭了開來，把原來乖乖躺著的妹妹嚇哭了！

媽媽走過去，順手就打了大哥一巴掌，又狠狠的對著我罵：『你死了喲，阿惠！』

我只好不情願的爬上榻榻米，一邊抱起妹妹，一邊罵了那番仔大弟：『你死了喲，阿新！』

唉，這叫什麼過年嘛？

就在我們這樣鬧成一團時，那幾個人站了起來，領頭的說：

『這款天大地大的歹事，兩千塊只是擦個嘴而已。要不是看在你們四個囡仔也要過年的份上，今天也沒這麼便宜放你耍了。這款見笑歹事，要耍也得做夠面子，今晚七點在我厝裏等你們，別忘了要放一串鞭炮。過時那誤了，大家翻面就歹看了。』

爸媽跪在玄關上目送他們揚長而去。轉入屋裏，媽媽逕自走進廚房，拿起才蒸好的軟軟的年糕，在砧板上切成一片一片的。爸爸站了會，訥訥的跟進廚房，說：

『晚上的錢，要想想辦法。』

媽媽的聲音，一下子像豁了出去的水，兜頭就嚷：

『想辦法?!歹事是你做的，收尾就自己去做。查某是你睏的，遮羞的錢自己去設法！只由著你沒見沒笑的放蕩，囝仔餓死沒要緊？你呀算人喔？你！』

媽媽一開了罵，便沒停的，邊罵邊掉眼淚。年糕切了半天，也沒見她放進鍋裏。爐門仍用破布塞著，不趕快拿開來，爐火怎麼會旺呢？可是她那樣生氣，我也不敢多嘴多舌的提醒她。

好不容易煎好了年糕，媽媽又去皮箱裏搜了半天，紅著眼睛用包袱包起一大包東西，爸爸推出那輛才買不久的『菲力浦』二十吋鐵馬，站在前門等媽媽。媽媽對哥哥和我說：

『阿將、阿惠，媽媽出去賣東西，當鐵馬，拿錢給人家。你們兩個大的要把小的顧好，餓了先吃年糕，媽媽回來再煮飯給你們吃。卡乖咧，聽到沒？』

我望著他們走出去，很想問媽還殺不殺那隻公雞，結果沒敢出口。只問大哥：

『阿兄，「當」是什麼？』

『憨頭！就是賣嘛！賣東西換錢的意思，這也不懂！』

那天到很晚的時候，爸媽才回來。當然，那隻公雞也就沒有殺了。晚上，我們吃的是媽媽煮的鹹稀飯。沒拜拜，當然也就沒有好吃的菜了，不過那隻公雞反正是逃不掉的，早晚總要宰了牠，這樣想著，我還是在沒有壓歲錢的失望中，懷著一絲安慰睡著了。

開學以後，媽媽幫哥哥和我到學校去辦轉學，想到要離開這個地方，我高興得顧不得從前發的誓，跑到阿川面前，對他放下一句話：

『哼！我們要搬到臺北去了！』

看到他那副吃驚的笨蛋樣子，我得意揚揚的跑開，什麼東西嘛！愛說人家壞話的臭頭男生。

搬到臺北，我們租的是翠紅表姨的房子。媽媽把那些火雞和土雞，養在抽水泵浦旁邊；又在市場買了幾隻美國種的飼料雞，據說這種雞長得快，四個月就可以下蛋，以後我們不必花錢就可以吃到那貴得要命的雞蛋了。

爸爸買了一輛舊鐵馬，每天騎著上下班。他現在回家的時候早了，客廳裏張著一幅畫框，他得空的時候，常常穿著短褲，拿著各種顏料在那兒作畫。左鄰右舍有看到的，經常來要畫，爸爸一得意，越畫越起勁。媽雖然沒叫他不畫，但卻經常撇撇嘴說：『未賺吃的剔頭歹事，有什麼用？』有時心情不好，也會怨懟：『別人的尪，想的是怎樣賺吃，讓某、子過快活日子。你老爸啊，只拿一份死薪水，每個月用都用不夠。』

雖然這樣，我還是很高興經常可以見到爸爸在家，而且，現在他也較少和媽媽打架了。他很少和我說話，我想，他不知道怎樣跟我說話吧，從小，我就是遠遠的看著他的。不過，他倒是常常牽著小弟，抱著妹妹，去買一角錢一支的『豬血粿』，回來總沒忘了給哥哥和我一人一支。

大哥和我一起插班進入過了橋的小學，他上五年級，我讀三年級。當時，小學惡補從三年級就已經開始，全班除了五、六個不準備升學的同學，必須幫老師做些打雜的事之外，其餘清一色都要參加聯考，因此，也都順理成章的參加補習，因為許多正課，根本都是在補習才教的。

轉了學，才發現臺北的老師出的功課都是參考書上的，在鄉下，我們根本連參考書都沒聽過。當時參考書一本要十幾塊錢，大哥是高年級，比較接近聯考，一學期必須買好幾種，家裏一下子拿不出那麼多，媽媽便決定先買他的。結果，連續三、四個禮拜，我每天都因沒做功課而挨老師用粗籐條打手心，當時，老師一定以為我這鄉下來的孩子『不可教』吧？

每到月底，老師便宣佈『明天要繳補習費』，第二天，看著六十多名同學，一個個排隊到講臺上去繳補習費，當時的行情價是三十塊錢一個月，有錢的繳到兩百塊、一百塊不等。我羞赧的坐在那裏，眼看著壯觀的隊伍逐漸散去，然後硬著頭皮聽老師大聲宣佈還沒繳錢的名字。接下來的一兩個禮拜，幾乎每天都要讓老師點到名，到最後，往往只剩我一個沒繳，實在熬不過了，我便和媽媽商量：

『我不要補習了。』

『很多功課，老師不是都在補習的時候才教？』

我點點頭，說：

『我也不一定要考初中。』

『你要像媽媽一世人這款生活嗎？』媽陡地把臉拉下來，狠狠地數說了我一頓：『沒半撇的查某，將來就要看查埔人吃飯。如果嫁到可靠的，那是伊好命沒話講，要是嫁個沒責沒任的，看你將來要吃沙啊。媽媽也不是沒讀過冊的，說起來還去日本讀了幾年。少年敢沒好命過？但是，嫁尫生囝，拖累一生，沒去到社會做事，這半世人過得跟人沒比配……』

『可是，』我捏著衣角，囁嚅著：『補習費沒繳，老師每天都叫名字，大家都轉頭來看我，好像是我是個臭頭仔。』

『過兩日讓你繳，媽媽準備二十塊銀。』

『人家都繳三十塊，那是最少的。』

『有繳就好了，減十塊銀也沒辦法，我們窮啊。』

每個月的補習費就是在這種拖拖拉拉的情況下勉強湊出去的。常常，我才繳了上個月的，同學們又開始繳下個月的了。被老師指名道姓在課堂宣讀，和讓同學側目議論的羞恥，不久就被每次月考名列前茅的榮譽扯平了。

第二年，哥哥以一點五分之差，考上第二志願，雖有點遺憾，但媽總還是高興的吧？那是她的頭生子啊。一個鄉下孩子，從五年級下學期才接觸到補習和參考書，能擠進省中窄門，連一向溫吞著不管孩子事的爸爸，似乎也很樂呢。只是，為了張羅兩百多塊錢的省中學費和幾十塊錢的制服費，媽媽畢竟是擠破了頭的。爸爸像鴕鳥一樣，沒事人似的躲著，儘管媽媽扯著喉嚨屋前屋後『沒路用』的罵了不下千百遍，他還是躲在牆角，若無其事的畫著他的畫。

那幾年，媽每天天濛濛亮就到屋外去升火，先是我們用過的三兩張揉成團的簿本紙張，再架上劈得細細的柴，最上面才是生煤炭，等我們起床時，桌上已擺著兩碗加蓋的剛煮熟的白飯，哥哥碗裏是兩只雞蛋，我碗裏僅有一只。

這種差別，媽媽的解釋是，哥哥是男孩子，正在長，飯吃得多，所以蛋多一只。

有一回，我把拌著蛋的飯吃掉，剩下兩口白飯硬是不肯吃掉，媽媽罵著說：

『討債呵，阿惠，你知道一斤米多少錢嗎？』

『是怎樣我不能吃兩粒蛋？』我嘀咕著：『雞糞每晚都是我倒的，阿兄可沒侍候過那些雞仔。』

媽楞住了，好半晌才說：

『你計較什麼？查某囡仔是油蔴菜籽命，落到那裏就長到那裏。沒嫁的查某囡仔，命好不算好。媽媽是公平對你們，像咱們這麼窮，還讓你唸書，別人早就去當女工了。你阿兄將來要傳李家的香煙，你和他計較什麼？將來你還不知姓什麼呢？』

媽聲音慢慢低了下去，收起碗筷轉身就進去。

自那次以後，我學會沉默的吃那拌著一只蛋的飯，也不再去計較為什麼我補習回來，還要做那麼多家事，而哥哥卻可以成天游泳、打籃球，連塊碗也不必洗了。

聯考前的那兩年，功課逼得很緊，我在學校盡本分的唸著，回家除了做功課，就不再啃書了。想到每次註冊費都要籌得家裏劍拔弩張的，媽媽光是填補每月不夠的家用和哥哥的學費就已那樣拚了命的，所以那兩年，在心底深處，我是懷著考不取就不要唸的心事過的。

六年級時，我參加全校美術比賽得了第一名，獲得一盒二十四色的水彩和兩支畫筆，得意揚揚的回去獻寶。正在洗碗的母親，突然把眼一翻，厲聲說：

『你以為那是什麼好歹事？像你那沒出脫的老爸，畫、畫、畫，畫出了金銀財寶嗎？以後你趁早給我放了這破格的東西！』

沒想到母親會生那麼大氣，挨了一頓罵，連那一向買不起的獎品看來也挺沒趣的。以後，我參加作文比賽、壁報比賽，都再也不回家說嘴了。那時，我每回拿回成績單，媽看過蓋上章子，既不問這個月怎麼退成第二名，也不誇這個月拿了第一。我無趣的想，唸好唸壞又有什麼關係？反正也沒人在意。在這樣不落力的情況下，也不曾參加老師晚間再加的補習，而成績卻始終在第三名前徘徊著。

初中聯考放榜那天，母親把正在午睡的我罵醒：

『你睏死了嗎？收音機都播一個下午了，那準沒考上，看你還能安穩睏得像豬一樣！』

我爬起來，站到隔壁家的門廊上去聽廣播，站得腿都快斷了，還在播男生的板中。我既不敢折回家，又不知要等到何時，正在躊躇，卻見遠遠爸爸騎著鐵馬回來，還沒到家門口，就高興的嚷：

『考取了！考取了！』

媽從屋裏出來，著急但沒好氣的說：

『誰人不知考取了，問題是考取那一間？』

『第一志願啦，我早就知是第一志願啦，』爸停好鐵馬，眉飛色舞的招我回去：『報紙都貼出來啦，你家這要聽到當時？』

那幾天大概是最風光的日子了。一向不怎麼拿我的事放在嘴上說的父親，不知為什麼那麼高興，一再重複的對別人說：

『比錄取分數加好幾分呢，作文拿了二十五分，真高呢。』

媽媽是否也高興呢，她從不和任何人說，只像往常一樣忙來忙去。輪到我做的家事，也並不因聯考結果而倖免。

那一陣子，爸接了幾件機械製圖工作，事先也沒和人言明收費多少，媽一罵他『不會和人計較』，他便一副很篤定的樣子：『不會啦，不會啦，人家不會讓我們吃虧啦。』結果畫了幾個通宵，拿到的卻是令爸爸自己也瞠目的微少數目。從此，他也就不怎麼熱中去接製圖工作了。

註冊時，爸爸特地請了假，用他的鐵馬載我去學校。整整一個上午，我們在大禮堂的長龍裏，排隊過了一關又一關。爸爸不知怎的，閒不住似的拚命和周圍的家長攀談，無非是問人家考幾分，那個國小畢業的。每當問到比我低分的，便樂得什麼似的對我說：『你看，差你好幾分，差一點就去第二志願。』量制服時，他更是合不攏嘴，一再的說：『全臺北市只有你們穿這款色的制服。』

那天中午，爸爸帶我去吃了一碗牛肉麵，又塞給我五塊錢，然後叮嚀我說：

『免跟你老母講啦。這個帳把伊報在註冊費裏就好。』

我雖覺得欺騙那樣節省的媽媽很罪過，但是想到這一向那般拮据，好不容易才有機會對女兒表示這樣如童稚般真切的心意的爸爸時，我只有悶聲不響了。

開學後，爸爸對我的功課比我自己還感興趣，每看到我拿著英文課本在唸，他就興致勃勃的說：

『來！來！爸爸教你！』

然後拿起課本，忘我的用他那日式發音一課一課的唸下去，直到媽媽開了罵：

『神經！囡仔在讀冊，你在那邊吵！囡仔明早要考試，你是知嚒？』

初中那些年，爸爸對於教我功課，顯得興致勃勃，那時他最常說的話就是：『阿惠最像我！』要嘛就是：『阿惠的字水，像我。』反正好的、風光的都像他。而媽媽總是毫不留情的潑他冷水：

『像你就衰！像你就沒出脫！』

那幾年，爸爸應該是個自得其樂的漢子吧？他常常塞給我幾毛錢，然後示意我不要講。有幾次，看著他把錢拙劣的藏在皮鞋裏，我就預卜一定會被媽媽搜出，果然不錯，那以後，他又東藏西匿，改塞在其他自以為安全的地方。或許是藏匿時時間緊迫、心慌意亂，或許是藏多了竟至健忘，每當事過境遷，他要找時，往往遍尋不著，急得滿頭大汗，不惜冒著挨罵遭損的危險，開口詢問媽媽。

結果，不是爆發一場口角，就是大家合力幫他找尋，然後私房錢又順理成章的繳了庫。所以，我雖深知他手邊常留點私用錢，給自己買包舊樂園香煙，或者給孩子幾毛錢，但我總不忍心跟媽媽講，或者是因他那份顢頇的童稚，或竟是覺得他那樣沒心機、沒算計，實在不值得人家再去算計他吧。

儘管小錢不斷，但孩子註冊的時候，每每就是父親最窘迫的時候。事情逼急了，媽媽要我們向爸爸要。他往往會說：

『向你老母討。』

『媽媽叫我跟你討。』

『我那有？薪水都交給伊了，我又不會出金！』

如果我們執拗的再釘上一句，他準會冒火：

『沒錢免讀也沒曉！』

碰了釘子回來，一次次的，竟覺得父親像頭籠中獸，找不到出口闖出來。他是個落拓人，只合去浪蕩過自己的日子，要他負起一家之主的擔子，便看出他在現實生活中的無能。他太年輕就結婚，正如媽媽太早就碎夢一樣，兩個懷著各自的無邊夢境的人，都不知道怎樣去應付粗糙的婚姻生活。

日子在半是認命、半是不甘的吵嚷中過去。三十七歲時，媽媽又懷了小弟。每天，她挺著肚子的身影，時而蹲在水龍頭下洗衣服，時而在屋裏弄這弄那，蹣跚而心酸的移動著。臨盆前，我拿出存了兩年多，一直藏在床底下的竹筒撲滿，默默遞給媽媽。她把生銹了的劈柴刀拿給我，說：

『錢是你的，你自己劈。』

言未畢，自己就哭了起來。

一刀劈下，嗶啦啦的角子撒了一地。我那準備要參加橫貫公路徒步旅行隊的小小的夢，彷彿也給劈碎了似的。然後，母女倆對坐在陰暗的廚房一隅，默默的疊著那一角錢、兩角錢……。

日子怎會是這樣的呢？

初中畢業時，我同時考取了母校和女師，母親堅持要我唸女師，她說：

『那是免費的，而且查某囡仔讀那麼高幹什麼？又不是要做老姑婆。有個穩當的頭路就好。』

不知那是因我長那麼大，第一次忤逆母親，堅持自己的意思；還是那年開始父親應聘到菲律賓去，有了高出往常好多倍的收入，母親最後居然首肯了讓我繼續升高中的意願。

那些年，一反過去的坎坷，顯得平順而飛快。遠在國外的父親，自己留有一份足供他很愜意的再過起單身生活的費用。隔著山山水水，過往尖銳的一切似乎都和緩了。每週透過他寄回的那些關懷和眷戀的字眼，他居然細心的關顧到家裏的每一個人。偶然，他迢迢託人從千里外，指名帶給我們一些不十分適用的東西；或者，用他那雙打過我們、也牽過我們的手，層層細心的包裹起他憑著記憶中我們的形象買來的衣物，空運回來。

媽媽時而叨念著他過去不堪的種種，時而望著他的信和物，半是嗔怨，半是無可奈何的哂笑著。然而，這樣的日子有什麼不好？居然我們也有了能買些並不是必須的東西的餘錢了。她也不必再為那些瑣瑣碎碎的殘酷生計去擠破頭了。

然後，當我考上媽媽那早晚一炷香默禱我千萬能進入的大學時，她竟衝著成績單撇撇嘴：

『豬不肥，肥到狗身上去。』

真是一句叫身為女孩的我洩氣極了的話。

然而，她卻又像忘了自己說過的話，急急備辦起鮮花五果，供了一桌，叫我跪下對著菩薩叩了十二個響頭。在香煙氤氳中，媽媽那張輪廓鮮明的臉，肅穆慈祥，猶如家中供奉的那尊觀世音，靜靜的俯看著跪下的我。

我仍是傻傻的，不怎麼落力的過著日子，既不爭要什麼，也不避著什麼。像別人一樣，我也兼做家教，寫起稿子，開始自己掙起錢來，在那不怎麼繽紛的大學四年裏，我半兼起『長姐如母』的職責，這樣那樣的拉拔著那一串弟妹；母親，則不知何時，開始勤走寺廟，吃起長齋，做起半退休的主婦，那『紅塵』中的兒女諸事，自然就成了我要瓜代的職務了。

父親輝煌的時期已過，回國以後，他早過了人家求才的最高年限，憑著技術和經驗，雖也謀定職業，然而，總是有志難伸吧，他顯得缺乏常性，人也變得反覆起來。有時，他會在下班換車時，到祖師廟裏去為媽媽買份素麵回來，殷勤的催著她趁熱快吃；有時卻又為了她上廟吃齋的事大發雷霆，做勢要將供桌上的偶像砸毀。有時，他耐性十足的逐句為媽講解電視上的洋片和國語劇；有時卻又對母親來北後因長期困守家中，居然連公車也不會坐，最起碼的國語也不能講而訕笑生氣。經過了苦難的幾十年，媽媽仍然說話像劈柴，一刀下去，不留餘地，一再結結實實的重數父親當年的是是非非；父親，竟也相當不滿於母親無法出外做事，為他分勞的瘖默，而怨歎憤懣。一個是背已佝僂、髮蒼齒搖的老翁，一個是做了三十年拮据的主婦，鬢白目茫的老婦，吵架的頻率和火氣，卻仍不亞於年輕夫婦。三十年生活和彼此的折磨下來，他們仍沒有學會不懷仇恨的相處。那一切的一切，竟似那般毫無代價的發生？所有的傷害，竟也是聲討無門的肆虐嗎？

那些年，大哥不肯步父親的後塵去謀拿份死薪水的工作，白手逞強的為創業擠得頭破血流，無暇顧家，很自然的，那份責任就由我肩挑。說起來是幸運，也是心裏那份要把這個家拉拔得像人樣的固執驅策著，畢業後的那幾年，我一直拿著必須辛苦撐持的高薪，剩下來的時間又兼做了好幾份額外工作，陸陸續續掙進了不少金錢，家，恍然間改觀了不少。

然而，個性一向平和的我，闖蕩數年，性子裏居然也冒出了激越的特色，在企業部門裏，牝雞司晨的崢嶸頭角，有時竟也傷得自己招架不住；從前，那種半是聽天由命的不落力的生活，這會兒竟變得異常迢遙。

而母親也變了，或者僅只是露出她婚前的本性，或者是要向命運討回她過去貧血的三十年，她對一切，突然變得苛求而難以滿足。僅僅是衣著，便看出她今昔極端的不同。從前，為兒女蓬頭垢面、數年不添一件衣服、還曾被誤為是為人燒飯的下女的她，現在每逢我陪她上布肆，挑上的都是瑞士、日本進口的料子；我自己買來裁製上班服的衣料，等閒還不入她的眼。如此幾趟下來，我居然也列名大主顧之中，每逢新貨上市，布行一個電話就搖到辦公室去。我總恃著自己精力無限，錢去了好歹會再來；而且實在的，也覺得過往那些年，媽媽太委屈了，往後的日子，難道還可能再給她三十年？我做得到的，又何必那樣吝惜？因此，一季季的，我總是帶上大把鈔票，在媽媽選購後大方的付帳。

媽媽自己不會上街，因此，不但她的，即連父親的襯衫、西褲、毛衣、背心，也是我估量著尺寸買的。媽媽是自以為半在方外的人，除了擺不脫紅塵中的愛恨嗔怨之外，許多現實中瑣碎的事，她早已放手不管，所以，每當為自己買了一件衣服，總也不忘為妹妹添購一件。那幾年，真的十足是個管家婆，不僅管著食衣住行，而且許是自己從前要什麼沒什麼，匱乏太過，所以當自己供得起時，居然婆婆媽媽到逼著弟妹們在課餘去學這學那，唯恐他們將來像自己一樣，除了讀書，萬般皆休，人顯得拘謹而無趣；或竟至到擔心他們一技不精，還要他們多學幾樣，以確保將來無虞。想想，難道我竟也深隱著類似媽媽的恐懼嗎？

在那種日子裏，又怎由得你不拚命賺錢？

而母親，是否窮怕了呢，還是已瀕臨了『戒之在得』的老境，竟然養成了旦夕向我哭窮的習慣，有時甚至還拿相識者的女兒加油添醋的說嘴，提到人家怎麼能幹又如何孝順，言下之意，竟是我萬千不是似的。

數年前，我意外動了一次大手術，在病床上身不由己的躺了四十天，手術費竟還是朋友張羅的。在那種身心俱感無助的當兒，我才發覺毫無積蓄是一件多可怕的事！至此，我才開始瞞著母親，在公司搭會。但是，她竟精明也多疑到千方百計的盤查，為我藏私而極不痛快。當時，她攢聚的私房錢不下數十萬，卻從不願去儲存銀行，只重重鎖在她的衣櫃深處；她把錢看得重過一切，家裏除了她疼至心坎的大哥之外，任何人向她要錢，總有一份好罵，而且最後往往慳吝的打折出手，甚至不甘不願，遠遠的把錢丟到地板，由著要錢的人在那兒咬牙切齒。

那些年，她的性子隨著家境好轉而變壞，老老小小，日日總有令她看不順眼的地方，她尖著嗓門、屋前屋後的謾罵著，有時幾至無可理喻的地步。那些小的，往往三言兩語就和她頂撞起來，口舌一生，母親就一把眼淚一把鼻涕的哭自己命苦。一個人忤逆了她，往往就累得全家每一個人都被她輪番把老帳罵上好幾天。我是怕了那夜以繼日的吵嚷，所以，誰不順她，我就說誰；而我也學會了她罵時，左耳進右耳出的涵養，避免還嘴。弟妹們往往怨怪我『縱壞了她』，又譏諷我是『愚孝』，讓她有樣可比，顯得弟妹們不孝。然而，為著從前她的種種，如今又有什麼不能順她的？我們都欠她啊。

那十年裏，我交往的對象個個讓她看不順眼，有時她對著電話筒罵對方，有時把豪雨造訪的人擋駕在門外；在我偶然遲歸的夜裏，她不准家人為我開門，由著我站在闃黑的長巷中，聽著她由四樓公寓傳下來一句一句不堪的罵語……而我已是二十好幾的大人了呀。然而，她應該還是愛我的吧？在別人都忤逆她時，她會突然記起，只有這個女兒知道她的苦衷；儘管我甚少在家吃飯，買菜時，她總不忘經常給我買對腰子；很多晚上，在我倦極欲眠時，她走進我的房間，絮叨著問這問那，睡眼朦朧中，我彷彿又看到考上大學後，我拈香叩頭時所瞥見的那張類似觀音的慈母的臉。

其實，那麼多年，對於婚姻，我也並非特別順她，只是一直沒有什麼人讓我掀起要結婚的激情罷了。我僅是累了，想要躲進一個沒有爭吵和仇恨，而又不必拚命衝得頭破血流的環境而已。母親一再舉許多親友間婚姻失敗的例子，尤其是拿她和父親至今猶在水火不容的相處警告我：

『不結婚未定卡幸福，查某囡仔是油蔴菜籽命，嫁到歹尪，一世人未出脫，像媽媽就是這樣。

像你此時，每日穿得水水的去上班，也嘸免去款待什麼人，有什麼不好？何必要結婚？』

走過三十餘年的淚水，母親的心竟是一直長期泊在莫名的恐懼深淵。在她篤信神佛、巴結命運的垂暮之年，一切仍然不盡人意。兄弟們的事業、交遊、婚姻，無一不大大忤逆她的心意；而最令她不堪的是，她一心一意指望傳續香火的三個兒子，都因受不住家裏那種氣氛而離家他住，沒有一個留下來承歡膝下。女兒再怎麼，對她而言，終究不比兒子，兒子才是姓李的香火呀。婚姻，叫她怎能恭維？

不巧就在這時，我也做了結婚的決定。媽媽許是累了，或者是我堅持的緣故，她竟沒有非常劇烈的反對，到後來允肯時表現的虛弱和無奈，甚至叫我不忍。事情決定以後，她只一再的說：

『好歹總是你的命，你自己選的呀。』

婚禮訂得倉卒，我也不在乎那些枝枝節節，只是母親拿著八字去算時辰後，為了婚禮當日她犯沖，不能親自送我出門而懊惱萬分：

『新娘神最大，我一定要避。但是，查某囡我養這麼大，卻不能看伊穿新娘服，還只能做福給別人，讓別人扶著她嫁出門，真不值得。』

為了披著白紗出門時，母親不能親送的事，我比她更難過，她曾在那樣困苦的數十年中，護翼我成長成今天這個樣子，無論如何，都是該她親自送我出門的。依我的想法，新娘神再大，豈能大過母親？

然而，母親寧願相信這些。

婚禮前夕，我盛裝為母親一個人穿上新娘禮服。母親蹲在我們住了十餘年的公寓地板上，一手摩挲著曳地白紗，一頭仰望著即將要降到不可知田裏去的一粒『油蔴菜籽』。

我用戴著白色長手套的手，撫著她已斑白的髮；在穿衣鏡中，竟覺得她是那樣無助、那樣衰老，幾乎不能撐持著去看這粒『菜籽』的落點。我跪下去，第一次忘情的抱住她，讓她靠在我胸前的白紗上。我很想告訴她說，我會幸福的，請她放心，然而，看著那張充滿過去無數憂患的，確已老邁的臉，我卻只能一再的叫著：媽媽，媽媽！

民國七十一年十月六、七、八日人間副刊

——《油蔴菜籽》，皇冠出版社

◆作者簡介

廖輝英，一九四八年生，台灣台中人，台大中文系畢業。廖輝英從初三開始寫作，早期作品多以散文為主。畢業後進了廣告界，在廣告界縱橫十餘年，後因懷孕而辭去工作，在家待產，於此時重拾已停了十餘年的文學之筆，寫下〈油蔴菜籽〉，一九八二年一舉奪得第五屆時報文學獎短篇小說首獎，翌年中篇小說《不歸路》獲聯合報推薦獎，即以寫作為專業。廖輝英的小說，從早期的〈油蔴菜籽〉開始，主角主要是女性，在主題上十分切合現代女性所關心的問題。她的文筆酣暢，描寫細膩，而且重視情節的鋪設，作品可讀性高，故事背景正對應著台灣社會的變遷，使得她的小說多一點社會性和歷史感。著有小說《油蔴菜籽》、《不歸路》、《盲點》、《今夜微雨》、《負君千行淚》、《相逢一笑宮前町》、《不歸路》等及散文《兩性拔河》、《情意人生》、《與溫柔相約》、《原諒，為什麼這麼痛？》等。

◇作品賞析

台灣女性生活的變遷並非八〇年代獨有，而是在這個階段有許多作者以小說來為女性說話，袁瓊瓊的〈自己的天空〉、蘇偉貞的〈陪他一段〉、蕭颯的〈我這樣過了一生〉、李昂的〈殺夫〉……等，小說的篇名居然頻繁成為一個社會的常用語，這也是女性小說在今日是現代文學研究的重要條目的主因吧。廖輝英在獲得聯合報小說獎後，從此步上文壇並從廣告業女強人轉化為專業寫作者，迄今已有數十部作品，除了小說作品之外，並且以擅長剖析愛情及婚姻問題而在報端撰寫專欄。

〈油蔴菜籽〉一文以台灣三十幾年來的時代變遷為背景，以一個女性的成長為主軸，描寫一個家庭的滄桑史以及母女兩代命運的差距；廖輝英曾說這篇作品事實上是她的自傳，文中母親對阿惠說的「查某囡仔是油蔴菜籽命，落到那裏就長到那裏，嫁到歹厝，一世人未出脫」，這番話也是廖輝英母親對她說的話。本文除了刻劃出卅年間台灣女性角色的變貌之外，對於母女、父女的親情也有深刻的敘寫，葉石濤肯定〈油蔴菜籽〉一文是以冷靜的筆調刻出來的實際生活影像，「把台灣社會變動的神韻勾勒了出來，是寫實小說兼具史詩氣魄的可貴例子」。

◆延伸閱讀

1. 廖輝英，《油蔴菜籽》，皇冠出版社，二〇〇五年三月一日
2. 齊邦媛，〈閨怨之外——以實力論台灣女作家〉，聯合文學，一九八五年三月五日，頁六—一九
3. 吳婉茹，〈廖輝英——都會女性的代言人〉，《八十年代台灣女作家小說中女性意識之研究》，一九九四年一月，頁一四五—一五〇（備註：淡江大學中文所碩士論文）
4. 吳達芸，〈油蔴菜籽撒下之後——解讀廖輝英小說的閱讀反應〉，《中國時報》第四三版，一九九七年十二月二十五日
5. 彭瑞金，〈一頁女性的成長記錄試評廖輝英〈油蔴菜籽〉〉，《文學界》第六版，一九八三年四月，頁一三〇—一三二
6. 林鎮山，〈記述女性的啟蒙——廖輝英的〈油蔴菜籽〉與愛麗思、孟蘿的〈男孩與女孩〉〉，《文學台灣》第二四期，一九九七年十月，頁五五—七五

如何測量水溝的寬度

黃凡

1

不管怎麼說，測量水溝永遠不會是個有趣的話題。當我們用言語來娛樂朋友時，最常被提到的是：男女關係、經濟、醜聞、電影和笑話。我們咀嚼著機智的字眼，舌頭舔著幽默的嘴唇，然後收縮一下聲帶，藉以發出各種不同波長的聲音，這些聲音如果是有組織的、有意義的、或者有趣的，我們便稱它為話題。

是的，我也有一大套專門對付那些浮面傢伙的話題。除了前面提到的那幾項外，我的話題尚包括了天氣、藥物和貝殼（我收集這種東西，有滿滿一抽屜）。聽我說話談不上享受，但也不會是種苦刑；除非我一不小心溜了嘴，提到如何測量水溝寬度這回事。通常對方的反應是臉部肌肉突然地拉緊，脣邊線條加深、瞳孔放大、組成一副不可思議的表情。這種表情具有強烈的諷諭效果——我立刻收回底下的話。

至於本文的題目——如何測量水溝的寬度。這個問題一般人可以接受的答案是個反問句：

你如何測量靈魂的寬度？

此一形式的問答常見諸學院派的形上論爭中。例如：

「上帝在那裏？」

「人在那裏？」

或是禪宗的公案：

「求師父給我一個安心的法門。」

「你拿心來，我就給你安。」

然而，機鋒一不留心就會淪為逞口舌之利，這是我必須極力避免的。何況靈魂與水溝絕對不能相提並論，即令它們有某種關連性存在。這個關連性，坦白說，就是使我夜裏輾轉的主因。如何測量水溝的寬度？如何測量靈魂的寬度？為什麼我如此熱衷這個問題？為什麼我始終無法擺脫這個習慣——隨時隨地想要「測量水溝的寬度」。

在這座城市，蛛網一樣遍佈著各式各樣的水溝，有圳、大排水溝、下水道，以及終年發散著臭味的小陰溝。我問過市府工務局本市到底有多少道水溝，他們答不上來。「你為什麼不去找環保局？」我於是打了四通電話，終於有一位小姐很客氣地說：「先生，你怎會想要知道水溝的數目？」我告訴她，這件事總得有人關心。水溝是城市的排泄管，就像你我的肛門，沒有人喜歡談論它，但總得有人關心。何況它們正迅速地自我們的視野內消失，像蚯蚓一樣隱入地層，在我們的腳底下喘息著、呻吟著、蠕動著，如果可能，還會打個嗝，臭氣便從柵欄型的水溝蓋縫隙衝出。但即使這種能讓你稍窺地底世界的溝蓋，也逐漸被密閉式的混凝土製品所取代，此類製品能夠承受數噸重的卡車和大象，能偽裝成高級路面，成為維護都市景觀的無名英雄。所以，總而言之，我們中間必得有人出來關心這件事。

「什麼事？那一件事？」

「聽著！第一個問題：本市有多少水溝？第二個問題：妳們用什麼方法測量它的寬度？」

「第一個問題：我不怎麼清楚。第二個問題：我猜他們是用皮尺量的，一定是這樣，我看過修水管工人……」

「小姐，」我打斷她的話，「妳壓根兒就沒搞懂我的問題，我是說水溝，不是水管。」

然後，我又將我那一套水溝正從我們的視野內消失，而居然沒有人關心的看法重述了一遍。

但是，不論我如何努力，話筒另一端的小姐還是沒法子弄懂，她喃喃地說了些抱歉之類的話。

「抱歉的應該是我，」我掛斷電話，「一有答案，我第一個通知妳。」

於是我有了個想法，那就是，除非我從頭說起，否則沒有人會理解這件事，更遑論它的重要性了。

2

一九六〇年五月卅日，這一天我們打算去測量水溝的寬度。

我們有五個人。

我，一九四九年出生，七一年大學物理系畢業，七六年進入彩虹花生醬公司，一直待到今天。不少人問我，為什麼選擇花生醬，而非沙茶醬。據他們說沙茶醬遠景看好，這跟台灣人冬天吃火鍋有關等等。我的回答是，童年時我讀了一篇許地山的文章「落花生」，深受感動，他說「作人要學花生」。八〇年，老闆覺得花生不能滿足他的需要，遂決定投資製鞋業。一年後，彩虹公司已經能夠用豬皮製造足球鞋，並和一支球隊簽約，免費供應全年足球鞋。老闆同時希望我替他賣鞋子，我沒辦法回絕，便從花生醬製造部經理調為運動鞋營業部副理，這其中的差別正如許地山從一位歌詠花生的作家變為保險業推銷員。也就在同一年，我開始寫起詩來，寫了一陣子又改寫科幻小說。第一篇作品發表在一家晚報的副刊，是關於一種八爪外星生物穿鞋子的故事，因為長了八隻腳，穿鞋子便成為一件複雜的事。可惜這篇小說並未引起注意。事實上，這篇小說構想完全來自老闆，有一天，他感嘆地說了這麼一句，「為什麼一個人只能有兩隻腳，不能有四隻腳、六隻腳？」總而言之，我熱切地期望成為一位受人尊重的「科幻小說家」，雖然至今為止一共完成三篇作品。

賴曉生，和我同年紀，一九七五年突然從南部某個地方寄給我一張明信片，此後下落不明。

曾一平，我對這個人記憶模糊，印象中他是我們這群人中身材最高的，老是走在後頭。

盧方，一九七六年死於車禍，我剪下這段新聞，夾在小學畢業紀念冊裏。那是一場大車禍，盧方搭乘的巴士在平交道上被火車攔腰撞上，斷裂的車體金屬成為致命的利器，六具碎裂的屍體散佈在一百公尺長的鐵軌兩側。

陳進德，唯一與我接觸上的小學同學。一九八一年我調到運動鞋部門後的一個晚上，我突然心血來潮，打開電話簿，同樣的名字出現八個，我不厭其煩地撥電話，終於找到他。

「謝明敏，你記得這個名字嗎？」

「謝明敏？」

「廿一年前，清平國小六年四班。」

沉默。我看著名單上剩下的兩位陳進德，準備放棄。

「啊！你是——你真的是——」

我們約好第二天見面。

在一家西餐廳，我用廣播找到他。我們毫不猶豫地伸出手，他的手掌肥厚溼潤，像只橙子。

「唉呀！」他猛力搖著我的手，「想不到，真想不到……。」

我們點了兩客炸雞全餐，那些雞塊炸得香噴噴的，金金黃黃的油汁從陳進德肥厚的下巴淌了下來，他抓起餐紙，用力擦著。

「你怎麼曉得我喜歡吃這玩意兒？」

「你忘了嗎？來這裏是你提議的。」我笑著說。

「其他人呢？你都聯絡了嗎？組個同學會怎樣？每年聚會那麼一兩次？」

「賴曉生搬到南部，曾一平不清楚，可能出了國。盧方幾年前死於一場車禍，你呢，在那兒得意？」

陳進德告訴我，小學畢業後，他讀了兩年初中，然後開始遊蕩。這期間他幹過小工、替賣膏藥的跑腿，拉保險，現在經銷中古車和賣二手貨汽車零件。

「你呢，看來混得不錯，怎麼樣？搞理髮廳是不是？」

「在一家運動鞋工廠混口飯吃。」

「愛迪達還是彪馬？」

「彩虹，滿有名的，每星期一、三、五都在電視上作廣告，你一定看過，先是一道彩虹，然後我們的鞋子就從彩虹的一端走向另一端，很有趣，你一定看過。」

陳進德顯然沒注意到這個廣告，他搔著頭，眼珠子轉了轉，之後揮揮手，改變話題，「你昨天說的大水溝，我好像有這麼個印象，不過，我們到臭水溝邊幹嘛？」

「大夥兒想要——」我換了個姿勢，「測量水溝的寬度。」

3

一九六〇年五月卅日，這一天，我們打算去測量水溝的寬度。

但正如推理小說家林登所說，「故事在真正發生之前，已經在暗中進行好一段時間了。」因此，我必須從這一天的清晨開始說起，讓大家看看測量水溝的動機究竟如何發生的。

五月卅日清晨，氣候：應該是個晴朗的天氣。

「給我五毛錢！」

「作什麼？」我父親說，「昨天不是才給過你。」

「買簿子。」這是老套了，我已經準備好一本只寫了兩頁的簿子，剩下的工作就是把那兩頁撕掉。我父親是個善良的人，嗜好酒和胡琴，但這兩件事不能湊在一起。我父親作古許久，我還保存著他的照片，每張照片裡他都咧著嘴笑，好像知道日後他的兒子會在一篇小說中描述他的笑容。不知道為什麼我一直覺得虧欠他。

〔讀者諸君如果對他發生興趣，可以寫信到這個地址——台北市忠孝東路四段五五五號聯合副刊。（我預備把這篇文章投給這家報紙。）〕

接著，我便興高采烈地帶著錢到學校。第三節下課時，我已經用掉了三毛錢。最後一毛錢，我給了個叫「金魚」的女生，她可能是全校最窮的女生，我給她一毛錢，她讓我把手伸進麵粉袋改良的裙子裡。

許多年後，我告訴同居的女友這個故事（當然男主角不會是我），她很生氣，認為我所以編造這麼個故事，純粹是受了社會版新聞的影響。

「你看多了色情、暴力的報導。」

「不騙妳，」我說，「這個女孩目前在電視台播報新聞。」

「胡說八道！」

（我們為這件事大吵一場，三個月後，她離我而去，臨走前丟下了一句話：「妄想狂！」我本來打算一輩子不原諒她，但是當我寫到這時，我忽然原諒她了。由此可見，小說淨化心靈的力量多麼大，尤其對作者。）

總之，我口袋裡再度空空如也。盧方提議放學後到大溝邊去，我便加入了。我們五個人從學校側門出發，我個子最矮夾在中間，曾一平殿後。頭頭是賴曉生，他一向自認是我們這群人的領袖。

「大家注意！」賴曉生嚷了起來，「前面是原始森林！」所謂原始森林不過是些矮灌木罷了，賴曉生拔了根樹枝象徵性地揮舞著。

「不要去那裡。」曾一平從我肩後說。

「不去那裡，回家作功課。」我說。

這當兒，陳進德插進嘴來，說了些老師們的壞話。不過，說來奇怪，廿一年後在炸雞店裡，陳進德講的話就完全不一樣了。

「我記得王武雄老師，王老師最關心我，希望我能考上好初中，我家境不好……」

「我們成立臭水溝幫那一天，你告訴我王老師最討厭你，因為他常常用粉筆丟你的頭。」

「那有這種事，王老師最喜歡我了。」

「好吧！那另外一件事，你總該記得吧？」

「我壓根兒忘了，」陳進德說，「我也不記得我們組了那樣怪名字的幫派。」

（陳進德無疑的是個麻煩人物，不管在現實生活或是小說中。）

再回頭說說放學後的情景；我們這一群探險家離開學校側門，進入一條夾纏著矮灌木、樹椿、竹籬笆的小徑。

我重臨這條小徑是在七二年（這一年我接到服役通知）、七四年（退伍）以及七六年——從這一年以後，我幾乎每年抽一兩個下午到那附近逛逛。大概在七四年到七六年間，灌木叢被鏟掉了，成了一條能通行摩托車的碎石小路，路兩側蓋滿了鐵皮和木板拼湊的違章建築。到了七八年，違章建築不見了，馬路拓寬，狹長的三層樓房排列兩旁，大排水溝就在這時被移入了地下。再過了四年，我買了輛福特車，第一天便開著車子造訪故居，我放慢速度先在學校四週繞了一圈。學校看起來又小又擠，然後進入那條小徑，不！應該稱它大街——四線道大馬路，兩旁聳立七、八層的大樓，車子兩分鐘便抵達許多年前原是大排水溝的地方。我煞住車打算在水溝上沉思些童年往事，不意後面喇叭聲大作，這種聲音是都市的恥辱，何況在市區附近。最後，我把車子停在卅公尺外一家咖啡廳前。整整一個下午，我坐在咖啡廳裡，茫然地瞧著窗外。

我們五個人繼續走，一路上又跳又叫，彷彿要告訴別人我們有多快樂似的。過了好一會兒，我們止住笑，用力吸著鼻子，因為從什麼地方正傳來垃圾焚燒的氣味。再過一會兒，我們聞到了雞糞的味道（也可能是狗糞，時隔多年，憑回憶很難確定究竟是那種氣味。）這個味道過後，便有光影在眼前跳動，那是一塊隆起的小土堆，泥層裡混雜著碎玻璃、煤渣和磚屑。我們小心地登上土堆，站在流光與帶乾草味的風中，俯視著腳下那條蜿蜒似蛇的大排水溝。

4

當我思考著給這條大水溝一個完整的形象時，突然一個意念浮上心頭：為什麼不把它畫出來？

於是，我停下手邊的工作，跑到文具行去買了一盒彩色筆，以及找了一張紙片。（上面這段文字是在從文具店回來時寫的。如果有讀者問，為什麼選擇彩色筆而不是蠟筆或鉛筆？我的答案是，那家文具行只賣彩色筆，或者我到文具行裡，我的眼睛只看到了彩色筆，價格是十八元。）

我要開始畫了！

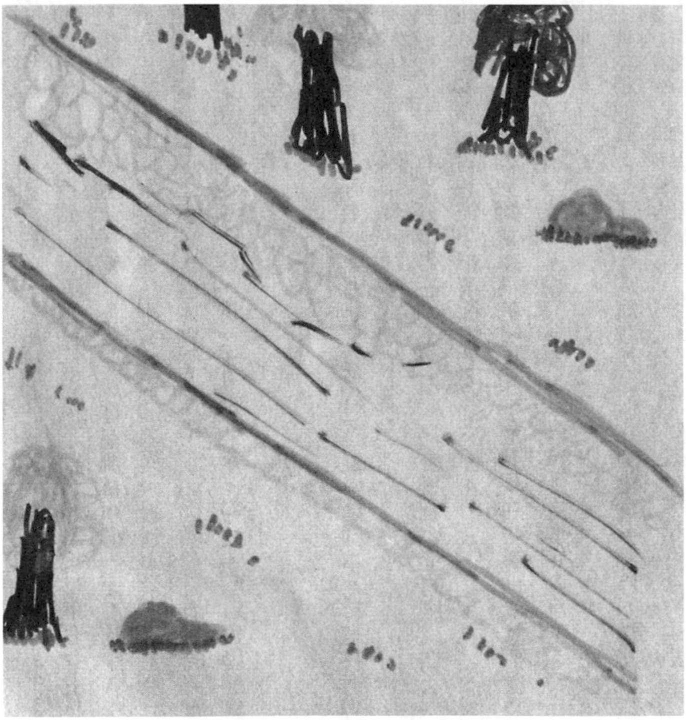

（編輯先生：能否將這張圖印成彩色，打破副刊的傳統。）

註：這張圖的比例大約是一百到一百五十比一，但是讀者諸君千萬不要拿出尺來量圖上水溝的寬度再乘以一百五十，這樣作就變成你在測量水溝，而不是作者我在測量水溝。至於在色彩上，跟實際的顏色也有頗大的差異，況且如果編輯先生拒絕我的建議，那麼這張圖會變成黑白色，水溝則呈灰色，正如你們最近看到的河水顏色。不過，當時河水的顏色的確不一樣，即使水溝裡的水。在此，我順便提醒諸位一句：不要讓嫦娥笑我們的河水髒。

5

我覺得很滿意，而且有助於解釋「如何測量水溝的寬度」這件事。於是我把圖片裝進一只封套，準備找個人來試驗一下它的功能。

※故事進行到這裡，可能有部分讀者感到不耐煩。那麼我有如下的建議：

1. 你可以立刻放棄閱讀，再想辦法把前面讀的完全忘掉。

2. 你一定急著想知道作者如何測量水溝的寬度，那麼我現在告訴你，我們當時帶了一把弓箭，把繩子綁在箭尾，射到緊靠溝旁的樹幹上，把箭拉回後，再量繩子的長度，答案就出來了。

3. 假如你對上述兩種建議都不滿意，那麼我再給你一個建議，暫時不要去想如何測量水溝的寬度，請耐心地繼續閱讀。

●

我再打電話給環保局的那位小姐。

「前幾天我問過妳關於排水溝的數目，妳還記得嗎？」

「啊！」她輕呼一聲。

「我姓謝。」

「謝先生，我以為你不會再打電話來。」

「為什麼？」

「經常有人打電話給我。」小姐說：「我能不能請教你怎麼對那個問題那樣感興趣？」

我聽到一種聲音，我猜想那是種用手掩住嘴的笑聲。

「很多人都這麼問，一時也解釋不清楚，」我說：「這樣好了，妳有空嗎？我請妳喝咖啡。」

「我不隨便跟陌生男子約會的。」

「我不是陌生男子，我現在告訴妳我是誰，」我說了自己的職業和年齡，「還有，我可以直接到辦公室去找妳，妳們公家機關有責任回答老百姓問題對不對？所以我這麼作只不過是換了個比較輕鬆的方式。」

「我能不能帶個同事……」

找一個不相干的人傾訴是個冒險，不過倒滿刺激的。

起來。

於是我帶著一份《聯合報》（這是約定的記號），在咖啡廳等了五分鐘，兩位小姐出現了。

「謝先生，這位是我的同事馬小姐。」我請她們坐下，那位戴眼鏡的馬小姐掩著嘴吃吃地笑了起來。

「很有趣是不是？」我說。

「還用說。」陳小姐跟著笑，「馬小姐跟我同一間辦公室，我把你的事都跟她講了。」

我也笑了起來，在笑聲中，我打量著兩位年輕小姐，平庸的臉孔、孩子氣的打扮，我在內心輕嘆一聲。

「妳們一定覺得好奇，對不對？」

「是呀！」陳小姐說：「每天我都會接到幾通怪電話，沒一個比你更怪的。」

「真有意思！」馬小姐說。

「什麼怪電話？」我問。

「有個人說他家的屋頂花園發現了蛇穴，我請他打電話給一一九。」

「真有趣！」馬小姐說。

我想她下一句話必定是「真好玩」。

「不要以為我在開玩笑，妳們想一旦核子戰爭爆發，下水道能夠拯救多少人。核子彈爆炸時，馬路都燃燒起來，這時候妳們唯一想到的事就是跳進水溝裡，跟著大叫一聲：『這水溝怎麼這個樣子，市政府幹嘛不把它做大一點！』」

「真恐怖！」馬小姐插嘴。

我瞪了她一眼，繼續說：「因此，我養成了測量水溝的習慣，我每經一處水溝，不管它是開放的或者隱入地下，我總忍不住問自己『它們到底有多寬，裝得下幾個人？』所以，我才打電話問妳本市有多少水溝，妳們用什麼方法測量它。」

「原來謝先生是個核戰恐懼狂。」陳小姐說。

「真好玩！」馬小姐說。

可想而知，結局是陳小姐很熱心地答應幫我查詢上述的問題，並且暗示我們有繼續發展友誼的可能。我卻覺得沮喪，無比的沮喪！老天！我是怎麼回事？我到底什麼地方出了錯？我原來帶了圖畫來解釋這件事的，然而我卻把一件單純的事情複雜化了，以至於偏離了主題。就像我寫的那篇〈八爪外星人〉科幻小說，由於犯了一點技術上的錯誤，讀者和作者同時都搞不清楚那一隻是手，那一隻是腳。

●

那麼，剛剛那兩位小姐後來的遭遇怎麼樣？一定會有部分好奇的讀者有興趣，「後來你跟其中的一位作了朋友沒有？你們有沒有可能談戀愛？」

我的回答既不是「是」也不是「否」。

我的回答是：兩位小姐未來的發展跟這篇小說無關，她們仍舊回到她們現實的生活裡，對她們來說，這件事只是生活中的一個偶然變數，正如你一樣。當你閱讀這篇小說時，你也「涉入」了這個故事，只是你跟兩位小姐涉入的方式有著明顯的不同。這個不同是：「你」不是一個清楚的特定對象，但如果你在某一天的早報上讀到這篇文章，在文章還沒有結束之前，即時與我取得聯繫，你便有可能在我的作品中真正插上一腳。只是以目前的情況，這麼作在技術上的確有困難，除非副刊的作業方式整個改變（譬如說，一篇短篇小說一個月刊完，而且一星期只刊一天），或者你對小說完整性的觀念改變。

所以，兩位小姐必須即刻離開舞台，她們差一點把我扯到題外去。我於是打了個電話告訴她們，關於測量水溝寬度這回事，根本是個無聊的玩笑等等。

6

容我抄錄下面這一段話：

「我們藉感官認識外在世界，當我們感覺到某些現象時，由於感官的運作方式，以及人腦整理解釋外來刺激的方式，使我們賦予這些現象一些特徵。這種整理過程，有一個極重要的特點，就是我們把周遭的時空連續體切割成片斷，因此，我們才會把環境看作由許多屬於不同名類的事物所組成，也把時間之流看成一連串分離的事件。」

在經過這種小說與現實生活的波折之後，我想我們都會比較有勇氣與智慧面對一九六〇年五月卅日那一天真正發生的事。

真相：

一九六〇年五月卅日

當我們抵達大水溝邊時，我們共有四個人。(陳進德在最後一刻回家了。)

我、賴曉生、曾一平、盧方。

我們四個人趴在混凝土作的溝沿，俯視著水中的倒影。其時，天空極為晴朗，水流清澈見底，水面彷彿是面鏡子。

「我會未卜先知。」我對同伴說。

「那你就說說我們的命運。」賴曉生說。

「賴曉生，你會在一九七五年寄給我一張明信片，」我說，「曾一平，你將來會跟我失去聯絡。」

「我呢？」盧方問。

「我不敢講。」

「講嘛、講嘛、講嘛。」

「講嘛。」

「是你們逼我的，後果我不負責。」

「盧方你會在一九七六年死於車禍。」

「放你媽的臭屁！」

「那你自己呢？」曾一平問。

「我會在一九八五年寫一篇叫『如何測量水溝的寬度』的小說。」

「什麼！你說你要在未來測量這條水溝的寬度？」曾一平問。

「不錯！」

「我們現在試試看怎麼樣？不必等那麼久。」賴曉生說。

「好，大家想想用什麼法子去量它。」

我們四個人坐在大溝邊，搖頭晃腦的，直到天黑，一點辦法也想不出來。

——《都市生活》，聯經出版社

◆作者簡介

黃凡，本名黃孝忠，台北市人，一九五〇年生，中原大學工業工程系畢業。曾任康永食品工廠主任、台灣英文雜誌社企畫、聯合文學特約撰述、聯合文學社務顧問，現專事寫作。曾獲中國時報小說獎首獎、聯合報小說獎。黃凡自〈賴索〉一文得獎崛起文壇之後，即以豐沛的創造力及多變的風格成為八〇年代的主力作家，他勇於實驗創作形式的精神更博得「八〇年代文學旗手」的美稱，葉石濤認為：「黃凡的作品從短篇到長篇，從小說到專欄，都能表現出其豐富的知識，及對現代社會的深刻觀察。在他的小說中，對於現代人的心理及其處境，刻劃深入。」黃凡九〇年代初自文壇隱退，隱居中部，潛心向佛，二〇〇三年復出，連續發表二部長篇新作，並迭獲好書獎及金鼎獎肯定。著作有小說、專欄、政經評論等二十餘種。部分作品已被翻譯成德、日、英等國文字。重要作品有《賴索》、《大時代》、《傷心城》、《慈悲的滋味》、《都市生活》、《曼娜舞蹈教室》、《上帝的耳目》、《躁鬱的國度》、《大學之賊》等。

◆作品賞析

八〇年代的小說作品中一個很重要的特色在於呈現台灣社會的急劇變化，其中包括都市小人物的悲喜劇、政治關懷、女性處境的轉變以及文學形式的實驗等等，黃凡以嘲諷的筆調撰寫的作品在各個面向都有斬獲，如〈賴索〉的政治關懷，敘寫小人物的〈人人需要秦德夫〉，而在八〇年代流行一時的後設小說黃凡也沒有缺席，〈如何測量水溝的寬度〉即為典型的後設小說。

本文從命題開始就呈現了一種後現代的趣味，作者在文中已藉由敘述者之口宣稱：「當你閱讀這篇小說時，你也『涉入』了這個故事。」敘述者等於在提醒讀者，面對文本之時，閱讀和書寫是同時存在的，如此構成一篇後現代主義所謂開放且尚未完成的正文。本文表面上是一段探究水溝寬度的過程，實則是藉由探測水溝來貫穿他探測時間（靈魂）的嘗試，文中喜劇靈感狡黠冷峻、真實虛幻夾雜其中、政治意涵的強烈表達、對社會變遷中人性價值觀的關切、疏離感的寫作方式、對整個社會做某種程度的嘲諷和警醒，確是八〇年代後設小說的代表作。睽隔文壇十多年後，黃凡帶著作品復出，新作中的黃凡像是看透世間一般，極盡嘲諷之能事，再現人世的可鄙與荒謬，或許是暫時的遠離反而能拉開與現實人生的距離，淬煉出刻畫的勇氣，他關切的論題也由測量水溝寬度的生活小事拉開到社會大學及國家的高度上。

◇延伸閱讀

1. 黃凡，《都市生活》，聯經出版社，一九八七年一月，頁二三一
2. 王德威，〈人間喜劇：評黃凡的《都市生活》〉，聯合文學，一九八七年五月一日，頁二一二—二一三
3. 朱雙一，〈廣角鏡對淬台灣都市叢林——黃凡論〉，聯合文學，一九九五年二月，頁一五二—一五七（備註：附：黃凡著作簡目）
4. 黃凡，《躁鬱的國度》，聯合文學，二〇〇三年七月一日

微雨魂魄

平路

1

我從來沒講過與自己有關的故事，感覺好奇怪喲，真不知道從哪裡開始講起。

最麻煩的是已經知道真實的結尾，這時候不只故事了，更與我日後的人生關連在一起。又因為倒敘的緣故，不知道要怎麼開始說，說到結尾的地方才能夠說得清楚。

讓我試試從最不可思議的地方開始講起——

那一天，很湊巧地（跟什麼湊在一起？），我會坐在床上往上看，看見一塊奇異的汙漬，礙眼地落在天花板上。汙漬的邊緣有點泛黃，看起來就是漏水的痕跡，我直覺地想到上面有管線在漏水。

事情就是從那片水漬開始的，不小心抬了一下頭，我看了一下天花板。你知道，太少運動的緣故，我的脖子很容易僵硬，應該說整個頸椎都很僵硬，我只能夠把頭稍稍向後仰。就在脖子上的肌肉緊了一緊的時刻，因為動作瞬時止住，我看見了那片水漬。

一片橢圓形的水漬，直覺是漏水了，漏水了？七層的公寓，但是我家在六樓並不在頂樓，那麼，水是從哪裡漏出來的?我直勾勾地瞪著那片天花板，愣了半天。

等到我感覺頸椎的痛楚，回過神來，我想到不能夠這樣漏下去，好像哪裡有一個水龍頭，要趕緊把它關上。

這個奇怪的開頭能不能夠讓你聽下去?還沒有惹起你的興趣的話，嗯，讓我再試試，乾脆再找一個開頭。

另一個開頭，就要從另一天講起——

有一陣子，我的浴室裡瀰漫著煙味，淡淡的煙味，其實是有點好聞的煙味，好像從一種女性香煙裡跑出來的。那時候，我坐在馬桶上，浴室並沒有出口，明明沒有出口，卻傳過來煙味。想著樓上那位女子正拿著煙，或者正坐在另一個馬桶上抽煙，當時是我，喔，很無聊的想像。但是並沒有出氣口啊……

儘管當時這樣想，卻是等到與河豚見面的時刻才對他說：

「你說上面的那個女人，抽煙?」

只有河豚見過樓上住的女人，有一次熱水變小了，需要檢查管線，他幫我上去拜託人家給個方便。

「抽煙?」

「不記得了，」根本沒放在心上。

當時，檢查管線的那一天，他可是神祕兮兮地說，很可疑欸，看起來她是男人的情婦，大概過去的，他再加一句，「過去」是別人的情婦，是別人「過去」的情婦。

「為什麼『過去』了呢？」我記得當時想問，卻沒問出聲音。

必定是不那麼年輕、不那麼好看了的答案。總之在他心眼裡，不好看的女人就是沒人要的女人。

「別人的情婦欸！」

我明明還記得的，記得河豚說那番話時候煞有介事的表情。沒隔幾天，他已經忘得乾乾淨淨。

「談別人做什麼？」說著，身子壓了過來。這種時候，河豚讓我想著他從頭到尾只關心一件事，一件可以證明自己的事。

我就是愛說一些沒頭沒腦的話。河豚從來不放在心上。

那時候，我只知道樓上住了一個女人，沒有碰見過她，我也沒有特殊的好奇。我是說，沒有好奇到讓我特意去碰見她，或者好奇到讓我去發現到底她抽不抽煙之類的事。

即使曾經在電梯上碰見過，我也沒辦法分辨那就是她。

後來，知道不可能再碰見她之後，我每次站在樓梯口等電梯，都會猜測她也站在七樓等電梯。

牆壁上狹長的方塊上先是出現了——7，叮咚一聲，甬道裡傳過來的聲音告訴我，電梯正停在七樓，然後電梯往下移動，接著又叮咚一聲，電梯門打開，就這樣停在我的面前。

電梯門打開了，沒有人從電梯裡走出來。剛才那個閃著螢光的7——真是神祕的數字。

我講到哪裡去了？說不定你也有類似的經驗。講自己的事與講別人的事畢竟不同：我現在有點慌、有點亂，簡直亂了章法，我還是趕緊回到那片水漬。

那片水漬，一直是事情的關鍵。

我說，那時候我直勾勾地望著我家的天花板，水漬正在持續地不斷地長大。我說，我感覺哪裡有一個水龍頭，滴滴噠噠地漏水，我要趕緊把它關上。立即的想法是分秒必爭，趕緊把它關上，但是到哪裡去把它關上？我愣愣地瞪著天花板上那塊水漬，它在愈長愈大。那一剎間，我坐不住了，我想到樓上必然有一個水龍頭。

忘記關上了？鄰居盹著了？我家的天花板正在愈泡愈溼，我得要到樓上去敲敲門。

那時候，想的只是怎麼把水龍頭關上。

三分鐘以後，我站在七樓鄰居門外，一聲聲摁著電鈴。

我一次一次地摁，直到我確定了七樓鄰居家裡沒有人。

回到自己家裡，我怏怏地坐在地上，眼看著天花板上的水漬……時時刻刻在長大的水漬……一點辦法也沒有。

那一個晚上是星期六。每逢週末，河豚都早早回他自己家裡。「孩子們在家。」他說，理所應當，沒什麼商量的餘地。

直到星期天清晨，我又去摁七樓的電鈴。

裡面沒有聲音，我想著水龍頭還沒有關上，水流了一地，還在繼續不斷地往外流。

到了黃昏，再上去摁了一陣門鈴。鄰居依然不在家。

回到自己房裡，看著那片水漬，我憋不住了。從抽屜裡找出一本小冊子，上個月為了抗爭一家餐飲店要包租整棟的店面，大樓住戶成立委員會時候編印的通訊錄。我試著撥鄰居家的電話。

我心裡想，找不到人，答錄機裡留個請緊急連絡的訊息也好。

電話響了好幾聲，竟然有人接起電話。接電話的是個帶點遲疑的女聲。

「喂——什麼事嗎？」

我急不過地告訴她我家天花板上愈來愈大的水漬，急不過地搶著說就是從你家漏下來的，急不過地說找了一天一夜都沒找到人。「我站在外面一直敲門，你在哪裡？趕快把你家的水龍頭關起來呀！」我簡直氣急敗壞。

「可是——可是，她不在。」

「不在？什麼時候回來？趕快把水龍頭關起來嘛！」

話筒那邊沒有了聲音。

我又急了起來。「那你是誰？你在哪裡？你有沒有鑰匙？我家天花板可在愈漏愈大吔，你趕快過來，把水龍頭關起來再說！」我真的急了，帶點命令的語氣。

話筒那邊，很簡短地：「我姊姊不在。」

「通訊錄上，為什麼印著你這裡的電話？她什麼時候回來？到哪裡去了？正在漏，你先過來想想辦法好不好？」連珠炮一般講著，我很不耐煩。

「她到底什麼時候回來？」

逼急了，對方一口氣說道：「我姊姊她過世了。」

好像突然被黃蜂螫到，我停在那裡。

那個黃昏，聽一個陌生女人說出另一個陌生女人的死訊，我呆住了。腦袋一片空白，忘了打那個電話的目的，也忘了自己天花板上的水漬正在愈變愈大。

總不能夠讓一個死人來關水龍頭吧！

後來掛上電話，突然意識到有什麼東西在空氣中浮動著。我趿拉著拖鞋，抓了幾百塊錢放進口袋，匆忙走到大街上。

你有沒有那樣的經驗？——從自己的家裡逃出來，因為裡面闃無人息，一點屬於人的氣息都沒有……

站在騎樓底下，看著攤子上的客人比比畫畫用手指頭點菜，面前五〇〇 c.c. 的杯緣沾著唇膏印，嘴巴歪歪地啃著雞腿，一綹頭髮剛好掉進麵碗裡，我才覺得這只是平常的一個黃昏。

2

「半夜？——半夜欸！」同事們想要嚇我。

「你真的沒覺出來？水印子愈來愈像一個腎的形狀。」同事們眨著壞壞的眼睛。

他們警告要我小心，小心啊，半夜有人在用抽水馬桶。

那是我告訴他們我家天花板上發生的事之後。同事用說笑話的語氣說；看過貞子的電影？小心水漬變成腎的形狀。

當時要不是太無聊了，我才懶得有的沒的跟人閒扯。我們那個部門叫做研發室。一人一張辦公桌，坐著的多是些像我一樣放棄升遷希望的人、或者從權力鬥爭退下來休息的敗將。

在他們面前，我閒閒地聊起自己家裡發生的事，語氣裡略去了其中神經質的部份。

「想想什麼人坐在抽水馬桶上？」七嘴八舌地，「搞不好，你鄰居得的正是腎臟的癌症。」

他們趁機想要嚇我。

「你們，少來——」我故作輕鬆地笑笑。

他們猜錯了，全猜錯了。在這件事之前，我害怕的從來不是半夜。

一天之中，最心慌的一段時間是黃昏。陽台看出去。對面一家一戶公寓裡亮起了燈，日光燈管是白色的，普通燈泡是淡黃色的，電視螢幕是閃爍的強光。我可以猜到窗簾後面正鬧嚷嚷地：冷氣機的聲音，配著桌上的飯菜，有人拿著筷子，絮絮叨叨告訴家人一天發生的事。

我斜靠在自己家的沙發上，惶惶的一顆心啊，一下子變得很空。黃昏時候，我經常餓著肚子在等河豚。

上次，為了河豚說他會在晚餐時分出現，老早就想好要燒一桌的菜。我煎了一條白鯧，前兩天以為河豚會留下來吃飯，本來買了黃豆鼓，要作豆酥，豆鼓放在塑膠袋裡就起了霉，後來魚只好用煎的。做了一道木樨肉，食譜上寫著木樨是桂花的別稱，意思是炒散的雞蛋像桂花蕊一樣的香與黃。切了一盤藕片，加上一小碟蔥綠，卻不知道什麼時候下鍋好。

自己懶得開飯，男人來了，也就意味著可以吃飯了。熱呼呼的食物帶來即時的幸福之感。有時候我也會自己問自己，是真的想念這個男人？還是說，他的到來帶給我肚腹的滿足？

後來河豚出現了。看著桌上涼掉的菜，他只有一句話：「你怎麼不先吃？」

我又講到哪裡去了，講到河豚就亂了套。我剛才說到水漬、天花板上的水漬，當時我故意用誇張的語氣對同事說，我聽到抽水馬桶的聲音，半夜的時候。先是沖水，然後就是滴水的聲音。

一滴滴的水，漏在我的天花板上。我很怕單調的滴水聲。

「更漏」，為什麼叫「更漏」？——以前的人夜裡聽打更的聲音，會不會就是這樣？

後來，躺在河豚旁邊，我多麼想跟河豚說，小時候，一個人對著發霉的牆壁，所有的日子好像都在下雨。

住的地方經常會淹水，我坐在床上，床的四個腳底下墊著磚頭。我眼睜睜地看著：瓢子、鍋子、舀水的勺子漂在水裡，眼看就要淹上來了。

四面都是水的感覺總讓我透不過氣。水退了之後，牆壁生出霉斑，一塊塊黑黑黃黃，牆角下一堆堆淤泥，淤泥的感覺也會壓得我喘不過氣。

3

那是幾天之後的傍晚時分。買回來的幾瓶礦泉水擱在床頭櫃上，我抬起頭，又看見天花板上泛出褐黃色的印子。

我決定再打個電話給她妹妹。佯做無心地，順便問起她姊姊得了什麼病。

後來回想，電話那邊確實停了幾秒，才說是得了癌症。胰臟癌，聲音頓了一頓，怕我不信似的，她妹妹突兀地說：「很痛的呢！」

電話筒這一邊，好像心電感應，我瞬時感覺到一陣刺痛。

「可是在漏水欸！」我接下去訥訥地說。

問題需要解決，「快點把它關上，天花板會漏壞的。」我簡直鼓足了勇氣說出來。

「又不是哪裡下大雨、在做大水，怎麼會漏水？」她妹妹顯然還沒搞清楚。

不是啦，我再一次解釋，不是你姐姐的天花板，是我家的天花板，漏水的地方可能在夾層裡。她妹妹想出了一個辦法，建議我到門外鞋櫃去拿藏在那裡的鑰匙，「這樣是最快的了。嗨呀，要做飯又要看店，怎麼走得開？」

跟我在電話裡繼續扯，她妹妹有一搭沒一搭地告訴我她每天晚上有多少事要做。丈夫一大家人，要帶姪女去補習、要接婆婆看病，白天要照管印製名片的店，明天還要送會錢到林口。好好的管線怎麼會漏水呢？嗨呀，上次開死亡證明也是這樣，一個一個圖章蓋下去，很浪費時間……

這麼重要的事，最重要的事也不寫清楚。房子將來不知道要怎麼辦，貸款不知道要不要繳下去，大概租給人吧，不然繳不出利息銀行會來查封，誰知道還有多大的麻煩，她妹妹滿肚子委屈。

「這一兩個月剛好忙，沒時間，也不知道房子將來要怎樣，就沒過去整理。」原來鑰匙一直放在那裡，沒人動過。她姊姊生前常把備用的鑰匙藏在鞋櫃裡。

「你走進去關，趕快把水龍頭關起來好了。」

我說不好吧，她說反正她姊姊屋內沒什麼值錢東西。這似乎是我們暫時同意的解決辦法。

總算有了結論。掛上電話，我卻覺得脖子又僵硬起來。剛才夾著電話的那一邊，接著剛才那陣刺痛，痛得再不能左右轉動。

扶著脖子下了樓梯。招到一輛計程車。像是被看不見的手掐住了，簡直彎不下身坐進車子。其實我試過各種止痛方法。一隻隻黏滑的、溼潤的，塗了藥膏的、抹了香油的手掌，在我的背上拍拍打打。撮痧、刮痧、挑痧、杜仲、川斷、仙靈脾、巴戟天……我試過各種方法。

一雙一雙手重重壓在我的背上，讓我覺得自己的脊椎骨分開了合起，合起又分開。內衣解開了，我的胸部平貼住床板，又趴在到刑台上面。

「你會痛嗎？」老師傅過來托起我的下巴，準備扭轉我的脖子。

「會—痛？」汗珠流下來，呻吟的聲音叫起來，咿咿喔喔……

沿著頸椎一路下來，背也好痛啊，……多麼渴望一隻手，凌空飛過來的一隻手，一個肘彎也可以，一根手指也可以，只要重重地壓在痛點上，我想要乞求。

「還怕痛啊？幾歲啦？小姐你今年貴庚？」老師傅問我。

怎麼說呢？怎麼說其實不是年齡，而是其他令人不安的跡象。坐在浴盆裡，我看見乳房承受著地心吸力，一天天往下垂掛。乳暈與乳頭交接處現出灰濛濛的顏色，不再是少女的淺粉，也不是享受激烈情緒之後的猩紅。

別用什麼力氣啊，別用力，「你軋過耳洞？」叫痛的時候，老師傅慢條斯理地問。

練氣功的助理把我揹在背上，頭朝上，肩膀對著肩膀，大喝一聲，讓我雙腳著地，感覺上是從空中拋下來，放在那裡。

「痛？——現在還會痛？」老師傅問我。

轉動著漸漸活絡起來的脖子，我在喝紙杯子裡的溫開水。這一瞬，才看到杯底也有黃黃的印子。

4

「我的鄰居死了。」這麼簡單的一句話，我不知道為什麼不能對著河豚說出來，何況還是他見過一面的人。

他見過，我沒見過，更不願意向他說出口了。

明明有說的機會，也可以趁說的時候央求河豚陪我一起上樓，上到七樓去關水龍頭，我就是沒有說出口。

有一次，別人的機車把我撞倒在地上，額頭滲出血絲，我扶著頸子半天爬不起來。有人好心報警，救護車送進急診室。我也想不出來應該通知誰。

我知道河豚家的規矩，夜晚從來不接電話。

警察做筆錄的時候，對方那邊湧進了好多幫腔的人，大聲小聲在責備我，像是我用兩條腿走路，反而把人家行駛在路上的機車撞倒了一樣。

誰教我只是自己一個人。

警察好心建議我，傷口包紮後再去外科掛個號，照幾張超音波，日後出現腦震盪什麼的，現在不留下證據，怕人家將來不認帳。

我是很害怕唷，真有什麼嚴重的問題，萬一醫生說撞出來腫瘤腫塊之類的東西，誰會坐在那裡跟我一塊聽啊？

那天回家，天已經快亮了，我在浴缸裡放了滿滿的水，泡進水裡我就在想，如果割開手腕，河豚知道消息會不會趕來？

河豚家夜晚從來不接電話。萬一我在最後關頭後悔了，手腕上都是鮮紅的血，我又要打電話給誰？

第二天早晨，可以跟河豚通電話了。想了想，竟然在電話裡沒說，從頭到尾沒跟河豚說起我被車撞了的事。

我們總有點生份，也是害怕看見他為難吧，我隨時都記得的，他是別人的丈夫。

在我還會逼河豚在兩個女人間做出選擇的時日，逼急了，河豚會回我一句：「人家又沒做錯事。」「人家」，已經變成那個女人的專有名詞，好像圈起一處專門擁有的禁地。同時屬於那個女人的名詞，還有「她」，我們只要在談話中提起「她」，就是指她，他的老婆。這個「她」不再屬於別人。

我的噩夢就是他老婆的領地逐漸擴大，我的範圍反倒逐漸縮小。我可以想像河豚與他老婆的談話中，絕不會有我這個女人的存在——

她不斷在攻城掠地，好像天花板上的水漬正在逐漸擴大……

我們倆去過的地方、我們倆一同做過的事，在河豚口裡，可能是以另一種方式出現。與河豚一齊去的地方，變成他向她發誓，發誓沒啊、沒去過啊、發誓沒跟任何人去過的地方；明明是我與河豚一同做過的事，變成他與不相干的別人一同做過的事。

躺在自己那張雙人床上，望著天花板上蝌蚪狀的水紋，那塊汙漬正在不斷地擴大。

我聽過人家說，不放心的老婆會拿個量杯測量精液，深怕漏掉了一滴，漏掉的每一滴都是罪證。多麼無聊的老婆。老婆無聊，情婦就不無聊嗎？而我正是無聊的情婦。

就像我時時發瘋一樣地怔忡著，與我做完愛之後，河豚回到家，會不會又抱著老婆，把對我做過的事，從頭到尾再做一遍。

說不定更熱情了？我悶悶地想。

當河豚在我身邊的時候，我很認真地問，他跟老婆床上是怎麼樣的？

她好不好？她—到底好在哪裡？為什麼——是她？不是我呢？

若是事前問他，他一定不耐煩地說，專心一點好不好，少囉唆啦！若是事後問他，他一定睏意濃重地說，我要睡了，什麼事急在這個時候說？

不要說河豚的，為什麼又說起河豚？

5

還是讓我告訴你與那片水漬最相關的事。

後來，把鑰匙握在手裡，我感覺自己猛烈的心跳。

那是第二天早晨，上班以前。我走樓梯上樓。

我轉動鑰匙，鄰居的門推開一條縫，鼻子裡立刻嗅到一股特殊的氣息：窗簾很厚，許久沒有開窗，屋頂上傳來爆爆的熱，又有某種乾燥花的烘香。

我的眼睛忍不住好奇地梭巡，深棕色的皮沙發，大件的家具。光線很黯淡，我斜著身子過去，差點碰翻了茶几。茶几上煙灰缸裡，一塊潮黑的煙蒂印子。

真的聞到過煙味？我的鄰居在樓上抽煙？我有點頭暈。

我看著她家方格子的地磚，水潑在上面，應該會成為塊狀的圖案。我的手心發汗，牆壁在搖晃（乾燥花的香氣讓我發昏？），一塊塊地磚不規則地扭動起來，讓我弄不清我家天花板的水漬對應在她家地磚的哪個方位。

我快步走進浴室，緊張地蹲下，在牆角落前後搜尋。每一處水龍頭，我都用力把它扭緊。出來之前，我回頭看最後一眼，穿過臥室半掩的屋門，我才突然明白她那張雙人床，正巧擺在我的床上方的位置。

6

你有沒有聽過半夜裡貓叫春的聲音？發自野貓體腔內的聲音，帶著一種金屬的鏗鏘，衝擊著我的耳膜。

睡在自己床上，我痴痴想著，如果有個男人在這裡，如果就在這片天花板的水漬下作那件事呢？

我想著水漬漸漸在長大，我在床上蜷曲著身子，記起坐在機車後面的日子，我也這麼蜷曲著身子，緊緊貼住那個男生的背脊。各種形狀的雨滴，菱形的、扇形的、扭成麻花的、在擋風板上滑動，癢癢麻麻地，好像皮膚上爬滿了各式各樣的小蟲……

四處遊走的水漬，還有他愈爬愈高的那隻手，毛毛蟲一樣在我大腿內側造成一種騷亂。

水漬正在長大，正沿著天花板往下流。牆壁溼了，地面也開始積水，四面湧上來的水讓我沉溺、讓我昏暈，讓我的身體張著大口一般地飢餓。

我最害怕在噩夢中掙扎，大片的陰影覆蓋著我，沒有人理解，那種四面都是水的……快要滅頂的絕望之感。

好不容易醒轉來，奮力張開眼睛的一瞬，旁邊空無一人，只有茫茫的黑暗，我的悲哀便也茫茫無邊地湧上來。

睜開眼睛的時候，如果河豚睡在我的身畔多好呀，我想，我要的一直是這個，身畔有人呼吸，我伸出手去，他會伸過來，握住我的。好想握住一個男人的手，感覺到人的體溫，像溺水時候緊緊抱住一個救生圈。

如果哪裡傳來滴水的聲音，我爬起身，要小心不要踩到另一個身體，才能夠下床去把水龍頭關起來。

赤著腳，翻山一樣跨過另一個熱呼呼的身體，想來也是一種莫大的幸福。

還可以用慵懶的聲音跟他說，你聽啊，聽啊怎麼的，貓的叫聲好淒慘。一邊用腳尖勾勾他的腳背，起來啊，起來看看好不好？

最害怕的是只有一個人睡在床上，睜開眼的這一瞬，電話鈴聲響了起來。

電話不停地響，別人家的電話一聲聲地響，一聲一聲……不是打給我的電話鈴聲。

就像我在星期天下午，明知道這是河豚全家出遊的時刻，明知道他們家裡沒有人，我坐在電話機前，撥他家的號碼，只因為要聽鈴聲在空屋子裡一遍一遍地響。

我在做什麼？我到底要做什麼？

有幾次僥倖找到他，河豚接起來，聲音怪怪的，好像搭錯了線。

接電話的時候，說不定正好他坐在客廳裡，不時要問一句兒子的功課。我跟他對話的中間，他還要耐著性子，回答幾句老婆問他晚上飯菜的意見吧。

他的老婆，佯裝不在意地，其實正放下鍋鏟很注意地在聽。

自從跟我在一起，多少有些歉疚的緣故，他對自己老婆更細聲細氣了？

後來，過了好久之後，我總算學會了克制自己，克制自己不打電話到河豚家裡找他。除了怕他老婆起疑，更怕接不上線的荒疏之感，總不能讓自己比原先的寂寞更加寂寞。

7

說到河豚又離了題，我要說的是跟天花板上水漬有關的事情。果然沒多久，我又止不住自己上樓的腳步。

為的還是那片水漬——

好像傷口在潰爛，抬頭就會看見，我擔心哪裡在滴水，水龍頭的總閘口還沒找到，那塊黃黃的印子繼續在長大。這次是半夜，公寓周遭的聲音都靜下來了，我又站在鄰居的門前。

鞋櫃最角落，從一隻鞋裡摸出鑰匙，手中好像感覺到女人腳心的熱度。

一雙雙擺的整整齊齊，她穿六號，比我小一號，多數半高跟，粗粗的鞋跟，每雙都是相似的樣式。黑的、白的、褐黃的，有幾雙換過底，全部是女鞋，沒有男人的，一雙也沒有，我恍惚想著河豚擺在門前的鞋子。

河豚那雙朝一邊塌陷的鞋子，顯出明顯的腳形。外側的鞋跟比內側磨損程度多一點，微微地外八字，那是我多麼熟悉地男人的腳。

女朋友到我家，就這樣站在我家門前，臨走時候女朋友體恤地說：「拿我老公的一雙鞋放在你家門口好了。有小偷，一定也嚇走了。」

我不知道說什麼。難道說謝謝？彷彿是一種好大的恩惠，女朋友她好大的度量，居然肯把丈夫的舊鞋子借給我，不，施捨給我。

獨身女人，只好拿別人丈夫的鞋子放在門口。

後來我就打主意借一雙河豚的鞋子嚇唬小偷。他的鞋子從此擺在我家門外，擺在電梯口那一塊地方，但只是暫時屬於那裡。

倒是從來沒想過把他的鞋子收進我自己的鞋櫃。

手裡拿著鑰匙，我想到哪裡去了？

我上樓，為的是水漬。不只是水漬，我告訴自己，也為了半夜突然響起來的電話鈴聲。睡在床上，一聲接一聲的電話鈴聲，很清楚地從七樓上傳下來。滴鈴鈴滴鈴鈴，聽了讓人心慌慌地。

一個人鋪床，一個人疊被，一個人坐在飯桌前，再把桌上自己的那副碗筷放到水槽裡。那天水淹起來的時候，電線杆倒了，停電了，媽媽也是一個人坐在茫茫無邊的黑暗裡。

手裡握著鄰居家的鑰匙，我想起自己週而復始的惡夢，一次一次地夢見天花板泡得掉了下來，裂了一個大洞。於是我就可以看見了，看見樓上那個女人，看見她生活的全部，像我一樣的，空洞的、蟲蛀的、生出霉斑的生活……

我在她家門前張大眼睛，門打開了，我就清清楚楚看見。

8

後來回想起來，就是要把電話拔下來的念頭（哪裡有一個小小的插頭？），我才會朝她床邊一步步靠近。

白色蕾絲的縷花床罩，並列的兩個枕頭，那是一張雙人床。

然後直勾勾一個照面，我目不轉睛瞪著床頭櫃上的鏡框。

手臂挽著女人，很親熱的姿態，鏡框裡的男人我認出來了，廣播界的名嘴，座談、演講，最近又在電視上主持對談性的節目。

真的碰上了名人吔，獨自在一間空屋子裡，我還是忍不住想驚呼出來。是名人，也是婚姻愛情問題的專家。印象裡，不久以前，他妻子還對著媒體記者盛讚這位新好男人的體貼。

顯然他生命中另有一個女人……

顯然那個在鏡框裡甜笑著的年輕女人，就是我的鄰居。後來我打開她的書桌抽屜，絲絨布面的相簿裡又發現了四五張，不同的背景，同一處風景區，一模一樣的笑容，鄰居依偎在那位婚姻專家身邊。

這是怎麼回事？

醜聞嗎？女主角已經死了。

窗簾透進來影綽綽的光線，我這一霎間想到扭絞在一起的兩個身體，記起了一部很煽情的電影，就在這樣一張床上，男主角與女主角在百葉窗透出的光影裡緊緊相纏。

淹水的那個晚上，我一夜沒有回家。雨點打在賓館的玻璃上，外面經過的車燈也溼溼地泡在水中。我把媽媽一個人留在黑暗裡，只有媽媽留在那裡。霓虹燈招牌閃爍著，閃爍在他刮得青青的面頰上，騎機車的男生弄痛了我，……他的手指在我裡面。他熟練的手指，一次次伸向我裡面。爸爸把傷心的媽媽留在家裡，爸爸與別的女人怎麼樣做那件事？……，我只是想要知道……兩個人怎麼像闔上的書頁一般親密交融。

四周充滿乾燥花涼涼的甜香，混雜著男人特殊的體味，人死了，氣味還殘留在勾花的罩單上，喔，我的頭發昏，明明是大熱天，滿頭的汗卻覺得冷。

後來回到自己屋子，我還不停地抖著，只好把自己裹進棉被裡，試著用一台電熱器來驅除寒氣。

9

我猶豫著要不要把自己這一陣的怪誕行徑告訴河豚。

怎麼說呢？我說，後來，我又上去了好幾次。河豚一定會說，幫幫忙，誰啊？她是誰？沒有其他事情要做？你實在是個無聊的女人。

有時候，好一陣子沒看見河豚，他劈頭就問我一句：「最近在做什麼？」

我立刻就心虛起來，好像知道自己的答案是——什麼都沒有做！

半天看我沒回應，河豚搖搖頭：「你們單身女人，實在唉。」

我想起少女時候聽過的悲慘故事，一個女孩子，還是處女喲，什麼都沒發生之前就死掉了，什麼都沒有發生，沒有情人，沒有丈夫，沒有小孩，還沒有經過性的歡愉。

什麼都沒有發生……

那時候，看著自己的掌紋，生命線那麼短短淺淺的一條，眼眶裡就會裝滿淚水。快結束了？什麼都來不及做。就因為擔心會這樣，所以急著讓不應該發生的事情在那天晚上發生？

那個淹水的晚上，像往常一樣，媽媽一個人坐在黑漆漆的屋裡，我說要回家卻沒有回家。後來別人告訴我說，鄰居推門進來的時候，地上的水還沒有退盡，一顆一顆的白色藥丸，漂在一層稀泥上面。

那一段時間，看著自己的掌紋，生命線還是那麼不著痕迹的一條。我握起拳頭，有什麼像水一樣從指頭縫裡流走了。

我的故事說到哪裡去了？哪裡有水龍頭不停地在漏水？

日子已經奇怪到這樣了，怎麼跟河豚說呢？怎麼跟他說在死人的屋子裡找水龍頭，怎麼說我還找到鄰居一頁一頁的札記。

河豚只會不以為然地咕噥，你呀，你愈來愈不專心，死人啊你，做那件事愈來愈像一塊死肉。「更年期早來了不成？」河豚還惡狠狠地加多一句。反正在河豚心裡，不好看的女人就是沒人要的女人，更年期的女人就是工廠倒閉的女人。

辦完在他心上唯一重要的事，河豚平躺著，鼻音很重的說：「你再不過來，我就要睡著了。」睡著了又怎麼樣呢，我懨懨地想，我又不是你老婆。

等他睡著了才走過去，我挨在床旁邊躺下。

躺在我旁邊的男人，皮膚有點鬆垂，褲襠那邊有點起皺，倒像黃黃的尿漬。

褪下西褲，河豚穿一條洗的很舊的內褲，棉布的質料，屁股後面鬆垂地拖著，好像包著夜尿失禁的尿布。

誰教河豚一早就攪拌進婚姻裡：那麼多年，吃油膩膩的飯菜，梳油膩膩的髮油，從口袋裡掏出一小疊油膩膩的鈔票，小心翼翼的付帳。儘管一個人在我面前，河豚站立的背景裡總有個老婆，拖著兩個孩子。灰不溜丟的畫面，最近更邋遢一些。反正我不認識年輕時候的他，我找不回來年輕時候的他。

河豚的身體也變了形，上次挺著一個肚子過來找我，說起他剛吃了麵。我不小心問什麼樣的一碗麵，他說是碗剩麵，他老婆順便把昨天的菜汁也一股腦放進他麵碗裡。河豚一邊說，我一邊覺得看見了碗裡的浮油，剩菜碗裡的一層油。我好像看見他坐在那裡，三口兩口地往喉嚨裡倒，怕妻子起疑吧，唏哩呼嚕倒得更起勁啦，油冷了，在他肚子裡凝固成白白的脂肪。

胃裡脹脹的，我想著漂在泥水裡的白色藥丸，一時好想吐出來。

我以為忘記了，其實隨時都記得的，他是別人的丈夫。

望著他舊舊黃黃的內褲，我帶點悲哀地轉過臉去，或許不是悲哀，那也是暗自慶幸，不必有太多機會與他過夜。這樣家居的景象，一向專屬於他的老婆。

我並不如我所想的一般，羨慕，不，妒忌，不，發瘋一般地妒忌著他的老婆。對於一個什麼都要撿進來的、什麼都必須照單全收的老婆，有什麼可羨慕的？

但是她的模樣到底怎麼樣？他跟她到底過的好不好？這些年來，我反反覆覆地想，到底自己要不要知道？比原來知道的更多知道一點點？

多一些好呢？還是少一些好呢？

我的媽媽，她會說些什麼？……最後的晚上她一個人坐在那裡。她在嘆氣嗎？這個孩子怎麼跟媽媽一樣地傻。

河豚始終不明白吧，為什麼我總是想著別人，想著別人才讓我激動起來。我覺得心慌，我覺得口渴，雨霧從窗外瀰漫進來，溼溼的水氣讓我想著壓在男人底下的女人身體，河豚跟他妻子是怎麼睡覺的？妻子柔軟的身體給過他什麼樣的安慰？

他妻子裹在睡袍裡的身體是怎麼樣的？

我隨時隨地處在這樣的矛盾當中，我羨慕嗎？我真的不羨慕嗎？……河豚可能也在努力回想初認識時候的我，卻是想不起來了。

10

這次是白天，我又進去她的房間。

陽光透過窗簾照進來，我看得很清楚，電話拔下來了，每一個水龍頭都已經扭到不能再緊，沒有任何地方正在漏水。

抽屜裡散亂放著些紙片，有的夾在筆記本裡。她很會寫欸，有的看起來是剛認識那個人時候寫的，她對那一位將在她生命中出現的男人充滿憧憬。

唸國中就聽過一種說法，午夜十二點正的時候，一個人，打死也要一個人，對著鏡子削蘋果，未來的白馬王子就會出現在鏡子裡。

好奇死了，好玩透頂了，我還是從來不敢做這種實驗。因為尿急，靠近洗手間裡的鏡子，都會把眼睛閉起來。靠近水盆的時候，眼睛已經瞇成一條縫，到了現在，每次在午夜對著鏡子，我還是趕快把眼睛閉起來。

有一天我睜開眼睛，原來不是鏡子，是他的聲音，十二點鐘時候在收音機裡響起。什麼年代？竟然有人那麼地天真。我不敢相信，她以為遇到一個男人就會帶來幸福：

躺在自己床上，最喜歡聽到他的電話了。每次還賴在床上，眼皮還不肯睜開來，聽見電話鈴聲，很奇怪的第六感，從電話鈴聲就知道是他的電話，不是夢，我跟自己說，而且一定會讓電話鈴聲響個不停，他知道我最喜歡賴床，一定體貼地讓電話鈴多響幾聲，所以我可以醒來。把聽筒放在枕頭邊，聽見帶一點鼻音的聲音傳過來，愛死了。愛死他了。跟收音機裡聽到的聲音不同。電話筒裡，他故意用感冒的鼻音跟我說：「還沒醒啊，快中午啦！」然後他告訴我他現在有一點空檔，快快跳下床，把冷水濺在臉上，幾點幾分，在哪裡跟我見面。每次掛上電話，真的不是夢呢，真的又可以很快見到他。

當然也有矛盾的時候。下面這一段，她大概寫到後來寫不下去，後來不停在紙上重重畫著叉叉：

朋友從美國回來，約老朋友見面。怎麼辦？她們的話題真的，真真真的，讓我傷心透頂了。她們談起發生在周遭人家的外遇，談起破壞婚姻的第三者，咬著牙齒在說話。我附和她們，一邊在想，怎麼辦？我道歉，我對不起，不是故意的，我道歉好了啦，我怎麼辦？

除了上面這一段露出來了罪惡感，看來她不會妒忌，不像我一樣，整天在妒忌別的女人。她不僅不會妒忌，甚至心胸十分寬大。

躺在他的大腿上。我的手向上伸，摸到他大顆的喉結，我說，就是最喜歡你收音機裡的聲音，男性男性的，好聽透頂了。

後來我撒嬌的問他，你到底喜歡我哪一點？

他就開始胡扯，聽起來一點也不可信，給的答案居然是——笨的哩，因為笨嘛，所以，放在家裡很放心。

我又給他一堆形容詞，各種形容女人的形容詞，「美麗」啊、「高䠷」啊、「優雅」啊、「性感」啊，……要他選一個，用在我身上、形容我好不好，選了半天，選的形容詞居然是：「滑稽」！滑稽就滑稽吧，他無論說什麼，我都最最高興。這樣的確定，就是愛情了。

家，他說起這個字，我今天愛死他了。

直到後來，是病了？筆記本後半本其中一頁，彷彿有不祥的氣息。

我跟他說我排第一名的美夢：前方有一片沙灘，海水拍打著，我躺在他身邊，才懶得把眼睛睜開，不用睜開眼睛，我確定他就在我身邊。陽光是明亮的，一點也不刺眼，現在閉起眼睛，我都能夠感覺第一名的夢，夢裡有陽光做的金葉子打到我身上。

第一名陪我到生命盡頭……或者世界盡頭。

七樓她的桌前，我望著窗外，一片落花掉了下去。後來她一個人安靜地死了，世界沒有任何改變，陽台上的軟枝黃蟬還是一朵朵飄了下去。

11

我不知道後來為什麼要打這個電話，我對自己的解釋是，因為前一天聽到廣播，前一天，轉台轉到他的節目，那位婚姻愛情專家在電台說：

「我認識過不同的女人，不同的女人有不同的個性，搔著癢處就對了。西諺說的，一個人的玫瑰花，可能是另一個人的毒藥。我就認識過一個女人，她最喜歡被稱讚的形容詞不是性感，不是美麗，不是可愛，而是『你好滑稽喲！』」

情人節的特別節目，我簡直不敢相信自己的耳朵，他在做節目，這麼平常地對聽眾說出兩人的祕密，這個祕密應該屬於她向他撒嬌的、他們兩人的世界。

在他眼裡，我的鄰居原來只是他認識過的「一個女人」。

當年撒嬌的對話應該是這樣子的，他問她，你喜歡我用什麼樣的形容詞來形容你？他每次說出一個形容詞，她就輕輕地搖一搖頭。不是這個，也不是那個。說到「滑稽」，她才猛地點頭。

握住電話筒，好滑稽的感覺。誰讓我打這個電話，難道我想證實什麼？我記得她札記裡的蛛絲馬跡：

今天在做什麼樣的準備？我在準備我們最後的旅程。

我像一位妻子一樣的準備，在心裡選中一個地方。以前一定不信，不信邪，活該！你會說。我才知道像妻子一樣的裝行李，原來是幸福透頂的女人。

我的鄰居究竟在想些什麼？他們去了什麼地方？

那時候，坐在我鄰居的書桌前，讀到她準備跟男人出去旅行的一段，我莫名地有些羨慕。我想起與河豚一起四年，我提了不知多少次，他就是挪不出時間，與我一齊旅行。

平常，他事情忙。到了週末，河豚又要陪家人。每次我抱怨的時候，他都皺著眉頭對我說：「事情要及早安排。」

及早安排，幾乎已經是我們中間心照不宣的默契了，事實是他沒辦法即興地做任何事，他的老婆會不准，不准就是不准。

他的老婆總會及早安排全家出遊之類的活動，說不定這句話正是他老婆說給他聽的：「事情都要及早安排。」

水壺呀、野餐呀，零食呀，一家大小吵吵嚷嚷地。晴朗的星期天早上，我睡在床上，卻可以想像河豚家裡的景象。

翻她的抽屜，在她最底下的抽屜，找出這樣一封信。沒寄的信裡，她又寫著「最後」。

「最後的旅程」，她說「最後」，她一再地用這兩個字，是病到最後的心境嗎？

這是我寫給你的最後的信。到最後，也只有用這種方法，才能夠讓你明白我的心意。

謝謝你。都是因為你，我才開始在紙上寫出自己的心聲。你在廣播節目裡對聽眾說的話呢，那時候我只是你的忠實聽眾，還沒有機會認識你，人人在FM聽到你說的話，你說，聽眾朋友記得寫下來，寫下來是重要的，你說，聽完我的節目，下一分鐘，聽眾朋友就去找一枝筆，拿著筆寫下來，傳真到電台給我，聽眾朋友們，說給我聽，有我在這裡會聽見呢！

你那時說過，用你最最好聽的嗓音說過，只要在這世界上還有一個人可以告訴，就夠了。你一字一字地說，「死都無妨了。」

你不只聽見了我的心聲，後來我夠幸運啊，還有你這個人可以全心去愛，真真的幸福透頂。

讀到這裡，有人聽見了。對不起，只能夠用這種——

信沒有寫完就停住筆。

電話撥通了，我拿著話筒，「喂，」的一聲，有人聽見了，他聽著電話這端的女性聲音，以為又是聽眾打進去的。

「不是剛才節目談的話題，那麼，你是我的讀者，對，我有一系列的專欄，你喜歡，」果然他講電話的聲音與收音機裡不同，「謝謝你喜歡，很多人都這麼說，哦，我寫的哪一篇？」

「我常在想，我生命中的女主角，會不會啊，在都市的哪個角落，有一天讓我遇上了。」換了一種口氣，他用收音機裡特殊磁性的聲音對我說。

「所以，你的女主角？她啊，會不會，……」我很想說，會不會在城市的哪個角落為你暗自傷心。

「你說什麼？」隔著電話，我聽出他有點意外。而我很想說的是，會不會為你們這種人糊裡糊塗結束了性命。

值得嗎？我想說，為有家的男人結束生命……

等到電話那端沒有了聲音，我的眼淚才順著臉頰一行行掛下來。

12

在我腦海裡，時時看見自己倒在血泊裡，有動作的，筆直地倒下去。那是手上最後一張王牌。手裡握著王牌，隨時可以對這個世界說：

「我都要死了，你還要怎麼樣？」

一個人睡覺，每次風吹草動，心裡有點毛毛的時候，我也會記起一個朋友對我說過的話。

她說，她每次怕鬼，只好把頭蒙在棉被裡，不敢看外面的世界。後來，她想通了，隨時可以祭出一個法寶。她想，要是鬼來了，她就蹦出棉被跟鬼說：

「嚇死了我，我就變鬼，跟你一樣，那你還有什麼可怕？」

把死亡放在口袋，隨時拿出來亮一亮，就是我可以祭出來的法寶。

「你到底想要怎麼安排我？」最後一次，我決定跟河豚攤牌。

望著河豚仍然在躲閃的眼神，我在暗影中絕望地想，最後的時刻，鄰居的那個男人不在她的身旁，男人正待在自己妻子身旁，來不及見她最後一面。

一個人，一盞燈，對著眼前的一張紙。就要跌到另一邊去了，沒有人拉住她，沒有一個人伸出援手。

緊接著的夜晚是最難捱的時刻。

睡在床上，我想不到一件、任何一件我想要去做的事情。

桌上有一大瓶礦泉水，我已經吞了一把。我要把剩下的藥丸吞下去。

迷迷糊糊漂在黑暗裡，胳臂斜伸過去，摸索到床頭櫃上的水瓶。這個分秒，正待把手上一捧藥倒進口裡，床頭的電話突然響了起來。

一片死寂的夜晚，一聲接一聲很大聲，會吵醒整棟樓的鄰居吧。聲音不在我的床頭，是在天花板上，我的床正上方，明明她家的電話插頭都拔下來了。鈴聲是從七樓傳下來的。

七樓的電話在這一秒鐘響了起來。

不值得的、不值得的，一聲聲地，聽著傳過來的電話鈴聲，我的神智一點點地回來了。……膠囊散在地上，我想到教科書裡讀過，畫一片葉子，延長一個生命，……若是當時走上樓去，與她說些什麼，她的命運會不會不一樣了？

我的手握著媽媽的手，結果會不會也就不一樣了？

那時候家裡淹水，瓢子、鍋子、勺子……都漂在水裡，我蹲在地上，先把漂走的勺子撿回來，才能夠把地下的積水舀出去。

像我小時候做的那樣，爸爸頭不回地走出去了，我蹲在地上，幫媽媽撿滿地的玻璃碎片。

電話鈴一直一直響。我緩緩側過頸子，確定是七樓傳下來的。

有人在那裡嗎？有人聽見了嗎？……兩個寂寞的女人，怎麼都不能夠失去開啟彼此寂寞的鑰匙！

捱過那個晚上，接下去就容易多了。接下去，我與河豚分手，這一次不再猶豫，單身女人住在都市的巷弄裡，總不能夠讓自己比原來的寂寞更加寂寞。

日子一天天過下去，然後就又接到我這個時刻的真實人生，每天黃昏下班的時候，站在公寓前我還是會習慣地抬頭望一眼，看看七樓有沒有燈光？等等看——有沒有新的房客搬進七樓？

可惜這不是好萊塢電影，如果人生像電影，我就可以信口說一個驚奇的收場，索性編個讓觀眾滿意的結局。像是有一天，打開大門，新搬來的房客從樓上走下來，帥呆了的男人，掛著酷酷的笑容，就是他了。我新搬來的鄰居就是我的 Mr Right。

偏偏這是我現實的人生，戲劇化的情節一生只有一次。

自從那天晚上，鄰居的電話再也沒有響過；接下去，脖子痠痛起來，我還是去老師傅那裡整骨……故事說到這裡，已經又接回平常日子裡來了，明明經過了許多事，好像也沒有發生什麼事，至少沒留下什麼痕跡。我後來做的只是站在梯子上，拿著刷子把天花板油漆好，看不見一點水漬。

——原載於一九九九年八月廿一日～三十日《聯合報》副刊

——《凝脂溫泉》，聯合文學出版社

◆作者簡介

平路，本名路平，一九五三年生，山東諸城人，台灣大學心理系畢業，美國愛荷華大學碩士。曾任職美國郵政總署、美國經濟與工程研究公司，為資深統計師。曾任《中時晚報》副刊主編、《中國時報》主筆、行政院光華新聞文化中心主任。曾獲聯合報小說獎、中國時報文學獎等。平路的寫作範圍很廣，從政論、文化與社會議題、雜文……幾乎無所不能。小說擅長表現出變局中的中國人和時代背景的許多糾葛現象，關心社會裡卑微小人物。著有小說《玉米田之死》、《椿哥》、《百齡箋》、《行道天涯》、《紅塵五注》、《何日君再來》、《黑水》等；散文集《愛情女人》、《女人權力》、《非沙文主義》、《讀心之書》、《香港已成往事》等。

作品賞析

平路八〇年代崛起時的留學生文學，已經走出悽愴徘徊的悲情中國人形象，而著眼於海外華人的現實處境，平路因身在海外，因此關懷角度以家國歷史為重點，而她早期的作品不管是卑微的小人物如〈椿哥〉，或個人認同追尋的〈玉米田之死〉卻多以男性為敘寫中心，她重思辨、好議論的專欄又往往讓人忽略她女性作家的身分，幸好她有《行道天涯》、《百齡箋》的大家國歷史，也有《誰殺了大明星》的女明星傳奇，甚且有這本《凝脂溫泉》，讓讀者發現平路也可以這麼貼近女性心靈。

從泡水的天花板開始，兩個失意的女人在生死相隔的地方對話。別人的情婦、婚姻的第三者，敘述者透過窺探另一個陷在不倫之戀的死者的往事中，省視自己的陷落與清醒，雖然是尋常的情節，普通得就像可能發生在自己鄰居身上，但平路祭出她的小說人物，以保證她在現實生活的安詳順遂，對讀者來說（尤其是女性讀者），閱讀平路的小說人物的坎坷人生，何嘗不是確保自己現實人生安詳順遂的法寶。

延伸閱讀

1. 平路，《凝脂溫泉》，聯合文學，二〇〇〇年五月三十一日
2. 梅家玲，〈她的故事──平路小說中的女性・歷史・書寫〉，《性別，還是國家──五〇與八、九〇年代台灣小說論》，麥田出版社，二〇〇四年十月一日，頁二二七─二六五
3. 王開平，〈有體溫的水，與記憶──訪小說家平路〉，《聯合報》第四一版，二〇〇〇年五月二十二日

4. 南方朔，〈被生命的大黑鳥撞上〉，《中時晚報》第十三版，二〇〇〇年六月三日
5. 李奭學，〈路見不平〉，《中國時報》第二二版，二〇〇二年九月十五日

世紀末的華麗

朱天文

這是台灣獨有的城市天際線，米亞常常站在她的九樓陽臺上觀測天象。依照當時的心情，屋裏燒一土撮安息香。

違建鐵皮屋佈滿樓頂，千萬家篷架像森林之海延伸到日出日落處。我們需要輕質化建築，米亞的情人老段說。老段用輕質沖孔鐵皮建材來解決別墅開天窗或落地窗所產生的日曬問題。米亞的樓頂陽臺也有一個這樣的棚，倒掛著各種乾燥花草。

米亞是一位相信嗅覺，依賴嗅覺記憶活著的人。安息香使她回到那場八九年春裝秀中，淹沒在一片雪紡、喬其紗、縐綢、金蔥、紗麗、綁紮纏繞圍裹垂墜的印度熱裏，天衣無縫，當然少不掉錫克教式裹頭巾，搭配前個世紀末展露於維也納建築繪畫中的裝飾風，其間翹楚克林姆，綴滿亮箔珠繡的裝飾風。

米亞也同樣依賴顏色的記憶。比方她一直在找有一種紫色，想不起來是什麼時候和地方見過，但她確信只要被她遇見一定逃不掉，然後那一種紫色負荷的所有東西霎時都會重現。不過比起嗅覺，顏色就遲鈍得多。嗅覺因為它的無形不可捉摸，更加銳利和準確。

鐵皮篷架，顯出台灣與地爭空間的事實，的確，也看到前人為解決平頂燠曬防雨所發明內外交流的半戶外空間。前人以他們生活經驗累積給了我們應付台灣氣候環境的建築方式，輕質化。不同於歐美也不同於日本，是形式上的輕質，也是空間上輕質，視覺上輕質，為烈日下擁塞的台灣都市尋找紓解空間。貝律銘說，風格產生由解決問題而來。如果他沒有一批技術人員幫他解決問題，羅浮宮金字塔上的玻璃不會那樣閃閃發亮而透明，老段說。

老段這些話混合著薄荷氣味的藥草茶。當時他們坐在棚底下聊天，米亞出來進去沏茶。

清洌的薄荷藥草茶，她記起九〇年夏裝海濱淺色調。那不是加勒比海繽紛印花布，而是北極海海濱。幾座來自格陵蘭島的冰山隱浮於北極海濛霧裏，呼吸冷凍空氣，一望冰白，透青，纖綠。細節延續八九年秋冬蕾絲鏤空，轉為魚網般新鏤空感，或用壓褶壓燙出魚鰭和貝殼紋路。

米亞與老段，他們不講話的時刻，便做為印象派畫家一樣，觀察城市天際線日落造成的幻化。將時間停留在畫布上的大師，莫內，時鐘般記錄了一日之中奇瓦尼河上光線的流動，他們亦耽美於每一刻鐘光陰移動在他們四周引起的微細妙變。蝦紅，鮭紅，亞麻黃，蓍草黃，天空由粉紅變成黛綠，落幕前突然放一把大火從地平線燒起，轟轟焚城。他們過份耽美，在漫長的賞歎過程中耗盡精力，或被異象震懾得心神俱裂，往往竟無法做情人們該做的愛情事。

米亞願意這樣，選擇了這種生活方式。開始也不是要這樣的，但是到後來就變成唯一的選擇。

她的女朋友們，安，喬伊，婉玉，寶貝，克麗絲汀，小葛，她最老二十五歲。黑裏俏的安永遠在設法把自己曬得更黑，黑到一種程度能夠穿螢光亮的紅、綠、黃而最顯得出色。安不需要男人，安說她有頻率震盪器。所以安選擇一位四十二歲事業有成已婚男人當做她的情人，已婚，因為那樣他不會來煩膩她。安做美容師好忙，有閑，還要依她想不想，想才讓他約她。對於那些年輕單身漢子，既缺錢，又毛躁，安一點興趣也沒有的。

職業使然，安渾身骨子裏有一股被磨砂霜浸透的寒氣滲出。說寒氣，是冷香，低冷低冷壓成一薄片鋒刀逼近。那是安。

日本語彙裡發現有一種灰色，浪漫灰。五十歲男人仍然蓬軟細貼的黑髮但兩鬢已經飛霜，喚起少女浪漫戀情的風霜之灰，練達之灰。米亞很早已脫離童騃，但她也感到被老段浪漫灰所吸引，以及嗅覺，她聞見是只有老段獨有的太陽光味道。

那年頭，米亞目睹過衣服穿在柳樹粗椏跟牆頭間的竹竿上曬。還不知道用柔軟精的那年頭，衣服透透曬整天，堅質糲挺，著衣時布是布，肉是肉，爽然提醒她有一條清潔的身體存在。媽媽把一家人的衣服整齊疊好收藏，女人衣物絕對不能放在男人的上面，一如堅持男人衣物曬在女人的前面。她公開反抗禁忌，幼小心智很想試測會不會有天災降臨。柳樹砍掉之後，土地徵收去建國宅，姐姐們嫁人，媽媽衰老了，這一切成為善良回憶，一股白蘭洗衣粉洗過曬飽了七月大太陽的味道。

良人的味道。那還摻入刮鬍水和煙的氣味，就是老段。良人有靠。雖然米亞完全可以養活自己不拿老段的錢，可是老段載她脫離都市出去雲遊時，把一疊錢交給她，由她沿路付賬計算，回來總剩，老段說留著吧。米亞快樂的是他使用錢的方式把她當成老婆，而非情人。

白雲蒼狗，川久保玲也與她打下一片江山的中性化俐落都會風絕裂，倒戈投入女性化陣營。以紗，以多層次線條不規則剪裁，強調溫柔。風訊更早已吹出，發生在八七年開始，邪惡的墮落天使加利亞諾回歸清純！一系列帶著十九世紀新女性的前香奈爾式套裝，和低胸緊身大篷裙晚禮服，和當年王室最鍾愛穿的殖民地白色，登場。

小葛業已拋置大墊肩，三件頭套裝。上班族僵硬樣板猶如圍裙之於主婦，女人經常那樣穿，視同自動放棄女人權利。小葛穿起五〇年代的合身，小腰，半長袖。一念之間了豁，為什麼不，她就是要佔身為女人的便宜，越多女人味的女人能從男人那裡獲利越多。小葛學會降低姿態來包藏禍心，結果事半功倍。

垂墜感代替了直線感，厭廝喜絲。水洗絲砂洗絲的生產使絲多樣而現代。嫘縈由木漿製成，具棉的吸濕性吸汗，以及棉的質感而比棉更具垂墜性。嫘縈雪紡更比絲質雪紡便宜三分之一多。那年聖誕節前夕寒流過境，米亞跟婉玉為次年出版的一本休閑雜誌拍春裝，燒花嫘縈系列幻造出飄逸的敦煌飛天。米亞同意，她們賺自己的吃自己的是驕傲，然而能夠花用自己所愛男人的錢是快樂，兩樣。

梅雨潮濕時嫘縈容易發霉。米亞憂愁她屋裡成缽成束的各種乾燥花瓣和草莖，老段幫她買了一架除濕機。風雨如晦，米亞望見城市天際線彷彿生出厚厚墨苔。她喝辛辣薑茶，去濕味，不然在卡帕契諾泡沫上撒很重的肉桂粉。

肉桂與薑的氣味隨風而逝，太陽破出，滿街在一片洛可可和巴洛克宮廷紫海裡。電影阿瑪迪斯效應，米亞回首望去，那是八五年長夏到長秋，古典音樂卡帶大爆熱門。

八七年鳶尾花創下天價拍賣記錄後，黃，紫，青，三色系立刻成為色彩主流。梵谷引動了莫內，姹藍，妃紅，嫣紫，二十四幅奇瓦尼的水上光線借衣還魂又復生。大溪地花卉和橙色色系也上來，那是高更的。高更回顧展三百餘幀展出時，老段偕他二兒子維維從西德看完世界盃桌球錦標賽後到巴黎正好逢上，回來送她一幅傑可布與天使摔角。

因為來自歐洲，用色總是猶疑不決，要費許多時間去推敲。其實很簡單，只要順性往畫布上塗一塊紅塗一塊藍就好了。溪水中泛著金黃色流光，令人著迷，猶疑什麼呢？為什麼不能把喜悅的金色傾倒在畫布上？不敢這樣畫，歐洲舊習在作祟，是退化了的種族在表現上的羞怯。大溪地時期高更熱烈說。老段像講老朋友的事講給她聽。

老段和她屬於兩個不同生活圈子，交集的部份佔他們各自時間量上來看極少，時間質上很重。都是他們不食人間煙火那一部份，所以山中一日世上千年提煉成結晶，一種非洲東部跟阿拉伯產的樹脂，貴重香料，凝黃色的乳香。

乳香帶米亞回到八六年十八歲，她和她的男朋友們，與大自然做愛。這一年台灣往前大跨一步，直接趕上流行第一現場歐洲，米亞一夥玩伴報名參加誰最像瑪丹娜比賽，自此開始她的模特兒生涯。體態意識抬頭，這一年她不再穿寬鬆長衣，短且窄小。瑪丹娜褻衣外穿風吹草偃颳到歐洲，她也有幾件小可愛，緞子，透明紗，麻，萊克布，白天搭麂皮短裙，晚上換條亮片裙去 KISS 跳舞。

她像貴重乳香把她的男生朋友們黏聚在一起。總是她興沖沖號召，大家都來了。楊格，阿舜跟老婆，歐，螞蟻，小凱，袁氏兄弟。有時是午夜跳得正瘋，有時是椰如打佯了已付過賬只剩他們一桌在等，人到齊就開拔。小凱一部，歐一部，車開上陽明山。先到三岔口那家7-ELEVEN購足吃食，入山。

山半腰箭竹林子裡，他們並排倒臥，傳五加皮仰天喝，點燃大麻像一隻魑魅紅螢遞飛著呼。呼過放弛躺下，等。眼皮漸漸痠重闔上時，不再聽見濁沉呼吸，四周轟然抽去聲音無限遠拓蕩開。靜謐太空中，風吹竹葉如鼓風箱自極際彼端噴出霧，凝為沙，捲成浪，乾而細而涼，遠遠遠來到跟前拂蓋之後嗶刷褪盡。裸寒真空，突然噪起一天的鳥叫，乳香瀰漫，鳥聲如珠雨落下，覆滿全身。我們跟大自然在做愛，米亞悲哀歎息。

她絕不想就此著落下來。她愛小凱，早在這一年六月之前她已注目小凱。六月*MEN'S NON NO*創刊，台北與東京的少女同步於創刊號封面上發現了她們的王子，阿部寬，以後不間斷蒐集了二十一期男人儂儂連續都是阿部寬當封面模特兒。小凱同樣有阿部寬毫無脂粉氣的濃挺劍眉，流著運動汗水無邪臉龐，和專門為了談戀愛而生的深邃明眸。小凱只是沒有像阿部寬那樣有男人儂儂或集英社來做大他，米亞抱不平想。

因此米亞和小凱建立了一種戰友式情感，他們向來是服裝雜誌廣告上的最佳拍檔。小凱穿上倫敦男孩的一些heavy一些叛逆，她搭合成皮多拉鍊夾克，高腰短窄裙，拉鍊剖過腹中央，兩邊雞眼四合釦一列到底，用金屬鍊穿鞋帶般交叉繫綁直上肋間，鐵騎錚響，宇宙發飆。小凱長得太俊只愛他自己，把米亞當成是他親愛的水仙花兄弟。

米亞也愛楊格。鳥聲歇過，他們已小寐了一刻，被沉重露水濕醒，紛紛爬起來跑回車上。楊格拉著她穿繞朽竹尖枝，溫熱多肉的手掌告訴她意思。但米亞還不想就定在誰身上，雖然她實在很愛看楊格終年那條李維牛仔褲，卡其色棉襯衫一輩子拖在外面，兩手抄進褲口袋裡百般聊賴快要變成廢人。她著迷於牛仔褲的舊藍和洗白了的卡其色所造成的拓落氛圍，為之可以衝動下嫁。但米亞從來不回應楊格投過來的眼神，不給他任何暗示和機會。他們最後鑽進車裡，駛上氣象觀測台。

水氣和雲重得像河，車燈破開水道逆流奮行，來到山頂，等。歐拈出一紙符片，指甲大小，分她一半含在舌尖上，化掉後她逐漸激亢顫笑不止，笑出淚變成哭也止不住，歐把車箱裡一件軍用大衣取出，連頭連身當她粽子一包，塞在袁氏兄弟臂下穩固。她愛歐敞開車門，音響轉到最大，水霧中隨比利珍曲子起舞，踩著麥可傑克森的月球漫步。

終於，看哪，他們等到了，前方山谷浮昇出一橫座海市蜃樓。雲氣是鏡幕，反照著深夜黎明前台北盆地的不知何處，幽玄城堡，輪廓歷歷。

米亞漲滿眼淚，對城堡裡酣睡市人賭誓，她絕不要愛情，愛情太無聊只會使人沉淪，像阿舜跟老婆，又牽扯，又小氣。世界絢爛她還來不及看，她立志奔赴前程不擇手段。物質女郎，為什麼不呢，拜物，拜金，青春綺貌，她好崇拜自己姣好的身體。

下山洗溫泉，車燈衝射裡一路明霧飛花天就亮了。熬整夜不能見陽光，戴上墨鏡，一律復古式小圓鏡片，他們自稱是吸血鬼，群鬼泡過澡躺在大石上睡覺。硫磺煙從溪谷底滾升上來，墨鏡裡太陽是一塊金屬餅。米亞把錄音帶帶子拉出，迎風咻咻咻向太陽蛇飛去，她牢牢盯住帶子，褐色帶子便成了一道箭軌帶她穿過沌黃穹蒼直射達金屬餅上。她感覺一人站在那裡，俯瞰眾生，莽乾坤，鼎鼎百年景。

八六年到八七年秋天，米亞和她的男朋友們耽溺玩這種遊戲，不知老之將至。十月皮爾卡登來台灣巡察他在此地的代理產品，那個月阿部寬穿著玫瑰紅開絲米尖領毛衣湖藍領帶出現於男人儂儂封面上，且躍登銀幕與南野陽子演出時髦小姐走過去了。卻不知何故令她惘然若有所失。

夕日之間，她發覺不再愛阿部寬。她的蒐集至次年二月終止，茫茫雪地阿部寬白帽白衣摟抱著白色秋田犬光燦笑出健康白齒的第二十一期封面，多麼幼稚。那是只有去沒有回單向流通的不平等待遇，就算她愛死阿部寬，阿部寬仍然是眾人的不會分她一點笑容。她奇怪居然被騙，阿部寬其實是一個自信自戀的傢伙永遠眼中無他人。女人自戀猶可愛，男人自戀無骨氣。

米亞便不想玩了。沒有她召集，男朋友們果然也雲消霧散，各闖各，至今好多成為同性戀，都與她形同姐妹淘的感情往來。

分水嶺從那時候開始。恐懼AIDS造成服裝設計上女性化和紳士感，中性服消失。米亞告別她從國中以來歷經大衛鮑依，喬治男孩和王子時期雌雄同體的打扮。

那年頭，脫掉制服她穿軍裝式，卡其，米色系，徽章，出入西門町，迷倒許多女學生。十五歲她率先穿起兩肩破大洞的乞丐裝，媽媽已沒有力氣反對她。儘管當年不知，她始終都比同輩先走在山本耀司三宅一生他們的潮流裡。即使八四年金子功另創一股田園風，鄉村小碎花與層層荷葉邊，米亞讓她的女友寶貝穿，她搭礦灰騎師夾克，樹皮色七分農夫褲底下空腳布鞋，雙雙上麥當勞吃情人餐。寶貝腕上戴著刻有她名字的鍍金牌子，星月耳環，一隻在寶貝右耳，一隻在她左耳。三一冰淇淋那一年出現，三十一種不同口味色彩繽紛結實如球的冰淇淋，寶貝過山羊座生日，兩人互相請，冰天凍地，敞亮如花房暖室，她們編織未來合夥開店的美夢。

這半生她最對不起寶貝。首次她以斜紋牛仔布胸罩代替襯衫窄在短外套裡，及臀棉窄裙，身段畢露準備給玩伴們吃一大驚時，寶貝極不高興，反應過度貶她一通。寶貝變得好像媽媽，越反對她越異議。帶頭把玩伴很快捲入瑪丹娜旋風，決賽時各方媒體來拍。往後她看到有一支MTV，把她們如假包換的一群瑪丹娜跟街上吳淑珍代夫出征競選立法委員的宣傳車，跟柯拉蓉和平革命飛揚如旗海的黃絲帶，交錯剪接在一起。熱火火圈子又結識另外一批人她的男朋友們，寶貝越漂越遠，偶一回眼，她會看到漣漪淡去的遠處寶貝用寂寞的眼睛譴責她。

二十歲她不想再玩，女王蜂一般酷，賺錢。羅蜜歐吉格利崛起，心儀龐貝古城壁畫的義大利設計師，採緊身裹纏線條發揮復古情懷。米亞將鬈髮中分攏後盤起，裸出鼻額，肩頭，和鵝弧頸項，宛如山林女神復生。她遇見老段。

寶貝約她出來長談。因為聽說她跟人同居，竟然想勸服她離開那個已婚男人。她傲慢拒絕，把忠言全部當成是寶貝自己私心。寶貝對她如死諫，她冷冷像看一個心機已暴現無遺卻渾然不覺的拙劣角色在搬演，充塞著寶貝一貫的香水氣味，AMOUR AMOUR，愛情愛情。好陳腐的氣味，隨時令她記起這天下午呆滯出汗的窗樹，木棉花像橘紅塑膠碗蹲滿樹枝。寶貝傷痛哭起來，她悶怒離去。

不久她接到寶貝的結婚喜帖，地址是寶貝的字，帖裡除印刷體外隻字無。喜帖極普通不過，肥香衝鼻臭，陌生名字的新郎，廉價無質感名字的新郎父母親，寶貝用這種方式懲罰她。她很生氣有人會如此作賤自己，不去參加寶貝的婚禮。

音訊斷絕。隔年法國大革命兩百週年，聞知寶貝到榮總生產，她在永琦買好了紅白藍國旗色包裝的革命糖打算探望寶貝，許多事情打岔便岔過去了，直到傳聞寶貝離婚，開一家花店，女兒才三歲。

九二年冬裝，帝政遺風仍興。上披披風斗篷，下配緊身褲或長襪，或搭長及膝上的靴子。台灣沒有穿長靴的氣候，但可以修正腿與身體比例，鶴勢螂形。織上金線，格子，豹點圖案的長襪成為冬季主題。她帶著三年前買的革命糖去寶貝花店，三年後革命糖已不再上市，因此升值為古董絕版品，稀珍之物。

花店，原來也賣吃。寶貝坐在紫籐圓桶凳上的背影，婦人身材穩實像一尊磐石。她躡足進去從後面一把蒙住寶貝眼睛，this is rape，這是搶劫。她很早以前從色情錄影帶上看到的用來嚇寶貝，日後變成她們之間親密的招呼。寶貝閃脫開，半身藏在花櫃側，喜怒參半，嘴上就一直怪責不先通知害她這樣沒有打扮醜死了。這一刻米亞但願自己顯得老黯些，絕非歲月不驚的重逢。那麼是不是她在店裡等，讓寶貝回家梳頭換衣服，還是下次再來。寶貝選擇約期再見，她們便也不及任何敘舊，如往日，向寶貝飛了吻道別。

花店現在是她們女伴常常會聚的地盤，地段貴，巷內都是小門面精品店。米亞嗅見一家一家店，有些是顏色帶來的，有些是佈置和空間感，她穿過巷子像走經一遍世界古文明國。繁複香味的花店有若拜占庭刺繡，不時湧散一股茶咖啡香，喚醒邃古的手藝時代。喬伊管花店吃食，都是自家烘製的水果蛋糕，契司派，麥片餅乾，花瓣布丁。

米亞正好有一筆進項，拿給寶貝投資店。寶貝佔三分之一股，另外兩個合夥人一是前夫，一是做陶朋友，他們都說不認識米亞婉謝了她。被排拒，倒是高興。在兩人盈虧的感情天平上，她這端似乎補上了一丁點重量。

復古走到今年春天，愈趨淫晦。東方式的淫，反穿繡襖的淫，米亞已行之經年領先米蘭和巴黎。她駐足於花店對面拉克華，窗景只有一件摩洛哥式長外衣，象牙色粗面生絲布與同色裝璜跟燈光溶成漠漠沙地，稀絕的顏色，大馬士革紅織錦嵌滿紫金線浮花，從折起的一角衣襬露出，寬敞袖筒中窺見。米亞聞見神祕麝香。

印度的麝香黃。紫綢掀開是麝黃裡，藏青布吹起一截桃紅衫，翡翠緞翻出石榴紅。印度搏其神祕之淫，中國獲其節制之淫，日本使一切定形下來得風格化之淫。

一面富麗堂皇復古，一面懺悔回歸大自然。八九年秋冬拉克華推出豹紋帽，莫斯奇諾用豹紋滾邊，法瑞綜合數種動物花紋外套，老虎，斑馬，長頸鹿，蛇皮。令人緬懷兩百年前古英帝國，從殖民地進口的動物裝飾品像野火燒遍歐洲大陸。

當然都是假皮紋。生態保護主義盛興下，披掛真品不僅干犯眾怒，也很落伍。不要做流行的奴隸，做你自己，莫斯奇諾名言。那是騙人的，米亞幾乎可以看見莫斯奇諾在他的米蘭工作室內對她頑黠眨眼說。

人造毛皮成為九〇年冬裝新寵，幾可亂真，又不違反保護動物戒令。但是何苦亂真呢，豈非蠢氣。不如贗品自我解嘲，倒更符合現代精神，一點機智一點cute。布希夫人頸上一組三串售價僅一百五十美元的人造珠，尚且於八九年冬末掀起配戴真珠項鍊熱潮。米亞的九一年反皮草秀，染紅染綠假皮毛及其變奏，俏達又蜚興。

環保意識自九〇年春始，海濱淺色調，沙漠柔淡感。無彩色系和明灰色調，不同於八〇年代中性色的，蛋殼白，珍珠灰，牡蠣黑，象牙黃，貝殼青。自然即美，米亞丟掉清楚分明的眼線液和眼線筆，眼影已非化妝重點。凸顯特色，而不修飾臉型，顴骨高低何妨，腮紅遁走。杏仁色，奶茶色，光暗比例消失，疆界泯滅，清而透。粉底，梨子色的九〇年代更移了八〇年代橄欖膚色。

老段使米亞沉靜，她日漸已脫離誇張的女王蜂時期。合乎環保自然邏輯，微垂胸部和若即若離腰部線條，據稱才是真正的性感。

再度單身，寶貝每個星期六去前夫家接女兒出來共渡週末。花店晚上八點半打烊，留一盞銅燭台點著靛藍蠟燭。有時和米亞一起吃消夜，有時到米亞家喝她新配方的藥草茶，把老段丟在一角聽音樂，她們講不完的悄悄話而老段著實插不進。寶貝女兒天蠍座，尾後帶鉤的，難纏。她們三人出遊時，寶貝開車，她抱小天蠍坐旁邊，或在後座玩，寶貝從後照鏡看著她跟女兒。米亞預見，寶貝終將選擇了這樣的生活方式渡過罷。

克麗絲汀自許是睡衣派女人，一批堅拒穿任何制服的頑固份子，例如女強人的三件頭套裝。憎惡頸部受到領子任何一點壓力，她們穿法國式的最愛，直筒長T恤連衣裙。無領，V字領，船型領，細肩帶針織棉衫，鑲一圈米碎花邊。

婉玉便是可憐的行動派女人。擅於實現別人夢想，老公情人兒子的，為了自我犧牲抑或為了不讓他人失望，忙碌不已。她們甚同情婉玉，行動派女人，留給自己一些空白吧，大哭一場也好，瘋狂購物也好，或只是坐著發呆，都好。

米亞卻恐怕是個巫女。她養滿屋子乾燥花草，像藥坊。老段往往錯覺他跟一位中世紀僧侶在一起。她的浴室遍植君子蘭，非洲堇，觀賞鳳梨，孔雀椰子，各類叫不出名字的綠蕨。以及毒豔奪目的百十種浴鹽，浴油，香皂，沐浴精，彷若魔液煉製室。所有起因不過是米亞偶然很渴望把荷蘭玫瑰的嬌粉紅和香味永恆留住，不讓盛開，她就從瓶裡取出，紮成一束倒懸在窗楣通風處，為那日日褪暗的顏色感到無奈。當時她才鬧翻搬離大姐家，逃開大姐職業婦女雙薪家庭生活和媽媽的監束，脫網金魚，馬上面臨大海覓食的脅迫感，抓狂賺錢。碰到有些場合拮据玩不起時，她會擺出玩夠了不想再玩看破紅塵的酷模樣，超然說她要回家睡覺了。的確她也努力經營自己的小窩，便在這段日子與那束風乾玫瑰建立起患難情結。

她目睹花香日漸枯淡，色澤深深黯去，最後它們已轉變為另外一種事物。宿命，但還是有機會，引起她的好奇心。再掛上一叢滿天星做觀察，然後一捧矢車菊，錦葵，貓薄荷，這樣啟始了各類屬實驗。

老段初次上來她家坐時，桌子尚無，茶咖啡皆無，唯有五個出色的大墊子扔在房間地上，幾細草花錯落吊窗邊，一陶缽黃玫瑰乾瓣，一籐盤皺乾檸檬皮柳丁皮小金橘皮。他們席地而坐，兩杯百分之百橙汁，老段一手拿著洗淨的味全酸酪盒杯當煙灰缸，抽煙講話。問她墊子是否分在三處不同的地方買到，米亞驚訝說是。那兩個蠟染的是一處，那兩個鬱金香圖案進口印花布的是一處，這個繡著大象鑲釘小圓鏡片的是印度貨，還有這兩隻馬克杯頗後現代。米亞真高興她費心選回的家當都被辨識出來，心想要買一個好的煙灰缸放在家裡。次日她也很高興，她的屋子是如此吃喝坐臥界限模糊，所以就那麼順水推舟的把他們推入纏綿。

老段而且把蘇聯紅星錶忘在她家，隔日來取錶，仍然忘，又來，又忘。男女三日夜，廢耕廢織，米亞差點把一場先施的亞曼尼秋裝展示耽誤掉。不是辦法，都說分手得好，紅星錶送給她做紀念，他也得恢復工作。

米亞屋裡溢滿百香果又酸又甜的蜜味，像金紅色火山岩漿溢出窗縫，門縫，從陽台電梯流瀉直下灌滿寓樓。為了等老段說不定打電話仍來，她整天吃掉一簍百香果，用匙子挖，一杓一杓放進嘴裡，至晚上酸液快把鋼匙和她的手指牙齒潰蝕了，才停止，蒙頭倒睡。大大小小的百香果空殼弄乾淨鋪在陽台上風曬，又叫羅漢果，鴉鴉似一台羅漢頭，米亞非常懊喪。早晨她提了背包離家，決心不理拍廣告的通告，因此失業也算了。她只是不要傻瓜一樣等電話，變成一米軟蟲齧咀苦果。

她買了票隨便登上一列火車，隨便去哪裡。出總站，鐵道兩邊街容之醜舊令她駭然，她從未經過這個角度來看台北市。越往南走，陌生直如異國，樹景皆非她慣見。票是台中，下車。逛到黃昏跳上一部公路局，滿厢乘客鑽進來她一名外星人。車往一個叫太平鄉的方向，越走天越暗，颳來奇香，好荒涼的異國。她跑下車過馬路找到站牌，等回程車，已等不及要回去那個聲色犬馬的家城。離城獨處，她會失根而萎。當她在國光號裡一覺醒來望見雪亮花房般大窗景的新光百貨，連著塞滿騎樓底下的服飾攤，轉出中山北路，樟樹槭樹蔭隙裡各種明度燈色的商店，上橋，空中大霓虹牆，米亞如魚得水又活回來了。

去找袁氏兄弟。袁爸爸開一家鋼琴吧，設在大樓地下室，規定不准立招牌，他們便僱一輛小卡車佈置為招牌每晚停到樓前面。釘滿霓管的看板，銀紅底奔放射出三團流金字，謎中謎。大袁衰運服兵役去，小袁見她來，興奮教她一種玩法，將接進大樓的霓管電源切掉插上自備電瓶，叫她上車，兜風。駕著火樹銀花風馳過高架路，繞經東門府前大道中正紀念堂回來。米亞得意給小袁看她腕上的紅星錶，剝下借小袁戴幾天。

這才是她的鄉土。台北米蘭巴黎倫敦東京紐約結成的城市邦聯，她生活之中，習其禮俗，游其藝技，潤其風華，成其大器。

面臨女生化，三宅一生改變他向來的立體剪裁，轉移在布料發揮。用壓紋來處理雪紡和絲，使料子顯出與原質完全相反的硬感，柔中現剛，帶著視覺冒險意味。鰭紋，貝殼紋，颱風草紋，棕櫚葉直紋，以壓紋後自然產生的立體效果來取代立體剪裁，再以交叉縫接，未來感十足，仍是他的任性和奇拔。

漢城奧運全球轉播時，聖羅蘭和維瑟斯皆不諱言，花蝴蝶葛瑞菲絲的中空、蕾絲緊身褲，可讓手腳大幅度擺作方便運動的剪裁法，已出現在他們外出服宴會服的設計中。

米亞年幼期看過電視上查理王子黛安娜王妃的世紀婚禮，黛妃髮人人效剪。這次童話故事沒有完，繼續說，可哀啊。

老段就又來看米亞。米亞快樂衝前去抱住他脖子，使他措手不及踉蹌跌笑。敞著房門電梯通道上，米亞像小猴子牢牢攀吊在母猴身上再不下來的，老段只好趕快拖抱回房，對她的熱情有些窘迫不會應付。米亞很愛使力抱起他看能不能把他抱離地面一吋，不然雙足踩在他腳背上，兩人環抱著繞屋裡走一圈。都使老段甚感羞拙，是情人，稚齡也夠做他女兒。

等她出嫁的時候，老段說，他的金卡給她任意簽，傾家蕩產簽光。米亞靜靜聽，沒有說什麼。隔天老段急忙修正，不應該說嫁不嫁人的話，此念萌生，災況發生時，就會變成致命的弱點阿奇里斯腳踝，因為米亞是他的。隔不久老段又修正，他的年齡他會比較早死，後半生她怎麼辦，所以，聽天由命罷。米亞低眉垂目慈顏聽，像老段是小兒般胡語。

正如秋裝註定以繼夏裝，熱情也會消褪，溫澹似玉。米亞從乾燥花一路觀察追踪，到製作藥草茶，沐浴配備，到壓花，手製紙，全部無非是發展她對嗅覺的依賴，和絕望的為保留下花的鮮豔顏色。

老段他們公司伉儷檔去國家公園森林浴回來，撿給她一袋松果松針杉瓣。她用兩茶匙肉桂粉，半匙丁香，桂花，兩滴薰衣草油，松油，檸檬油，松果絨翼裡加塗一層松油，與油加利葉扁柏玫瑰花葉天竺葵葉混拌後，綴上曬乾的辣紅朝天椒，荊果，日日紅，鋪置於原木色槽盆裡，聖誕節慶風味的香缽，放在老段工作室。

最近我們重新用洗石子做轉角細部處理，過去都是洗寒水石，現在希望洗三分的宜蘭石，讓老一輩的技術能夠有一個新視野，也是解決磁磚工短缺的辦法。DINK 族與單身貴族的住宅案，老段想幫米亞訂一間。但米亞喜歡自己這間頂樓有鐵皮篷陽台的屋子，她可以曬花曬草葉水果皮。罩著藍染素衣靠牆欄觀測天象，曠風吹開翻起朱紅布裡。

她比老段大兒子大兩歲。二兒子維維她見過，像母親。城市天際線上堆出的雲堡告訴她，她會看到維維的孩子成家立業生出下一代，而老段也許看不到。因此她必須獨立於感情之外，從現在就要開始練習。

將廢紙撕碎泡在水裡，待膠質分離後，紙片投入果汁機，漿糊和水一起打成糊狀，平攤濾網上壓乾，放到白棉布間，外面加報紙木板用擀麵棒擀淨，重物壓置數小時，取出濾網，拿熨斗隔著棉布低溫整燙一遍。一星期前米亞製出了她的第一張紙箋，即可書寫，不欲墨水滲透，塗層明礬水。這星期她把紫紅玫瑰花瓣一起加入果汁機打，製出第二張紙。

雲堡拆散，露出埃及藍湖泊。蘿絲瑪麗，迷迭香。

年老色衰，米亞有好手藝足以養活。湖泊幽邃無底洞之藍告訴她，有一天男人用理論與制度建立起的世界會倒塌，她將以嗅覺和顏色的記憶存活，從這裡並予之重建。

一九九〇・四・十八・寫完

一九九〇・五・八、九・《中國時報》

——《世紀末的華麗》，遠流出版社

◆作者簡介

朱天文，一九五六年生，山東臨朐人，淡江大學英文系畢業。高一時即開始寫作，小說與散文均擅長。曾任編輯，主編《三三集刊》、《三三雜誌》，並任三三書坊發行人，現專事寫作。曾獲聯合報小說獎、時報文學獎，一九九四年並以《荒人手記》獲得首屆時報文學百萬小說獎。作品有小說集《傳說》、《小畢的故事》、《最想念的季節》、《炎夏之都》、《世紀末的華麗》、《荒人手記》，散文集《淡江記》、《三姐妹》，並著有電影劇本《戀戀風塵》、《悲情城市》等。朱天文的作品主要是小說，從早期的作品到近期的〈E界〉、〈巫時〉，都可見出她敏感的時代感，她以嘲謔的手法，對現代人的心理進行赤裸裸的剖析和批判。

◆作品賞析

在許多眷村作家中，朱天文是很特別的一位。因為出身眷村，外省第二代的作家，對眷村生活念茲在茲，書之不輟，朱天文早期作品也有許多眷村文學代表作，如〈小畢的故事〉，台灣因為都市化、全球化及資訊化的腳步，以及主政者並不在意保留過往的生活文化，以致台灣在本土特色被逐漸稀釋的同時，也喪失了可據以認同的標的，但朱天文卻是一方面仍念念不忘消失的眷村，同時也看出家國不變的作家。

本文的人物仍多具眷村背景，但卻著力於台北都會的光怪陸離又飄忽不定的世紀末，這個城市，盡是高樓華廈、名牌商品以及無遠弗屆的媒體，人在其中，被物欲浸滲，被符碼標籤化，也在全球化的時尚潮流中，忘其所以，樂不思蜀，對走在時尚尖端的模特兒米亞而言，物化的城市才是她的鄉土，「台北米蘭巴黎倫敦東京紐約結成的城市邦聯，她生活其中，習其禮俗，游其藝技，潤其風華，成其大器」，朱天文在本文中，以極盡華麗之能事的文字，搭構出她自己的家國、自己的鄉土。

◇延伸閱讀

1. 朱天文，《世紀末的華麗》，遠流出版社，一九九〇年七月十六日
2. 詹宏志，〈一種老去的聲音：讀朱天文的〈世紀末的華麗〉〉，《世紀末的華麗》，三三出版社，一九九〇年，頁九—十四
3. 王德威，〈越過顧影自憐的藩籬：簡評朱天文〈世紀末的華麗〉〉，《中國時報》第三一版，一九九一年三月九日
4. 劉亮雅，〈擺盪在現代與後現代之間——朱天文近類作品中的國族、世代、性別、情慾問題〉，《中外文學》第二四期，一九九五年六月，頁七—一九
5. 張小虹，〈《世紀末的華麗》導讀〉，《日據以來台灣女作家小說選讀（上）》，女書文化，二〇〇一年七月，頁九六—九九

林仔埔棒球誌

楊照

1

你覺得這一切都不對勁。向東行的信義路上竟然不堵車。白花花的太陽掛在擋風玻璃上，堅持地要晒進你戴了墨鏡的眼睛裡。更奇怪的，天空是藍藍的，不帶灰樸樸的濛混塵粒，一直看上去，看得見一尾拉白絲的噴射機。

上一次遇到這種晴空、藍天白雲，是什麼時候的事了？上一次星期六提早下班，無處可去直朝家裡飛馳，又是什麼時候的事？你拚命向記憶裡求索，想要給這份感覺一個時間定位，感覺還沒定下來，反而是你整個人彷彿陷入到時間之流中，車子明明是往前進，可是在冥冥間另一個抽象的布景裡，你卻是在向後急退的。好像坐在倒駛的火車上錯車，旁邊的軌道上跑著一列相反方向的車，你從窗外望過去，稍縱即逝的光影裡勉強辨識出對方車中也坐著一排排倒退的人，還有窗上映滿的層層疊形，一凝神想要捕捉些什麼，立刻就喪失了動靜分野，只覺得迷失在一幅幅超現實的畫面間……。

回到家，鑰匙方插入鎖孔裡，門倒是開了，現出女兒素珍的臉，眼睛瞪得圓圓的，顯然頗為驚訝。其實你也覺得很意外，剛考上大學的素珍半年多來總是早出晚歸，怎麼週末午後的大好時光竟然會窩在家裡。

原來是媽媽要去參加同學會，早一個月就央求素珍看家，怕唸高中住校的寶貝兒子放假回來忘了帶鑰匙叫不開門。文雄是有這種壞習慣，要幹嘛從來不事先通知，想當然耳家裡人就是得配合他，一不順遂就鬧彆扭，發脾氣，搞得一家人都不愉快。

素珍煮了一鍋麵，邀你坐下來一起吃，和女兒單獨面對面吃一頓飯，這又是樁不尋常的事。你忍不住又去想上一次類似的經驗是什麼時候？想不起來了，冷氣間歇輕輕的呼嚕響聲一直打斷你漂移於現在與過去間的旅程。

素珍嘉許你竟然沒去風騷應酬早早回家，你本來想打蛇隨棍上，順便教訓她一下不要上了大學就把家當作過境旅館了，驀地想起她媽媽吩咐過的：「女孩子就這段時間最風光、最無憂無慮，現在管太多，將來交男朋友、結婚啦受了什麼挫折，會回過頭來恨你的，知不知道！」你能不知道嗎？她媽媽不是到現在還不能完全原諒你岳父，自己在外面花天酒地，卻硬生生用體罰、監禁搞壞女兒三次才開了個頭的純純之愛。

於是你只好改口開玩笑說：「這麼早回來有沒有什麼獎勵？」素珍大概不習慣爸爸跟她撒嬌罷，頓了一下，問：「怎樣獎勵？」你本來想叫她過來親一個的，念頭一起自己先不好意思，耳根微微泛了一層紅色澤。這分明是酒廊裡逗弄的把戲，怎麼可以搬回來跟女兒說呢？該死該死。你把上身向後穩穩地靠靠椅背，讓肚子舒服地挺凸出來，改口說：「講幾個故事娛樂娛樂老爸罷……。」

2

素珍雜七雜八地講了些自己的、別人的趣事糗事，其實中間有些環節你不是很懂，代溝嘛，只能從她講話的口氣拿捏該笑的地方連忙哈哈大笑一番，所以究竟誰娛樂誰，還真難說。父女兩人算是真正溝通的，只有談到棒球的一段。你真的完全不知道女兒什麼時候成了棒球迷。素珍說班上很多同學都迷咧，有一個迷黃平洋迷到非紅色的衣服不穿，一個迷兄弟隊迷到被人家戲稱作「黃色阿美」也不以為忤。還有一個男生每天找一些關於棒球的問題來考大家，遇到大家都答不出來的，他就擺出一副棒球專家的臭屁模樣。

講到這裡，素珍突然想起來：「爸，考你一題，看你會不會，今天這題把大家都考倒了。」她還特別翻書包找出筆記本來：「爸，少棒歷史上最有名的『魔手』是誰？」

陳智源啊。你脫口而出。素珍一臉茫然。金龍隊的陳智源，少棒賽時投出S球，報上大報特報的，你強調地加了一句。素珍先是「喔」了一聲，然後皺了皺眉，說：「你確定不是郭源治？我們好幾個人都猜是郭源治哩。」

3

少棒歷史。你是真的沒想到陳智源已經進了歷史，而且是遭到遺忘的歷史。

好了。

「妳知道嗎?」你覺得有些感慨不吐不快。時間這種東西很神祕的，表面上看似統一，骨子裡每個人的感覺卻可以大不相同，也不必向歷史、哲學課本裡刻意探求啦，光想想我們說話的習慣就好了。

現在年輕一輩的講起事情，尤其是講故事，開頭不是「前幾天」、「上次」就是「不久前」，偶爾用到「十年前」或「我們小時候」就已經不勝滄桑欷歔了。大概是因為時代變化太快罷，光是短短幾年內發生的事就已經令人應接不暇了，哪裡還顧得到更早以前呢。

從前，你小時候不是這樣的，人人講起故事來總是免不了要悠悠遠遠地招喚：「啊，古早的時陣……」好像不提古早就無法吸引別人的注意，而且若不談古早而談最近幾天，幾月，近旁身邊發生的事，難免給人一種婆婆媽媽瑣碎的聯想，那是因為農莊裡日復一日重複過著，總得要追溯到過去，才能產生足夠的變動感覺，才得創造出說故事所需的傳奇氣氛。

這樣說來，現代社會患的其實是傳奇過剩、肥腫的毛病呢。隨時隨地都有光怪陸離、超乎想像的事不停在發生著，交織起來的網罩著我們，麻木了我們的感官。

古早之前，哪裡是這樣?世界是靜止不動的。太陽起來太陽落下，不見出現一件值得傳頌的新鮮東西。於是要講故事，往往就得由開天闢地講起，也就是從什麼都沒有的虛空講起，講一樣樣物事的源起……。

女兒素珍眨了眨顯現些疲態的眼睛，完全不能了解你這番牢騷議論從何而來，要朝何處去!你歎了口氣，舉例子說說明白罷，「例如說，你們今天看棒球，誰輸誰贏、誰又創了什麼紀錄、誰拿了多高的薪水，這是你們知道的；可是你們不會知道、甚至不能想像，沒有棒球的時代，我的意思不是說沒有職棒，而是整個棒球運動，從少棒到職棒都沒有，你們覺得棒球好像是生來就有的自然現象，我們卻還清清楚楚記得棒球的誕生，從沒有棒球到有棒球，就像開天闢地一般，由無到有的故事……。」

4

快三十年前的事了，林仔埔的夏天。林仔埔素珍小時候還去過，不過恐怕沒有印象了。宜蘭靠山邊的小村莊，以前沒有馬路通，在北宜公路上下了車得走一個半小時，現在聽說有了產業道路，不過還是沒有客運車到。

你半瞇著眼彷彿努力要看清楚記憶中林仔埔的模樣。迂迂曲曲的山路愈走愈窄，逼仄成一段高峰，左邊是枝葉橫生，頗有張牙舞爪之勢的樹，右邊是落差約三十公尺的谷地。山形說險不險，崖峰說陡不陡，剛好在最令人容易輕忽不專心的那個程度。所以跌下谷裡去的意外一點也不稀奇，在往谷底直瀉的坡上滑滾一番，通常是不至於亡魂崖下，不過卻可以狠狠刮掉身上好幾處皮，摔斷兩、三根骨頭，讓人在家裡躺上個十天半個月。

沿著崖走走，到聽得見水聲的地方，路叉成一上一下兩條。上的那條再走進去是林仔內，以前的隘勇站一帶後來成了山地村，不知屬哪一族的原住民提弓帶箭以狩獵維生。下坡那條直直朝水聲去，盛夏時路兩旁的樹葉繁繁茂茂長了個密密實實，從溪面反射上來的陽光先被溪水晃漾動搖成片片碎晶，又從葉隙裡篩映過來，照在路上的效果像灑了一地魔術燈泡，一顆顆小小圓圓到處都是，亮起來實實在在地，似乎真有具質量的東西躺在那裡，而突地熄滅便消失得無影無蹤。

下坡路走到盡頭，豁然是一片半圓形的沙灘平地，大概有一個操場那麼大，溪流湍急地歷經一連串落差小瀑布終於要平緩下來的地方，在平緩下來前先用衝力把溪底挖出一塊深得湛綠的凹窿。從來沒有人知道那塊閃著綠寶石般水色的地方到底有多深。

往下游走兩百公尺，有一道竹竿橋，橋那頭就是林仔埔。你會看到右邊平緩的山坡被闢成了井然有序的梯田，田裡的稻正在抽穗，一層一層，風吹來時因地形阻隔氣流影響，不同高度的稻稈會往不同方向搖擺。亂中卻又有一種無可言喻的韻律。

你還會看到村子零零落落的房舍。幾條狗在村口張望，左邊的山太陡了無法開成梯田，一排排逐次拔高的竹子組成了一張巨型竹簾，筆直的線條遠望去又有點像是一針針繡出來的。

你看不見的是梯田後面的山窪裡，有一塊種有番薯、花生、西瓜的旱田，旱田邊的坡上則有稀稀疏疏不知名的樹，也弄不清是天然的還是先祖有意栽植的，只曉得每到夏秋之際會結黃綠色的果子，看起來像過熟的芭樂，吃起來卻比較接近醃過糖水的紅肉李，猛力刺激唾液腺體的強酸中竟帶有一種清淡、過後才能品味的甘甜，來臺北之後，再也沒有見過那果子呢。

「喔，講得好像世外桃源哩。」素珍半張著嘴說，表情介於驚異與諷刺之間。

那年夏天，村子裡第一個到臺北唸書的學生阿彬回來過暑假。你記得很清楚就是在土地廟前的空地上，第一次聽說有「棒球」這種東西。

在這裡，你遇上了一點點小困難，需要先跟素珍解釋一下以前的暑假和現在不同的地方，還有廟口是個什麼樣的地方。

現在的暑假就是放長假，可以做自己喜歡的事，沒有老師、學校拘束你，以前的暑假卻只是不用到學校去，其實反過來看就是必須留在家裡幫忙做事，比去學校唸書還要辛苦千百倍哩。

「不是說農家樂樂無窮嗎？而且還住在世外桃源咧，有什麼辛苦的！」素珍狡獪地半掩著笑調侃你。農家樂，那是唱歌演電視短劇時講講的罷。上學時每天要走一個多小時山路去學校，放了暑假還是要走這麼遠到鎮上去，所不同的是上學時背課本、便當，放假了肩上背的可是五十斤、一百斤的番薯、菜頭、花生呢。而且不光是走路挑東西就好，還要牽牛去吃草，要到田裡除雜草、要到井邊挑水、要上梯田去清灌水用的溝圳，拿石頭一顆顆塞補梯田的田邊、要撿柴生火、要……兩隻手十指伸齊了都數不完的事呢……。

更可憐的是，到了夜晚好不容易閒下來，也沒別的地方去。田裡忙了一天了，誰也不會要再去哪裡消磨一個夜晚。竹林裡陰森森的，葉片相磨時淅淅颯颯的聲音老在人皮膚上惹起一層貼一層厚厚的疙瘩，疙瘩一路由露在外面的部位往裡面鑽，鑽到下腹一帶轉成強烈，忍都忍不住的尿意，不小心就要濕褲子。更何況竹林再上去一點就是墓仔坡，高高低低的墳堆，胖胖瘦瘦的墓碑，一到晚上彷佛一直在晃啊晃，要朝村子的方向靠來沾點熱鬧。

你們甚至不能像平地的小孩一樣，成夥結隊到鄰村去搗蛋探險，必要時幹一場群架再來跑給人家追，總也是刺激嘛。林仔埔最近的村子偏偏是山地村，大人都教說山地人會吃小孩，躲都來不及了哪敢去。

素珍也斜地瞪你一眼，說：「怎麼這樣侮辱原住民，他們也一樣是人啊……。」

「我們作小孩的哪知道這麼多？」你慌忙辯解，「大人怎麼說我們就怎麼聽啊……。」聽起來倒好像素珍才是大人，你是小孩呢。

反正夜晚閒下來，天黑到就寢其實也沒有幾個小時的時間，唯一的娛樂只有跑到廟口的空地上聽阿坤伯講古。廟是座小廟，土地公廟，聽說剛蓋的時候連土地婆都沒有，就一尊長鬍子的神像孤伶伶地站在那裡。後來是村子裡一下子有三、四名婦女都遇到久婚不孕的問題，去拜拜時發現土地公雖然還是笑笑的，嘴角卻掩不住幾分落寞神色，於是有人靈機一動，把這兩件事聯在一起想，到處奔走說：「少了個土地婆啦、少了個土地婆啦！」

「所以你們就給他們完婚啦？」素珍又掩著嘴搗擋噗嗤的笑聲：「啊有沒有圓房咧？」

你搖搖頭莫可奈何，現在的小孩，不過回頭想想，那個神龕很小，迎了土地婆來也沒擴建，兩尊像身靠身擠得滿滿的，要「辦事」恐怕還真不方便呢。隨即猛地在自己大腿上擊了一巴掌，想到哪裡去了，真是的。

廟雖然小，廟前的廣場卻很夠瞧的，請來布袋戲班、歌仔戲班搭起台子，底下還夠讓全村男女老幼兩、三百人一起來站得滿滿的，夏天夜裡，幾乎除了要在家裡洗碗、準備豬食的主婦之外，大家都會來廟口走走，而阿坤伯所在的地方就是人群聚散的中心。

6

「你到底要不要講棒球嘛？」素珍半嘟起嘴催你。「你還老是說媽媽講話繞圈子，講不到重點，我看你自己更嚴重！」

別急，別急，現在的小孩。馬上要講到重點了，你清了清喉嚨，想提醒素珍去倒杯水什麼的卻沒有成功。只好乾著嗓子講下去，至少先講到棒球罷，不然你女兒不會甘心讓你喝水的。

那晚上，阿坤伯照例坐在有靠背的大椅子上從入夜後便開講，他的節目大致有個安排，原則是由虛入實，從古到今，一開頭通常是講《封神榜》、《白蛇傳》，不然就是六合三俠一類有鬼神帶打鬥神功的。你還記得《白蛇傳》裡許仙、白娘娘邂逅的愛情故事，遊湖什麼的，阿坤伯簡簡單單十分鐘就帶過，倒是法海出場就連講了兩、三天，把他全身上上下下配帶的裝備、具有的神功說了個徹底詳盡。後面白娘娘和法海鬥法那段就更不得了，兩人拉鋸互有勝負，好像可以那樣天長地久地僵持下去，比愛情什麼的更具有永恆的特性。

講完妖魔鬼怪就講開天闢地。我們大家共同的始祖盤谷有一天從沉睡中醒來，這世界由無而有，由幻而真。然而從黃帝開始可以一直講到唐山過臺灣、國姓爺劍潭斬妖龍。中間還會作跳躍式詮釋。由劉伯溫連到諸葛亮再連到國姓爺身邊的陳少華。反正他們都是一等一的軍師，在天上同屬一顆星，在地上同用一本兵法祕笈。

講完了歷史呢就要講現實啦。不過阿坤伯的現實和真正的現實是有一點點脫節、脫線的。他會告訴你臺北城拆掉後築的三線路有多麼寬、多麼直，「我算過，從北門走到六條通這段就好了，如果全拿來種稻子，收一遍咱全莊可以吃三年。」他會講說府城人嫁女兒的排場多壯觀，嫁妝用牛車一台連一台拉，有一個「國語家庭」為了炫耀家裡的「國語程度」，在嫁妝的每一件物品上貼上紙條標誌及日文名稱，結果在新娘轎前的車上赫然貼的是「馬桶」兩個大字，路人看了紛紛戲稱嫁的是「馬桶新娘」……。

這些他認為是現實的事，其實是日據時代的過去了。不過聽說阿坤伯之所以如此博聞廣知，就是因為他年輕時候和人家參加蔗農組合，很是闖過些地方，見過些場面的緣故啊。終戰後他隨兒子移到宜蘭來沒再出去，難怪記憶中的現實是那樣的……。

素珍托著腮，眼神看的方向愈抬愈高，顯然已經走到耐心的盡頭了，你暗暗警告自己不能再跑野馬節外生枝了，一方面也奇怪今天怎麼壓抑不住囉嗦的習氣，急急想把關於林仔埔的一切講給人家聽。

啊、啊，言歸正傳罷，你小心翼翼帶著歉意地說。那晚阿坤伯是講到被日本人扣留二十九天的經驗。為什麼？因為參加蔗農組合去抗議日本糖廠及製糖株式會社收糖價格不公平嘛。結果被帶走，沒有送法院，逕行由警部決定扣留二十九天。

這一段阿坤伯講過很多次了，不過那次講的重點不太一樣。他講被和日本浪人關在一起時的經驗。日本浪人是社會上最低下的爛人，跟我們的地痞流氓差不多。可是阿坤伯看到的那個浪人被關在牢裡，非但沒有委頓暴躁的跡象，反而很鎮定，氣宇軒昂。更讓阿坤伯久久不能忘懷的，是那個浪人冬天鍛鍊自己的那種堅決精神。打坐運氣，空手做操武士刀的姿態砍劈數百次，夾帶練習從丹田裡逼喝出來的促音，整個人心神到外表全都沉浸在一股嚴肅的傲氣裡，可以被殺不能被辱。

阿坤伯說跟日本人鬥也鬥了好幾年，那次才真的感到害怕，腿軟軟的站不直，連同樣是作流氓，我們臺灣人的流氓也還不如人家的流氓。臺灣的流氓如果說被關在籠子裡還那麼有志氣，早就得出脫，不必作流氓了。那麼為什麼浪人還是浪人呢？顯然是因為日本的其他人也都很認真、很努力，所以比來比去，這傢伙還是只配作浪人。

阿坤伯的結論是：「日本人不容易打敗的。我們打不贏的啦⋯⋯。」

正當小孩們癡張著嘴呆望著阿坤伯，大人們則頻頻點頭表示同意時，不大不小的阿彬卻突然怒氣沖沖地跳站起身，因帶濃厚憤意而拉足了嗓門說：「日本人早就被打敗了，世界大戰打得一敗塗地，為什麼說打不贏？」

村裡還很少有人當面挑戰阿坤伯的權威呢，你還記得當時突然僵凝凍結的氣氛，幸好阿坤伯沒有生氣，他只是輕輕搖搖頭，也不看阿彬，朝其他幾個年長的大人說：「那是那陣有美國人啦，日本人會再起來，伊們若來，我看我們是打不贏的⋯⋯。」

阿彬脹紅了臉，氣急敗壞地大著舌頭說：「日本人來了啊，來了又怎樣，被我們給打敗，打回去了呀！」

哇，語驚四座，連阿坤伯也不得不瞪大眼睛轉過來望著阿彬。阿彬他爸爸連忙出聲斥責：「阿彬，你在亂講啥？啥米日本人來？」

「日本人真的來了啦，」阿彬吐一口大氣：「你們都不知道，他們說他們自己多強咧，世界棒球冠軍呢，每個人抬一支棒子自松山機場走入來，耀武揚威，結果呢，我們的人七比〇把他們趕回去，哈哈哈，走出去的時候棒子都收在袋子裡不敢拿出來，唉，你們都不知道……。」

在場聽到的人，不管大人小孩先是面面相覷，繼而不約而同地都把眼光聚焦到阿坤伯身上。

「有這款代誌？有這款代誌？」阿坤伯聲音陡地低了八度：「你說棒……棒啥米？」

「棒球！」阿彬威武挺立，從咬緊了的齒縫猛地迸出清清楚楚的兩個字。

7

「哇，有這款代誌！」素珍故意用怪腔怪調的閩南話驚呼。偏著頭誇張地問：「爸，你那時候也不知道棒球是什麼呀？」

你只好誠實地點點頭，素珍又是一聲：「哇，有這款代誌！」這次語調更誇張了：「爸，你那時幾歲了？」

你不好意思地作勢挖挖耳朵，勉強擠出一句：「十五、六歲罷，不過還在唸小學六年級，鄉下小孩讀書讀得晚……。」

素珍做出一個要暈倒的動作，不知是要嘲笑你這麼大了還對棒球一無所知，抑或是這麼大了還在唸小學……。

你本來不喜歡阿彬。他們家是村裡的異數，因為有個舅舅在臺北，就好像比別人高一等似的。阿彬他媽媽老是說阿彬小時候去算命，算命的正在睡午覺，本來不肯看的，還是阿彬他媽求了又求，才勉強揉揉眼睛，接了八字，又摸摸阿彬的手腳，結果摸到阿彬的頭骨時，算命的像觸電一樣狠狠地顫了一顫，抽一口冷氣露出不能置信的表情，換了兩手反反覆覆又抓又按，弄得阿彬嚎啕大哭，然後才正容稱阿彬他媽：「夫人，」停一下，接下去揭曉真相：「上兒乃是大官虎之命，奇人奇相。照我阿公教的相法，應該說是宰相的命，現在這種時代我不敢亂比擬，」算命的低了聲對阿彬他媽耳語：「好好栽培，妳看現此時誰最像宰相，看他的頭形就知我沒說白賊話啦！」

所以從小大家就說阿彬要讀書，將來去臺北找舅舅。他不跟你們一起玩，他也不放牛，不必去摘花生、挖番薯。有一回阿彬他媽叫他幫忙扛番薯到鎮上賣。村裡人就當作什麼大不了的事紛紛奔走相告。甚至還告到阿彬他舅舅那裡，他舅舅從臺北趕到林仔埔來，當著阿彬他爸的面打了阿彬他媽兩巴掌，打得她嘴角裂開淌一條長長的血跡。阿彬他舅舅先是厲聲地罵：「妳這樣苦毒他有沒有良心？把小孩壓壞了積勞成傷怎麼辦，會曉想不會？」繼而啞了嗓，嘶著聲說：「我們在台北忍啊忍，求人家賞飯有一頓沒一頓，東指望西指望也只能指望這個外甥仔將來有出脫，是不是？」說罷兄妹兩人竟相對而泣。你們宜蘭人最講求「天頂天公，地下母舅公」的高下道理，所以阿彬他爸站在旁邊愣愣地都沒說話。

倒是躲在門外偷聽偷看的村人們事後議論紛紛。大人有大人的意見，小孩有小孩的主張。你們決定不跟阿彬好了。不會玩又不會做事算什麼男孩子，讓他去和女生混好了。不過說實在的，你們心底燒得最旺最烈的情緒是嫉妒啦，嫉妒他有這樣的舅舅疼，順道恨起來，自己怎麼生在從早到晚事情永遠做不完的家裡……。

可是這回阿彬一鳴驚人，展現了去臺北唸書的不同之處。一天到晚聽大人們說日本人如何如何厲害，怎麼只有阿彬曉得日本人又來了而且被打敗的事。

一群小孩馬上圍過去七嘴八舌追問什麼是棒球。大人們雖然不好意思跟過去，卻也忍不住豎起耳朵來聽聽看阿彬要講什麼。

「棒球是全世界最一級棒的運動，美國人發明的呢！美國現在是全世界最強的國家，再下來是英國、法國、蘇俄和我國中國。」阿彬說得義正辭嚴。「可是雖然這樣，日本人這次訓練了一支神風特攻隊，帶了好幾樣祕密武器，跑去美國把美國打敗了你們知不知道，把美國打敗了日本就變成世界冠軍咧，冠軍就是第一名的意思知不知道。日本變成最強的了，美國、英國、法國啊都很擔心，好家在好家在，日本人憨頭憨面，拿到世界第一以後想要來我們中國耀武揚威啦。嘿嘿嘿，這聲踢到鐵板啦，根本不是我們紅葉少棒隊的對手，七比〇把他們解決丟棄，我們中國才是世界第一呢！」

阿彬說完後猛拍胸膛，旁邊的小孩則猛鼓掌叫好。你也忍不住把手拍得紅痛紅痛的，回頭看還圍著阿坤伯的大人表情各異，有露齒而笑的，有錯愕呆愣的，有嗤之以鼻的，有搖頭不信的，有皺眉深思的……。

可是，可是，阿彬還是沒有說到棒球究竟是什麼啊？被追問了幾次之後，阿彬擺擺手說：「一根棒子和一顆球，棒子要打球、球要躲棒子，啊，這個太難了啦，你們不會懂的……。」

8

你告訴素珍，你是怎棒聽說「魔手」陳智源的，當然是從阿彬那裡聽來的。從那晚之後，阿彬搶了阿坤伯的鋒頭，在廟口形成了另一個中心。當然還是有人想要知道哪吒怎樣剔骨還肉跟李靖切斷父子關係，阿坤伯那邊總有些忠實觀眾，不過游離到阿彬這圈來的人卻是日日有增無減。

阿彬練習了幾天，也大致訂出他自己講古的節目。一開場先是臺北奇聞介紹。尤其著重在阿坤伯無緣見到的新東西。例如說電影院，電影不希奇，日本時代就有了，不過大電影院倒是戰後才流行起來的，「萬國」、「寶宮」、「大觀」、「愛國」、「中央」、「華宮」、「環球」都算是設備豪華的戲院，裡面一次可以坐一千多個人一起看電影。林仔埔全莊頭裝進去只夠人家塞四分之一的座位。好像嫌不夠強調裡面的大，阿彬還補充說：「前兩年，新生戲院火燒厝，一起燒死的就有二十八個人，想想看，二十八個呢。我同學說蓋白布的屍體被抬出來排在路邊長長一排，從旁邊走過覺得怎麼都走不到盡頭咧。這還不算什麼，新生戲院燒完後，同一個禮拜，五天後，基隆另外一家戲院好好沒代誌，光是散場時人擠人，竟然就踩死七、八個人，想想看，那戲院有多大你們想想看……。」

又例如說板橋中學老師刺殺校長、訓導主任啦，男男女女在舞廳裡扭屁股跳阿哥哥啦，對了對了，還有民航公司的大飛機，一隻可以裝一百個人，臺灣頭到臺灣尾只需一個小時，真正的鐵鳥，有人忍不住問：「鐵鳥這麼大，這麼重，不怕會掉下來？」問得好，去年真的就有一架「砰」地摔到地上，在林口那裡，人都摔得碎碎的，這個人的手平躺在那個人的頭旁邊哩……。

臺北的光怪陸離講完了，接下來講歷史，和阿坤伯那一套完全不同的歷史，阿彬講的你們其實在學校裡多多少少聽過一些。可是沒這麼詳細的。從國父孫中山矢志革命推翻滿清開始講，孫大炮、四大寇。讀醫學院的時候說醫生醫一個人，革命可以醫眾人。然後陸皓東和青天白日旗，一直講到惠州起義、黃花岡七十二烈士。你們沒有聽過這種歷史，聽得嘴巴合不攏，口水都幾乎要流下來了，你還記得你那時候躺在床上一一地想，有沒有哪個英雄比國父還厲害的？你以前最喜歡的關公、展昭、姜子牙，沒有沒有，都沒有國父厲害，他是一級棒。

阿彬總是把棒球留到最後作壓軸，而且小氣巴拉的，一次只肯講一點。只有一晚阿彬特別高興，一到廟口就先講棒球，他清了清喉嚨，然後用最大的音量宣佈：「大家聽我講：我們的棒球隊又打敗了日本人囉！第二次、第二次打敗日本人啦！我同學剛剛寫信告訴我的，打敗日本之後我們要去和美國爭世界冠軍囉！」

這次連阿坤伯都不得不跟著不甘不願地拍了拍手，四處都是：「真正喔？」「真正又把日本人打敗喔？」的驚異之聲，阿彬興奮起來，強調地說：「當然是真正的。咱的陣中有一角好角，叫『魔手』、『魔手』，聽說他在山中拜到四郎真平的師祖、練了三年才下山，當然厲害啦……。」

哇，這麼了不起，不過，不過，那個什麼郎的又是什麼人，也是「魔手」嗎？你這樣一問，阿彬伸過手來一個栗子敲在你的腦殼上，害你腦袋瓜裡嗡嗡嗡地響了老半天。「『魔手』就是陳智源，連四郎真平是誰都不知道，有夠戇！」

你想起阿彬那時候的口氣可真是大。動不動不高興就罵人「蠢」，可是你們也不敢回嘴，一回嘴他頂過來：「你不蠢，那棒球你懂不懂？不要來學啊，不要來學棒球啊。」有人真的一氣就走掉了，可是沒多久還不是又涎著臉回來了。

你現在仔細回憶，當然會覺得這整件事真好笑，突然間一整個村子的人都迷上了棒球，可是事實上沒有一個真的懂棒球，阿彬八成也只是聽人家轉述的罷，你懷疑他甚至沒有看過電視轉播。

阿彬愈講不清楚棒球是什麼，你們就愈迷。而且竟然也就開始打起來了。每天下午把牛牽到後山埔吃草，阿彬等在那裡。先是煞有其事地集合整隊，然後開始精神訓話。

阿彬會說：「我們人身體裡有一股氣，叫做意志，意志平常散佈在身體各部位，沒有什麼路用。就很像我們中國人一盤散沙一樣，沒有什麼路用，所以我們打棒球，打日本人首先要把意志一點一滴收在一起，收到任、督二脈上來，這兩脈本來是不通的，可是意志輸進來以後就會慢慢一點一點的打通，等到通了的那一天，你的氣你的意志，就會一直貫穿到棒球上去，練成棒風，掃到哪，人家躲都來不及……。」

素珍聽了忍不住大笑出聲：「這好像是棒球加武俠小說再加公民與道德課本哪……。」你學阿彬講話學得也忍俊不住，不過這可是當時的實情重演哩。阿彬從小不用工作，所以讀書的時間特別多，他最愛看的就是武俠小說啊。

訓完話，你們還要先蹲馬步，運氣感覺那股叫做意志的東西在流動。然後呢，每個人拿一根粗樹枝，對空橫劈一百次，直砍一百次，這是練力的。練得手痠了，跳到溪裡去浸泡十分鐘，上岸後找一棵大樹，在樹上用小刀刻一道痕跡，樹枝猛揮過去，要剛好打在刀痕上打中五十次才能休息，這是練準的。

你們第一次拿枝子狠敲樹，選擇的位置在林子邊，結果阿彬一聲令下，七、八個人一起動作，此起彼落的響聲嗶剝嗒嗒如放連環炮，嚇著了靜靜吃草沒有防備的牛隻。牛只要有一隻驚慌起來，整群都會四散奔逃。你一直追牛追到墓仔埔，天都昏黑了牛還在抓狂，看到你靠近牠就奔命用前蹄扒土，好像要替自己挖個洞藏躲進去似的。你一看，糟糕，扒的正是人家的墳頭，再扒深一層，搞不好連棺材板都要露出來了，趕忙停了腳步不敢過去牽牛。西天的顏彩慢慢翳上一層灰影，然後灰影取代了顏彩，最後是兩邊圍攏來深墨色又逐次地向中間吞噬層次濃淡不一的灰影，背景沒去了明度與彩度，前方墓地上的樹和土堆和胖胖瘦瘦的石碑好像就一吋吋開始膨脹，膨脹到讓你失去了距離感，等到月亮從烏雲後面鑽出來的那一刻，白光襲灑，那些樹和土堆和石碑彷彿倏地動起來一齊向你撲躍……。

你嚇出了一陣又一陣的汗，牛卻沒有明顯願意妥協的表示。你不敢把牛放在墓仔埔自己回家，牛走丟了阿爸會把你吊起來打，鬼和鞭子同樣都令人害怕，不過鬼還有可能碰不到，鞭子卻一定會落在你身上。你不知道自己等了多久，直到牛自己向你這裡跨前了兩步。把牛牽回家，桌上飯菜都涼了，你拿起飯碗的手抖得太厲害了，穩不住碗跌下來，整碗飯倒蓋在桌上，你阿爸聞聲進來看到碗不吉利地倒蓋著，已經先抽了一口冷氣，又瞄見燈下你一張青森森汙亮亮的臉，更是大吃一驚。

你還記得你媽問清楚了事情的來龍去脈，一面遣你爸到阿彬家興師問罪，一面要你發誓絕對絕對不再去玩什麼棒球。那時候，你已經清醒了些，堅堅決決地發誓不再玩棒球，心底狠狠地詛咒阿彬、棒球。

9

你的誓言只維持了一個星期，忍不住就回到後山埔去揮樹枝了。唯一不同的大概只有你特別在意敲樹幹的地方，要和牛群保留好足夠的安全距離。

你對你媽起的誓，當然不會附帶什麼天打雷劈的賭咒罰則，所以實在也不會有什麼報應。不過人家說沒有賭咒的誓約違背了的話，你愈是不要的東西愈是會纏你纏一輩子。發誓不賭又去賭的人一輩子離不開牌桌，發誓不嫖又去嫖的人恐怕遲早廢在妓女的床上，就是這個道理。你發誓不去打棒球卻又去了，難怪一輩子迷棒球成癮，而且還讓棒球改變了你一生。

「棒球改變了你一生？」素珍上身探前急切地問：「我怎麼都不知道有這種事？」

不要說素珍不知道，連她媽媽都不曉得有這種事哩。別急別急，慢慢聽下去就要講到了。

那年的暑假很快就結束了，不過結束前還有另一波高潮是金龍隊拿到世界冠軍。你們一群小孩簇擁著阿彬，走了差不多五小時的路，到宜蘭街上好不容易買到報導少棒勝利的報紙，哇，第一版就是陳智源的照片，手扶著帽簷，一顆汗珠從髮尖上正要滲滴落來，帥極了，標題上好大的字寫著「魔手投出S球，美國專家拜服」，那時候你並不認識S是個英文字母，不過經阿彬解說也能理解球路走向。大家紛紛在竹林裡撿起石頭來練習怎樣投球，當然沒有人告訴你們硬硬的石頭是變化不來的，你們只是更加歎服這個魔手果然武功高強。

那幾天阿彬在村裡的聲望到達了頂點，阿坤伯幾乎完全喪失了講故事的心情，默默地在廟口一角叨念著沒人聽的家常瑣碎。村人們小心地傳閱宜蘭街上帶回來的報紙，簡直當天書一般畢恭畢敬供奉。因為連最懂漢文的吳老師，知識最淵博的阿坤伯都不得不承認，全然不了解報上到底在寫什麼。只有阿彬能夠解釋，威廉波特是美國的地名，最後一個「特」字是尾音，要輕輕唸，「威廉波——ㄊㄜ」，這樣聽起來還和「林仔埔」有點押韻味道咧，反正都是「ㄅㄜ」嘛，一局一局就是一回合一回合，比試功夫本來就要纏鬥三百回合，你先貼身搶攻，我再趁勢反擊。好球是穿過了對方木棒舞成的棒花防護，一擊中的的球，壞球則是被擋開了的。被打中三次就死翹翹，一腳踢下擂臺啦。那麼安打呢？安打嘛，就是安安的打，人家的球來了先閃躲、先跑開，找機會再打回去，所以安打了總是要跑嘛，跑一壘跑二壘找自己隊的幫手一起來對付啊。

全村的人都聽得入神入迷一愣一愣，阿彬邊讀報邊就拿著樹枝、石頭比畫起來了，石頭像飛鏢般咻咻亂飛，樹枝則成了削鐵如泥的長劍，阿彬舞得滿頭大汗，汗衫都緊緊貼在皮膚上，露出一根根稜稜突突的瘦排骨，村人們則忘了要繼續揮動手中的紙扇，冷不防被蚊子叮咬了好幾個包。

有人忍不住問：「這些會功夫的小孩從哪裡找來的啊？」阿彬轉身一指指向竹林頂，說：「當然是山頂來的咧。紅葉隊哪裡出來的你們知不知道？臺東的深山林內咧。他們下山不用路你們知不知道，踩著樹頂一步步就飛跳下來了，當然厲害！」

不過阿彬也得意不了多久啦，溪邊的那棵樹就是他的日曆。第一片變黃了的葉子落入溪裡，阿彬就得回臺北去了。臨走前，阿彬最後一次集會你們，用神祕兮兮的口吻再三交代，要好好在山裡練習打棒球，最好是練到樹枝可以掃倒小樹，拳頭大的石頭一擲就飛越山谷，遇見擋路的樹還會轉個彎。記得記得，切記切記，阿彬忍到最後才吐露，會打棒球的話可以到臺北比賽知不知道，還可以去美國哩。從林仔埔到威廉波——ㄊ，全世界的人都敬拜你作武林盟主。這可不是阿坤伯講的那種膨風神怪故事，是真的，報上都大刊特刊的喔……。

小孩子誰沒有練功當盟主的夢想？被阿彬一講你們心癢癢的，發誓要一起組一支世界強的棒球隊，對，就叫世界強。

阿彬走後，山裡的天氣也漸漸轉涼了，你立意要作魔手第二，連將來的封號都想好了，就叫「蛇手」，投出去的球要像蛇一樣能彎彎曲曲東迴西繞。為了要苦練這門功夫，你甚至決定咬牙將彈弓送給弟弟，隨身只帶裝滿石頭的布袋，人家用彈弓襲擊時，你只要空手丟石頭還擊。真是痛下狠招，常常在彈弓戰裡被打得渾身瘀青……。

棒球熱還在你們「世界強」的圈圈裡悶火暗燒，村子裡倒是退得差不多了。阿坤伯又取回了原來的地位，繼續講他宇宙洪荒以來的故事，就如此秋去冬來、冬去春還。

10

第二年，春天快到盡頭時，阿坤伯突然決定要回嘉義老家走一趟，這算得上是開年以來村子最大條的新聞。阿坤伯那時候恐怕有六十好幾了罷，從搬來林仔埔定居，從來也沒聽他說起要回嘉義呢。你阿爸那一輩的人還記得，阿坤伯說他的家人，老母、太太和兒子，戰時大空襲時憨憨不曉得躲，以為藏在床底下便沒事，結果一併被美軍的黃磷彈燒成焦炭。他孑然一身，到林仔埔投靠義子，沒有再回嘉義傷心地的道理。

可是這次他卻堅持要走，說是去探訪一個重要的朋友，而且還不准人家跟。阿坤伯脾氣拗起來也是很硬的，村裡大家只好替他燒香求神保佑路上可不要出什麼意外。

阿坤伯一去去了差不多一個月，甚至連三月二十三媽祖生的鬧熱都沒有回來參加。就在大家開始擔心議談時，阿坤伯硬朗的笑聲重新又在廟口響起，「阿坤伯回來啦，還帶著一個不識的外鄉人呢。」你阿爸上田歸返家中時帶回這樣的消息。

你記憶中從來沒看過阿坤伯這麼高興過。他身邊坐著一個約莫三十來歲的青年，體格壯碩，皮膚被晒得黝黑發亮，顏色是和一般莊稼人差不多，不過卻好像沒有那種作農的粗礪。

阿坤伯發表了一場驚天動地的演講，開頭第一句就說：「啊，大家聽我講，棒球啊，實在不是啥米新鮮的物件啦，那是後生小伙子不知道亂臭彈的啦。棒球在咱臺灣是老早就有啊啦，還不是自日本人那裡學來的，日本時代叫做野球，野球。啊喲夭壽啦，我那會不知，改一個名叫做棒球，把我們老伙子弄得霧煞煞……。」

原來，阿坤伯回嘉義是專程要搞清楚棒球哩，而且要趕在阿彬回來前，免得去年失面子的事情重演，真不愧薑是老的辣，阿坤伯還帶了一個幫手，這人可不是簡單人物，是嘉義一個學校的棒球教練，「去年金龍隊裡還有他帶出來的選手呢！」阿坤伯特別強調。

真正轟動武林、驚動萬教，世界冠軍的師父出現眼前：「來、來、來，」阿坤伯笑容可掬地對一干大大小小的男孩招手，「要學棒球的就來叫林師父啊——」哇，真的有人馬上殷勤撒嬌地叫起「林師父」，還頂禮鞠躬咧。其中有一個是「世界強」的隊友，你馬上欺過身去在他背窩心狠鑽一把，痛得他哀哀鬼叫。

林師父在阿坤伯的問話引導下，證實了嘉義人打棒球已經打了幾十年了。阿坤伯還順便預告一下他的講古節目：「下次我再詳詳細細講這個嘉義農專怎樣打到日本甲子園亞軍的故事給你們聽。」林師父也同意棒球其實是日本人帶進來的，而且日本棒球還是比較強，我們的小孩打贏了不代表什麼，更何況臺灣這些教練還不都是受日本教育出身，學日本野球招數的！

這下真是非同小可，要全盤推翻阿彬的話了嘛。那你們這些「世界強」的豈不是跟錯人、學錯了嗎？你可不能接受這種評斷啊。你忍不住衝動大叫起來：「中國棒球還是比日本野球強啦！」

林師父立刻轉過頭來說：「你怎麼知道？」你被一問愣了一下，只好實話實說：「阿彬說的啊！」「阿彬是誰？」林師父又問。「阿彬是我們的棒球師父啊。」

「喔，你們已經有棒球隊啦？」林師父很感興趣地問。

你發覺全村的注意力都在你身上，硬著頭皮挺胸大喊：「對啊，我們有『世界強』棒球隊！比日本隊強的世界強啦！」

林師父點點頭說：「那樣很好哇，我再找幾個人組一隊，我們村子自己就可以比賽啦，到時候再看看誰是『林仔埔第一強』好不好？」

你真的萬萬沒想到林師父竟然要在「林仔埔」留下來度暑假，更沒想到他隨身還帶了你們看都沒看過的裝備：一根上了亮光漆會反射陽光的球棒，四只皮製手套。

你們還是在後山埔揮樹枝，林師父卻找了村裡從四歲到十八歲的男孩，選了河邊空地練起球來了。你們當然覺得很癟、很孬，爬在相思樹上遠遠地看，根本搞不清楚人家在幹什麼。說起來真是不好意思，你們連那顆飛來飛去的小白球都從來沒有摸過，竟然就自稱是支棒球隊了。

參加林師父那邊的人可得意囂張了。他們也跑來看你們「練球」。他們一邊看一邊笑，還誇張地交頭接耳。你激勵隊友要練出精神來給他們看，可是你們練得愈起勁，他們笑得愈大聲。

沒幾天，你們陣中開始起內鬨了。有人不滿怨怪都是你多事，說什麼我們是「世界強」。害大家沒有辦法參加林師父那邊玩「真正」的棒球，你火大了，就說：「你們要反叛就去啊，去搖尾巴求人家收留嘛！」話一出口，真的有三個人掉頭就要走，你又後悔了帶其他人追上去，把他們圍起來不讓離開後山埔，引發了一場混仗，你的小腿脛上被踢腫了一個包，走起路來一拐一拐的。

還好在最艱難的時刻，阿彬放假回來了，不過他看到林師父他們擺出的陣勢，也嚇了一大跳，怎麼要玩真的啦？你們練揮棒時，阿彬焦急地在一旁踱步想主意。

阿彬回來的第四天晚上，阿坤伯終於按捺不住了。阿彬在這頭剛講完了臺北開設了第二家電視臺。他在家裡電視機前，只消轉一個鈕，原來唱歌的馬上變成哭哭啼啼演晶晶找媽媽，再轉一次，哭臉不見了馬上又變回甜美的歌聲讚美星星，比變魔術還要快，那一頭阿坤伯公開下戰帖了。「阿彬啊，你們『世界強』準備好了沒，什麼時候要來比一下啊？」

阿彬擺出一副悲憤的模樣朝阿坤伯那邊瞪了三秒鐘，終於從胸膛裡吐出話來：「好，十天之後，日正午，溪邊見面，不見不散！」

11

你沉醉在過去的回憶裡，幾乎忘記了對面素珍的存在，學阿彬斷然揮手的姿勢，手背差點砍上素珍的臉，要是平常她一定尖叫起來，不過此刻她也深深被林仔埔的第一場棒球賽吸引了，只是反射地把你的手擋開，連忙問：「那你們怎麼辦，你們會打嗎？」

到這種地步，不會也得會了是不是？還好阿彬再去臺北這一年有些長進，又去偷看林師父教球看出一些端倪，培養了那麼一點點概念。賽前這十天，你們每個人勤於用樹枝打石頭，然後阿彬又派了隊裡最靈巧的猴仔潛入敵陣偷出一顆白球，大家輪流練習傳接。

終於終於，到了比賽那天，全村的人幾乎都放下了手邊的工作來溪邊看熱鬧。兩隊人馬各據一方站開，你和阿彬咬耳朵衡量雙方實力高下。其實算條件，「世界強」應該佔上風，全都在十二歲到十六歲間，而且都是村裡最皮最好動的，要不然當時也不會什麼都不懂就跟阿彬去「練功」，這點要勝對方一籌。可是其他方面就不只輸一點點了。遊戲規則一知半解，接滾地球的動作根本想都沒想過（後山埔上怎麼練滾地球），手套從來沒用過，還有林老師是當然的比賽裁判，他要判生判死、判加分扣分，你們這邊誰能去跟他爭辯？

阿彬沉黑著一張臉，作最後的賽前訓話。「我們不是為自己打球玩耍，這關係到的是全中國的面子。他們不相信中國人打贏了日本人，他們講日本人是師傅我們是師仔，我們一定要證明給他們看，不靠日本人的中國人可以打敗靠日本人的……。」

講到後來，你自己心裡也有些怪怪的感覺，到底日本人在哪裡？林仔埔打棒球扯到日本人好像遠了一點，不過反正訓話大概都是這樣，一定要講到中國怎樣怎樣強，講中國順帶講講日本大概也是天經地義的罷……。

一切就緒，你從林師父口中聽到一生的第一句英語，「Play Ball!」第一局，你焦躁地站在三壘壘包上，摸著剛拿到手，戴得彆彆扭扭的手套，實在不知道下一幕會發生什麼事。

有沒有聽過什麼叫「打不死的球賽」？你們這場球才真的是「打不死」，不折不扣，因為你們根本不知道怎樣讓對方出局。阿彬自己主投，死投活投都投不進好球帶，一開始光保送就送掉了三分，人家的棒子還沒揮到球。林師父只好來商量說是不是乾脆取消四壞球保送的規定。

不保送阿彬還是投不出好球。比賽就停頓了，等他東一個西一個球丟得滿場讓人家撿。林師父看不過去了，勒令要你們「世界強」換投手。後來想想沒看過這麼有權力的人，當教練兼裁判，還可以替對方球隊作換投手的決定咧。而你們也真的就乖乖地讓阿彬下來專職作教練，換上苦仔去投。

苦仔投的球說好聽是下墜球，飛得高高的再滑下來，其實就是史樂比慢速壘球的那種投法啦，當然是被人家打得滿天飛啦。更糟的是球一打出去，你們沒有人知道該怎麼辦，球球都是場內全壘打。對方跑得不亦樂乎。

一下子比數就到十七比零了，第一局上半還是無人出局。林老師只好再出面，吩咐你們接到球就看他，他指哪裡你們就傳哪裡。他這下子又兼你們的教練啦。阿彬臉紅紅地在場邊走來走去，緊張得很卻束手無策。

第一局上半打完已經接近籃球比數，三十三比〇。聽到這裡，素珍猛搖頭，忍不住說：「那有什麼好打的？」

且慢且慢，後面還有預料不到的好戲哩，林老師自行裁定，這場球打四局就好，不然大概到半夜也結束不了。第一局下半，「世界強」反攻，林老師來交代，球棒打球，球打出去就拚命跑準沒錯。「世界強」防守不行，沒想到進攻還頗有實力。阿彬教的練力練準法倒不是全然無效。一口氣竟然打回六分。這還是因為沒有跑壘概念，只曉得拚命往前衝，莫名其妙被觸殺了的結果呢。

第二局剛開始情況重演。對方又秋風掃落葉打下九分。四十二比六，才一出局，好戲等這個時候才登場。你眼看這樣下去，一年來苦練的蛇球功不是全白費了嗎，而且還一併賠上跟人家彈弓逞強掛的彩，突然向林師父自告奮勇要代替苦仔作投手，林師父點點頭，苦仔乖乖地和你交換去守三壘。

你一上場第一個球就正正打中捕手肚子，把他打倒在地上，可是林師父卻又驚異又興奮地大叫好球。你提起精神照原樣再來一個，林師父又大叫。好，那就再來一個。咦，打擊者怎麼走回去不玩啦？這是什麼意思？你跑去跟林師父抗議，林師父說那不是不玩，是被三振出局了。

戰情急轉直下，你威風八面用丟石頭苦練的直球、蛇球封鎖了對方的打擊。只有在三局上又丟了一分。另一方面，「世界強」的打擊充分發揮，打得林師父頻頻換投手都抵擋不住。村人看得過癮紛紛鼓掌叫好。

到第四局比數拉近，四十三比二十九。阿彬這次知道要以教練身分出面交涉了，林師父同意應該打滿六局。第五局上半，對方又是三上三下，林師父對你的球路讚歎不已。五局下，「世界強」大發飆，一口氣攻下十五分。四十三比四十四，「世界強」竟然反而領先一分。你們正歡呼要慶祝勝利時，對方卻宣佈又要更換投手，猜怎麼樣，師父出馬，林師父自己走上投手板。

這應該叫自投自判，投手兼當裁判，戰局緊綳，林師父的球路凌厲，到本壘板就向外角滑，一下子解決了兩名打者，結束第五局。

第六局，決戰時刻，一出局之後，林師父上場第一球就打成二壘安打。下一棒用短打突襲，一下子攻佔一、三壘。你有點慌，下一名打者連給了四壞球，反正林師父說都是壞球。保送。好像大家都忘了取消保送的事了。滿壘。

真正的決戰時刻。你又投了兩個壞球，還好接下來補上兩好球。這時候林師父突然叫暫停。他走過來輕聲對你說：「你們贏不了了，這球我要叫他短打，棒一觸到球，我就跑進壘得分。你如果要投讓他觸不到的球，包準會暴投，我也一樣得分，嘿嘿嘿。」

很囂張啊。可是還真把你唬住了。你知道下半局要從林師父手裡得分是難上加難，要贏球非靠這時候守住不可。你陷入長考，一年來練「蛇球」的種種閃過心頭。終於下定決心。站回臨時畫的投手板上。

這一球要用慢動作來講。你抬腿投球，林老師已經從三壘出來了，球出手後直往地上墜，一直墜，眼看是要在本壘前落地了，打擊手擺觸擊姿態，棒子的角度往下調低往下調低，終於決定收棒，判斷這球會落地反彈造成暴投，就在這剎那，球快貼地了卻又突地爬了上來，像滑行的眼鏡蛇遇到敵人陡地撐起上身，捕手還來不及反應，球已經進了手套，順手將要撲進壘的林老師輕鬆觸殺……。

一三振、一觸殺，解除危機，「世界強」贏得勝利……。

12

「這是真的嗎？真的有那麼神？」素珍逼問你。

你伸了個懶腰，剛剛那種不對勁的感覺全都消散無形了。「當然是真的啊，」你很肯定地回答：「阿彬說過的啊，會打棒球就可以到臺北。就是因為那場球，我相信自己會打棒球可以上臺北了。下一回你阿公再拿牛鞭打我，我就離家出走，自信滿滿地來臺北了，要不然我現在可能都還留在林子埔種田呢。所以才說棒球改變了我一生呀……。」

「可能嗎？這簡直像神話一樣嘛！」素珍嘟著嘴搖搖頭說。

你也覺得這像一個神話，或一場夢，或是生命的傳奇。

◇作者簡介

楊照，本名李明駿，台北市人，一九六三年生，台灣大學歷史系畢業，美國哈佛大學史學博士候選人。曾獲賴和文學獎、吳三連文學獎、吳濁流文學獎、洪醒夫文學獎等獎項，曾任《新新聞》

雜誌社副社長。現為新匯流基金會董事長。楊照的寫作文類非常廣泛，包括小說、散文、文學評論、文化評論及政治評論，楊照藉書寫釋放對社會的關懷，不管是哪一種文類，都以一貫犀利的筆調，深入反省歷史與現實，並不時呈現知識分子的迷惘與困境。楊照著作非常豐富，小說作品有《蓮花落》、《大愛》、《黯魂》、《暗夜迷巷》、《往事追憶錄》、《吹薩克斯風的革命者》等，散文集有《軍旅札記》、《迷路的詩》、《悲歡球場》、《場邊楊照》、《為了詩》、《問題年代》等，文化評論集《夢與灰燼》、《流離觀點》、《文學的原像》、《文學、社會與歷史想像》等。

◆作品賞析

一九六〇年代的台灣，反攻大陸明顯越來越無望、懷鄉憶舊的情緒得不到紓解、高壓統治下政治與文化雙重封鎖、台灣的國際空間日益壓縮……等因素產生台灣社會普遍的多重苦悶，這種情況下，棒球——尤其是少年棒球意外為這苦悶情緒找到了出路，少棒讓我們有機會去參加、進一步征服全世界，於是也使得棒球成為台灣歷史最久、影響最廣、最受歡迎的國民運動。文學反映社會現實，棒球小說也就形成了一個蓬勃的文類，張啟疆甚至有一本短篇小說集《不完全比賽》完全收錄棒球小說，在許多棒球文學的作品中，有一本書更取名為《國家的靈魂》，正可以說明棒球小說的重要性。

懷舊的氣氛、成長的苦澀、原住民的生活與發展、頌揚一個美好時代……是棒球小說的共同訴說，更重要的是，棒球不僅是台灣揚名國際的利器，更常常改變了一位少年的一生，本文正是這樣典型的故事，邁入中年、事業有成的敘述者藉著回憶少年時代的棒球紀事，和女兒建立起交心的橋樑，若不是那場精彩的球賽，至少在楊照筆下，敘述得非常精彩，主角可能還留在林仔埔種田，而不會是留連酒廊的實業家，於是，棒球就和那場不可思議的球賽一樣，「像一個神話，或一場夢，或是生命的傳奇。」

◇延伸閱讀

1. 陳芳明，〈繼續燃燒的歷史〉，《聯合報》第四一版，一九九八年五月十八日（備註：全文亦刊於《深山夜讀》，聯合文學，二〇〇一年三月，頁六六—六八）
2. 朱雙一，《戰後台灣新世代文學論》，揚智出版社，二〇〇二年
3. 廖威浩，〈楊照著吾鄉之魂〉，《中國時報》第三一版，一九八九年十月十六日
4. 邱貴芬，〈歷史記憶的重組和國家敘述的建構：試探《新興民族》、《迷園》、《暗巷迷夜》的記憶認同政治〉，《中外文學》第二五卷，一九九六年，頁六一—一二九
5. 王德威，〈回憶的暗巷，歷史的迷夜——評楊照的〈暗夜迷巷〉〉，《聯合文學》，一九九四年四月號，頁一三六—一三九

掏出你的手帕

郭強生

用手指撥開兩層百葉窗，看出去外面仍是辦公室。不過二、三十人一間，算是大通艙了，自然比不上這裡面的清靜。

馮祥偉，三十二歲，大地廣告公司企劃部經理。這個年齡的男人，心情已然不復百葉窗那種清楚的疏密層次。倒無疑只是橫交縱織成一張網，有時鬆，有時緊，而人到底還是在網裡面，出不來。

中午休息時間剛過，大辦公室又逐漸熱絡起來。電話業務繁忙，打字鍵聲鏗鏘，不停有人來來去去，紙紙張張滿桌滿地……隔了一層玻璃，馮祥偉仍能感到那熟悉的律動，那嘈嘩的氣氛。他曾在那裡度過了畢業後最寶貴的六年時光。

當對這個社會不再感覺好奇新鮮，當對年輕新手的蓬勃生氣不再能認同，當健康檢查結果通知他膽固醇偏高，以及當他為公司賺進的廣告費突破六千萬之後，他終於有了自己的辦公室。

他不是不知道自己這間辦公室有多少人正羨慕著。門口晶亮的銅牌刻著自己的頭銜和大名，進門來是經過設計過的現代化格局。陳設包括了波斯地毯、英國進口布面沙發、纖塵不染的大寫字檯；此外，還有他的特別助理楊思琪，每天穿著時髦，化妝考究，與牆角那株生動鮮翠的栗子樹遙相輝映。

最引人注目的，恐怕還是四面牆上那一張張裝裱精緻的海報設計原稿，鮮紅底色的、黃藍對比的、銀灰大字的，自然平衡了室內過分冷靜秩序的線條。一面面皆為經過藝術包裝的錦標，全都是過去這些年來的戰績。

可是不知道為什麼，每當他心情低落時，他總會不自主站到窗邊來，扳開窗葉向外探望。到處都可以看得見百葉窗這種東西，但是新的色澤，新的質感，已經讓現代人忘記窗子外面還有什麼了——馮祥偉想道。

『任何一種生活我們都要去適應的不是嗎？』

小喬剛才同他午餐時說過的話在耳畔又響起。隔了這麼多年，小喬說話連珠炮般不斷句的習慣未改，倒是頭髮長了許多，紮成馬尾垂在身後，讓人看不出實際年齡。

分手那年他們兩個都才廿六歲。經過大學四年，還有祥偉兩年兵役，再怎麼也想不到，這樣的基礎還是挽回不了後來一場失敗的婚姻。也許年輕是唯一可提出的理由？

祥偉對歲月這種事完全拿捏不準的，要不然他不會挑上忠孝東路的 IR，做為兩人的重逢地。裝潢現代新潮的 Cafe 裡，坐滿了衣履光鮮時髦的臺北新生代，還有金髮碧眼的洋人，晏起的夜生活者，以及扎眼的龐克族。正午亮麗的陽光從四面玻璃窗中潑灑進來，又被室內的冷氣漂洗得如一層瑩瑩秋霜。

『傑瑞這次長高不少噢？』

『還是不太愛吃正餐。』

Jerry 就是俊俊，他不知道為什麼也跟小喬改了口？那時候為小孩命名還費了好大一番周章，馮俊太是最後的決定，後來他們就叫他俊俊。

兩人分手時，俊俊才一歲。他每天上下班，根本沒法帶。小喬搬回了天母娘家，有傭人、有司機，再請個保姆也不成問題。第二年小喬全家人移民美國，他和小喬冷靜討論過俊俊的去留，如果跟著他，將來聯考、兵役這些壓力不能免，就這樣，他也同意小喬帶孩子走。

去年孩子滿六歲，小喬送他回臺灣來過暑假。空中小姐在入境出口處，把一個穿牛仔褲、運動鞋、戴一頂紅色棒球帽的小男孩交到他手裡：『他是喬傑瑞，您是來接他的？』他說是的。看看孩子，正茫然地瞪著兩個大人，他才想起他也許不會說中文。

『現在簡單的國語還說得挺標準的！』他告訴小喬。小喬挽了挽額際飄下的髮絲，幽幽一笑：『當然，他父親是個語言天才！』她還不知，除了日、英、法文外，這些年他還學會了廣東話和一點西班牙文。

『馮，我有話跟你說——』

今年她親自回臺灣，說是接孩子，可是祥偉隱約也有心理準備，是有什麼事。他不覺稍微坐直了一些：『唔？』

『我耶誕節前後，就是年底，我，可能，我是說我要再舉行婚禮了你懂吧？』

他當然懂。

當初他和小喬的婚姻也不知算哪一種？校園裡的郎才女貌，究竟不比攜手人生的白頭夫妻。小喬家裡的人對他的家世一直不滿，他不知道這種傷害力多強。人家的女兒，人家的家教……此刻他站在百葉窗前，把與小喬相見的經過說給楊思琪，神情略帶焦慮，口氣依然不安：

『她前年又在美國大學研究所註了冊，修藝術課程。結果就認識了這個老外，去年耶誕節在他們教授家過節的時候認識的。』

楊思琪，去年才從大學畢業，是他親自招考的特別助理。三個月前，他們兩人發生了關係，之後便很理智地維持著亦公亦私的感情。楊思琪幾乎把這種事看作踏入社會的某種儀式之一，並不覺得罪惡。她想學著更了解男人。

『那，傑瑞還是跟著你太太——我是說他母親了？』楊思琪雖然努力，可是她發現自己並不能完全對這件事專心致志。她的面前攤開了一本行事曆，她每天的主要工作就是做著日程表上勾銷、增添和更改。半個小時後要開企劃會議——她瞥見自己熟練娟秀的鉛筆字體。

被楊這樣問起，祥偉忽然在腦子中出現了一幅構圖：卅二歲的小喬抱了書和別人一起趕教室、跑圖書館、吃自助餐，參加小組討論，而那個男人自然也與她一道——那傑瑞怎麼辦？也許傑瑞比他想像的堅強，這麼多年沒有父親的生活都過來了。至於他，所有那些辛苦的、不愉快的、疑懼的日子也都過來了，可是，和自己多年前的女人，談起自己七歲大的兒子時，不知怎麼，他總激動得想落淚：

『妳怎麼跟傑瑞說妳要結婚的事？』

「他跟馬丁也玩得很熟了。他們外國人沒什麼「拖油瓶」的想法，反正將來都要自立的。我問傑瑞，以後馬丁就跟我們一起住好不好？他說"I think it's all right."……』

聽到這裡，楊思琪也不禁感傷了。她跟他們父子一同出遊過一次，她看得出馮祥偉還是愛孩子的，但是孩子太小了，怎麼知道大人之間的事？他直接喊祥偉Stephen。我要冰淇淋，Stephen；去坐電動車吧，Stephen……只是份交情。

『那時候聽她那樣說，我就想錯了錯了，應該跟傑瑞全部說中文，那以後他就不會搞錯，他有兩個Daddy，一個說英文的，一個說中文的……』楊思琪緊緊握住祥偉的手，不讓他再說下去。

『傑瑞什麼時候走？』

『下星期一。』

『現在，跟母親在一起？』楊思琪看見馮祥偉朝她苦笑，口氣也跟著消沉了：『等他們走了……也就，也就沒事了。』

沒法等那麼久，半個小時後，馮祥偉還是準時出現在會議室裡。會議桌上永遠一副戰地實況，煙灰缸裡擠滿了蒼白蜷曲的煙屍，上有硝天，下有礮地，有關資料文件流散四方，紙杯、鉛筆、拍卜紙更是哀鴻遍野之勢。

一場沒有結束，也沒有勝利的戰爭。

企劃部經理的發言如下：『我們這些年業務發展很快，但是不夠多元性，影視傳播是一個很大的市場。這一次如果我們和華美傳播合作，在時代百貨廣場開幕當天舉行「臺北流行音樂祭」以招徠顧客，我們也就可以直接掌握最新最完全的市場資料，有助於日後業務的拓展——」

「音樂祭，這個名字就不好！」有人反對。

「目前這份企劃書是華美提出來的，當然我們企劃部還要同他們再研究——」天啊，馮祥偉在心裡吁嘆了一聲；這是多麼沒有情感、沒有生命的一套都市語言？他就是靠著說這一套辭令，靠著六年來上千次的會議才爬上今天的職位嗎？

「我覺得問題不在於我們做不做，而是跟誰合作？馮經理，商場如戰場，華美肯跟外人合作，我懷疑是不是什麼障眼法？需不需要調查他們的資金周轉狀況？」

「華美在影視方面基礎夠穩——」

「我覺得還不如我那個什麼——叫華納是不是？他們都是年輕人，點子多，現在消費者就喜歡新鮮！」

「我更相信經驗——」

「馮經理，是不是跟華美合作，我想你也不必那麼賣力鼓吹，我們坐下來再開出來幾份名單來討論，難道不可以嗎？你這麼在乎，別人要誤會你和華美有什麼其他暗盤囉……」

「我×！」

當馮祥偉摔下手中那份企劃書時，他就已經後悔了。他摔掉了他的權威和自信。只有六年前他和小喬在律師事務所簽字時，由於一旁小喬家人的責難不可忍，他才像現在這樣拍了桌子跳起來，並且罵了那個字眼。

他覺得他沒有多少東西可以再失去了。

下班後，楊思琪陪祥偉開了大老遠的車子去九如。早些年做AE的時候，祥偉把胃搞壞了，因此始終帶了輕微的胃潰瘍未癒。等細緻的江浙點心端上桌來，祥偉忽然又不覺得那麼有食慾了。思琪在旁邊勸他多吃，不要餓肚子，卻換來祥偉笑嘆道：『真想知道，我現在到底還有沒有喜歡的東西？車子、房子、食物，簡直都是一樣的乏味！』

飯後兩人同回祥偉的住處，出了電梯口，祥偉就把鑰匙交到楊的手上：『幫我開，看看小鬼的東西是不是都搬乾淨了？』

楊思琪接過鑰匙，拍了拍他的頰。三十坪的屋子裡沒有小孩的影子了，電話機旁邊留下了一架模型飛機，是遺忘了。思琪進了屋，先就將飛機收到沙發底下去。

『哇，真清靜！』祥偉後腳進了來，裝作地張開手臂呼道。

可是他真恨極了自己這個樣子。他這些年來是廣告界多麼驍勇的一名悍將，哪來的這麼多牽掛未了？

前年傑瑞第一次回來，他發現自己對孩子一點辦法也沒有。白天留孩子在天母那邊洋人辦的幼稚園裡，下了班去接他，千篇一律總是以『你要吃什麼？』做為當天共處的開場白。或是，經過樓下的錄影帶店，他問孩子『你要看什麼？』小孩自己會挑卡通片，他也有自己的選擇，然後一大一小就進了這屋子，小孩先看他的帶子，他一旁處理辦公室帶回來的資料。九點半，關電視，放水教小孩洗澡，十點小孩就寢。然後他再回到客廳，打開錄影機獨自觀賞自己的影帶……那種尷尬，如今竟也成了一份不捨！

小喬說只要傑瑞願意，明年還是可以送他回臺灣來。或許他應該告訴小喬——不必了？祥偉痛苦地將這個問題在心中盤了盤，還是無法接受。『思琪，要不要Coke？』他急轉話題。

楊思琪在客廳裡舒適地找了個位子坐下，翻看了幾頁這一期的*Time*和時報周刊，接著又替祥偉打開了電話答錄機：『馮，聽得見嗎？』

第一則留言是祥偉小弟仲偉的聲音：『哥，我今天去在臺協會了，真氣人，資料缺一項。老哥這兩天有沒有空？嗯……我想要你陪我走一趟，你英文比我高竿。真想不到學生簽證也這麼麻煩！還有，老媽問你這個禮拜回不回家？沒事了，少抽點煙，拜！』

『秋季班要走呢。』祥偉手裡端著一罐啤酒，走進了客廳來：『拿老哥的錢出去也真方便。當年我要是有個有錢老哥老爸什麼的，也早就出去了——』

『現在也可以啊。』楊從畫報後瞄了瞄他。

該死又轉到這種話題上來！祥偉往沙發上一倒，雙腳擱在茶几上，沉默了幾秒，才冷笑一聲道：『出國回來又怎樣？企劃部經理未必博士能做得來！』

第二通竟是小喬的來電。

『傑瑞要我問你，禮拜一你來不來送我們？如果要來記住是下午一點十分的西北，不要忘了。』

然後是一串長長的沉默，客廳裡兩個人都還在等待什麼似地豎起耳朵。只剩下空白帶轉動的聲音，歲月都給捲了進去，悄然、蒼白、和無聊。祥偉狠狠灌了口啤酒。

『我那時候有事嗎？』

還是祥偉先打破了如此的寂然。楊關上機器，盤了腿支起額頭，側著臉看著這個心思難料的上司。『那不是理由，』她淺淺笑道：『江副理可以代理。』

祥偉回了她一眼，帶了嘲諷和一絲無奈。有一件事楊不會了解，所謂的父子關係在他和傑瑞之間，永遠只是模糊的、幾乎快要停止的一點脈搏。

為了能早點跟傑瑞建立起感情，祥偉選擇了做他的『朋友』。他不在乎孩子喊他Stephen，他們一起玩電視遊樂器，吃漢堡奶昔、騎越野車……誰說不是愉悅溫暖的畫面？奇怪他竟然後來讓自己相信，六、七歲的孩子，也能夠藉著迴避正式的稱呼，來掩飾自己的情感和矜持。這種想法讓他覺得好過許多。

可是他也隱約覺出，父親的角色漸漸已被犧牲掉了。傑瑞在學校同人打架傷了頰角，貼了膠布回到家裡來，見到祥偉甚至也沒有什麼好說，問急了才用極流利的英文回答：『It doesn't hurt. Really.』祥偉那次氣了，抓了孩子的肩不放，責他為什麼出了事不打電話找他？……

其實他更氣的是，他就這樣失去難得表示他父愛的機會?!

祥偉『誇』地一聲捏扁了啤酒罐，仰頭閉目，近乎是自語地：『好睏！』楊應道：『我不走了。』

孩子在的時候，祥偉從不留她的。

第二天是禮拜六，充滿了問號、驚嘆號、破折號的日子。都市人的生活，幾乎連逗號都是奢侈的。

祥偉那輛紅色喜美才剛由停車場開上了馬路，登時便教憤怒、雜沓的車群給吞沒了。週末的中午，交通紊亂情況無疑達到一週顛峰。

祥偉看了看腕上的錶：十二點三十五分。

他給自己點了一支煙，又把車窗玻璃搖下去了一吋。車內的小冷氣立刻不敵外頭滾滾的熱浪。臺北這時候一點風都沒有，全躲進四面中央系統的巨型建築裡去了吧？他想。

手裡的煙沒有一絲氣流干擾，直迢迢便升上青天，彷彿穿進白雲裡。那畫面處理完全成了漫畫的表現手法，角色人物心裡有事，總在頭頂上扯出一片雲霧來。可是他該想起什麼呢？太多的事不敢去想，也無從想起，該想的又不甘願去想。

坐在他身邊的楊思琪開口了：『其實他們決定「華納」也未必不好。「華美」熟人太多了，免不了以後人多口雜——』

祥偉完全沒有反應，頭瞥向窗外。同他們並列的那輛轎車裡坐了一個小男孩，在看圖畫書，脫了鞋把腳抬得高高的，擱在擋風玻璃前面。

楊思琪也不再多說關於辦公室裡對這件事的反應。瞥見祥偉指縫間蓄了好長一段灰的煙頭，她伸手過去摘下，也提醒他：『綠燈了。』

『還是把妳放在仁愛路口下車？』祥偉踩下油門。筆直的馬路反射著正午陽光，白花花地刺人眼睛。馮祥偉伸手進西裝口袋，取出了太陽眼鏡戴上。接著看準了空檔，一個右轉便拐進了敦化南路。

『馮。』

『唔？』祥偉匆匆轉過臉來打量了她一眼，戴了墨鏡的一張臉顯得格外稜角分明，卻是不見他的表情，教人覺得不好說話。

『把眼鏡拿掉好嗎？我有事情要告訴你。』楊思琪長長吸了口氣：『馮，我的出國手續都辦好了，本來不打算告訴你——也是秋季班要走。』

『妳——？』祥偉聽得明白，卻是不懂既要瞞他，又怎麼留下這樣的結局？

半天他才又說了一句：『這兒的工作不好嗎？』

祥偉說罷，才發現心裡其實有另外一個念頭在抗議：跟著我不好嗎？竟然從來沒有想過和她的關係？她跟著他也快一年了，上班下班，晚飯應酬消夜，也都是這些事把兩人纏捲在一起，結成一個繭，丟進了城市人海。也許她還能有破繭高飛，另一次振翅的機會，那自己呢？——祥偉一下子就感覺到了茫茫人海的那份冷深。

不能否認的確想改變楊思琪出國唸書的念頭，可是他並不想把會議室裡談判攤牌的那套搬進生活裡，尤其是感情生活。可是這會兒楊要走，算是離棄了自己？還是說自己放棄了她？

當年因為和小喬爭得太過，到現在連見面都難。是不是男人過了三十，就自會有一種內蘊包容的感情方式？他只希望楊能活得快快樂樂的。和他，未必會真的快樂。她沒有必要分擔他的過去，他是有婚姻失敗前科的人。

是什麼時候開始覺得自己愛她的？……記不得了。半晌，他才又說道：『唸書，總是好事。』

楊思琪應道：『是啊，總比現在好。』

馮祥偉生命中的第二個女人，就在幾乎撞擊得出聲音的金亮陽光裡下了車。車門碰地一聲關上，只見她安靜、美麗，帶了一點憂傷地站在那裡搖著手，說道：『禮拜一見。』

可是整整一個週末還有這麼長這麼長，像是半輩子那麼長……想要不活都不行。

週末下午因為有國劇可看，馮太太雖然獨自在家，倒顯得一派雍容安逸。看見祥偉回家，隨即喜孜孜地指與他看：『龍鳳呈祥。』啜了口茶，登上了安樂椅：『周正榮和嚴蘭靜，好角兒呢！』鑼鼓點咚彩彩彩敲打出一番與外界高樓大廈自不相干的昇平繁華。然而龍套角色永遠是那麼匆促急忙，趕著出了場，又退到兩廂站立，主角這才要登場。

劉備招親的故事，馮先生生前也愛看的。住了幾十年的公家宿舍，在馮先生去世之後並沒有收回，屋裡的格局幾十年來始終也沒有大改，祥偉坐在屋裡，不時要分了心去注意起這兒的一磚一階。哪個牆角他小時候被罰時面站過，哪個臺階他考試前坐在那兒背書過，真是歷歷在目。

至於自己那間三十坪的電梯公寓，全套家具擺設是包給裝潢公司做的，酒櫃吧檯台床組和室……應有盡有，可是那種簇新的感覺，油漆未乾的氣味，彷彿任何人的印子都沾不上。甚至他現在閉上眼，也說不出那些擺設的正確位置。

想不出了。他睜開眼，依舊是母子二人長坐著，守著這樣一個沉穩、寧靜的下午，和一場『龍鳳呈祥』。

劇裡的周瑜追到江邊，是戲的尾聲了。只見孫尚香已同劉備登舟而去，而四面人言傳來：『賠了夫人又折兵……』看到這裡，祥偉莫名地有被針刺了一下的感覺。

馮太太起身去關電視，想起了同祥偉問道：『噯，孩子該開學了吧？什麼時候回去呀？』

『下禮拜一。』在母親面前，祥偉到底藏不住實話：『伊莉——她要再嫁了。』

『噢？』馮太太擺出一副早是她意料中事的表情。當初她這個婆婆可是待她客客氣氣的，沒想到往後這幾年，看著好好的兒子性格都有了改變，不能說不是因為婚變的後遺症。聽說那個女人要再嫁，覺得正是機會教育的時刻：

『現在是男婚女嫁各不相干，人家老公不嫌她就好，你擔個什麼心？小孩子嘛，也早就是半個洋人了，跟他們一起，沒什麼好放心不下的。一年就回來待個兩個月，小孩子根本當成是來度夏令營，懂得什麼？』

祥偉往窗邊站去，背對著母親。庭園裡光是這兒一蓬那兒一蓬的綠，看不出是哪些科種，卻見午後陽光以極其細膩的工筆，葉葉瓣瓣地勾描著。習慣了大幅色彩張貼的臺北，單一色調幾何構圖的辦公室，他簡直有點無法忍受這樣的細瑣。

『……倒是你自己多注意點！』馮太太的聲音像是從時空的另一頭傳來，那裡的祥偉還是個聽話的孩子：『你現在該曉得，這幾年我為你擔了多少心？你賺的錢再多，換再大的房子，都跟我沒關係。我只要看你好好找一個人能侍候你就好。我自己有房住，有存款有公保，也拖累不到你們什麼的……』

『媽——』

二十年前第一次以這種聲調抗議時，是因為別人都買了新腳踏車，他覺得委屈、無法被了解、同時認識了這個世界的不公平。現在，他驀然發現，原來仍有很多他得不到的東西，根本沒有人能給他的……他不再作聲。

馮太太進屋休憩後，留下祥偉一個人在客廳裡，明顯地感到生命裡的留白，令他無法忍受。那個充滿機智、勇氣、蠢蠢欲動和短兵相接的世界哪裡去了呢？

這些年來，彷彿今天是首度被人從那個世界裡一個踉蹌給推了出來！然而，那個世界以後也不可能是原樣了——思琪要走、仲偉要走、傑瑞要走、小喬要走……人生的行程這麼緊湊匆忙，下一站再見面，不知又是多少個日子之後？

他坐回了母親的搖椅，一擺、一擺，規律地搖晃著，像時間的擺錘……他不覺得那麼難過了，只是依然沉重。搖椅上的人，可能在眨眼間髮蒼齒搖嗎？

他想起了他的父親，六十歲那年去世的。他不知道自己活到那個年紀，對這個世界又會怎麼想？像他這種身分、年齡、職業的人，不難打發臺北夜生活。piano bar 取代了燈紅酒綠、充滿江湖氣息的卡拉OK，繼之而起。那裡沉緩低柔的情調，正適合白天忙碌的臺北人。黑色的大鋼琴是一只大匣子，收集了眾人各式不同的情緒，轉譜成調，人人都在聽著別人的故事，和著自己的心情，人與人之間的工事，自然也要暫停下來。

吳崇明是祥偉大學的同班同學，現在是某大學的講師，這種場所對他來說是陌生的。曾經拒絕了祥偉幾番邀約，但是今晚他聽出祥偉的口氣不同以往，基於老朋友的立場，終於成了祥偉的座上客。

『馮經理，楊小姐沒一道？』

服務生熟練地將他們帶往角落的一個位子：『還是老地方，好嗎？』臺上的鋼琴師和一位貝斯手也點頭示意。祥偉一一與他們招呼後入座，吳崇明笑著敬他一支煙：『是你們帶動了臺北的經濟繁榮，刺激了消費大眾……靠我們這些窮教書的，不百業蕭條才怪！』門口又呼擁進了幾個年輕男女，湯米、茱蒂地叫喚著，狀似在學學生。祥偉搖搖頭：『看見了沒？現在的年輕人才懂得什麼叫享受，哪知道賺錢的辛苦？』

『那時候我們週末晚上，出來宿舍外面巷口吃吃麵攤的麵、切點海帶滷蛋就很不錯了——』吳崇明邊說，發現祥偉的臉上顏色一黯。『怎麼？』他知道祥偉找他出來一定有話要說。

『你見過小喬嗎？』

吳崇明點頭說道：『還是在街上碰到的。』他也約莫猜中了祥偉的心意。當年他還是祥偉的男儐相呢，剛退伍兩個月，兩個人頭髮都還沒長起來，同學大都也還在臺北，與其說是祥偉小喬的婚禮，還更像是辦了一場同學會！『小喬來接孩子？』

『下禮拜一走。』祥偉撇過頭去望著臺前一個挺著啤酒肚的男客，正用顫抖不準的低音唱著『綠島小夜曲』。那首歌的哀怨情緒，像被揉得陳舊而又模糊，令人聽得為他難堪。『小喬又要再結婚，跟你說了沒有？』

『哦？』

祥偉扭回頭，向那聲輕輕的問號乜了一眼。吳崇明三年前赴美留學，回國前還去紐澤西看過小喬，小喬要他回去問祥偉好，還託了禮物送給他。『小喬大概不希望我去機場送。……的確，孩子老婆，哪樣又是自己的？又有什麼好送？』

『馮，話不是這樣說。』吳崇明推了推眼鏡：『這不是做生意，這家客戶斷了再拉別家。我們這一生好長好長，一路上要經過的事太多了，沒有辦法每一樣東西都算得那麼清楚。至少，為了自己，也要想開一點！……』

祥偉坐在對面，玩弄著火柴棒，也不作聲。服務生此時又過來他們這桌招呼：

『馮經理，李老師問你今天唱什麼歌？』

祥偉頭也不抬，擺了擺手：『待會兒再說吧。』

他們不唱，舞臺前卻不會因此沉默，又有人執起麥克風，引來一陣掌聲。吳崇明了解祥偉的性格——其實什麼事都想得清楚，只是難下決定。當年與小喬仳離，原本是不希望彼此這麼早被牽絆住，沒想到這些年來，他仍被這段往事追纏。……兩個而立之年的男人，隔了一層記憶，安靜地對坐著。吳崇明無端也感染了那份世事滄桑無常。他的母親在醫院躺了半年了——早晚的事，一切都準備得差不多了。他真是不懂，長大成人，難道就是為了準備每一趟的生離死別嗎？……

『Memories, like a
corner of my mind
Misty water color

memories

Of the way we were...』

臺上的歌聲驚擾了這兩個男人的思緒。吳崇明一下握住祥偉放在桌上的手：『「往日情懷」，記得不？那時候我們叫它「小喬的歌」，她那年在校慶晚會上演唱，不是還贏得芭芭拉史翠珊第二的封號？』

祥偉也總算露出了一點微笑：『後來我們幾個去東南亞看這部片子，結果你看了一半睡著了……』

說著，兩人不約而同向臺上望去，是剛才進來的那幾個年輕學生其中之一，一個燙得滿頭捲髮的女孩。不是小喬不是小喬不是小喬，小喬再也不是他的……電影終了，是芭芭拉和勞勃瑞福在冬季蕭索的街頭相對無言，然後才是The way we were音樂響起。然而，為什麼他的結局只剩他自己？

「喂——小喬？」

「喂？」

「是我，馮祥偉。」

那頭的人震動了一下：『這麼晚了……什麼事？』

「沒事呀……哦，對了，傑瑞今天有沒有看他的怪頭T先生？每個禮拜六他都看的——」

「馮！」小喬打斷他：『你喝酒了？』

「咦，妳關心啥？」

「馮祥偉，你搞什麼鬼？理智一點好不好？」

『我說不過妳——我很早就知道的。』

祥偉對著電話筒大力地呼著氣，十分疲倦。十一點四十五分離開鋼琴酒吧，耳邊輕流的鍵音，此刻換成了店舖鐵門相繼拉下的噪音，小喬的語氣也是頓時一落：

『你是來吵架的？』

『妳他媽的，我打個電話來屁話都沒說，妳把自己防衛這麼好做什麼？』

祥偉終於被這句話點著了：『妳以為妳什麼都懂是不是？妳以為我還是當年被逼著簽離婚證書的那個小AE？我知道妳不希望我禮拜一出現在機場，對不對？但是妳知道傑瑞想，妳知道的。但是，我打電話，是要，告訴妳——我不會—去—的……他媽的！』

祥偉才知道這是一句如何份量的答覆，尤其最後幾個字，更像失了重的鉛球，牽著他的心高速墜落，地面上彷彿有一些東西，在一剎那間給擊碎了！

小喬也被這一地破碎的心情弄慌了。靜默了數秒，給自己一點時間收拾自己的情緒，她驚訝有一些是他的心情，也混進了她心裡來：

『你現在人在哪裡？』

『在妳家樓下。』

家居的小喬，鬆了白天的馬尾，任長髮披瀉兩肩，尤其清麗動人。她開了門等祥偉，聽見他的腳步一階一階從樓底爬上她四樓來。出現的人帶了微喘，和一副自矜的笑容：『小喬。』

『親戚的房子，我邊住也邊幫他脫手。』小喬說著，領他往屋裡走：『很亂，行李還沒收拾好……

這個房子太舊了，現在的人哪還住得慣沒電梯的房子爬上爬下多累人……』

猛然一回頭，發現祥偉靠在過道牆上，正在打量著她，她才覺得了自己出乎意料的家常口吻。難道就這樣讓他進來了？她想到這裡，竟也不知再說些什麼好。

『房子……其實還不錯。』祥偉道。

週末深夜，台北街上仍不乏車馬呼嘯，時時傳送進客廳裡。他們兩人面對面坐著，中間是茶几。茶几上擱了煙灰缸，缸裡盛了煙灰，還有一支正燃著的煙頭。祥偉記得她從前不抽煙的。

他微微移動了下姿勢，從西裝口袋裡掏出了一包馬布洛煙，正要點火，小喬開口問起：

『你抽這個牌子？』

他說是，小喬便起身：『我這次帶回來好多條，本來要送人的，沒想到好多人都聯絡不上了，就留給你吧——』

『小喬！』他喊住她：『待會兒再拿吧。』

祥偉記起他們新婚的前半年，常常晚間就是客廳對坐，各看各的書，日子多簡單……他長長吐出一縷煙來，往事也隨著從眼前散逸了。

『真沒想到你，』小喬攤攤手：『會來。』

『禮拜一我不送你們了。』再不說出口，祥偉怕自己會反悔。小喬不作任何反應，瞧了他半晌，忽然問道：

『馮，你會再婚嗎？』

祥偉突然笑了，卻也沒什麼特別的情緒，彷彿兩人總算有了共同話題：『會。——等四十歲以後。』

小喬也淡淡地回他一個笑。『男人也許不在乎這些。我一個人在外國不方便，你知道美國那種地方什麼都要自己來，多一個人在身邊總是——』

『我知道。』

小喬微覺赧然，理理頭髮，避免祥偉的目光。她不知道自己原來有這麼許多面，回國前根本沒想到，她對祥偉竟然還有那麼一絲的餘心：

『馮，要懂得照顧自己。廣告工作究竟還是商業掛帥，自己要為將來做打算——』

祥偉捻去了香煙：『會啊。』

『我把我新地址寫給你，這次回去就住新公寓了，那兒比較大……』小喬邊說就蹲下身去，從茶几下頭抽出了鉛筆和拍紙簿。

『我想看一看孩子。』祥偉站到她身邊：『好嗎？』然後輕輕遞出了手，把小喬扶了起來。

孩子早已經睡了，他們躡手躡足的推開了房門，不敢開燈。街上有些隱約的燈光射進房來，指引著他們走到孩子的床前，兩人不知覺站得很近。

七歲大的孩子，睡覺還要抱玩具熊哩！祥偉低著頭，只看見傑瑞一個側面。狗熊是他買給孩子的，帶回美國，不知道經不經用？最怕孩子的記性也跟玩具一樣會磨損。

『他像你的地方多。』小喬說。

「唔。」

「其實……」

小喬想說什麼，困難地發出了一個音，像用砂紙輕輕摩擦著房裡的黑：「其實……噢，馮！」孩子翻了個身，她突然控制不住情緒，覺得對不起孩子，豆大的淚珠順勢奪眶而下。孩子看不見親生父母守在他床前的景象，長大後會不會恨她呢？她想起了她的這些年，她的青春，她的未來……愈想愈動容，雙手掩面也止不住一發不可收拾的眼淚。

「馮——……做——人——其實——都——好——苦……對——不對——？」

「不一定呵真的。」祥偉扳過她的肩，用力地在她背上撫著：「怎麼這麼傻？這麼多年都過來了，不是嗎？」

「我——會——幸福——嗎？……」小喬一雙泡過了淚水的手，一下就搭在祥偉的袖子上：「我是——說——婚——姻……」

祥偉輕輕鬆開她一些：「會啊。一定會。」他也覺得悲傷了，下意識伸手進了西裝口袋，結果掏出了一方手帕來。

「伊莉，把眼淚擦擦。」他對小喬說：「我要走了。」把手帕遞給她。

「那禮拜一——？」

「再看看吧。」他不能整個夏天都把自己的感情丟給機場，他想。下一個要走的又是誰呢？

小喬送他到門口，他下到了三樓，才聽見上頭大門吭地一聲闔起。他在暗裡呆站了好一會兒，懷疑剛才同他握手的人，送他的人，是不是真的是小喬？

他的車停得很遠，出了小喬的住處，得獨自一人走好長一段。兩面公寓仍有幽明的燈光傳出，融進深藍的夜色裡。再來就只剩下一陣又一陣的長風了。祥偉覺得臉上涼涼爬滿了什麼，知道自己不能這樣子走上大街，趕緊伸手進西裝口袋裡——

手帕留給小喬了。

禮拜一的下午一點四十分，祥偉坐在公司的會議室裡，聽不見西北航空的班機劃過了臺北的天空，那巨大隆隆的引擎聲。……

（七十五、十一、卅）

——《掏出你的手帕》，皇冠出版社

◆作者簡介

郭強生，北平市人，一九六四年生，台灣大學外文系畢業，美國紐約大學戲劇研究所博士。曾任中學英文教師、報社副刊編輯，曾獲全國學生文學獎小說獎、時報文學獎劇本獎，並以〈給我一顆星星〉獲文建會優良舞台劇本獎首獎。現任國立台北教育大學語文與創作學系教授，並成立「有戲製作館」製作舞台劇。寫作文類包括小說、戲劇和散文。著有小說《作伴》、《掏出你的手帕》、《留情世紀末》、《傷心時不要跳舞》等，文化評論《文化在報紙和咖啡之間》、《在文學徬徨的年代》、《書生》、《文學公民》，劇本《非關男女》、《在美國》，散文《我將前往的遠方》、《來不及的美好》等。

作品賞析

高中時開始寫作的郭強生，初試啼聲即一鳴驚人，成為《中國時報》、《聯合報》爭相推薦的新人，第一部小說作品《作伴》出版時並得到王德威的序評給予肯定，但在加入「小說族」的出版行列後，注意《掏出你的手帕》以作者照片為封面的行銷，反而多過對他作品的討論，或許這是近年他寫文化評論、寫書評、寫劇本，卻少見小說創作的原因吧。他的小說自然流盪出時代的空氣，寫人情的曲折忸怩處，精緻深刻，寫人間的情緣起落生剋，是他拿手好戲，尤其擅長自浮光掠影的片斷經驗中，抽取或苦或甜的感情意義。

喜愛電影藝術的郭強生不但採用了經典電影的片名為小說篇名，本文的寫作手法也讓人隱約看到銀幕似的跳躍與切換，郭強生以冷靜、乾淨的筆調描都市人不由自主的滄桑悲涼，當男主角流淚而掏不出手帕時，讀者也無端地被感染與陷落了。

延伸閱讀

1. 郭強生，《掏出你的手帕》，皇冠出版社，一九九五年七月一日
2. 南方朔，〈試著跨出蒙昧與枯竭——《在文學徬徨的年代》讀後〉，《文訊》第二〇二期，二〇〇二年八月，頁二五—二六
3. 郭強生，《在文學徬徨的年代》，立緒出版社，二〇〇二年六月，頁二六一

夜車

駱以軍

他聽著鄰座的男人在講大哥大。

男人正在憤切地叱罵他的妻子，「妳知道我一個晚上打了幾通電話嗎？為了找妳？」

四十幾通吧？他在心裡默默想著。這是一班南下的夜快車，火車車廂內的銀色日光燈使你以為自己是坐在光裡穿越黑暗的曠野。他記得自己幾次在顛盪中迷迷糊糊睡去，又流著口涎醒來，發現男人都在單調地用電話找一個叫謝小姐的人，而且一直都打錯。「喂，謝小姐嗎。噢，對不起。」整個車廂內全是男人固執又孤單的短句。喂，對不起，請問是謝小姐嗎。呀那我打錯了。中間他還向男人道歉起身穿過車廂，到盥洗小間歪歪扭扭對那金屬馬桶裡裡外外亂撒一泡尿，然後灌著強風在車門邊抽一根菸，才回到座位。

「一百多通，」男人告訴他的妻子，「我不記得謝小姐的電話，前四碼沒問題嘛，後面四碼，我記得好像是七四〇五還是九七〇四之類的，我就他媽的拆數字一通一通打，排列組合嘛，這幾個數字顛來倒去，打了一百多通才找著她……」

他這時突然也想拿出懷裡的大哥大打個電話給老朱。但那實在太像在向隔壁的傢伙示威或抗議什麼的。之前在車站他打過電話給老朱，老朱也是用手機接的。老朱好像正在一攤自己兄弟的辦桌婚禮散攤邊緣的酒陣上，所以收訊不很清楚，「你在哪裡？」老朱醉醺醺地吼著，他告訴他自己在台北車站。

台北車站？在廣播著鼻塞女人的火車進站時刻的紊亂背景聲音裡，磨石圓柱旁蹲著賣青箭口香糖的殘疾者。有兩個戴著白色鋼盔的憲兵直著身子，故意把靴底鐵跟撞著磨石地板走過，眾人紛紛讓開。一旁變壓器壞掉，所以白膠壓克力殼寫著「販賣部」三個紅字的招牌一閃一閃，白天吊滿八卦雜誌和各種縱貫道上所有你沒聽過名稱的餅乾和鐵罐飲料。現在被拉下的鐵門禁閉著。隔著兩道木柵門，你就可以看見火車如夢似地停在露天的月台旁，深藍色的車身刷了一道又亮又直的白漆，還有白漆寫著它阿拉伯數字雜著英文字母的番號。

是啊。隔著那一道木柵欄，穿著制服的老收票員坐在高腳椅上給穿過票口的人票上打孔。彷彿柵欄那邊的水泥月台是另一個時間的界域。就像他猛然抬頭望見這車站的水泥拱頂像一座老歌劇院有兩層樓的包廂欄杆，還有那座嵌在壁頂的亞米茄大圓鐘，鐘面的紙背都已發黃，指針的每一次脈搏般的挪動都讓他險險落淚。

他總懷疑他是在穿梭過那木柵欄的票口時搞錯了時間的。

男人收了電話，好像心情非常鬆快地朝他微笑點頭。他只好也禮貌地笑著說：「找著了？」

「是啊。」男人說。原來男人的妻睡昏了，他打了至少二十通（每一通且響了上百次）都沒人接。男人想是不是出什麼事？把所有可能的電話都打遍了，結果沒有半個人知道他老婆的下落。後來男人靈機一動，遂想起試試看打給住他們樓上的謝小姐。這謝小姐從前是作三溫暖指壓按摩的，他們常常半夜被樓上的麻將聲酒客喧鬧聲吵得睡不著，而上樓按電鈴抗議。所以他想可以打電話給謝小姐，拜託她下樓去按他家門鈴看是不是出了什麼事。問題是他記不全那謝小姐電話的後四碼……「所以說排列組合這玩意兒……」他附和著。覺得他們亂像兩個多年後相遇的高中同學。

他曾經和老朱乘夜車逃亡。穿著卡其制服戴著大盤帽。其實不過就是他幹總務卻把班費全給汙了，是一個叫吳國楨的小胖子擺的道。後來他知道曾經有一個省主席也叫吳國楨的。據說還是個清廉剛正官聲不錯的人。教官問他錢花到哪去了？他說：「不知道。」其實他的錢全給了隔壁班的蔡，他其實也不記得蔡拿這筆錢去幹什麼去了？蔡是本省掛的一個小個子，戴一副變色墨鏡穿一套水泥白的訂作制服控叭喇褲。蔡曾跟他調過幾次錢，他記得有一次說是要去入珠，一次說是要帶他華藝的那個小馬子去墮胎。

這事其實不干老朱的事，但老朱還是很夠意思地陪他跑路。他們還煞有其事地坐公車到松山站搭車，好像大人們會真的重視他們到動員人馬到台北車站包抄他們似的。

不過那真是一場逃亡。車過台北站時他們把大盤帽沿壓得低低的，火車喀喇喀喇穿過淡水河鐵橋時，他和老朱互相不看對方其實兩人都哭了。他們照著計畫到斗南找蔡的把兄弟，一個叫阿猴的傢伙。結果車才過新竹，列車長就來問了：你們兩個是要去哪裡啊。票給我看看。原來他們買的是慢車票，每一站都停，車還在北台灣，天就黑了。你們這樣到斗南，已經是明天早上了，列車長問他們：你們是要去南部幹什麼？

結果兩個草木皆兵的逃亡者在苗栗便倉皇下車，並在火車站附近一間廉價小旅舍賴了一宿。這麼多年了，他猶記得那次他們在逃亡中途逃離那輛軌道上繼續南下的慢車，是在苗栗這個城市停留，主要因為老朱在旅館內窮極無聊，將小房間裡那壺紅色硬塑膠殼水銀保溫瓶裡的茶水，換成馬桶裡的尿水，誆他用黑松沙士小玻璃杯喝了一嘴騷腥。

什麼都在過去，他突然覺得在車體晃動中，可以清楚看見窗外月台遮篷上了瀝青的木頭支樑，蓋著鐵絲網的垃圾桶，還有那在逐漸加速中較快晃過去的長條木椅。他突然發現這無人上下無人離去到達的無人月台竟揮霍地曝置在一整片輝煌的強光裡。突然他口袋裡的大哥大響了起來，他和身旁的男人都驚跳起來。他開了機，是他的妻打來的。

「現在到哪裡了？」他的妻問他。

「不知道，」他小聲地說，鄰座的男人搖搖顛顛地去車廂後拿紙杯盛水。「剛剛好像經過一站叫通霄的。」

「我知道那裡，」他的妻興奮地說：「那是一個海水浴場嘛，你信不信？我去過那裡耶。」

怎麼會？他心裡想。怎麼可能。他的妻曾告訴過他，從小到大，她坐過的火車次數，怕沒超過三次，他的妻是澎湖人，高中時才隨全家搬來台北。她曾笑稱自己坐過飛機的次數遠超過火車，進出登機門驗身磁門從容自若的她，在埋入地底標著1234的月台，反而驚慌失措分不清南下北上的方向。

怎麼可能那麼罕少的乘車經驗，其中恰有一次便是我剛剛才錯身瞥見站名的偏僻小鎮呢？

他告訴他的妻他已經和老朱聯絡過了，他的妻在電話那頭很興奮地叫了一聲，那他答應了沒？他覺得全車廂的人都在聽他們說話，遂壓低聲音說，我還沒跟他提，他喝醉了，而且電話裡也不方便說什麼。反正我讓他知道我要下去找他，我想見了面再說也不遲。

他的妻似乎非常失望，「我很害怕。」她說。

後來他們收了線。過了許久他才發現自己直著眼瞪著窗外，他在等著下一站的月台靠站，他想看清楚站名。年輕的時候，怎麼樣也想不到自己有一天會娶一個只坐過三次火車的女人吧？

他曾告訴他的妻，從前有一次他搭火車南下，到站時月台上有一支銅管樂隊在月台上吹奏著莫札特的協奏曲。他記得火車進站的氣塞聲，以及車窗視角由那支樂隊後方緩緩移至前方而停住的鏡頭。月台兩側停泊的火車從各個車門吐出大批的人潮。像慢鏡頭運鏡那樣，他夾在人群裡好奇地看著樂隊裡的法國號手、小喇叭手、伸縮號手、單簧管手……每個人都鼓著腮幫用力吹著……他的妻不相信他的描述，而他也確實想不起自己是何時曾經在這個畫面中踩進這樣一個月台。

是去成功嶺受訓的那次吧……此刻他突然想起那個像看著裝置藝術或街頭劇場一樣愣愣盯著月台上一群吹奏銅管、穿著華麗制服傢伙們的午後，那個自己，是剃著三分頭和一大群提著旅行袋的愣頭青一起，心不在焉又惶惑地順著人群擁擠，莫名其妙地經過那支樂隊。

他突然很想撥個電話告訴妻，他想起來了，關於他說過的那個有一支銅管樂隊在演奏的月台，他想起來是他去成功嶺受訓的那個暑假看見的……

他復想起他曾經軋過的一個女人，不記得是在妻之前或之後了。

那個女人高中是念北一女的，他記得當時他是當作一個笑話說自己是個衰人，在他生命的過程會不只一次災難性地有人橫死在他腳邊。他說一次是他在一間四星飯店旁的公車站等車，突然有兩個工人從天而降，一個摔爆在馬路中央，一個一步之遙把他身邊一個同校的男生給活活砸死。原來是擦窗戶工人的懸索斷了，兩個七十公斤的男人從十四樓的高空像大鳥墜下……他還有一次在板橋的通勤列車已開動時還攀住車門把手硬吊上車，結果身後一個亦是趕遲到的女生在他之後環臂吊在更外面，他覺得那女生像趕逃難潮似地一手死命抓住他的書包背帶。他說：「讓一讓。」但車門內擠滿了學生，他完全無法再往裡多蹭一分。沒多久那女生便鬆手掉下去了。大約是掉進列車和月台的間縫……

不想女人聽了之後非常激動，女人說她高中時也曾一次從通勤列車的門把邊被一個男校學生硬擠下來。她還讓他看從髮旋拉到後腦的一道疤口。她說她失足摔下時，感覺身體被一種無法形容的力給拗折塞進水泥月台和電車踏板之間（奇怪的是她完全沒有車輪或機械從臉旁輾過之印象）。她應該是滿頭是血吧？而且她穿著裙子，怎麼好像無論如何都無法自那低陷下去的鐵軌爬回月台上。只聽見上方一些人氣急敗壞地大喊：

「哎啊，那裡有一個北一女的跳月台自殺喲！」

他記得那次他和老朱始終沒有到達「斗南」這個地方。他們甚至從頭到尾都沒找到那個蔡介紹的叫阿猴的人。

他們在苗栗那間小旅館醒來的第二天早上，驚恐地發現他們的錢（他們的「走路費」），扣除掉旅館的房費以及逃亡第一晚鬱卒苦悶而忍不住開冰箱乾掉的那幾瓶貴得叫人咋舌的啤酒錢，剩下的餘款完全不夠他們繼續坐車南下斗南了。於是老朱想起他認識一個筆友住在竹南，老朱和那個女孩從未見過面，只記得她的電話。老朱有一本電話簿，上頭記滿各路從冰宮、咖啡屋、救國團或是少女雜誌後面徵友廣告認識的女孩們的姓名和電話。他一直看不起老朱這一點，沒想到有一天是靠著這本電話簿救了他們一命。

即使他們兩人前一晚發誓他媽再也不坐這種每一站都停的雞巴慢車了，剩下的錢仍只夠他和老朱再搭著普通車慢慢往北晃……他記得由於火車山線和海線的不同，他們是先坐到新竹再換通勤電車到竹南……

（關於那次逃亡的印象，他怎麼就只記得兩個人在這條封閉的縱貫線上，憑藉著一種非常緩慢移動的車廂載體，南南北北地跑來跑去，卻怎麼想法挪近也到達不了原先逃亡想投奔的地方……）

他便在這快速在夜間疾駛卻仍嫌慢的夜特快上，突然想起近二十年前老朱那個筆友，那個曾在那段無趣至極的逃亡之旅中，資助他們一筆舉足輕重的逃亡費的女孩。

……是個好平凡的女孩哪……

他不知怎麼竟在此刻，無比清晰地想起女孩的那張臉。圓圓的鼻頭、戴著一副粉紅框眼鏡，是那種即使你跟她同學三年，也無法叫出名字的平凡女孩。她穿著制服，騎著一輛速克達把錢送到他們約定的竹南街上的一間彰化銀行門口。說是一放學回家就接到老朱的電話，很爽快地問他們兩千塊夠不夠（開玩笑，那是多少年前的兩千塊）？還虧了老朱一下說ㄏㄡˊ翹家噢。

老朱的尷尬雞巴相大約也喚起女孩對自己外貌的自慚，他們三個就僵在那兒沒話可說。他拚命在一旁抽菸裝出一副屌樣，老朱竟然說出「這錢我一定會還妳」的懶教話。不過女孩走了之後，老朱也不得不承認，女孩醜歸醜（他們是第一次碰面），卻他媽真是上道。

這時他口袋裡的大哥大又響了，身旁的男人似笑非笑地看他一眼。他想該當又是他的妻打來的，他想著剛才不正想起有件什麼事要告訴她，這下突然又想不起是哪件事了。

喂。他說。

結果是老朱。電話那邊的雜音很多。老朱說喂不好意思我他媽我睡死了，還作了夢，夢裡突然想起你好像有掛電話過來，還嘰哩呱啦跟我說了一堆話，媽的我就硬生生給嚇醒了。

他告訴老朱他正要下去找他。老朱的聲音沉了下去。你現在在哪？他知道老朱鐵定在黑裡床頭櫃摸菸盒。

火車上。他說。不曉得在哪，可能快到彰化了吧？

老朱那邊突然沒了聲音。喂？他說。喂？喂？

欸。老朱說。你別來。

什麼。他說。老朱我出事了呢。他說。

這時他突然無比清楚地想起他原先想告訴他妻子的是什麼事，不就是月台上的那一支銅管樂隊嗎？他心裡想：老朱我剛剛還正在想著我們當年那次逃亡呢。他們在出亡時互相立下毒咒，任何一人不得先提回家這話。後來還是老朱在不記得哪一晚的旅館裡又哭又鬧，因為他們偷打電話回去老朱家，老朱他妹說老朱他媽傷心過度，每天自言自語在街上喚老朱的名。於是他倆就這樣灰頭土臉地回去了。他記得那天到台北時是淩晨三、四點，老朱他媽和他母親兩個女人站在黑裡的燒餅油條豆漿店門前等他們。他一看見他母親就哭了，他母親有點被這過度的演出弄得尷尬起來，訕訕地說，回來就好。倒是老朱一臉漠漠的賭爛相，而老朱他媽卻一把鼻涕一把眼淚的。在電話裡他也曾要老朱問老朱他妹那他家裡那邊怎麼樣？老朱他妹說好像還好。

後來他心裡便想，老朱畢竟是人家的獨生子，便非常痛悔當時不該拉著老朱作伴，弄得這樣雞飛狗跳的，早知道他自己落跑就好。

老朱說，真的，你別下來，算我求你這次。

他說朱由檢我操你媽雞巴，你先說了我剛剛在台北車站就省了這班車的車票錢了。Fuck! 便把電話切了。

Fuck。他過了許久仍然發現自己在咬牙切齒地低聲咆哮著這個上腔氣聲齒塞讀音。「Fuck!」他說。座位旁邊的男人呼嚕呼嚕地笑了起來。

「幹麼呢？」那傢伙說：「跟女人這樣生氣？」

他本來想堵回去說：是個男的。但他只是敷衍地露齒一笑又負氣地瞪著車窗外。這時車外已是一片徹底漆黑，所以他反倒是背著身旁男人而面朝一面鏡子那樣的荒謬情狀了。車窗裡可以清楚地看見燈火燦爛的車廂內的一切。

「不就是個電話嗎？」男人說。是。他聽見自己這樣回答。

事實上，從更早之前的段落，我便一直抓耳撓腮地想把這個「他」，從那班不斷朝南部疾駛的火車上給揪下來。我想讓「他」中途下車，困在一個破舊頹敝的車站裡，月台上的日光燈管壞了，光源周而復始吊人胃口像是終於要真的亮了喔那樣眨著眨著，可就一直那樣眨著，我想像著「他」困惑地坐在月台棚柱腳的水泥墩上，安靜地抽著菸。「他」的右眼不自覺地眨著，嘴角也略朝右上角斜。因為「他」想起那次和老朱逃亡，他們始終沒有見著蔡介紹的阿猴。阿猴像是一個嫻熟於處理南北縱貫線上各路朋友託寄轉逆逃亡者們的老手。電話裡責備他們不是說好昨晚就下來嗎？他們慚愧地說坐到苗栗先過了一夜，後來車錢不夠又往北去竹南找一個朋友周轉。阿猴說可我今天沒法待在斗南，這樣好了，你們在火車站對面的客運站，有一班朴子到北港的車，你們給它買到北港。我有一個朋友叫哲生的，我會叫他去北港車站等你們……「他」想起那個哲生用機車三貼把他們載回自己家。在客廳一張十人抱巨大樹根盤成的桌上泡茶，遞菸敬檳榔，然後哇啦哇啦一口北港腔台語問他們台北今嘛是否流行沈文程？有個叫洪榮宏的少年仔他很喜歡他的歌。他的話十句他們有八句聽沒有。這個哲生的右半臉似乎顏面神經傷殘，講話右眼會不自主地眨一下。他們聊著聊著，「他」發現老朱和自己，不曉得是逞義氣還是一種對陌生地盤的誇飾偽裝，他們兩個竟然和哲生一樣，講話講講便眨了右眼一下，右嘴角還輕微上揚痙攣……

我想像著有這樣一處月台，月台的兩側各有一條南下和北上的鐵軌。兩條鐵軌上恰好各自停放著一輛剛進站反方向的列車。「他」自南下的這一班列車上氣急敗壞地下車，三五步穿過狹長水泥地的月台，攀上北上的那班列車。「他」打算直接折返台北。

這時有另一個男人從「他」上去的那班列車下來，和「他」錯身而過，面無表情地登上「他」剛剛搭乘的南下列車。且恰好坐進他剛剛空起的那個位子，旁邊坐著那個偷聽「他」講電話的男人。兩班列車燈火輝煌地停住在月台的兩側，在它們各自啟動前，整個月台被這兩列燈光照得恍如白晝。

那個和「他」錯身而過，顛倒南北交換列車的男人，正是我爸爸。

「不就是個電話嗎？」身旁的男人說。

我爸沒搭理他。那時我爸心中在盤算著事情。我爸想：現在我手中有一張往台北的車票，可是我卻在中途跳上了一班往南開的列車。我爸在憂慮著查票員的事。

我腦海裡關於我父親的形象，是個圓墩墩的老胖子，他理著個老兵平頭——我父親年輕時得過一場瘧疾，差點掛了，痊癒後便成了個禿子——反倒他老了以後理了平頭，那一小莖小莖的白髮根撒滿頭頂，這樣看倒不顯得禿了。他跛著一腳壞損變形的膝蓋，一臉是老人家橫了心撒番胡搗的表情。

如果是這樣的我父親被查票員逮著，人家肯定拿他沒轍。可惜這時坐在那個想搭訕的男人身邊的我父親年不滿四十，比我現在大不了幾歲。他原該坐月台另一邊那輛火車北上的，我娘和剛出生不久的我哥還在家裡等著他。我爸在陰暗地算計著待會要如何哄騙查票員時，內容完全沒有想起大龍峒保安宮後面巷子，那間不到十坪大，一只倒蓋的竹篾簍子上面鋪滿我哥尿布下面用煤爐烘得滿室尿臭的屋子。

這麼多年來，我一直想問我父親：為何那個晚上，他會莫名其妙地在路線的中間，突發奇想地起身跑去反方向的另一列火車上？如同有一天他不在了而我仍得替他回答的問題：「為何我們在這？」「為何他當初會沒頭沒腦地離家？」「為何他那時要跟著國民黨？」我得這樣幫他說話：「因為那真的是個亂世。」「因為那是一個只有幾種信仰可以選擇的時代。」「因為他運氣不好（他一輩子如此），他買了往北的車票，卻搭錯了方向。」「因為他害怕。」「因為他得把箱子交給另一個人。」「因為他被人盯梢了。」

也許父親會這樣回答：「我只是為了另一個女人。」

這時火車停了下來。

車廂內原先睡死的人們此起彼落地醒過來。他們好奇地把臉頰貼擠在厚玻璃窗往外望。有人按下鋁窗兩側的卡夾，把笨重的窗子往上推，然後把頭探出去。

怎麼了？

怎麼回事？

大概是會車，等一會兒就好吧？

他媽的怎麼停在這種鬼地方。

火車像快進站那樣減速，發出拉氣閥煞車的尖嘯，然後像牙齒打顫那樣抖動地停下。從我父親那個窗口望出去，他們這一節車廂，恰正停在一個平交道的中央。車上的人們，突然處於一個非常怪異的被展示的位置。他們尷尬地坐在白光明曜的車廂裡，假裝不理會窗外那些柵欄外被堵住的人車，還有那些人車發出的賭爛咒罵聲和揿喇叭聲。

我父親心中一片雪亮。一如他的兒子幾十年後重複遇到的狀況：一架開著門的電梯，燈光下裡頭影影幢幢的一些臉，門口那個善意地按著「OPEN」開關不放，待你滿頭大汗一邊道謝一邊衝進電梯，突然嗶一聲電梯壞了……

同事小心保養的新車偏偏載我時硬就給人攔腰撞上；像中邪一樣，不可計數的那些猶咒罵叫了快一個鐘點的瓦斯為何還未送到，一開車張望發現後座綁著兩個灰漆鋼瓶的機車栽倒在巷口，滿地後車燈罩塑膠殼碎片和一隻鞋子（不知為何總是一隻），送瓦斯的早被人不知送到哪了……

我父親那時嘆了口氣，突然發現車窗外貼著玻璃，一個怕不滿五歲的男孩，一手捏著鼻頭往下扯，另一手繞過這被拉長的鼻頭，叉著食指和拇指把兩眼和顴骨間的肉朝上擠。

我父親說這在他老家叫做「扮狐狸」。說著他還依法扮了一下給我看，真他媽還挺像一隻狐狸的。

我父親便在那樣一個他偶然下決心的夜裡，跳上一班往他本來路線反方向駛的火車（他口袋裡的車票打的終點站名是這班車的起站），且由於他疑心但未經證實的某種家族遺傳的晦氣，他和這整輛火車被困在一處平交道上，窗外鬼魅般地漂浮著一張裝作狐狸的孩童的臉（我父親說從他逃到台灣之後，便從未見過孩子們玩這種他兒時在家鄉十分普遍的把戲）。

這時從遠一點的車廂，有人吹著哨子，由遠而近地跑來，然後到他們上一個車廂，隱隱約約聽到有人在吼叫些什麼，最後是一個穿著制服的男人，氣喘吁吁地推開他們這一節車廂的前門，「這輛車不再往前了，機關車壞了。」

咒罵聲轟地一下炸開。

什麼玩意兒？

我他媽打從娘胎第一次聽到，坐火車會遇上半路故障的？

喂我們趕時間耶呢怎麼辦？

那個制服男人頭也沒回地跑過這節車廂，打開和下一節接著廁所的那扇門，只撂下一句話：

「要嘛就待在車上等下一站發機關車來拖，要嘛就下車自己走去上一站去換車。」

許多年後，我父親盯著電視上的大哥大廣告，搖頭晃腦地告訴我們，他早在四十年前，就在一列火車上，見過這種不用連著電話線，可以隨處帶著跑的電話了。我們全認為他在胡扯。「您說的是無線電吧？爸。」我想像著我父親他好不容易擠上一列逃難人潮像被甩落水蛭般的火車，氣喘吁吁驚魂未定，旁邊一個落了單的通信兵，從背後卸下一座半人高的大鐵盒，上頭插滿了紅色黑色的電線，那個兵焦急地搖著鐵盒上的一個陀盤兒，搖了幾下，就對著一個電線連著的像掛錶似的小圓東西講話：「這是么拐洞，這是么拐洞，呼叫團部，往鷹潭的鐵橋被炸了，過不去了……」

這樣的場景。

我父親說才不是。放屁。我父親說：就是電視上那些小小的，貼在耳邊說話的玩意兒。他早在三十年前（他之前說是四十年前）就見過了，他是在一輛拋錨的火車上（他沒說就是他突發奇想往反方向的列車跳上去的那晚），列車長（本來要來查票的）告訴他們稍安勿躁，安靜坐在車上等上站調另一個火車頭過來。

我父親說，等著等著，坐他身旁的一個男人，突然從身上那個口袋摸出一個娘們巴掌大小的黑盒子，他心裡還想：「好大傢伙的打火機，真土。」不想那傢伙竟就對著那玩意兒講起話來。內容可能是告訴他妻子，他老兄搭的火車在半路故障了，他怕不能準時到家了，並還說了一些肉麻的話安慰他的妻子。

我父親那時心裡還想：這怕是個喜歡一人飾兩角，分串男女自說自話的瘋子吧？

——《月球姓氏》，聯合文學出版社

◆作者簡介

駱以軍，安徽無為人，一九六七年生，中國文化大學中文系文藝創作組畢業，國立藝術學院戲劇研究所碩士。曾獲聯合文學巡迴文藝營創作獎小說獎首獎、全國大專青年文學獎小說獎，聯合文學小說新人獎推薦獎、時報文學獎小說首獎。寫作文類以小說和詩為主。著有小說集《紅字團》、《我們自夜闇的酒館離開》、《妻夢狗》、《第三個舞者》、《月球姓氏》、《遣悲懷》、《匡超人》等，散文集《我們》、《計程車司機》等。曾任出版社編輯，現專事寫作。

◆作品賞析

執意專業寫作，交出的作品自《第三個舞者》、《月球姓氏》、《遣悲懷》、《我們》也都獲好書榜的肯定，駱以軍穩坐新世代小說家龍頭的榮銜，精讀西方文學經典，並能從中吸收技巧，挪為己用，發展出自己的創作風格，在他早期小說中，除了嘗試和摸索，浮光掠影、憂傷怪誕、情慾與暴力，「陰溼黏膩，像曝光過度的照片」，「用抒情的筆法寫性和暴力」，以及眷村第二代的邊緣身分的「身世書寫」，這些都成了新興研究者有興趣的角度。

如果說廖輝英、黃凡等人紀錄了五〇、六〇年代的成長經驗，那麼駱以軍則是再現了七〇年代通勤、卡其制服、大盤帽的慘綠少年。沒有人真心計較搭夜車逃亡的兩個人，最後到底坐到了哪一站；也沒有人在意那位父親為何要從北上列車跳到南下列車，因為這正是駱以軍書寫的荒謬人生。

◇延伸閱讀

1. 駱以軍，《月球姓氏》，聯合文學，二〇〇〇年十一月一日
2. 焦桐，〈深情的家族拼圖——駱以軍《月球姓氏》〉，《中央日報》第十八版，二〇〇一年四月九日
3. 駱以軍，〈停格的家族史——《月球姓氏》的寫作起源〉，《文訊》第一八四期，二〇〇一年二月，頁一〇〇
4. 廖炳惠，〈來自懵懂的記憶角落〉，《中央日報》第二一版，二〇〇一年一月三日
5. 朱天心，〈讀駱以軍小說有感〉，《我們自夜闇的酒館離開》，皇冠出版社，一九九三年
6. 王德威，〈我華麗的淫猥與悲傷——駱以軍的死亡與敘事〉，收入駱以軍著《遣悲懷》，麥田出版社，二〇〇一年，頁七—三〇

蛾

張惠菁

1

米索三十五歲的時候，並不認為自己會老。

她二十五歲那年，曾經在夜裡忽然聞見了香氣。毫無緣由地，從空間的裂縫裡暴躁地湧現了，那種幾要令她嗆咳的，擠迫的香氣。

但她想不起那香氣的來處，雖則她並不認為自己會老。

●

那時，那個二十一歲的女孩是這樣想的：「我是不是會一輩子住在這天橋上了？」底下的馬路在塞車，連天橋上都塞人，女孩發覺自己困在橋上的人潮裡，移動的速度慢到令她失去耐心。開什麼玩笑下午場電影快開始了哪。她想。

女孩的心裡充滿了荒謬的無力感。對於兩側被小販據滿，以致於僅剩下狹窄的空間供行人行走的天橋，女孩覺得荒謬。雖然她無法準確地說出：壅塞的天橋之荒謬在於，它在設計上意圖架起高度，為行人提供從另一個平面穿越馬路的可能，然則過多行人與攤販的湧入，使高處的天橋無異低處的地面。

高度被背叛了。高度被俚俗化。因此在這片過藍的晴朗天空下顯得無稽，像一則荒謬的夜譚。那女孩在某個攤販前被忽然停下來揀選髮夾的高中女生擋住了。她不耐煩地側身擠過，撞到其中一個女孩的書包。她沒說對不起，一面匆忙從更多人身邊擠過，一面低頭檢視大腿被那個沉重書包撞到的地方。

抬起頭時她忽就，忽就意識到米索的存在。

●

當米索年輕的時候，她輕盈優雅。當她老的時候，她輕盈優雅。她並不認為在她二十五歲與三十五歲之間有什麼差別。但她確是老了。同所有人一樣。

K打電話來。今天好嗎？他問。那時米索正與一個碩士班學生討論期末報告。

米索說，我正在忙呢。等會打你手機。

K沉默了一會。從電話那頭的雜音分辨得出，他正在車裡。「等會我就關機了。」

是嗎？米索說。那麼便晚上再聊吧。米索與K都清楚，K正在赴約會的路上。即將為防堵約會時被打擾，而關閉手機的電源。

他們的關係是開放的。隨慾望流動淹漫身分的疆界。平板沒有差異的關係。令她想起一條擁擠的天橋，雖則她並不了解為什麼。

米索三十五歲時是知名的鱗翅目類昆蟲專家。關於她在二十五歲時，曾和某個人以不可知的形式看見彼此的生命，她以後不會再想起。

●

而我們知道那個天橋上的女孩，她的名字叫小襄，看了一場生澀無味的電影，稍微吃多了爆米花，以致口腔裡有一種鹽分過多的乾燥感。她與朋友在公車站牌分手，說再見。

小襄想，那什麼爛片嘛！她因為在天橋上堵了一段路，而錯失了開頭。到電影院時已經買好票的朋友正急得跳腳，不知該繼續等她還是先進電影院去。結尾她也同樣錯失了，因為睡著。

二十一歲的女孩小襄，搭上了公車。公車司機忙著講大哥大，沒等她站穩便急不及待地踩油門。她在一下踉蹌後穩住了，所有公車族都必修的招式。

女孩小襄回了家。吃飯，看電視，就像每一個周末的晚上。卻在夜裡小襄看見，看見一隻蛾。

它在爬行。它在晃動它的觸鬚。它在摩擦它的翅膀。它撒了些鱗粉。它踏著自己的鱗粉。

它沒入黑暗。它又爬出黑暗。它在發出求偶的氣味。它在召喚交配的異性。

她看見了蛾的暗夜舞踊。那個躲在黑暗裡的窸窣出聲的小鬼。看見那個她素未謀面的，但從那天下午起將不斷感知的米索。

對她而言米索是突然出現的外來者，卻又在她內裡如此之深。她生出了米索。她是妊娠懷育誕出米索的人。因她看見米索，米索便存在了。

●

三十五歲的知名昆蟲學家米索，自小害怕蛾。

K在那天夜裡很晚時去找她。他索討一點東西吃但最後兩個人卻在廚房開始愛撫親吻。流理台的水唰唰地流。沙發的粗糙布紋摩擦米索的背。

然而米索。米索與K的關係是她繭居的一部分。開放的關係，卻封閉如成蛾蛻化前的繭。那不是愛情。

早上起床時她的牙齦流著血。但她優雅地抿嘴微笑。和著血味的唾液流進她喉嚨深處。她在吞嚥自己的血。某種資源回收喲，她戲謔地對自己這樣想。從胃裡盪起空空的笑聲。一種循環的流失。她的血進入胃囊，與食物殘渣一起和胃液混合攪散。什麼東西在她胃裡騷動著。某種細碎的割裂。

那時她二十五歲，當她忽然意識到，她在胃裡餵養了一隻蛾。從那時起她便不再流失東西了。一切自體循環成一個完美的、封閉的、魔咒解除後的宇宙。

2

時間像廢紙一樣被揉皺，發出薄脆的聲音。

二十一歲的女孩小襄，曾經以為她的時間呈線性前進。

當她幼時，住在木造的平房裡。房子有個院落，種了幾株大樹，還有些杜鵑之屬的灌木矮樹。不過那都是當她的祖父身體還硬朗時的事了。等到祖父過世，那些灌木無所忌憚張牙舞爪，數月間便改變了院落的形狀。

那便是時間的線性力量。雖則小襄從來沒用過這樣的辭彙。但當祖父死後半年，她看著幾乎被灌木雜草掩蓋的院子，倏忽驚嘆時間逝去之迅速，她其實也就是在感嘆時間的線性前進。

在那木造屋子裡張狂的不只是植物。夏天下雨前，白蟻飛了爬了滿屋子。她拿盆子裝了水，那些白蟻便為水面反照的光線而壯烈地投水。她看它們落進水裡後再也爬不出，因為過度掙扎致使翅膀脫落，蓋在水面上像一層白膜。掉了翅膀裸露軀體的白蟻們以細小的蟲肢撥水，或彼此搭著對方的身體，尋求逃離水面抓力的方法。一場雨停後白蟻們便全成了浮屍。一場過度輕易的殺戮。

或是夏天的夜晚房間裡出現的天牛。聽說被天牛咬了手指極痛，她因此越發覺得刺激地百般逗弄那些灰醜的昆蟲，卻從沒被咬過。

或是偶爾在窗台上出現紅底黑點的瓢蟲，慢吞吞在暗色木檽上爬行。

那些蟲子。永遠不會完。

瓦片與木梁構成的老房子有那麼多縫隙，讓蟲子在其間生存，讓外面的蟲爬進來，裡面的蟲飛出去。這種老房子和周遭的自然連成一氣，昆蟲的進出從來不受牆壁的阻擋，更不會引起住戶的大驚小怪。整個房子是自然生態圈的一部分，人不過是寄居其間多種生物之一而已。

永遠不知道什麼時候會撞見什麼蟲子。早晨在洗臉台邊看見一排螞蟻繞著昨夜遺留的餅乾屑打轉，在廚房炒菜時看見水管邊兩條蜈蚣耽溺在牆壁縫隙的溼氣裡。種種出乎意料的生物相逢。

可是房子老舊了。白蟻越來越多。祖父母死後三年她同父母搬出木造房子，搬進鋼筋水泥的公寓。

住在公寓的人，把房子像衣服一樣穿在身上，緊閉門窗恐懼洩漏了春光。每一扇門背後都潛藏閉鎖的需要與害怕裸露的本能。住在公寓裡的人，用殺蟲劑把任何一隻闖入房裡的昆蟲弄死，以維護領土的絕對清潔。漸漸她便習慣了住在公寓裡。

像在木房子時，放一盆水等白蟻自行掉入的殺蟲法她已不再使用。沒有那樣悠閒的餘裕了。公寓裡用更有效率的方法殲滅蚊蟲。電蚊燈劈啪一聲便結果一隻蚊子。

而她終於習慣了這樣的效率。

每天早上出門前，遇見樓下的阿婆剛從公園運動回來。

「早！」她說。她有那種很討老人家喜歡的笑容。

「早啊！」阿婆說。「去上學啊？」

對話到此便被迫終止。因為她總是趕著去學校。

多久沒有花時間去觀看另一個生物的世界了呢？直到那天下午在天橋上。次日她在早上醒來，感覺到米索在吃早餐麥片。

還是用低脂牛奶沖泡的呢。她笑起來。

她就是這樣片段片段地感覺到米索。通常都是些瑣碎到不能再瑣碎的事。素昧平生的兩個人，在城市的角落起著神祕的對位關係。

遂有一種，瑣屑的幸福。

並且因為莫名地接收了米索在昆蟲上下的工夫，遂考慮下一個學期修基礎昆蟲學抵通識學科。想必可以輕易過關吧。小襄笑著對自己說。

●

米索二十五歲，談著一場無望的戀愛。

所謂無望。並不是對方不愛她，或是對方是個有婦之夫之類。他們的關係很單純，男人確實在歲數上大她一些，可是也不到令人側目的差距。未婚。工作穩定，事業有成。米索和他在一起，怎麼看都是一對相愛的穩定情侶。

但是那是一場無望的戀愛。從一開始就是。

二十五歲那年，米索最後一次留過肩的長髮。她的戀人喜歡用手指梳理她的長髮。每次性愛後必定的動作。那時的米索之所以沒有想過要將頭髮剪短，一定是因為太習慣那動作的緣故吧。好像如果沒有一頭長髮讓愛人梳理，一場性愛便無法結束一樣。

然而結束是必要的。因此她從未動過念剪短髮。雖然當時流行著削薄的短髮式，她的同學們相約上城東一家收費偏高的髮廊。設計師長得很帥呢，她們這樣說。玩笑的表情讓米索以為設計師的手指與頭皮的接觸也是某種交媾。

因此這一天當她的愛人又在性愛後用手指梳著她的頭髮。她忍不住想起這場流竄於同學間對同一名設計師的迷戀，因而笑出聲。她的愛人轉頭問她：「肚子餓了嗎？」

「好餓。」米索說。

「去吃義大利麵吧？」

位在小巷內的這家義大利餐館，番茄蛤蜊麵的口味其實還好，可是因為盤碟精緻，便顯得好吃。她好喜歡浸在番茄醬汁裡的義大利細麵條。如果可以單吃番茄醬麵就好了，可是餐館裡的菜色總是非帶上一種肉類不可，不是番茄肉醬麵，就是番茄蛤蜊麵。

米索沒有注意到，她的愛人完全沒問起她發笑的原因。這時的她還完全沒注意到他對她表情的視而不見。當她吮乾最後一枚蛤蜊上的番茄醬汁，他說起最近完成的一張設計圖。一幢老房子要拆除改建成大樓。恐怕是這鬧區裡最後一塊還未改建成大樓的地了。他說。當初他們事務所費了好一番工夫才拿到合約。

「就在附近。要不要去看看？」

好啊。米索說。

然而在那裡米索卻發現，他所說的那塊地，地上的建物還沒拆除。一幢舊式木構建築，還安穩在高牆裡，在庭院樹影的半遮半掩裡，像一個還沒受到驚擾的夢境。

「房子還沒拆。不過下禮拜就會動工了。」

「現在還有人住嗎?」她問。

「現在?沒了。」他笑著回答。「裡面的人早搬走了,都搬到新式樓房去了。這屋子空了好些年,我進去看環境的時候,都被白蟻蛀得差不多了。」

「真可惜。」

「對啊。那簡直是一種對房子的犯罪。讓一幢屋子就這樣被蟲子蛀空。也浪費,瞧這麼精華的地段就這樣閒置著。聽說是一直有改建的意思,可是家族之間對於怎麼處理賣地所得的錢,還是只蓋房子不賣地一直爭執不休,拖到房子都壞了。總算現在要蓋大樓。」

她聽得出他話裡志得意滿的口氣,好像他是這塊地這間房子的救主。

現在地面上所看到的一切都要打掉。打掉圍牆,打掉屋瓦,打掉梁柱。打掉打掉打掉。是在這時發生的。她看見他看著那老房子的眼神。眼神透穿現在地面上的建物,朝向某個還不存在的未來。

究竟是她過晚意識到他的這部分品行,還是他已成為一種新的物種?倘若米索認真追溯那麼一切都會回到這一天。他對未來的執迷從這天開始明顯化,那麼明顯她知道現在對他毫無意義。那地上的磚瓦房子不存在。他看著那片地看到一幢充滿設計性的玻璃帷幕大樓。

他看到他的藍圖的實現。他甚至沒看到站在他身旁、看著那幢老房子的她。

從那時起他們的時間就繞著不同的軸線行進了。

一隻飛行的物種在陽光裡目盲地撞上了她，爬在她的外套上。是一隻灰蛾。她尖叫。他替她驅趕。

「一隻蝴蝶妳也怕成這樣。」他以一種縱容的表情嘲弄她。

「那是蛾。」米索低聲中辯。

●

關於他們之間年歲的差距，初始米索並不在意，卻漸漸發現她的生活確實受到了那個差距的指使。那確實是無望的戀愛。

比如說，常來往的朋友中有一個在大學教書的女子總是穿著華麗的名牌外套。理著刺蝟般平頭的設計師。或是說話時帶有一種驕傲神色，擁有漂亮鼻型的小說家。這些都不是米索以一個二十五歲研究生的身分會接觸到的人。米索因為男人的關係與他們往來，使她的生活圈子與一般二十五歲研究所學生迥異。

米索知道如何表現一種優雅冷靜的氣質，避免時下年輕人流行的話題，雖然沒有餘錢穿戴名牌，卻知道如何簡單搭配表現不輸名牌的品味，使她在三十七歲戀人的朋友們當中不顯得太過稚嫩。然而米索畢竟是二十五歲，於是他們盛讚米索的年輕美麗，卻不把米索當成認真對話的對象。

而他呢。從她還未意識到的時候開始，他便永遠看向事物的未來狀態。一幢未蓋好的房子，一個正在老去的人，一對正在疏遠中的情侶，一家走向虧損的公司。

「小瑞和林育修要分手了。」

米索轉過臉去看見他手握方向盤，面向前方的臉直直凝視著未來。

「有別的男人在追她。林育修又不肯離婚。」他說。

「小瑞想要林育修離婚嗎？」

「不知道。也沒有差別。所有的關係在小瑞身上都維持不久，除了她那幾件亞曼尼套裝。」

當米索剛開始愛他的時候，他的悲觀是他吸引她的重要原因。但究竟是她到現在才注意到，還是他真的改變了？他的悲觀混同了對未來的偏執，而加深了犬儒的傾向。存在指向衰敗，時間指向消陵。他看不見現在。面對現在他是一隻目盲的蛾。

後來她是以一種幸災樂禍的態度來看待他所有預言的失敗的。小瑞和林育修的關係，在他的預言後又持續了七年，當米索和他早已分手，小瑞和林育修還每個星期六下午一起在一家刻意仿英式的咖啡店喝下午茶。

這一切是不是該怪他呢。他看不見現在，看不見現在在他身邊的米索。

有時她在夜裡醒來，在他身邊枯坐。看他臉上開始出現年歲的痕跡，每一條紋理都指向未來，指向更深的衰敗。

於是搖醒他。用若無其事的聲調說：「醒醒吧。你在作夢。」

然後她看見他睜開眼。他面向她但是他的視線落空。彷彿她是透明的。

所謂無望的戀愛呢。

小襄為了準備期中考，不敢看電視，拜託家裡有錄放影機的同學把她愛看的日劇都錄下來。現在期中考結束了。同學家積了好幾集日劇，打電話來催促她去看。隨時都可以看的時候反而沒那麼想看了。

「到底什麼時候要過來看啦？」同學美雪不耐煩地打電話來催促：「再不看要把帶子拿去錄新片了。」

「好啦好啦。」小襄懶洋洋地說：「今天下課過去看，可以吧？」心裡其實有點厭憎美雪拿新片威脅她。不過一兩個禮拜前播的連續劇，已經被歸為「舊片」了。

可是錄影帶的設計就是這樣，使用者可以不斷洗去舊的記憶，代之以新的影像。尤其像美雪這樣小氣的人，非要重複使用一捲帶子，直到發揮最大效用不可。

她幼時住過的那幢木造宅院要拆了。聽說設計圖都畫好了呢。爸爸和兩位叔伯講定，到時蓋成大樓，一人分幾個樓層。新的大樓，就要取代她幼時住過的日式木造平房，像抹去一捲錄影帶上的舊影像。

真的要拆了呢。

她從很小的時候起，便聽大人說，將來起建大樓，便可有新式的廚房、有電梯、有陽台。一個許諾說了那麼多年，終於要實現的時候，幾乎令人感到不可相信。諾言因為延遲，遂顯得像一則謊言。

將來起建大樓……。那些大人們是這樣說的。現在，那個將來終於來到。

小襄打電話給她的堂姊。「老房子要拆了呢。」她們之間是這樣稱呼那個老家的。

堂姊說：「我早知道了。聽說找了很有名的建築師事務所設計。」旋即將話題轉到她家的三隻貓如何一隻得了厭食症，兩隻爭食到體重超重小腹下垂。每次打電話給堂姊都是這樣。小襄想。放下話筒時左耳已被堂姊的大嗓門震得發麻。

●

二十五歲時的米索也許不自覺，但是他的視線從她所在的現在缺席，已經開始令她厭惡自己。她厭惡在他朋友當中的自己。她厭惡。她甚至厭惡自己與他性愛時的體味。

夜裡她又坐在床頭。看他睡得熟透。

請你看見我。她用她心底所能聚攏最強的聲音說。

請你看見。請你。

但是她的聲音畢竟太微弱。他沒有醒來。忽然舉起手抓抓額頭，又用慢動作放下手去。沒醒。

米索，米索知道自己正在嫉妒。七大罪中她最厭憎的一項。饕餮、懶惰、憤怒、貪婪、好慾，甚至驕傲，都是單純到近乎無機的墮落。唯有嫉妒。嫉妒是不斷意識到自己與想要的東西之間的距離，明知徒勞無功卻還想伸出手攫住它。嫉妒是最疏離的罪，也是最自不量力地想橫渡距離的罪。

嫉妒是最清醒，可是也最殘酷的淩遲。而米索嫉妒。

她嫉妒他。嫉妒這個世界。嫉妒他與世界背著她有染。

●

關於那個，忽然與米索的生命出現神祕關聯的女孩小襄。

也許。也許她生出了小襄。像是為自己創造一個再生的可能。創造一個被看見的可能。因他已不能看見她。

於是米索開始感覺那個不認識的女孩。感覺她在課堂上毫無道理的瞌睡感。知道她是個學生。感覺身體被水波浮起，知道她和朋友去游泳。感覺周遭暖烘烘的喧鬧，知道她總是和朋友在一起。米索忍不住心底湧起縱容的微笑。

這一切都令米索感到自己確實，存在。

看見木造老房子後的第二天下午，米索第一次感知小襄。覺得是在一個人潮擁擠的地方。那時米索在圖書館裡，忽然聽見鬧區人群的嘈雜聲響，夾帶遙遠的喇叭聲，還有些難以辨聽的吆喝，像是小販的叫賣。

雖然圖書館有過鬧鬼的傳聞，但是米索並不害怕。她不知道她怎能那樣肯定，但是那異常的經驗並不使她恐懼。相反地她覺得像是在一個假日下午，走在陽光喧鬧的市區裡一樣，有一種細瑣的幸福。

雖然是坐在椅子上，她的大腿卻有忽然被撞擊了一下的感覺。

然後她便感覺到了。

看見一個正行走在城市西區路上，素未謀面的年輕生命。看見她的所有事，與她正凝望著自己的事實。

●

獲得新感知的同時米索正在失去。米索和愛人的關係已經無望。她腳下踏著的土壤逐漸流走。一個關係的消逝。

從一開始就是無望的戀愛啊。

那個清晨，在他趕搭早晨班機遠行前，米索與他有了最後一次的性愛。整場廝磨裡米索只不耐煩地聞見自己的體味。

他要去義大利參加一次國際會議，出門前向米索要求一個吻。

「不。」米索固執地說。「留下一件沒完成的事你才會回來。」雖然她知道無論如何他永遠不會回來。時間流走，他們回不到原來的平衡。從此一個望向未來，一個索求現刻的注視。

感覺到來自胃部的抽搐。

一隻匆忙的蛾在她的胃裡。在胃壁之間拍著翅膀來回飛行碰撞。蛾的翅膀不斷撒下細白粉屑，終至整雙翅膀破成碎末。然後是蛾用以交媾的身體。然後是它的肥短可鄙的觸鬚。然後是蛾的眼。

蛾因為長期居住在黑暗裡以致什麼也看不見的眼。

然而破碎的蛾的粒子還不斷振動著發出蛾拍翅膀的聲音。一種細瑣非常卻無可迴避的聲音。關於蛾的祕密只有米索知道。米索知道那是「現在」的聲音。然則現在不斷死滅變成過去，被未來推擠成堆。初始還如帶著餘溫的灰屑覆在她身上，漸漸變冷。她陷在不斷堆累的灰屑裡，像一個繭。

●

把他留在她住處的最後一雙襪子丟進垃圾桶後，米索開始打掃房子。

把四面窗戶都打開。空氣對流帶來出乎意料的涼快。一隻蟲子飛了進來，啪啪啪在天花板下迴旋。她也不以為意。這時她門窗開敞的房子是一個開放的生態系統。蟲子自來自去。她將洗潔精溶解在水裡，使勁地擦拭地板。她努力記起最近當紅的偶像明星新歌，和他在一起的時候她從來不注意同學們互相推薦的流行歌曲。她想打掃房間時不是適合哼歌嗎？才唱一句，就啞了。

於是空間裡只有雙手擰擠抹布，與抹布纖維摩擦地板的細碎聲響。

當一切都清理乾淨她想，她要洗一個長長的澡。要放一整缸的熱水。這房子已打掃乾淨，他的味道一點都不留。最後該清洗的是她自己。她低頭聞聞自己身上的氣味。那味道令她作嘔。清晨最後一場性愛時的體味還留在她身上。那種自從不再感覺他的注視，便令她嫌惡不已的味道。

她走進浴室，將水龍頭扭到最大流量，開始脫去衣物。當她將最後一件衣服擲進洗衣籃時，電話忽然響起。

米索猶豫了一下。終於決定去接那個電話。房子裡已沒有人，她不須擔心任何人的眼光，便這樣裸著身跑出浴室。從敞開的窗戶吹進的涼風，使她皮膚緊縮了起來。她跑過房間接了電話。

「喂？」米索說。

喂？米索確實這樣說了。如同所有人接起電話後發的第一個聲音。那是一個問號。一個試探。要知道電話線另一頭有沒有人？是什麼人？

而電話那頭確實是有人的。

她就要聽見那個聲音了。那個唯一看見她感知她的人的聲音。

彷彿她們懷胎十月生下了彼此，在人群中為彼此製造定位的浮標。以某種神祕的對位、某種失落的因果律碰觸對方的生命。她們各自是對方藉以逆反世界的魔咒。

世界因她們對彼此的凝視，而化成一幢群蟲飛舞的宅院，一只被打開的繭。

●

這天小襄和朋友逛街。買了香水。這是她買的第一瓶香水呢。也許因為她感覺到米索對自己氣味的厭惡吧，一早便有買瓶香水的慾望。

付錢時她想。她在做什麼呢？那個不認識的女人。聞見一種泡沫般清潔劑的味道。

回家前她繞道去看她幼時住過的老房子。

在鬧區的中央，那木造房子脫落在周遭的繁忙之外。房子要拆了。但拆除前的此刻，半傾圮的房子真是美麗。圍牆上已豎起了××建築師事務所設計大樓即將在此興建的木頭看板。但那荒廢的房子在現刻散發著如此寧定的光澤，以致於看板上的未來式語法顯得不真切。謊言一般的許諾。

她走到房子門口。應該向父親拿鑰匙來的。她看著大門上生滿鏽斑卻仍沉甸甸的鎖。分明是自己出生長大的房子，現在卻只能像個小偷般地踮腳窺探。

老房子有一種與水泥公寓大樓不同的氣味。溼木頭、青草，在房子結構縫隙裡藏身繁衍的諸多自然物種的氣味。

她想起幼時常與堂姊在庭院裡玩耍。草叢間能找到各種各樣的蟲子。尤其那些綠色的蚱蜢類的昆蟲，多到隨手撥開草葉便能抓幾隻來玩。

有一次她與堂姊在院裡捉蚱蜢。房子裡響起伯母叫吃午飯的聲音。堂姊起身拍拍屁股：「走吧。」她跟著站起來，手上還抓著一隻蚱蜢：「這隻怎麼辦？」

堂姊聳聳肩，轉身走了。留下她一個人在原地抓著一隻蚱蜢。她忽然慌了。用兩隻手捏住蚱蜢的頭尾，雙手一分將蚱蜢撕成兩截。蚱蜢的身體斷裂湧出黑色的漿液。她丟下那還掙動著蟲腳的屍體，趕上去和堂姊並肩走進屋裡。

為什麼有那樣突如其來的殘忍她至今不明白。或者那是她活潑個性下慣來潛藏的凶殘也說不定。那蟲子常出現在她腦中，身體斷裂，湧出黑色的體液。

而這房子終究要拆了。門窗閉鎖的現代大樓將取代向日光與蟲蟻敞開的院落。小襄轉身面向大馬路，一面走一面輕快地甩著手中的百貨公司紙袋。想起袋裡有她生平買的第一瓶香水，才趕快停下動作，以免不慎弄破了瓶子。

竟然就看見了她的電話號碼。

小襄拿起手機，一面走，一面撥了電話。響第七聲的時候，女人接了電話。

——喂？

一個溫潤又冷涼的聲音，和她想的一樣。一模一樣。

一輛車迎面衝來。在她能避開以前，她卡在喉嚨的那聲「喂」，便永遠地散逸進空氣裡。連同瓶身破碎後的香水。

3

當米索三十五歲。她已經完全地織就了她的繭。從此不會再有任何事件改變世界朝向未來的行進法則。

魔咒解除，世界封閉。所有的塵埃都落入該有的位子。

而米索以一個留美歸來的昆蟲學家的身分，博記諸物種。尤其專攻鱗翅目，包括蛾類。

有一回，海關查禁了走私標本，數量龐大，種類繁多品目少見，邀請米索去做鑑定。

米索走進辦公室，看見一落落釘著蛾屍的標本盒，放滿了整個房間。

她深吸一口氣，指著桌上離她最近的一個標本盒，說：「避債蛾。」聲音在空氣裡打了一個旋。

旁邊的記錄人員忙在紙上刷刷寫字。

指認一隻蛾，降伏一個鬼。

紅裙小天蛾，體軀寬闊，以吻管向花朵採蜜。北美長尾水青蛾，圓肥的軀體覆滿毛皮狀的組織，後翅尾端有如植物嫩芽般起著淡黃色的翻捲。

叫出它的名字她便能宰制它。名字是力量。名字是咒語。知識是她的巫術。在一個已無魔法可言的世界裡。

米索三十五歲的時候，留著優雅俐落的短髮。和一個男人K，維持著近似情人的關係。K是一個好情人。他們的關係從來不固定。但是在一起的時候，彼此都是對方的好情人。

有時K會留下來過夜，但通常兩個人不同睡一張床。他們對彼此的關係開放，同時又封閉如繭，各自謹守在自己分寸內的位置。如同這天在性愛後K忽然詢問：「妳不問我下午去了哪裡？」

「我們不是從來不問這種事的嗎？」米索說。於是K明白自己問了逾越的問題，安靜地笑了並且到隔壁的空房間去睡。

米索三十五歲的時候，從來不認為自己會再想起那個女孩。但這夜裡她忽然聽見風鈴細碎響起。以其極微弱清脆卻所以鋒利的聲音，鑽開時間的縫隙。時間裡有什麼被割裂了。不斷裂開不斷裂開不斷不斷不斷裂開。

關於那個，曾經因為不可知的理由，和她的生命產生連結的女孩，那時在時間的破口裡閃現了一秒。

蛾在胃的角落裡窸窣出聲。

忽然米索覺得自己又聞見了，那時從時空裂縫不斷滲出將她淹沒的香氣。

多年以前，接到一通中斷的電話後不久，她最後一次有超乎常理的感應。那以後她的生命恢復平常，不再與人相擾相涉。

那最後的感應是一股氣味。一種柑橘味。一種熟透將爛的蘋果味。一種被陽光曝乾後的薰衣草味。

初始她還努力辨識那香味的基調，但很快便無法判斷。

那香氣不停掩來不停自我混濁。像是某種容器暴躁地破開之後，長久禁錮其間的香味便像野馬一樣脫韁，以強欲傷人的姿態，暴躁兇猛向她襲來。

那是米索最後一次感應到某種逆反世界法則的魔咒。

但米索不敢向自己承認的是，在魔咒解除以前，她分明聞見了混合在香氣中的一股血腥味。那腥味微細甜膩。竟然是，那樣幸福。

——《末日早晨》，大田出版社

◆作者簡介

張惠菁，一九七一年生，台灣宜蘭人，台大歷史系畢業，英國愛丁堡大學歷史學碩士畢業。一九九七年開始嘗試寫作，第一部中篇小說作品〈蒙田筆記〉獲得中央日報文學獎，次年再以〈惡寒〉

獲聯合報文學獎，此外亦獲得華航旅行文學獎，長榮旅行文學獎，一九九九年起專注於短篇小說與散文創作，再獲得台北文學獎、時報文學獎。曾任報社記者、出版社編輯、故宮博物院祕書，現專事寫作，著有《惡寒》、《末日早晨》、《閉上眼睛數到十》、《告別》、《你不相信的事》、《雙城通訊》、《比霧更深的地方》等小說及散文作品。

◆作品賞析

本文收錄自張惠菁迄今唯一的短篇小說集《末日早晨》，那一、兩年張惠菁得遍國內各大文學獎，本文就是當年得到時報文學獎小說首獎的作品。張惠菁的短篇小說已經建立自己的風格，在文學獎的匿名比賽中，也讓行家能一眼看出，那種風格正如評論家王德威教授所說：「寫跨越、寫消失、寫心靈感應等抽象題材，閒閒數筆，幾乎像是玄想經驗的劄記，……張惠菁拼貼生活即景，顛倒人物、情節理所當然的關係，字裡行間充滿後現代書寫的特徵。」生命的浮光掠影與文字符號的交錯戲弄，同時把一些失神的生命片段落實到現實生活的氛圍，既後現代又不脫寫實，正是張惠菁小說讓人一眼識出的原因。

〈蛾〉敘寫兩個毫不相關的女子之間纏綿的感應，以蛾的一生對照人的一生，卅五歲的米索是研究昆蟲的女學者，小襄是廿一歲的青春女孩，米索廿五歲的某一天這兩個不相干的人在天橋相遇，從此感應到彼此的存在。胃裡豢養著一隻蛾的米索，和住在滿屋子飛舞白蟻木造房子的小襄，彷彿她們懷胎十月生下了彼此，在人群中為彼此製造定位的浮標，而這種感應也在一通線路交接的電話之後結束。本文耐人尋味的，表面上是一種日常生活的荒謬誇張、魔幻的靈異氛圍，但實際上是單身女性對愛情及生活的欲望，以及都會空間的淒迷，在張惠菁的筆下，我們彷彿看見一位單身女性在人群中尋找自我的悽惶身影。

◇延伸閱讀

1. 張惠菁，《末日早晨》，大田出版社，二〇〇〇年，頁二三四
2. 蔡秀女，〈未來城市末世寓言〉，《聯合報》第四八版，二〇〇〇年四月十七日
3. 俊龍，〈疏離、末日、預言〉，《文訊》，第五屆青年文學會議，二〇〇一年十一月
4. 夏著語，〈閉上眼睛，遊戲開始——當張惠菁遇見散文〉，《中央日報》第十九版，二〇〇一年二月十三日
5. 王德威，〈評張惠菁《末日早晨》〉，《眾聲喧嘩以後》，麥田出版社，二〇〇一年十月，頁一七二—一七五

王瓊玲

以寬容悲憫的情思、韻味雋永的文字，為時代留見證、為小人物寫悲歡，帶你看見這塊土地上最令人動容的故事！

臺灣嘉義梅山鄉人，東吳大學中文所博士。世新大學中文系創系系主任。現任國立中正大學中文系所教授。王瓊玲從事學術研究多年，驀然回首，發現生命的提升與救贖，必須仰賴於文學，於是毅然投入創作的行列。廣受好評的處女作《美人尖》，已發行簡體字版與英文版，為海內外各大圖書館典藏，並由臺灣豫劇團改編為建國百年大戲；《駝背漢與花姑娘》改編為同名的客家採茶戲，其中的〈阿惜姨〉亦被改編為豫劇【梅山春】。首部長篇小說《一夜新娘》，描述臺日之間錯縱的情感、糾結的人性，深受好評。二〇一五年，先與中研院院士曾永義合編崑劇【韓非・李斯・秦始皇】；二〇一七再編創京戲【齊大非偶】，改編小說《一夜新娘》為歌劇【望風亭戀歌】及現代話劇【一夜新娘】。

待宵花

一張紅色兵單，讓性情耿直、生活純樸的嘉義梅山莊稼漢阿祿，踏上了不可逆轉的人生道路——金門八二三砲戰，不僅摧殘了國土，也炸毀了阿祿的人生，然而他不屈的靈魂，就像遍布金門海濱的待宵花，在愈黑的夜裡開得愈美麗……

幼年喪母、少年喪父，在最疼愛他的小阿母改嫁後，命運多舛的阿祿，一直到妻子阿香過門後，才有了自己的小天地。夫妻倆相互扶持，依著四時挑竹筍、割檳榔、翻田土、插秧、搓草，吹著南風，迎來一季季豐收，過著恬淡的日子。然而，一張不可抗拒的紅色兵單，炸碎了平靜的日常，更把阿祿轟進了黑暗深淵……

一夜新娘——望風亭傳奇

十八歲的櫻子，本應在枝頭含苞待放，以望風亭為天地、依傍竹林歌舞。一場演講比賽卻意外灌溉了平凡農女的青春，她的花樣歲月註定要隨著太陽旗幟升起而燦爛；她的生命篇章亦因異地軍歌的吹響而從此變調。

《一夜新娘——望風亭傳奇》是王瓊玲首部長篇小說，描寫日治末期的農家女孩櫻子與年輕教師邱信之間的清純情愫，也訴說梅仔坑的眾子弟在異國權勢底下奮力生存的故事。囚困於無情時代的人們，各自拖曳著生離死別的重量；誰是寄託思念的歸人？誰是招惹惆悵的過客？戰火之後，依然是無盡想望的家園，與未曾止息的青春之歌。

美人尖

十六歲的阿嫌，懷抱著青春的浪漫，嫁到了財大勢強的李家。然而，才隔幾個山頭，她額頭上旺夫家、積財寶的「美人尖」，卻成為婆婆眼中需要攔路破解的「額頭叉」，甚至招來「石磨倒挨」、家破人亡的詛咒。盛怒的阿嫌決定反擊，甘願以燦美如花的一身及一生為賭注，開啟她鬥爭不斷的人生……

《美人尖》是王瓊玲首部短篇小說集，收錄〈含笑〉、〈美人尖〉、〈良山〉、〈老張們〉四篇小說，透過本書的幾則故事，看阿嫌的苦和惡，看老張們薄於雲天的義氣和酸楚，看含笑的無奈和善良，看「被過去鞭打、現在蹂躪」的良山……一段過分沉重的歷史，讓我們看見一群最勇於迎戰的鬥士！

駝背漢與花姑娘——汗路傳奇

當流浪的花姑娘心心念念地等待情郎時，紅線彼端所繫的卻是忠厚樸實的駝背漢。她從沒想過，那一天的交談，讓她自此走向一個意想不到的人生。然而命運的殘忍利刃，卻一刀刀割斷他們的想望。趙家阿叔的自私強求、幼兒的嗷嗷待哺，榨乾了花姑娘一點一滴的生命。死去、活來……

《駝背漢與花姑娘——汗路傳奇》是王瓊玲第二部短篇小說集，收錄〈駝背漢與花姑娘〉、〈阿惜姨〉、〈阿滿的蘋果〉三篇故事。透過本書的三篇故事，吁看駝背漢與花姑娘在寬懷無私裡掙扎著生與死；淚看阿惜姨與秋月在沉痛巨變裡學會海闊天空；笑看阿滿在青澀魯莽的青春裡逐漸成長……歲月的舞臺上，搬演的是一幕幕悲喜交集的人生。

三民文學饗宴

台灣現代文選

向陽、林黛嫚、蕭蕭　編著

本書所選皆為台灣現代文學之名家名作，如：白先勇〈永遠的尹雪艷〉、余光中〈日不落家〉、瘂弦〈如歌的行板〉等。並兼收各領域之創作，如代表海洋文學的〈奶油鼻子〉、為少數民族發聲的〈大雁之歌〉、闡述原住民文化的〈在想像的部落〉等，這種著重人文關懷、創作旨趣及美學欣賞的選文特色，在在呈現本書的廣度及深度，帶給讀者均衡且全方位的現代文學視野。

台灣現代文選［散文卷］

蕭蕭　編著

本書收錄一九二〇年後在台舉足輕重的散文名家，自琦君、王鼎鈞始，至簡媜、鍾怡雯，老中青三代共計三十二家。選文主題廣泛，包含懷舊人事、鄉土關懷、生態觀察、女性主題、同性議題、心靈冥想等，皆是貼近生活，且容易有所啟發的佳作，呈現散文的多樣面貌。本書不僅是一本現代文學的教材，也是品味生活、體悟人生的最佳讀本。

三民網路書店 會員

獨享好康大放送

通關密碼：A2244

憑通關密碼

登入就送100元e-coupon。

(使用方式請參閱三民網路書店之公告)

生日快樂

生日當月送購書禮金200元。

(使用方式請參閱三民網路書店之公告)

好康多多

購書享3%～6%紅利積點。

消費滿350元超商取書免運費。

電子報通知優惠及新書訊息。

三民網路書店

www.sanmin.com.tw

過百萬種繁、簡體書、原文書5折起